趙伯陶 注譯

新譯明詩三百首（上）

三民書局 印行

國家圖書館出版品預行編目資料

新譯明詩三百首／趙伯陶注譯.－－初版二刷.－
－臺北市：三民，2019
冊；　公分.－－(古籍今注新譯叢書)

ISBN 978-957-14-5993-6 (一套：平裝)

831.6　　104000667

© 新譯明詩三百首(上)

注譯者　趙伯陶
發行人　劉振強
著作財產權人　三民書局股份有限公司
發行所　三民書局股份有限公司
地址　臺北市復興北路386號
電話　(02)25006600
郵撥帳號　0009998-5
門市部　(復北店) 臺北市復興北路386號
(重南店) 臺北市重慶南路一段61號

出版日期　初版一刷　2015年2月
初版二刷　2019年10月
編號　S 033370
上下冊不分售
行政院新聞局登記證局版臺業字第〇二〇〇號

ISBN 978-957-14-5993-6 (一套：平裝)

http://www.sanmin.com.tw 三民網路書店

刊印古籍今注新譯叢書緣起

劉振強

人類歷史發展，每至偏執一端，往而不返的關頭，總有一股新興的反本運動繼起，要求回顧過往的源頭，從中汲取新生的創造力量。孔子所謂的述而不作，溫故知新，以及西方文藝復興所強調的再生精神，都體現了創造源頭這股日新不竭的力量。古典之所以重要，古籍之所以不可不讀，正在這層尋本與啟示的意義上。處於現代世界而倡言讀古書，並不是迷信傳統，更不是故步自封；而是當我們愈懂得聆聽來自根源的聲音，我們就愈懂得如何向歷史追問，也就愈能夠清醒正對當世的苦厄。要擴大心量，冥契古今心靈，會通宇宙精神，不能不由學會讀古書這一層根本的工夫做起。

基於這樣的想法，本局自草創以來，即懷著注譯傳統重要典籍的理想，由第一部的四書做起，希望藉由文字障礙的掃除，幫助有心的讀者，打開禁錮於古老話語中的豐沛寶藏。我們工作的原則是「兼取諸家，直注明解」。一方面熔鑄眾說，擇善而從；一方

面也力求明白可喻，達到學術普及化的要求。叢書自陸續出刊以來，頗受各界的喜愛，使我們得到很大的鼓勵，也有信心繼續推廣這項工作。隨著海峽兩岸的交流，我們注譯的成員，也由臺灣各大學的教授，擴及大陸各有專長的學者。陣容的充實，使我們有更多的資源，整理更多樣化的古籍。兼採經、史、子、集四部的要典，重拾對通才器識的重視，將是我們進一步工作的目標。

古籍的注譯，固然是一件繁難的工作，但其實也只是整個工作的開端而已，最後的完成與意義的賦予，全賴讀者的閱讀與自得自證。我們期望這項工作能有助於為世界文化的未來匯流，注入一股源頭活水；也希望各界博雅君子不吝指正，讓我們的步伐能夠更堅穩地走下去。

新譯明詩三百首 目次

下冊

導讀

以今天的文學史觀考察有明一代文學，通俗小說與傳奇戲曲顯然占據上風，一向被視為文學正統體裁的散文與詩歌，似乎已經處於無足輕重的地位，被無情地邊緣化了。其實這在文學史研究中是一個盲點，一些論者無非為王國維「一代有一代之文學」的觀點所囿，而忘記了劉勰《文心雕龍·時序》所謂「時運交移，質文代變」的論斷。明詩作為中國古典詩歌發展鏈條中的一環，自有其存在的價值，今人無論研究還是鑑賞，明詩也絕非可有可無。特別是詩文在中國古典文學史中的正統地位，從先秦歷漢魏、兩晉、南北朝、隋唐以至宋、元、明、清，一向難以動搖；作為文人士大夫雅文化的代表文體，詩歌與散文更是主流精英文化之所在，二十世紀以前，其地位遠高於小說或戲曲。明詩是古人留給今人的一筆豐富的文化遺產，如何繼承並發揚光大之，作為中華民族的子孫責無旁貸，這也正是我們今天編撰《新譯明詩三百首》的目的所在。

一、明代政治與文人的生態環境

明代從朱元璋於元順帝至正二十八年（西元一三六八年）正月在應天府即皇帝位算起，到明崇禎十七年（西元一六四四年）三月十九日明思宗朱由檢自縊煤山（今北京市景山），一共走過了二百七十六年的歷程；如果再算上弘光到永曆幾個不相接續的南明小朝廷的存在，至清康熙元年（西元一六六二年）四月吳三桂在昆明殺害南明永曆帝父子，明代則經歷有二百九十四年的歲月。

朱元璋以一介布衣在元末逐漸崛起於群雄，建立大明政權，與將近一千六百年前泗水亭長劉邦提三尺劍定天下建立漢王朝略同，在中國歷史長廊中塗抹上了同樣的傳奇色彩。朱元璋出身底層，憑藉歷史的機緣巧合奪得九五之尊，君權神授、天命攸歸的潛意識中又不免有著幾分不自信，以及在傳統精英文化面前的某種自卑心理。皇帝的龍庭坐穩之後，朱元璋又生怕江山易主，於是對眾多功臣與手無寸鐵的文人士大夫大開殺戒。對於曾經伴隨他出生入死又功高震主的臣屬將帥，動輒將一頂頂「謀反」的大帽子扣在假想的政敵頭上，必欲「族誅」之而後快，丞相胡惟庸、韓國公李善長、涼國公藍玉先後被朱元璋收拾掉，且幾次大獄株連殺害無辜達數萬人之多；對於他認為不為其所用，或已失去使用價值的文人士大夫，則大興文字獄，其時文人士大夫動輒得咎，一代文士高啟、宋濂皆慘遭不測，開國有功的劉基

也死得不明不白。

朱元璋嗜殺成性，自有其理論基礎，為言傳身教其太子朱標，他曾用為棘杖除刺的比喻教訓這位皇儲，為其慘無人道的暴政作自我辯護。他藉除掉丞相胡惟庸的機會，廢除中書省與丞相制，將權力進一步集中於帝王之手；同時這位流氓皇帝，又於眾目睽睽之下開設「廷杖」之非刑，以挫辱士氣，大樹特樹君主淫威。太子朱標死於其父之生前，明太祖身後繼承皇位者為朱標之子——皇太孫朱允炆，即後來被史家稱為建文帝者。被朱元璋認為威脅皇權的人物皆已受到「除刺」的待遇，朱家王朝似乎固若金湯，孰料朱元璋死後即禍起蕭牆，朱元璋的四兒子燕王朱棣以「清君側」為名，發兵「靖難」，終於從其姪子手中奪得天下，是為明成祖。明末清初的王夫之在其史學著作《讀通鑑論》卷一就此評論道：「建文立而無託孤之舊臣，則兵連禍結而尤為人倫之大變。徐達、劉基有一存焉，奚至此哉！」專制獨裁者在扼殺人才的同時，也極大地限制了自身的發展空間，這就是歷史的辯證法。

朱棣以武力奪取政權以後，完全繼承了他父親暴虐恣睢的本性，對於反抗者痛下殺手，有「讀書種子」之譽的方孝孺拒不為「篡位」者起草即位詔書，被滅「十族」，且株連甚廣，凡是忠於建文帝的臣子除被趕盡殺絕而外，還要凌辱其家屬妻女，無所不用其極，至今閱讀這段歷史，仍令人髮指。明末余懷《板橋雜記》卷上提及這段慘史就此歎息道：「發象房，配象奴，不辱自盡；胡閏妻女發教坊為娼：此亙古所無之事也。」至於明廷用宦官管轄東廠等特務機關以平衡內閣權力，荼毒百姓，為害更巨。清代吳敬梓《儒林外史》第一回借王冕

之口形容明初文人之困難處境有云：「你看貫索犯文昌，一代文人有厄！」算是後人對那一段士人傷痛歷史言簡意賅的總結。

儘管屬於殺人不眨眼的混世魔王，然而有明一代最具雄才大略的帝王，終究只有明太祖朱元璋與明成祖朱棣，其餘十四帝（不計南明諸帝）大抵碌碌，甚至昏庸荒淫，或終日沉溺神仙之術。其中對文人較為寬鬆的時代，要數明孝宗朱祐樘在位期間，其年號弘治，政治尚較清明，值得一提。但孝宗十八年的勵精圖治於明朝歷史不過曇花一現，孝宗一死，人亡政息，繼位者明武宗朱厚照既荒唐又荒淫，四下巡遊，尋歡作樂，不務正業，折辱臣工士氣的「廷杖」在他手中又被發揮到極致。明憲宗成化（西元一四六四—一四八七年）以前，大臣受杖可著厚棉底衣，並以重氈裹身，可不致死，示辱而已；明武宗正德（西元一五〇五—一五二一年）間宦官劉瑾掌權，施行去衣行杖之法，受刑者往往立斃於廷杖之下，即使僥倖不死，也要終身落下殘疾。據《明史》卷一六〈武宗本紀〉，正德十四年（西元一五一九年）三、四月間，群臣因諫武宗南巡，惹惱了這位風流帝王：「戊午，杖舒芬等百有七人於闕下。是日，風霾晝晦……戊寅，杖黃鞏等三十九人於闕下，先後死者十一人。」另據《明史》卷一七〈世宗本紀〉，嘉靖三年（西元一五二四年）七月間，群臣因進諫明世宗朱厚熜父母尊號問題的「大禮議」，終於激怒了這位患有偏執狂的帝王：「戊寅，廷臣伏闕固爭，下員外郎馬理等一百三十四人錦衣衛獄。癸未，杖馬理等於廷，死者十有六人。」可見明帝王的刻薄寡恩，並非個案。

以歷代文人士大夫的生態環境而論，隋以前姑且不論，唐人有容納百川、較為開放的恢宏氣度，這令文人士大夫獲得了相對自由的輿論空間與生存天地，詩歌的盛唐氣象之所以形成絕非歷史的偶然。趙宋王朝對待文人士大夫也較為寬容，向為史家所公認，有宋一代的文學成就也有目共睹。魯迅於西元一九三三年六月十八日寫有〈致曹聚仁〉一封聲名甚著的信函，內云：「古人告訴我們唐如何盛，明如何佳，其實唐室大有胡氣，明則無賴兒郎，此種物件，都須褫其華袞，示人本相，庶青年不再烏煙瘴氣，莫名其妙。」唐人正因為「胡氣」濃厚，故爾大度恢宏；明代帝王流氓習氣濃重，逆我者亡，明太祖朱元璋、明成祖朱棣、明武宗朱厚照可謂一脈相承。然而平心而論，明朝在明成祖永樂以後，若不計廷杖之酷、廠衛之橫，文人的生態環境又似稍勝於其後的清朝，這從明人詩歌有敢於批評帝王的題材即可感覺到。文學與政治的關係是一個相當複雜的問題，三言兩語自難說得清楚，但討論鑑賞明詩，不對明代政治，以及文人士大夫的生態環境做一大致了解，就難以提綱挈領，獲取正確的判斷。

二、復古與性靈：明詩流派簡論

清沈德潛《明詩別裁集・序》開宗明義即說：「宋詩近腐，元詩近纖，明詩其復古也。」沈德潛論詩宗唐，其所編《唐詩別裁集》的〈凡例〉有云：「詩至有唐，菁華極盛。體制大

備。」可見清人所謂明詩「復古」之論，並非如「宋詩近腐」、「元詩近纖」的價值判斷那般深含貶義，而是帶有相當認同或讚賞的態度立論的。但用「復古」兩字來概括有明一代近三百年詩歌的特點，也不無偏頗之處。晚明藏書家胡應麟（西元一五五一—一六〇二年）在其詩論著作《詩藪》續編卷一有云：「自《三百篇》以迄於今，詩歌之道，無慮三變：一盛於漢，再盛於唐，又再盛於明。」將明詩與漢詩、唐音相提並論，反映了這位復古派詩論家自命不凡、敝帚自珍的心態。然而近代以來，明詩復古，或曰「擬古」，幾乎成了摹擬剽竊的代名詞，至於某些文學史中對於明詩復古派創作「贗品」、「假古董」等惡謚，更令一代詩歌陷入永世不得翻身的境地。

清人以「復古」二字對明詩一言以蔽之，雖非貶義，但終有以偏概全之感。二十世紀以來，如何評價明代詩文，學界見仁見智，莫衷一是。錢基博《明代文學・自序》云：「中國文學之有明，其如歐洲中世紀之有文藝復興乎？」又云：「詩則雄邁高亮，出入漢魏盛唐，以救宋詩之粗硬，革元風之纖濃。而高啟、李東陽後先繼軌，以為何、李、王、李開山。」聞一多對於明詩之評價則與錢氏大相逕庭，其〈文學的歷史動向〉一文有云：「詩的發展到北宋實際上也就完了。而南宋的詞已經是強弩之末。就詩本身說，連尤、楊、范、陸和稍後的元遺山似乎都是多餘的、重複的，以後的更不必提了。我們只覺得明清兩代關於詩的那許多運動和爭論，都是無謂的掙扎。每一度掙扎的失敗，無非重新證實一遍那掙扎的徒勞無益而已。」兩位學者對明詩的看法相左，證明有關明詩的評價問題較為複雜，一言以蔽之，皆

未免偏頗。二十世紀八十年代以後，論者或用「求真」二字對明詩加以概括，朱東潤〈述錢謙益之文學批評〉有云：「明代人論詩文，時有一『真』字之憧憬往來於胸中。惟其知『真』之可貴，故不忌常俗而一味求之於俚歌野曲之中……此種求『真』之精神，實彌漫於明代之文壇。空同求『真』而不得，則贗為古體以求之；中郎求『真』而不得，則貌為俚俗以求之；伯敬求『真』而不得，則探幽歷險以求之。其求之之道不必正，而其所求之物無可議也。」論中所言及者，「空同」即李夢陽，為「前七子」之領軍人物，這裡代表有明復古派詩人；「中郎」即袁宏道，為「公安派」之中堅人物；「伯敬」即鍾惺，為「竟陵派」之倡導者，後兩者皆代表有明性靈派詩人。以所謂「求真」二字概括有明將近三百年的詩壇，也未免過於簡單化了，仍令人難得要領。對於復古詩風長久彌漫的明人詩壇，論者或以「信古」與「信心」概括前、後「七子」與公安派、竟陵派的分殊，或以復古主義與浪漫思潮，總結明人詩歌的兩種不同價值取向，皆有一定道理，但仍有不周延的缺憾。

究竟如何總結明詩成就與不足，古人的相關努力與成說是值得今人重視的。明末清初的王夫之反感明人復古派與竟陵派之開門立戶，故巧妙設喻，加以排擊。其《薑齋詩話》卷二〈夕堂永日緒論內編〉有云：

> 一解弈者，以誨人弈為遊資。後遇一高手，與對弈至十數子，輒揶揄之曰：「此教師棋耳！」詩文立門庭，使人學己，人一學即似者，自詡為「大家」，為「才子」，亦藝苑教師而已。高廷禮、

李獻吉、何大復、李于鱗、王元美、鍾伯敬、譚友夏，所尚異科，其歸一也。纔立一門庭，則但有其局格，更無性情，更無興會，更無思致；自縛縛人，誰為之解者？昭代風雅，自不屬此數公。若劉伯溫之思理，高季迪之韻度，劉彥昺之高華，貝廷琚之俊逸，湯義仍之靈警，絕壁孤騫，無可攀躡，人固望洋而返；而後以其亭亭岳岳之風神，與古人相輝映。次則孫仲衍之暢適，周履道之蕭清，徐昌穀之密贍，高子業之戍削，李賓之之流麗，徐文長之豪邁，各擅勝場，沉酣自得；正以不懸牌開肆，充風雅牙行，要使光焰熊熊，莫能掩抑，豈與碌碌餘子爭市易之場哉？李文饒有云：「好驢馬不逐隊行。」立門庭與依傍門庭者，皆逐隊者也。

王夫之意下所不屑者，高棅、李夢陽、何景明、李攀龍、王世貞、鍾惺、譚元春數人，皆因其為前、後「七子」之領袖或竟陵派之首倡者；所稱許者，劉基、高啟、劉炳、貝瓊、湯顯祖、孫蕡、周砥、徐禎卿、高叔嗣、李東陽、徐渭數人，大多為詩歌門派不甚明顯者。實則徐禎卿名列「前七子」之中，李東陽則為茶陵派之領袖人物，並非不「逐隊」者。可見，探討明詩得失利弊，若不顧及詩派門庭，將如盲人摸象。有鑑於此，清人魯九皋《詩學源流考》評價明詩有云：「明代詩家，最為總雜。」他討論元末明初詩壇，以劉基、高啟、楊基、張羽、徐賁為幟志，輔以江右劉崧、嶺南孫蕡、閩中林鴻以及張以寧、袁凱等詩人，稱之為「一時之盛」。繼而又云：

永樂以還，崇尚臺閣，迄化、治之間，茶陵李東陽出而振之，俗尚一變。但其新樂府，於鐵崖之外，又出一格，雖若奇創，終非正軌。嗣是空同李氏、大復何氏大聲一呼，海內響應，又得徐昌穀禎卿、邊華泉貢為之輔翼，稱弘治四傑。繼又益以康海、王九思、王廷相二人為七子，是為「前七子」。是時詩學之盛，幾幾比於開元、天寶，而李、何聲價，當時亦不啻李、杜。「七子」之後，則有祥符高子業叔嗣，以深微妙婉之思，發溫柔敦厚之旨，粹然一出於正。繼之以皇甫子浚沖、子安涍、子循汸、子約濂兄弟，並溯源於建安及潘、左、鮑、謝諸家，不失五言正音。此外如薛君采蕙、華鴻山察、楊夢山巍，雖才力或減數子，時有出入，亦其次也。嘉靖之初，李、何之風少熄，而王元美氏、李于鱗氏復揚其餘燼，與四溟山人謝榛及梁有譽、宗臣、徐中行、吳國倫結社為「後七子」，以振興風雅為己任。當結社之始，稱詩選格，並取定於四溟。其後議論不合，于鱗乃遺書絕交，而元美別定五子，遽削其名。又有「後五子」、「廣五子」、「續五子」、「末五子」，廣至四十子，而四溟終不與。其實餘子皆無足稱，而七子之中，亦惟王、李、謝而已。前、後「七子」，議論略同，其所宗法，皆在少陵以上，建安而下，唐以後書則置焉。其見非不甚善，特斤斤規仿，過於局促，神理不存。王、李之視李、何，抑又甚焉，故錢牧齋《歷朝詩選》極力擯之。然而當詩教榛蕪之日，其催陷廓清之功，亦何可少！至如昌穀徐氏選擇精融，純乎唐音，皇甫兄弟獨見推獎，王敬美亦攜與高按察並稱，謂「更千百年，李、何尚有廢興，一家必無絕響」，論斯允矣。即四溟今體，工力深厚，不愧能手，又何可以「七子」而譏之也？自是以後，詩學日壞，隆、萬之際，公安袁氏，繼以竟陵鍾氏、譚氏，《詩歸》一出，海內翕然宗之，而三漢、六朝、

四唐之風蕩然矣。其間非無卓然不惑，如歸季思子慕、高景逸攀龍、李伯遠應徵、區海目大相、謝在杭肇淛、曹能始學佺諸君子者，力持風氣，然淫哇之教，浸人心術，論詩之害，未有烈於斯時者也。及陳臥子子龍奮臂大呼，少一轉變，論者猶以其不離「七子」面目為憾。然大雅舉止，與侏儒之拜舞何如也？至嶺南屈翁山大均，五言直接太白，而陳元孝恭尹輔之，而有明一代之詩，至此終焉。

魯九皋從詩派角度立論，探其本源，因枝振葉，討論有明一代詩壇變化，自有綱舉目張的功效。永樂之後詩壇，楊士奇、楊榮、楊溥倡導之臺閣體，李東陽創立之茶陵派，李夢陽、何景明為首之「前七子」，李攀龍、王世貞為首之「後七子」，袁宏道三兄弟之公安派，鍾惺、譚友夏之竟陵派，以及明末陳子龍等之雲間派，一經提挈要旨，其詩學源流清晰可見，總之以復古為主調，而其間亦有性靈詩人的反撥與抗爭。從上所引文可見，論者對於「後七子」之末流與公安、竟陵二派頗有微詞，對於陳子龍等再倡復古則給與了相當的肯定，這與論者牢不可破的傳統儒家詩教觀念是分不開的，無足深怪。今人在重視清人有關明詩論述的同時，發現其不足之處也是必要的。

討論明詩，從理論角度以詩派或團體為樞紐，的確可以沿波討源，事半功倍，但從鑑賞角度而論，詩人的詩歌主張與其創作實踐並非若合符契，有時甚至南轅北轍，這體現了古代詩歌創作的複雜性與生動性。將明詩以「三百首」的形式介紹給廣大讀者，當然首先要以鑑

賞為主，這絕非枯燥的理論探索所能解決的。若將詩歌的有關文化品格問題引入我們的視野，也許會使明詩的鑑賞問題更為明確清晰。

三、臺閣與山林：明詩的文化品格

宋濂〈汪右丞詩集序〉有云：

昔人之論文者，曰有山林之文，有臺閣之文。山林之文，其氣枯以槁；臺閣之文，其氣麗以雄。豈非天之降才爾殊也，亦以所居之地不同，故其發於言辭之或異耳？濂嘗以此而求諸家之詩，其見於山林者無非風雲月露之形、花木蟲魚之玩、山川原隰之勝而已，然其情也曲以暢，故其音也眇以幽。若夫處臺閣則不然，覽乎城觀宮闕之壯、典章文物之懿、甲兵卒乘之雄、華夷會同之盛，所以恢廓其心胸，踔厲其志氣者，無不厚也，無不碩也，故不發則已，發則其音淳龐而雍容，鏗鍧而鏜鞳。甚矣哉！所居之移人乎？（《文憲集》卷六，文淵閣《四庫全書》本）

宋濂將詩文分為「臺閣」與「山林」兩種文化品格，並以詩人所處社會地位為根據，有一定道理。但無論臺閣還是山林，這兩種文化品格皆屬於士林雅文化的範疇，與市井文化或俗文化不可同日而語。

茶陵派的主創者李東陽長期迴翔臺閣，但其詩歌審美取向，卻一反三楊臺閣體雍容華貴的風尚，逐漸偏向於山林氣的清逸淡遠風格。李東陽在其《懷麓堂詩話》中有云：「朝廷典則之詩，謂之『臺閣氣』；隱逸恬澹之詩，謂之『山林氣』，此二氣者，必有其一，卻不可少。」又云：「作山林詩易，作臺閣詩難。山林詩或失之野，臺閣詩或失之俗。野可犯，俗不可犯也。蓋惟李、杜能兼二者之妙。若賈浪仙之山林，則野矣；白樂天之臺閣，則近乎俗矣。況其下者乎？」他論詩主張「山林」、「臺閣」二體並作，不可偏廢，卻又力避「俗」氣，正是其堅守士林雅文化品格的表徵。所謂「山林」也者，無非是廣大在野或沉居下僚的士大夫群體，他們不像「臺閣」文人那樣位居要路津，因而思想活躍，禁忌較少，詩文創作也就隨心所欲，這與明代中葉以來，發展起來的強調「人心」的王陽明心學，就有了天然的親和力，而與鼓吹「天理」的程朱理學自然有所疏離。從王陽明的「致良知」到李贄的「童心說」，顯示了中國傳統文人，在封建專制主義統治下一條思想解放的路徑。而明代心學的興起，與當時城市商品經濟的不斷發展是同步的，市井文化則是伴隨商品經濟的發展而不斷豐富的。這一具有無限生命力的文化形態，培育了明代的市民階層走向成熟，並孕育了與之相關的文學載體的興盛和成熟，白話小說、民歌、戲曲傳奇在明代風行於世，共同鑄就了市井文化的輝煌。

市井文化屬於「俗」的範疇，與士林雅文化既相對立又相融合，山林士大夫群體由於接觸社會較為廣泛，其受市井文化的影響勢必較為明顯。提倡「臺閣」與「山林」二氣並存的

李東陽，有時也不免為「俗」所染，《懷麓堂詩話》一則有云：「〈紅梅〉詩押『牛』字韻，有曰：『錯認桃林欲放牛。』〈蛺蝶〉詩押『船』字韻，有曰：『跟個賣花人上船。』皆前輩所傳，不知為何名氏也。」按，〈紅梅〉詩乃南宋末呂徽之所作，其詩云：「疏影離奇色更柔，誰將紅粉點枝頭。牧童睡起朦朧眼，錯認桃林欲放牛。」明正德間人郎瑛《七修類稿》卷三二〈箕詩改紅白〉一則云：「嘗有人招（箕）仙，請作梅花詩，仙箕遂寫『玉質亭亭清且幽』，其人云『要紅梅者』，即承曰：『著些顏色點枝頭。牧童睡起朦朧眼，錯認桃林去放牛。』」明代市井間人扶箕（乩），即將前人呂徽之〈紅梅〉詩改易首二句，變換為從詠白梅到詠紅梅的轉折遞進，極見巧思。〈紅梅〉詩能傳到身居輔臣要職的李東陽耳中，其渠道當亦由市井中來，而非藉助載籍文字。所謂押「船」字韻之〈蛺蝶〉詩，當為年紀小於李東陽二十三歲的唐寅所作，《六如居士全集》卷三有〈詠蛺蝶〉七絕一首云：「嫩綠深紅色自鮮，飛來飛去趁風前。有時飛向渡頭過，隨向賣花人上船。」唐寅此詩或化用宋謝逸吟蝴蝶詩三百首中「江天春晚暖風細，相逐賣花人過橋」之佳句。謝逸，字無逸，時人號為「謝蝴蝶」。陳田《明詩紀事》丁籤卷一一有按語評價唐寅謂：「子畏詩才爛熳，好為俚句。」唐寅在當時詩壇徒有才情而名位不彰，其〈詠蛺蝶〉一詩末句以巧思贏得士林青睞可以想見，流播眾口而逐漸湮沒原創者之名，致令李東陽誤以為「前輩」云云，姑且不論，但山林之作伴隨市井文化廣泛傳布之態勢則可概見，明詩文化品格之交融是與社會經濟之發展密不可分的。

在明代，「真詩在民間」是一個有趣的命題，復古派人士如李夢陽、何景明、李開先等

人皆曾加以提倡，性靈派人士如袁宏道、馮夢龍等人則更熱衷於此道，這種向民間俯首的觀念似乎已經打破了詩歌流派的界限，成為一代詩人的共識。明沈德符《萬曆野獲編》卷二五〈時尚小令〉一則有云：「元人小令，行於燕趙，後浸淫日盛，自宣正至成弘後，中原又行〈鎖南枝〉、〈傍妝臺〉、〈山坡羊〉之屬。李空同先生初自廣陽徙居汴梁，聞之以為可繼〈國風〉之後。何大復繼至，亦酷愛之。」李夢陽晚年所撰〈詩集自序〉有云：「夫詩者，天地自然之音也。今途咢而巷謳，勞呻而康吟，一唱而群和者，斯之謂風也。孔子曰：『禮失而求諸野。』今真詩乃在民間。」李開先〈市井豔詞序〉亦云：「正德初尚〈山坡羊〉，嘉靖初尚〈鎖南枝〉，一則商調，一則越調。商，傷也；越，悅也。時可考見也。二詞嘩於市井，雖兒女子初學言者，亦知歌之。但淫豔褻狎，不堪入耳，其聲則然矣，語意則直出肺肝，不加雕刻，俱男女相與之情，雖君臣友朋，亦多有託此者，以其情尤足感人也。故風出謠口，真詩只在民間。《三百篇》太半采風者歸奏，予謂今古同情者此也。」公安派之中堅人物袁宏道〈敘小修詩〉則云：「故吾謂今之詩文不傳矣。其萬一傳者，或今閭閻婦人孺子所唱〈擘破玉〉、〈打草竿〉之類，猶是無聞無識真人所作，故多真聲，不效顰於漢、魏，不學步於盛唐，任性而發，尚能通於人之喜怒哀樂、嗜好情欲，是可喜也。」至於馮夢龍，曾親自編選民歌集《掛枝兒》、《山歌》，就是其俯首民間的明證。

明代文人這種跨越詩歌流派意識而向民間學習的價值取向，已經超越於士林文化，體現了與時代脈動相應的特點，絕非個別孤立的現象。一切文體皆須有民間養分的不斷滋養，才

能不斷發展、推陳出新，詩歌如此，散文亦如是。明代中葉以後，文人士大夫的思想多已染有方興未艾的市民階層意識，無論復古派的執著或性靈派的靈動，他們作品或有關議論中，「尊情」大行其道，皆折射出市井文化的輝光。一般而言，士林文化強調對傳統的繼承，趨向於保守；市井文化則重視現實的享樂，具有移風易俗的力量。士林文化與市井文化在明代中葉以後的碰撞交融整合中，必然令其體現者產生某種心理的躁動，處於躁動中的文人士大夫只有通過精神的調整才能有望達到心態的平衡，文學創作無疑是精神調整的一劑良藥。僅以詩歌、散文兩種文體而論，散文小品（不是全部）不像詩歌（特別是近體詩）那樣有押韻、格律等嚴格的限制，揮灑自如，得心應手，可以很好地充當創作主體的心理平衡器，晚明小品之所以在中國文學史上大放異彩，主要原因即在於此。詩歌創作受到音律的限制，固然不如散文小品那樣活潑自由、縱橫捭闔，但其文化品格的豐富性，是其有異於唐詩、宋調的鮮明特色，而這正是明詩在中國文學史上應有一席之地的重要理由！

四、明詩分期問題概述

有明一代將近三百年，以帝王年號排列，各朝得年如次：洪武三十一年（明太祖朱元璋）、建文四年（明惠帝朱允炆）、永樂二十二年（明成祖朱棣）、洪熙一年（明仁宗朱高熾）、宣德十年（明宣宗朱瞻基）、正統十四年（明英宗朱祁鎮）、景泰七年（明代宗朱祁鈺）、天順

八年（明英宗朱祁鎮）、成化二十三年（明憲宗朱見深）、弘治十八年（明孝宗朱祐樘）、正德十六年（明武宗朱厚照）、嘉靖四十五年（明世宗朱厚熜）、隆慶六年（明穆宗朱載垕）、萬曆四十七年（明神宗朱翊鈞）、泰昌一年（明光宗朱常洛）、天啟七年（明熹宗朱由校）、崇禎十七年（明思宗朱由檢）。一共十六帝十七個年號（明英宗因「土木之變」有復辟之舉，故有兩個年號）。無論歷史研究、哲學研究、文化研究、文學研究，論者多喜分期論之，敘述的方便之外，時移事異，對某種規律性的有關探索也是其間重要的原因。具體到明詩的分期或曰詩風演變問題，以帝王之年號為斷限，或長或短，長者四十七年，短者不足一年，顯然不適用。一般籠統言之，則將明詩以明初、明中葉、晚明大致分成三段，或謂之「三明」說，至於「三明」各段之時間界限則沒有一個統一明確的說法，只能大概分界。

明代中晚期的詩論家胡應麟以詩風變化為線索，將明初至嘉靖、隆慶間的詩壇分為四變：「洪、永以至嘉、隆，國朝製作，又四變矣。吳郡、青田，纖穠綺縟，一變也。長沙、京口，典暢和平，一變也。北地、信陽，雄深鉅麗，一變也。婁江、歷下，博大高華，一變也。」這一表述模糊了時代概念，而以代表詩人為線索言其「四變」之說。吳郡、青田謂高啟、劉基，長沙、京口謂李東陽、楊一清，北地、信陽謂李夢陽、何景明，婁江、歷下謂王世貞、李攀龍，分別代表明初的吳詩派、越詩派，明中期的茶陵派、「前七子」，明中晚期的「後七子」，基本以詩歌流派為詩風變化的依據，對於明詩分期的意義不大。

清初朱彝尊《靜志居詩話》卷二一〈曹學佺〉一則論明詩屢變有云：「明三百年詩凡屢

變。洪、永諸家稱極盛，微嫌尚沿元習。迨『宣德十子』一變而為晚唐，成化諸公再變而為宋，弘、正間，三變而為盛唐，嘉靖初，八才子四變而為初唐，皇甫兄弟五變而為中唐，至七才子已六變矣。久之，公安七變而為楊、陸，所趨卑下，竟陵八變而枯槁幽冥，風雅掃地矣。獨閩、粵風氣，始終不易，閩自十才子後，惟少谷小變，而高、傅之外，寥寥寡和。若曹能始、謝在杭、徐惟和輩，猶然十才子調也。粵自五先生後，惟蘭汀小變，而歐楨伯、黎維敬、區用孺輩，猶是五先生之調也。」所論雖以時代順序而下，但「八變」之說於明詩分期問題仍覺含混不清，難得要領，不能為今人所摭拾、認同乃至取用。

二十世紀三十年代宋佩韋有《明文學史》一書，其引言部分認為明代正統文學或稱傳統文學，約可分為五個時期來敘述，即（一）明開國至永樂初；（二）永樂初到成化、弘治間；（三）弘治、正德之際；（四）嘉靖、萬曆之際；（五）從天啟初以迄明清之交。這一「五分法」是以帝王年號為依歸，顯然受到上述胡應麟「四變」說的啟發，即由「四變」中「後七子」之後再加天啟以後的明末一段，適為「五分」。其實這一明代文學分期方法，過於瑣碎，時代特色並不彰顯，沒有參照有明一代政治文化與文學發展的諸多因素，因而從未引起學界矚目。

近期有學者李聖華教授提出明詩分期的「四分法」，即所謂「四明」說。四明為初明、盛明、中明、晚明。明初高棅《唐詩品彙》承繼南宋嚴羽《滄浪詩話》之說，將唐詩分為初唐、盛唐、中唐、晚唐四期，影響甚廣，至今其說仍為學界津津樂道。李聖華的「四明」說

並未沿襲高棅「四唐」說的邏輯模式，即「四明」說並不包含唐詩那種興—盛—衰—亡的發展規律。李聖華〈明初五派詩歌研究及其他〉對其「四明」說有如下闡述：

初明，或者說明初，大抵始於洪武初，終於宣德末，共約七十餘年的時間。此期詩壇名家輩出……越中、吳中、江右、閩中、嶺南等五派為前期詩歌創作的主流……永、宣間，值太平日久，臺閣體臻於極盛，成為詩壇主流。

盛明，大抵始於正統初，終於正德末，中間有景泰、天順、成化、弘治四朝，前後共約九十餘年的時間……成化以後，茶陵派興起，「臺閣體」因之一變。伴隨著弘治中興與正德之衰，前七子復古興起，成為詩壇主流。同時還有兩大支流：一是學人之詩。陳獻章、莊昶、丘濬等人鼓吹風雅……繼有王守仁倡導陽明心學，與李夢陽復古同時並起……二是才人之詩。以吳中四才子為代表的吳中詩人，與李夢陽復古一派、王守仁陽明一派，幾成三鼎足。

中明，大抵始於嘉靖初，終於隆慶末，共約六十餘年的時間……這一時期，詩歌與政治關聯尤密，後七子派與嘉靖十才子居於主流，陽明後學、唐宋派為重要支流……

晚明，大抵始於萬曆初，終於崇禎末，共約七十餘年時間……後七子派衰落，繼有公安派之興，竟陵派之盛，啟禎之際，復社、幾社文人群體起而駁斥公安、竟陵，構成此期詩歌演變的主要軌跡。閩派的三興、嶺南派的三興、越中詩壇的復興、山人詩的大興，成為晚明詩歌的重要支流。

「四明說」較「三明說」詳贍，界限亦較分明，但在學界尚未普遍接受之前，本書在探討所選詩歌的有關問題時，仍以「三明說」為準。

五、取精用宏：明詩選錄原則略議

為了使讀者對明詩有一個概略的了解，《新譯明詩三百首》在選詩方面儘量照顧到不同流派與不同風格的作家與作品。「三百首」與存世數量眾多的明代詩歌相比，不過九牛一毛而已，欲使讀者於嘗鼎一臠中，略識其味，即大概瞭解明詩有別於前代作品，乃至有別於其後清詩的藝術特色，如何取精用宏，舉一反三，就是對選注選譯者一個極大的考驗。有關明詩的選注本，海內坊間目下已有不少，謹以見聞所及羅列如次（以出版時間為序）：袁行雲、高尚賢《明詩選》、王英志《明人絕句三百首賞評》、喬力主編《明詩三百首譯析》、羊春秋《明詩三百首》、金性堯《明詩三百首》、杜貴晨《明詩選》、李夢生《元明詩三百首注評》。這些明詩選注本，如春蘭秋菊，各極一時之妍，從選目到注釋皆為筆者的選注、選譯工作提供了參考；他山之石，可以攻玉，因而減少了白手起家的困窘，也避免了一些謬誤的產生。這是值得筆者深深致謝的。

在中國文學史上之地位已有定評的代表性作家，本書自當多選其作品，如劉基、楊基、高啟、李東陽、李夢陽、何景明、楊慎、謝榛、李攀龍、王世貞、袁宏道、譚元春、陳子龍、

夏完淳等人，每人入選五至八首作品不等，以與小家區以別之，其中高啟一人即入選十三首詩，這並非筆者偏至，實因其詩歌作品藝術性強，風格多樣，堪稱明代詩人翹楚，故對其優秀作品難以割愛。至於詩體，琅琅上口者，今人往往以五、七言絕句或五、七言律詩為佳，限於全書篇幅並便於讀者記誦，本書入選者以近體詩為多。但一些古體詩如高啟〈明皇秉燭夜遊圖〉、吳承恩〈二郎搜山圖歌〉、袁宏道〈萬壽寺觀文皇舊鐘〉、魏耕〈柳麻子說書歌行〉、夏完淳〈細林夜哭〉等，或以辭采壯麗見長，或以想像奇瑰取勝，或以滄桑慷慨感人，或以敘事議論生輝，也應當介紹給讀者，以瞭解明詩題材與體裁的豐富性。本書共入選有明詩人一百二十家，古今體詩三百零一題三百零七首，其中有一部分詩人或詩，為此前諸選本所未選或迄未引起論者矚目者，這次一併呈獻於讀者。「三百首」對於明詩優秀作品終究難以一網打盡，掛一漏萬，亦屬無奈，讀者當有所見諒。

按照三民書局《古籍今注新譯叢書》體例，本書所選詩皆有「題解」、「注釋」、「語譯」、「研析」各項內容，作者第一次出現時，另在「題解」之下加「作者」一項，介紹其籍貫、生平、仕履、交遊、著述以及有關評價等。「注釋」除名物解析、典故詮釋外，若遇意象紛繁者，則多方取資，不嫌辭費，以省讀者再行翻檢或求索之勞。「語譯」則力求句式規整與大致韻腳，儘量不與原詩風格相距過遠。「研析」或聯繫本詩內容，探其心曲；或比較前人作品，明其勝處；或尋詩作本事，按圖索驥；或述歷史淵源，融會貫通。至於詩歌意境之尋幽攬勝，詩歌風尚之沿襲變化，也常納於研析之中。總之，連類取譬，不拘一格，若能引起

讀者於鑑賞之餘，產生對明代詩歌進一步探究的興趣，則本書目的已然達到。

趙伯陶

西元二〇一四年九月於京北天通樓

峨眉亭

張以寧

【題　解】這是一首帶有詠懷性質的五古。峨眉亭，又作「蛾眉亭」，故址在今安徽馬鞍山市當塗采石磯。《江南通志》卷三五：「蛾眉亭在當塗縣北二十里，據牛渚絕壁，前直二梁山，夾江對峙，如蛾眉然，故名。宋熙寧二年，太守張瓌建。」宋沈括〈峨眉亭〉：「雙峰秀出兩眉彎，翠黛依然監影間。終日含顰緣底事，只因長對望夫山。」

【作　者】張以寧（西元一三〇一－一三七〇年），字志道，號翠屏山人，古田（今屬福建）人。元泰定四年（西元一三二七年）進士，官至翰林學士承旨，尋拜祭酒。博學強記，有「小張學士」之譽。入明，授侍講學士。洪武二年（西元一三六九年）出使安南，翌年卒於歸途。著有《翠屏集》四卷。《明史》卷二八五〈文苑一〉有傳，內云：「以寧為人潔清，不營財產，奉使往還，襆被外無他物。本以《春秋》致高第，故所學尤專《春秋》，多所自得，撰《胡傳辨疑》最辨博，惟〈春王正月考〉未就，寓安南逾半歲，始卒業。」清錢謙益《列朝詩集小傳》甲集〈劉司業崧〉有云：「國初詩派，西江則劉泰和，閩中則張古田。泰和以雅正標宗，古田以雄麗樹幟。」《四庫全書總目提要》卷一九六著錄《翠屏集》四卷云：「其詩五言古體，意境清逸；七言古體，亦遒警。惟〈倦繡篇〉、〈洗衣曲〉等數章，稍未脫元季綺縟之習。近體皆清新，間有涉於纖仄者。」陳田《明詩紀事》甲籤卷三選張以寧詩十首，有按語云：「《翠屏》一集，咀含英華，當為閩詩一代開先，二藍、十子，皆在下風。」

白酒雙銀瓶❶，獨酌峨眉亭。不見謫仙人❷，但見三山❸青。秋色淮上❹來，蒼然滿雲汀❺。安得五十絃❻，彈與蛟龍聽❼。

【注釋】❶銀瓶　喻酒瓶之華美。唐杜甫〈少年行〉：「不通姓字粗豪甚，指點銀瓶索酒嘗。」❷謫仙人　謂唐代詩人李白（西元七〇一—七六二年），字太白，號青蓮居士，隴西成紀（今甘肅秦安西北）人，其出生地頗多異說，此不贅言。曾官翰林供奉，故有「李翰林」之稱。安史之亂，因王室內訌，受牽累流放夜郎，旋遇赦還。後因病卒於當塗。著有《李太白全集》，兩《唐書》有傳。賀知章曾稱李白為「謫仙」，即被貶謫下凡的仙人。唐孟棨《本事詩・高逸第三》：「李太白初自蜀至京師，舍於逆旅。賀監知章聞其名，首訪之。既奇其姿，復請所為文。出〈蜀道難〉以示之。讀未竟，稱歎者數四，號為『謫仙』，解金龜換酒，與傾盡醉。」❸三山　在今江蘇南京西南，與當塗同在長江右岸一側，唐李白《李太白全集》卷二一〈登金陵鳳凰臺〉：「三山半落青天外，二水中分白鷺洲。」王琦注：「《輿地志》云：其山積石森鬱，濱於大江，三峰排列，南北相連，故號三山。陸放翁〈入蜀記〉：三山，自石頭及鳳凰臺望之，杳杳有無中耳，及過其下，則距金陵才五十餘里。」❹淮上　這裡泛指淮河中下游流域，在當塗以北。❺雲汀　雲氣瀰漫著的小洲。唐杜甫〈向夕〉：「鶴下雲汀近，雞棲草屋同。」❻五十絃　謂古代樂器瑟，絃數有別。元馬端臨《文獻通考》卷一三七〈樂考十〉：「五絃、十五絃，小瑟也；二十五絃，中瑟也；五十絃，大瑟也。」唐李商隱〈錦瑟〉：「錦瑟無端五十絃，一絃一柱思華年。」❼彈與蛟龍聽　以企盼樂聲能夠感發禽獸，抒發一己之豪邁情懷，以及尋覓知音的迫切願望。語本《荀子・勸學》：「昔者瓠巴鼓瑟而沉魚出聽，伯牙鼓琴而六馬仰秣。」《列子・湯問》：「瓠巴鼓琴，而鳥舞魚躍。」唐李賀〈李憑箜篌引〉：「夢入神山教神嫗，老魚跳波瘦蛟舞。」

【語　譯】兩銀瓶裝滿白酒，在峨眉亭裡自酌自飲。謫仙李白早已遠去，只見三山青青還如往昔。淮上秋色從北飄搖而至，令小洲雲氣瀰漫蒼然蕭瑟。怎得攜來五十絃的大瑟，彈響蛟龍喜聽的樂曲。

【研　析】當塗采石磯與李白有不解之緣，《舊唐書》卷一九〇〈文苑下〉：「嘗沉醉殿上，引足令高力士脫靴，由是斥去。乃浪跡江湖，終日沉飲。時侍御史崔宗之謫官金陵，與白詩酒唱和。嘗月夜乘舟，自采石達金陵，白衣宮錦袍，於舟中顧瞻笑傲，傍若無人。」李白生前如此狂放，屢遊采石，其死竟也與采石磯甚有關係。《李太白全集》卷三五引王琦《李太白年譜》有云：「《摭言》曰：李白著宮錦袍，游采石江中，傲然自得，旁若無人，因醉入水中捉月而死。《容齋隨筆》曰：世俗多言李太白在當塗采石，因醉泛舟於江，見月影俯而取之，遂溺死，故其地有捉月臺。」李白因入水捉月而死當然是一種傳言，今本王定保《唐摭言》一書也無此記述。不過對於一位嗜酒如命又愛玩月的大詩人而言，如此死法，的確因死得其所而引人入勝，於是歷代寧可信其有者也不在少數，當塗采石也因此傳說有了傳奇色彩。這首詩起句即以酒引起，從而想到李白及其著名的詩句，並與眼前之景交相融合，渾然無跡，餘韻悠長。至於作者何以要鼓瑟而令水底蛟龍聽到，也是一種含蓄的手法運用，因思念李白的瀟灑而借酒消解胸中塊壘，自然是壯志難酬的曲折表達。張以寧另有〈題采石峨眉亭〉：「姮娥霜鬢未摧頹，李白騎鯨更不回。異代登臨悲賦客，百年淪落憶雄才。淮雲白白鳥飛盡，山日蒼蒼猿嘯哀。欲起錦袍吹玉笛，為驅江浪入金杯。」可與此詩對照，更見其心胸。明代楊基〈晚登峨眉亭〉：「亭子憑虛好，登臨似鏡臺。江分一股折，

山作兩眉開。濃愛秋煙隔，蟾疑暮雨來。短歌聊共寫，深愧謫仙才。」采石峨眉亭之所以引來眾多詩人墨客的題詠，顯然江山勝跡的人文內涵是極其重要的因子。清沈德潛《明詩別裁集》卷一選張以寧詩六首，稱賞〈峨眉亭〉有云：「『秋色淮上來』二十字，何減太白。」

嚴陵釣臺

張以寧

【題　解】這是一首詠史題材的七律。嚴陵釣臺，在今浙江桐廬以西三十里的富春山，山半有兩磐石，東西聳立，俯瞰大江，各高近二十餘丈，有磴道可上，踞東者相傳為嚴光釣魚臺，踞西者為南宋處士謝翱臺。故又名「雙臺垂釣」。嚴陵，即嚴光（西元前三七—西元四三年），一名尊，字子陵，會稽餘姚（今屬浙江）人。少有高名，曾與劉秀（即後來的漢光武帝）同遊學，劉秀即帝位後，嚴光乃變名姓，隱身不見。《後漢書》卷八三〈逸民〉有傳。

故人❶已乘赤龍❷去，君獨羊裘❸釣月明。魯國高名懸宇宙❹，漢家
小吏待公卿❺。天回御榻星辰動❻，人去空臺山水清❼。我欲長竿數千尺，
坐來東海看潮生❽。

【注　釋】❶故人　謂劉秀（西元前六—西元五七年），字文叔，南陽蔡陽（今湖北棗陽西南）人，漢高祖劉

邦九世孫。王莽篡漢十四年，劉秀起兵舂陵，於昆陽大破王莽軍，又平定各路農民軍，最終定都洛陽，史稱東漢。在位三十三年，留心文學，重高節之士。卒謚光武。❷乘赤龍　謂劉秀即皇帝位。據《後漢書》卷一七〈馮岑賈列傳〉，馮異等勸劉秀即位：「光武曰：『我昨夜夢乘赤龍上天，覺悟，心中動悸。』異因下席再拜賀曰：『此天命發於精神。心中動悸，大王重慎之性也。』異遂與諸將軍議上尊號。」❸羊裘　羊皮做的衣服。據《後漢書》卷八三〈逸民列傳〉，劉秀登極後，尋訪嚴光：「後齊國上言：『有一男子，披羊裘釣澤中。』帝疑其光，乃備安車玄纁，遣使聘之。」❹魯國高名懸宇宙　謂魯國兩位不欲輔佐劉邦的「魯兩生」名聲傳播後世。漢初叔孫通欲為劉邦定朝儀，徵魯諸生三十餘人，獨有兩生不肯行。據《史記》卷九九〈劉敬叔孫通列傳〉，魯兩生回答叔孫通：「公所事者且十主，皆面諛以得親貴。今天下初定，死者未葬，傷者未起，又欲起禮樂。禮樂所由起，積德百年而後可興也。吾不忍為公所為。公所為不合古，吾不行。公往矣，無汙我！」叔孫通只好以「若真鄙儒也，不知時變」為答，聊以自解。❺漢家小吏待公卿　謂西漢帝王御下刻薄寡恩，對待公卿就如對待小吏那樣隨意懲處，以至誅殺。元馬端臨《文獻通考》卷一六三〈刑考二〉：「古者刑不上大夫。漢之待公卿大夫與士庶無等級，皆習秦氣象。蕭、曹秦吏，習見不知改，而何亦身自當之。惠帝雖差立條式，然特以為恩惠，不著法令。文帝時，絳侯下獄，賈生極言以諫，然終不能變也。」公卿，三公九卿的簡稱，這裡即指高官。❻天回御榻星辰動　謂劉秀為招致嚴光，特加優禮，與之同榻而臥事。據《後漢書》卷八三〈逸民列傳〉：「復引光入，論道舊故，相對累日。」又云：「因共偃臥，光以足加帝腹上。明日，太史奏客星犯御坐甚急。帝笑曰：『朕故人嚴子陵共臥耳。』」❼人去空臺山水清　語本唐劉長卿〈嚴陵釣臺送李康成赴江東使〉：「潺湲子陵瀨，彷彿如在目。七里人已非，千年水空綠。」❽我欲長竿數千尺二句　是作者抒發豪邁不羈之情懷的想像語。據後蜀何光遠《鑑戒錄·釣巨鼇》，張祐謁見李紳，以「釣鼇客」為名銜，並說出「用長虹為竿，以初月為鉤，用唐朝李相公為釣餌」的壯語，終於博得李紳的歡心。東海，這裡泛指東方的大海，與今天的「東海」概念不同。唐李白〈猛虎行〉：「我從此去釣東海，得魚笑寄情相親。」

【語　譯】舊日的好友已然登極建立新皇朝，你自己卻獨披羊裘在明月下垂釣。魯國兩生不為帝王所用，千古名聲流傳四面八方，漢家天子刻薄寡恩，對待公卿如小吏盡人皆曉。你與帝王同榻共臥，曾引來客星犯上的震驚，如今釣臺人去，江山依然山清水秀。我想手執數千尺長的釣竿，面對東海笑看那漲潮落潮。

【研　析】張以寧由元入明之際，已經將近七十歲，這在「人生七十古來稀」的古代，是可以不問世事、優遊自在的一把年紀了。然而這位崇拜嚴光高隱的文人，卻不得不出仕朱元璋，自然有迫不得已的苦衷。這首詩當寫於作者入明之先，世界彷彿還是按照他的理想建構的。和平之世，高人隱士曾是儒家文人士大夫的一種人生價值取向，從上古的巢由、許行，就開始了這一理想的設計。易代之際不食周粟的伯夷、叔齊，去西山采薇，是出於政治原因；「苟全性命於亂世，不求聞達於諸侯」則是亂世中文人的無奈選擇。嚴光不慕榮利，自甘淡泊，曾受到歷代文人的追捧。平生詩酒傲王侯的李白，其〈獨酌清溪江石上寄權昭夷〉即有「永願坐此石，長垂嚴陵釣」之吟。宋代不以詩名的司馬光〈釣魚庵〉也有「吾愛嚴子陵，羊裘釣石瀨」的宣言。范仲淹〈嚴先生祠堂記〉中「雲山蒼蒼，江水泱泱；先生之風，山高水長」的評價，早成千古名句。當然也有不以嚴光高隱為然者，元貢師泰〈釣臺〉：「百戰關河血未乾，漢家宗社要重安。當時盡著羊裘去，誰向雲臺畫裡看。」朱元璋出於帝王尊嚴的考慮以及其自卑、剛愎自用、嗜殺如命、以自我為中心的卑劣性格特徵，決定了他對歷史人物嚴光的蠻橫態度。明田藝蘅《留青日札》卷一一〈子陵耕釣處〉：「我太祖嘗作〈嚴光論〉，有云：『……朕觀當時之罪人，罪人大者莫過於嚴光、周黨

之徒。不正忘恩，終無補報，可不恨歟！』」這種不為我用即殺無赦的邪惡帝王思想，源於他自詡為百姓大救星的狂妄心態。他不但這樣說，而且積極付諸實踐，對於功臣大開殺戒不必論，對於毫無反抗能力的文人士大夫也捏造各種罪名，痛下殺手。張以寧死得早，雖未眼見高啟、宋濂等人慘遭不測的下場，但明初那種血色恐怖的高壓態勢，釀就了他違背初衷、不得不俯首專制的人生選擇的苦酒。作者詩歌的理想與人生實踐的南轅北轍，昭示了「一代文人有厄」的歷史悲劇！

清沈德潛《明詩別裁集》卷一評此詩有云：「明人詠嚴陵者，以此章為最。」可謂知言。

有感

張以寧

【題解】這首〈有感〉是一首七絕。古代詩歌有以「無題」為題者，最著名者如唐代李商隱就常寫〈無題〉詩，大有朦朧之感。人情微妙，難以直言，又感慨良深，所以用「無題」為詩題，也算是不了了之罷。這首以「有感」為題的詩，其實等同於「無題」，其間透露出來的無非是欲說還休的情感，展示了作者極度無奈的心理狀態。據《明史》卷二八五〈文苑一〉：「洪武二年秋，奉使安南，封其主陳日煃為國王，御制詩一章遺之。」此詩即當作於洪武二年，即西元一三六九年，為張以寧卒前一年。

馬首桓州❶又懿州❷，朔風❸秋冷黑貂裘❹。可憐吹得頭如雪❺，更

上安南❻萬里舟❼。

【注　釋】❶桓州　金朝置，治所在清塞縣（今內蒙古正藍旗西北），明洪武中廢。❷懿州　金朝置，治所在順安縣（今遼寧阜新東北），明初廢為懿州站，洪武二十八年（西元一三九五年）為廣寧後屯衛治。❸朔風　北風；寒風。❹黑貂裘　用戰國蘇秦始以連橫說秦而落拓不遇的故事，形容自己當下境遇的狼狽與困苦。《戰國策》卷三〈秦策一‧蘇秦始將連橫〉：「說秦王書十上而說不行，黑貂之裘弊，黃金百斤盡，資用乏絕，去秦而歸。羸縢履蹻，負書擔橐，形容枯槁，面目犁黑，狀有歸色。歸至家，妻不下紝，嫂不為炊，父母不與言。」唐李白〈秋浦歌十七首〉之七：「空吟白石爛，淚滿黑貂裘。」❺頭如雪　謂年衰老，滿頭白髮。唐高蟾〈春〉：「人生莫遣頭如雪，縱得春風亦不消。」❻安南　即今越南。《明史》卷三二一〈外國二〉：「安南，古交阯地。唐以前皆隸中國。五代時，始為土人曲承美竊據。宋初，封丁部領為交阯郡王，三傳為大臣黎桓所篡。黎氏亦三傳為大臣李公蘊所篡。李氏八傳，無子，傳其婿陳日炬。元時，屢破其國。」❼萬里舟　能遠航的大船。唐李群玉〈廣江驛餞筵留別〉：「夜雨寒潮水，孤燈萬里舟。」

【語　譯】鞍馬奔波到桓州又去懿州，塞外秋日的寒風曾吹拂黑貂裘。可憐滿頭白髮如雪迎風，又要登上出使安南的萬里舟。

【研　析】張以寧效命明朝已是年近古稀的老翁，參看上選〈嚴陵釣臺〉一詩的「研析」，即可知作者在明太祖朱元璋的專制淫威下，實在有迫不得已的苦衷。《詩經‧邶風‧式微》：「式微，式微，胡不歸？微君之故，胡為乎中露！式微，式微，胡不歸？微君之躬，胡為乎泥中！」服役王室的艱辛困苦，早在《詩經》時代就有反映。明洪武初年立國未久，百事倥偬，蒙元殘餘勢力仍

然虎視眈眈，地方割據勢力也伺機反撲，加之兵燹之後，南北蕭條，本來就不便的交通，斯時險阻更多。如此老翁南北鞍馬舟車，勞碌奔波，自然是滿腹牢騷。發之於詩歌，若怨天尤人，在明初的那種封建專制高壓態勢下，就有可能慘遭不測。詩人只就自身狀況抒發感情，溫柔敦厚而外，更增加了這首七絕的藝術表現力，讀後倍覺作者處境尷尬，傷心無限。

送許時用還剡

宋濂

【題解】這是一首送別的五律。許時用，即許汝霖（西元一三〇九—？年），字時用，嵊縣（今屬浙江）人。元至正十一年（西元一三五一年）進士，累官國史編修，後歸隱故里，不應張士誠之召。明洪武初徵至南京，未幾乞歸。著有《東岡集》、《禮庭遺稿》。萬曆《紹興府志》卷四六〈人物志・隱逸〉有傳。剡，古縣名，或稱剡中，在今浙江嵊縣西南，此即代指嵊縣。宋濂另寫有〈送許時用還越中序〉一文，文中言及「會朝廷纂修《元史》，宰臣奉特旨起濂為總裁官」，另據《明史》，朱元璋召修《元史》在洪武二年（西元一三六九年）二月間，則此詩當作於此時或稍後。

【作者】宋濂（西元一三一〇—一三八一年），字景濂，號潛溪，以祖籍金華潛溪，遂以為號。其家至宋濂遷居浦江（今屬浙江金華）。自幼英敏強記，曾師從吳萊、柳貫、黃溍。元末至正間召為翰林院編修，以親老為辭，隱居龍門山十餘年，著述為樂。朱元璋兵取婺州（今浙江金華），命為五經師；稱帝後又授以江南等處儒學提舉，召修《元史》，為總裁官，歷官學士承旨知制誥，兼贊善大夫。致仕後因受胡惟庸一案牽連，全家謫茂州（今四川茂汶），病故於中途夔州（今重慶市

奉節）。正統間追諡文憲。《明史》卷一二八有傳，稱其「於學無所不通，為文醇深演迤，與古作者並」。朱元璋稱之為「開國文臣之首」，其文名在當時遠播高麗、日本、安南。著有《宋學士集》三十三卷，今人有整理本《宋濂全集》。清朱彝尊《靜志居詩話》卷二〈宋濂〉云：「景濂於詩亦用全力為之，蓋心慕韓、蘇而具體者。」陳田《明詩紀事》甲籤卷四選其詩三首，有按語云：「集中小詩，猶是元習；長篇大作，往往規橅退之，時亦失之冗沓。」

尊酒❶都門❷外，孤帆水驛❸飛。青雲❹諸老盡❺，白髮幾人歸❻。風雨魚羹❼飯，煙霞❽鶴氅❾衣。因君動高興❿，予亦夢柴扉⓫。

【注　釋】❶尊酒　猶杯酒。唐高適〈贈別沈四逸人〉：「耿耿尊酒前，聯雁飛愁音。平生重離別，感激對孤琴。」❷都門　京都城門。這裡即指南京城門。❸水驛　水上驛路。唐李白〈流夜郎至西塞驛寄裴隱〉：「揚帆借天風，水驛苦不緩。」❹青雲　這裡喻遠大的抱負與志向。唐孟郊〈送魏端公入朝〉：「徒懷青雲價，忽至白髮年。」❺諸老盡　宋葉適〈送鄭丈赴建寧五首〉其二：「一時諸老盡，多見大名難。」❻白髮幾人歸　語本唐杜牧〈懷紫閣山〉：「人道青山歸去好，青山曾有幾人歸。」❼魚羹　魚做的糊狀食物，喻隱居所用簡單粗糙的食物。前蜀李珣〈漁歌子〉其二：「水為鄉，蓬作舍，魚羹稻飯常餐也。」❽煙霞　山水；山林。喻隱居之所。❾鶴氅　鳥羽所製成的類似道袍的外套，喻隱居的服飾。宋陸游〈八月九日晚賦〉：「薄晚悠然下草堂，綸巾鶴氅弄秋光。」❿高興　高雅的興致。晉殷仲文〈南州桓公九井作〉：「獨有清秋日，能使高興盡。」⓫柴扉　柴門，喻指貧寒的家園。唐張喬〈山中冬夜〉：「人間去多事，何處夢柴扉。」

【語　譯】都門之外奉上送別的杯酒，你獨自乘船回鄉疾駛在官家水路。曾胸懷抱負的老友相繼寥落，白髮人有幾個真能踏上歸途。風風雨雨從此魚羹就是家常便飯，山山水水身披鶴氅就是樂土。因了你的高情雅致，我也夢想那故鄉的柴門老屋。

【研　析】這首五律不同於一般的送別詩，字裡行間透露出的不僅是離別的傷感，還有一種難以言傳的世事滄桑的感慨縈繞其中，令人回味無盡。宋濂〈送許時用還越中序〉記述了許汝霖戰戰兢兢的求歸心態：「時用知濂嚮往之久，亦相與傾倒。凡風晨月夕，無不相往來。一旦，忽悽然墮淚曰：『余先朝進士也，春秋又高矣，不足以辱明時。使者不我知，委幣而迫之來，我不敢違。今已陳情於丞相府矣，丞相儻言之上，得遂歸田里焉，不翅足矣。』他日又來，言曰：『聖天子寬仁，今用丞相言，如所請矣。已具舟大江之濱，吾子遇我厚，幸一言以為別。』」如此內心壓抑的淒涼話別，在宋學士的生花妙筆下，被淋漓盡致地傳達而出。朱元璋的政治高壓令前朝士人膽戰心驚、左右為難，「出處行藏」已不是士大夫自己可以任意選擇的人生價值取向，而帶有了須顧及身家性命的危險因素。

　元泰定四年（西元一三二七年）進士、諸暨（今屬浙江）人楊維禎（西元一二九六—一三七○年），入明時年已逾古稀，以「豈有八十歲老婦去木不遠而再理嫁耶」（見詹同〈老客婦傳〉）為辭，並賦〈老客婦謠〉以明志，才算逃脫了朱元璋強行徵召的魔掌。許汝霖入明時，年紀剛過六十，竟能全身而退，也實在是大明「異數」。明白了這一時代背景，完整全面地理解鑑賞這首詩才有基礎。宋濂在明代本不以詩名，但這首送別詩卻於無限壓抑中寫出了蒼涼的人生，的確令人百

讀不厭，耐人尋味。如果聯繫本書後面所選王禕〈送許時用歸越〉一詩，兩相對照，就更發人深省了。

題倪元鎮耕雲圖

宋濂

看院留黃鶴❶，耕雲種紫芝❷。天下書❸讀盡，人間事不知❹。

【題解】這是一首題畫五絕。倪元鎮，即倪瓚（西元一三〇一—一三七四年），字符鎮，號雲林，又署雲林子、雲林散人，別號淨名居士、朱陽館主、幻霞子、東海農等，無錫（今屬江蘇）人。著名畫家，其山水師法董源、荊浩、關仝、李成，格調天真幽淡，畫史將他與黃公望、吳鎮、王蒙並稱元四家。亦工書法，擅詩文。著有《清閟閣集》十五卷。「耕雲圖」，即倪瓚所作的一幅畫。明人多喜為畫題詩，在擴充繪畫意境的同時，也能夠一抒自家胸懷，故每為文人所喜好。

【注釋】❶看院留黃鶴　語本唐白居易〈尋郭道士不遇〉：「看院只留雙白鶴，入門惟見一青松。」黃鶴，即鶴。這裡不用「白鶴」，當因「白」為入聲字，與詩律平仄不調的緣故。❷耕雲種紫芝　山水徜徉、逍遙隱居的意思。相傳秦末商山四皓，即東園公、綺里季、夏黃公、甪里先生以隱居避亂，宋郭茂倩《樂府詩集》卷五八〈琴曲歌辭二〉錄〈四皓歌〉云：「漠漠商洛，深谷威夷。曄曄紫芝，可以療飢。皇農邈遠，余將安歸。駟馬高蓋，其憂甚大。富貴而畏人，不如貧賤而輕世。」唐張九齡〈商洛山行懷古〉：「是處清暉滿，從中幽興

多。長懷赤松意，復憶紫芝歌。」紫芝，真菌的一種，類似靈芝，生於山地枯樹根上，道教以為是仙草。❸天下書　北齊顏之推《顏氏家訓・勉學》：「觀天下書未遍，不得妄下雌黃。」❹人間事不知　《史記》卷五五〈留侯世家〉載張良思歸隱之語云：「願棄人間事，欲從赤松子游耳。」

【語譯】有黃鶴看護庭院，在山中雲霧裡耕種紫芝。瀏覽天下的所有書籍，逍遙自在中不問世事。

【研析】「達則兼濟天下，窮則獨善其身」，本是古代讀書人隨世事變化而持有的兩種人生價值取向，可以交互為用，也可以只持其一端。如果欲獨善其身，則莫如歸隱山林，當然這要有一定的物質保證，否則連飯都吃不上，何談山水之樂？對於以天下為己任、抱有「修齊治平」理想的讀書人而言，現實與理想的劇烈衝突，又往往令這些人以外儒內道的面目處世，惟其如此，才能在一定程度上保持住心理的平衡。歸隱山林不失為一種美妙綺麗的幻想，使不受現實羈絆的人生有了詩意棲居的處所。這首詩不妨看作是作者在有意建構個人的精神家園，雖有些虛無縹緲，但畢竟是一種寄託，內心有此寄託，在面對險惡的現實世界時，才能煥發出面對人生的勇氣。晉陶淵明〈和郭主簿二首〉「息交遊閑業，臥起弄書琴」，多半是一種人生憧憬；唐王維〈酬張少府〉「晚年惟好靜，萬事不關心」，則有實踐的可能；唐岑參〈下外江舟懷終南舊居〉「巖壑歸去來，公卿是何物」，細讀之下總感到有些酸葡萄的心理；唐杜牧〈懷紫閣山〉「人道青山歸去好，青山曾有幾人歸」，算是道出了問題的癥結。宋濂這首題畫詩，也無非是一種理想的表達，不過為自己非現實的詩意人生添上一筆淡雅的色彩而已。

寄遠曲四首（選其一）

宋　濂

【題　解】這是一首五言新樂府詩。〈寄遠曲〉本屬新樂府辭，宋郭茂倩《樂府詩集》卷九四〈新樂府辭五〉選錄唐王建、張籍〈寄遠曲〉各一首，均為七言六句。這一組詩均為五言四句，短小精悍，饒有新意。丈夫長期出門在外，妻子思念中寫詩寄呈遠方的丈夫，詩人即模仿女子的口氣，繪景摹情，寫下四首同一題材的詩。

淚盡愁難盡，燕歸人未歸❶。遙知君❷念妾❸，似妾憶君時。

【注　釋】❶燕歸人未歸　唐徐凝〈讀遠書〉：「兩轉三回讀遠書，畫簷愁見燕歸初。」❷君　這裡用作對丈夫的敬稱。〈古詩為焦仲卿妻作〉：「十七為君婦，心中常苦悲。」❸妾　古時女子自稱的謙詞。〈古詩為焦仲卿妻作〉：「君家婦難為，妾不堪驅使。」

【語　譯】眼淚流淌已乾，愁緒卻綿綿無盡，舊時的燕子已然回歸，遠方的丈夫不見蹤影。知道你在遠方正懷念著我，就如家中的我同時懷念著你。

【研　析】這一組詩淺顯易懂，四首各具特色，若聯繫起來閱讀，更見詩人為思婦設身處地構想的巧思。其二：「憂心不可寫，天際望歸舟。江長望不極，更上一層樓。」其三：「妾有五字詩，

寄君君勿忘。十朝成一字，字字九回腸。」其四：「關河勞夢魂，欲見杳難憑。照君文繡帳，相近不如鐙。」寫思婦情感較著名者，如唐李白〈春思〉：「當君懷歸日，是妾斷腸時。」異地相思，出於對對方懸想遙測，更可見心心相印的纏綿無盡。唐韓愈〈與孟東野書〉有所謂：「與足下別久矣，以吾心之思足下，知足下懸懸於吾也。」以己度人，用於情感的文學表達，最能調動讀者「心有靈犀一點通」的藝術接受。唐白居易〈酬和元九東川路詩十二首・望驛臺〉：「兩處春光同日盡，居人思客客思家。」唐王建〈行見月〉：「家人見月望我歸，正是道上思家時。」宋張炎《水龍吟》（寄袁竹初）：「待相逢、說與相思，想亦在、相思裡。」宋濂此詩「遙知君念妾，似妾憶君時」的藝術手法，與上所列舉詩詞如出一轍，可見古典詩詞藝術表現的經驗彌足珍貴。

蘭溪棹歌三首（選其一）

汪廣洋

【題　解】題為「棹歌」，實則是一首七絕。蘭溪，又稱蘭江，以岸邊多生蘭草著稱，為富春江支流，在今浙江蘭溪縣西南。棹歌，又稱「櫂歌」，即行船時所唱之歌。漢武帝〈秋風辭〉：「簫鼓鳴兮發棹歌，歡樂極兮哀情多。少壯幾時兮奈老何。」

【作　者】汪廣洋（西元？—一三八〇年），字朝宗，高郵（今屬江蘇）人，流寓太平（今安徽當塗）。元末舉進士，朱元璋召為元帥府令史，歷官江西、陝西參政，封忠勤伯，拜右丞相，左遷廣東參政，復拜右丞相。洪武十二年十二月（已交西元一三八〇年）受胡惟庸一案牽連，坐貶廣東，

行至中途，有詔追斬之。著有《鳳池吟稿》十卷。《明史》卷一二七有傳，內云：「廣洋少師余闕，淹通經史，善篆隸，工為歌詩。為人寬和自守，與姦人同位而不能去，故及於禍。」清錢謙益《列朝詩集小傳》甲集〈汪忠勤廣洋〉謂其：「有《鳳池吟稿》五百三十餘首。宋景濂序其詩，以為絕人之資，博極群籍，從征伐則震盪超越，在廊廟則莊雅尊嚴。」清朱彝尊《靜志居詩話》卷二〈汪廣洋〉云：「忠勤詩饒清剛之氣，一洗元人纖縟之態。」陳田《明詩紀事》甲籤卷三選其詩四首，有按語云：「忠勤七律風格高騫。」

涼月如眉掛柳灣❶，越中❷山色鏡中看❸。蘭溪三日桃花雨❹，夜半
鯉魚來上灘❺。

【注　釋】❶柳灣　長滿柳樹的水灣。❷越中　即今浙江一帶或浙東地區。❸鏡中看　比喻蘭溪溪水明淨如鏡，故可倒映越中山色。❹桃花雨　桃花盛開時所下的雨，即春雨。唐李咸用〈臨川逢陳百年〉：「桃花雨過春光膩，勸我一杯靈液味。」❺鯉魚來上灘　南朝陳張正見〈賦得魚躍水花生詩〉：「漾色桃花水，相望濯錦流。躍浦疑珠出，依池似鏡浮。淩波銜落蘂，觸餌避沉鉤。方游蓮葉外，詎入武王舟。」

【語　譯】一彎涼月如眉斜掛在水灣柳梢頭，兩岸山色倒映在如鏡的江水中。桃花盛開時節三日春雨滋潤了蘭溪，夜半時鯉魚跳波躍上溪灘。

【研　析】這組〈蘭溪棹歌〉共三首，其二：「野鳧晴踏浪梯平，越上人家住近城。箬葉裹魚來換

米，松舟一個似梭輕。」其三：「棹郎歌到竹枝詞，一寸心腸一寸絲。莫倚官船聽此曲，白沙洲畔月明時。」綜觀之，皆清麗曉暢，以白描手法寫景抒情，與越中風光渾然一體，屬於熱愛生活者的吟唱。這一組詩三首，見於《鳳池吟稿》卷一〇，其中第一首卻又見於清人所編《全唐詩》卷二七九戴叔倫的同題詩，字句全同。乾隆《浙江通志》卷二七七選錄唐戴叔倫〈蘭溪棹歌〉一首，同書卷二七八選錄汪廣洋〈蘭溪棹歌二首〉（沒有此組之第三首），同一詩重複出現於同一書中之異代作者名下，必有一訛。《鳳池吟稿》卷一〇還載有汪廣洋〈淳安棹歌二首〉、〈東吳棹歌四首〉等，看來他是位寫棹歌的能手。此詩在明代或已竄入唐人集中的可能性較大，清人因襲，致以訛傳訛，所以此詩著作權當屬於汪廣洋，而非唐人手筆。金性堯《明詩三百首》也將此詩歸入汪廣洋名下。〈淳安棹歌二首〉之二：「鏡裡青山畫不如，臨溪日日望郎書。數間茅屋住近水，十個松舟時打魚。」〈東吳棹歌四首〉之三：「玻璃冷浸洞庭山，霜竹攢攢橘柚斑。垂髮吳娃笑相語，官船不似釣船閒。」其風格與〈蘭溪棹歌〉全同。詩中有畫是這首棹歌的最突出特色，月痕、柳影、山光、水色、溪漲、魚跳，種種意象被詩人巧妙有序地組織於這首七絕中，澄澈明朗，靜中有動，令讀者浮想聯翩，百讀不厭。

登南海驛樓

汪廣洋

【題　解】這首七絕屬於羈旅登臨詩。南海，即南海縣，隋開皇十年（西元五九〇年）置，治所即今廣東廣州。驛樓，驛站的樓房。唐杜甫〈舟中〉：「風餐江柳下，雨臥驛樓邊。」宋劉燾《樹

萱錄》：「番禺鄭僕射嘗遊湘中，宿於驛樓。」汪廣洋由右丞相左遷廣東參政，據《明史》卷二〈太祖二〉：「六年春正月甲寅，謫汪廣洋為廣東參政。」則此詩當作於洪武六年（西元一三七三年）或稍後。

海氣❶空濛❷日夜浮❸，山城❹纔雨便成秋❺。馮唐頭白偏多感❻，倚遍天南百尺樓❼。

【注釋】❶海氣　海面上的霧氣。唐虞世南〈賦得吳都〉：「江濤如素蓋，海氣似朱樓。」❷空濛　縹緲、迷茫的樣子。唐元稹〈遣春十首〉其二：「空濛天色嫩，杳淼江面平。」❸日夜浮　唐杜甫〈登岳陽樓〉：「吳楚東南坼，乾坤日夜浮。」❹山城　依山而築的城市。山，指越秀、白雲二山，越秀山在今廣州市中部，白雲山在今廣州市北部。❺便成秋　宋汪元量〈湖州歌九十八首〉其六七：「恰到楊村舊馬頭，北風吹雨便成秋。」❻馮唐頭白偏多感　企盼明廷也有漢代的馮唐那樣敢於進諫皇帝的老人，為自己辯白脫罪。據《史記》卷一〇二〈張釋之馮唐列傳〉，馮唐年事已高仍舊為郎，引起漢文帝的注意，馮唐乘機向他進諫賞輕罰重之弊，從而令犯小過而被罰的雲中守魏尚官復原職。顯然作者盼望朝廷中也有這樣一位敢於直諫的老者，感悟皇帝，替自己脫罪，從而得到赦免。宋蘇軾〈江神子〉（獵詞）：「酒酣胸膽尚開張，鬢微霜，又何妨。持節雲中，何日遣馮唐。」❼百尺樓　驛樓建於山崗，故曰「百尺」，並非驛樓高百尺。唐李群玉〈江樓閑望懷關中親故〉：「風凄日冷江湖晚，駐目寒空獨倚樓。」唐江為〈岳陽樓〉：「倚樓高望極，展轉念前途。」

【語譯】海上日夜霧氣迷茫，縹緲浮沉不定，山城雨過便覺清爽似秋景。盼望如馮唐一樣善於救

護罪臣的老者出現，在天南百尺山崗的驛樓倚望，思緒無窮。

【研　析】這首七絕前兩句寫景，十四字概括南海風貌，言簡意賅，同時襯托出作者此時此際的心情，迷茫朦朧之中，有「天涼好個秋」般的清爽，困苦中似乎又萌生了某種期望。理解此詩的關鍵在於第三句「馮唐頭白偏多感」，馮唐是自喻還是他喻？一般選明詩的注本，多謂作者是以馮唐自喻，如喬力主編《明詩三百首譯析》有云：「後兩句只寫鎮日裡在天南驛樓倚欄遠望的動作，用『馮唐白頭』點明身分背景，則那種遲暮之年謫逐天涯、遠離家鄉和朝廷的複雜深沉的喟嘆心情便可想而知了。」汪廣洋是被封忠勤伯之後，以右丞相之高官身分貶謫嶺南為廣東參政的，所謂「馮唐易老，李廣難封」的不遇心理，當不屬於作者。另據《史記》本傳，馮唐並沒有被貶謫的記述，他進諫漢文帝雖一度惹惱這位帝王，但最終還是以廉頗、李牧的故事感悟了漢文帝，文帝因此令馮唐持節至雲中赦免了魏尚。事畢，晉升馮唐為車騎都尉，漢景帝時又被委派為楚相。漢武帝時被舉賢良，因馮唐年已九十餘歲，「不能復為官，乃以唐子馮遂為郎」，可見其遭際遠比作者被貶謫嶺南為好。顯然詩中之馮唐是他喻，即作者盼望朝中出現一位像馮唐一樣「多感」的老臣，為自己說話，感悟帝王朱元璋，並派他到嶺南宣布赦令。如此理解，詩末句「倚遍天南百尺樓」才有了著落，作者是有所企盼的，他盼望能有馮唐一類人物的到來，所以倚欄眺望北天。也許詩中「馮唐」確有所指，不欲明言，用典故道出，典雅含蓄，且不易惹禍上身。詩人構思此詩之用心，亦可謂良苦了。

玉階怨

劉 基

【題 解】這是一首五言樂府。玉階怨，為樂府歌辭，宋郭茂倩《樂府詩集》卷四三〈相和歌辭・楚調曲〉著錄南齊謝朓、虞炎、唐李白〈玉階怨〉共三首。玉階，謂朝廷。《文選》卷一五張衡〈思玄賦〉：「勔自強而不息兮，蹈玉階之嶢崢。」注：「玉階，天子階也。」這或許是樂府題名的由來，因而〈玉階怨〉多以表現宮怨著稱。

【作 者】劉基（西元一三一一—一三七五年），字伯溫，青田（今屬浙江麗水市）人。元元統元年（西元一三三三年）進士，歷官江西高安縣丞、江浙儒學副提舉、浙東行省郎中，後棄官隱居青田山中，著《郁離子》。元至正二十年（西元一三六〇年），受朱元璋聘，陳時務十八策，輔佐之建立明朝，歷官御史中丞兼太史令，授弘文館學士，封誠意伯。後因受左丞相胡惟庸排擠，又為朱元璋所猜忌，歸鄉後憂憤而卒。一說為胡惟庸所毒殺。正德八年（西元一五一三年）諡文成。《明史》卷一二八有傳，謂其「所為文章，氣昌而奇，與宋濂並為一代之宗」。有《誠意伯劉文成公文集》二十卷。曾自編其元季詩文集名《覆瓿集》，入明之作名《犁眉公集》。今人有整理本《劉基集》。清錢謙益《列朝詩集小傳》甲集〈劉誠意基〉云：「余考公事略，合觀《覆瓿》、《犁眉》二集，竊窺其所為詩歌，悲惋衰颯，先後異致。其深衷託寄，有非國史家狀所能表其微者。」清朱彝尊《靜志居詩話》卷二〈劉基〉云：「劉誠意銳意摹古，所作特多，遂開明三百年風氣。其五言詩，專仿韋左司，要其神詣，與相伯仲。諸體均純正無疵。」陳田《明詩紀事》甲籤卷三選其詩四首，有按語云：「《覆瓿》遠勝《犁眉》，前人已有定論。」

長門❶燈下淚，滴作玉階❷苔。年年傍春雨，一上苑牆❸來。

【注釋】❶長門　漢代都城長安離宮宮名。清顧炎武《歷代帝王宅京記》卷五：「長門宮，離宮，在長安城東。孝武陳皇后得幸，頗妒，居長門。」❷玉階　宮中臺階的美稱。❸苑牆　宮苑之圍牆。唐杜牧〈宮人塚〉：「盡是離宮院中女，苑牆城外塚累累。」

【語譯】長門宮燈下淚水漣漣，滴滴化作石階下的青苔。更有一年年春雨的澆灑，蔓延滋生到了苑牆內外。

【研析】這裡先將《樂府詩集》卷四三所錄三首〈玉階怨〉列出，略加比較。南齊謝朓〈玉階怨〉：「夕殿下珠簾，流螢飛復息。長夜縫羅衣，思君此何極。」南齊虞炎〈玉階怨〉：「紫藤拂花樹，黃鳥度青枝。思君一嘆息，苦淚應言垂。」唐李白〈玉階怨〉：「玉階生白露，夜久侵羅襪。卻下水晶簾，玲瓏望秋月。」謝朓詩純用白描渲染場景，虞炎詩融情入景別有情韻，李白詩構思巧妙餘味無窮，劉基詩則以誇張手法將時間歷程融入對寂寞的描繪，四詩各有特色，可謂春蘭秋菊，各極一時之妍。清沈德潛《明詩別裁集》卷一評此詩：「婉而曲。」宮怨作為古代封建社會宮廷文化的一種特有現象，詩人騷客每喜吟詠，無非借宮女之酒杯，澆自家心中之塊壘。樂府相和歌辭另有〈宮怨〉一題，也有不少作手，如唐李益〈宮怨〉：「露濕晴花宮殿香，月明歌吹在昭陽。似將海水添宮漏，共滴長門一夜長。」讀來雋永有味，餘韻悠長。這一題材的詩歌之所以引來歷代眾多文人的創作欲望，大約是感情書寫最易打動讀者，而想像之中的宮怨，寂寞無助與企盼期

望兼而有之，恰可與人生交融「希望與等待」的漫長歷程相應共振。就此而論，宮怨題材詩歌在歷代的層出不窮，也就順理成章了。

長門怨

劉 基

【題 解】這是一首五言樂府。長門怨，為樂府歌辭，宋郭茂倩《樂府詩集》卷四二〈相和歌辭·楚調曲〉著錄梁柳惲等二十八首〈長門怨〉，有注：「《漢武帝故事》曰：『武帝為膠東王時，長公主嫖有女，欲與王婚，景帝未許。後長主還宮，膠東王數歲，長主抱置膝上，問曰：「兒欲得婦否？」長主指左右長御百餘人，皆云「不用」。指其女問曰：「阿嬌好否？」笑對曰：「好，若得阿嬌作婦，當作金屋貯之。」長主乃苦要帝，遂成婚焉。』《漢書》曰：『孝武陳皇后，長公主嫖女也。擅寵驕貴，十餘年而無子，聞衛子夫得幸，幾死者數焉，元光五年廢居長門宮。』《樂府解題》曰：『長門怨者，為陳皇后作也。後退居長門宮，愁悶悲思，聞司馬相如工文章，奉黃金百斤，令為解愁之辭。相如為作〈長門賦〉，帝見而傷之，復得親幸。後人因其賦而為〈長門怨〉也。』」陳皇后名阿嬌，故此題又名〈阿嬌怨〉。

白露下玉除❶，風清月如練❷。坐看池上螢❸，飛入昭陽殿❹。

【注　釋】❶白露下玉除　語本唐李白〈玉階怨〉：「玉階生白露，夜久侵羅襪。」玉除，即玉階，臺階的美稱。❷月如練　唐權德輿〈秋閨月〉：「三五二八月如練，海上天涯應共見。」練，練過的布帛，多指白絹。這裡形容月色。❸坐看池上螢　用唐杜牧〈秋夕〉「紅燭秋光冷畫屏，輕羅小扇撲流螢」意境。螢，即螢火蟲，一種黃褐色的昆蟲，腹部末端有發光器，夜間可看到牠發出的帶綠色的螢光。晉崔豹《古今注・魚蟲》：「螢火，一名耀夜，一名夜光，一名宵燭，一名景天，一名熠燿，一名磷，一名良鳥，腐草為之，食蚊蚋。」❹飛入昭陽殿　語本唐王昌齡〈長信秋詞五首〉其三：「玉顏不及寒鴉色，猶帶昭陽日影來。」昭陽殿，漢代宮殿名，在未央宮內。《三輔黃圖》卷三：「成帝趙皇后居昭陽殿，有女弟，俱為婕妤，貴傾後宮。昭陽舍蘭房椒壁，其中庭彤朱，而庭上髹漆，切皆銅沓，黃金塗，白玉階，壁帶往往為黃金釭，函藍田璧，明珠翠羽飾之，自後宮未嘗有焉。」

【語　譯】臺階上凝結白露一片，清風拂來月色如白絹。坐看池上流螢點點，飄飛進了昭陽殿。

【研　析】歷代詩人作此同題樂府者有很多，可謂各盡其妙。如唐裴交泰〈長門怨〉：「自閉長門經幾秋，羅衣濕盡淚還流。一種蛾眉明月夜，南宮歌管北宮愁。」末兩句通過對比手法，將淒涼落寞與熱鬧歡娛一同寫出，更見失寵的哀愁難以言表。唐劉禹錫〈阿嬌怨〉：「望見葳蕤舉翠華，試開金屋掃庭花。須臾宮女傳來信，言幸平陽公主家。」屬於實寫陳阿嬌失寵事，也用了對比手法。劉基這首〈長門怨〉脫開漢代陳皇后幽居長門宮的本事描寫，而是將這種宮怨概括為一種普遍的意緒。無一句怨恨惆悵之語，卻感慨良深，符合詩家溫柔敦厚的宗旨，所以清沈德潛《明詩別裁集》卷一借宗臣之語評此詩：「不作怨語，怨已自深。」陳皇后被廢一事，曾引來歷代無數文人的興趣，吟詠者未必全從宮怨的角度切入，如宋辛棄疾〈摸魚兒〉詞：「長門事，準擬佳期

又誤。蛾眉曾有人妒。千金縱買相如賦，脈脈此情誰訴。君莫舞。君不見、玉環飛燕皆塵土。」也用了長門的故典，卻不是簡單地就事論事，而是一種象徵手法的運用，含蓄中自有耐人尋味的藝術魅力。這首〈長門怨〉可與前一首〈玉階怨〉兩相對照著看，更能體會作者的藝術匠心。

感懷三十一首（選其二其二十）

劉 基

【題 解】劉基這一組〈感懷〉詩共三十一首，屬於五古體裁，當是作者年輕時代的作品，所以意氣飛揚。這裡選取第二首與第二十首，以見此組詩之一斑。感懷，即有所感觸，發為詩歌，自有不得不說、一吐為快的取向。這類詩歌或有成組出現的，因為所感者非三言兩語所能概括，非多首不能酣暢地表達出一己情愫。三國魏阮籍有〈詠懷詩八十二首〉，唐陳子昂有〈感遇詩三十八首〉，張九齡有〈感遇詩十二首〉，寫作用心大同小異。

驅車出門去❶，四顧不見人❷。迴風捲落葉❸，颯颯帶沙塵❹。平原曠千里❺，莽莽盡荊榛❻。繁華能幾何，憔悴及茲辰❼。所以芳桂枝，不爭桃李春❽。雲林耿幽獨❾，霜雪空相親❿。

【注 釋】❶驅車出門去 語本〈古詩十九首〉：「驅車上東門。」❷四顧不見人 語本〈古詩十九首〉：「四

顧何茫茫。」❸迴風捲落葉　語本〈古詩十九首〉：「迴風動地起，秋草萋已綠。」迴風，旋風。❹颯颯帶沙塵　唐王昌齡〈變行路難〉：「砂礫空颯颯。」颯颯，形容風聲的象聲詞。❺曠千里　唐儲光羲〈射雉詞〉：「原田遙一色，皋陸曠千里。」❻莽莽盡荊榛　唐高適〈古大梁行〉：「古城莽蒼饒荊榛。」莽莽，眾多的樣子。荊榛，叢生灌木，形容荒蕪景象。三國魏曹植〈歸思賦〉：「城邑寂以空虛，草木穢而荊榛。」❼繁華能幾何二句　三國魏阮籍〈詠懷詩八十二首〉其三：「繁華有憔悴，堂上生荊杞。」茲辰，此時。唐張九齡〈與袁補闕尋蔡拾遺會此公出行後蔡有五韻詩見贈以此篇答焉〉：「聞君還薄暮，見眷及茲辰。」❽所以芳桂枝二句　唐李白〈潁陽別元丹丘之淮陽〉：「松柏雖寒苦，羞逐桃李春。」芳桂枝，秋日開放的桂花，有濃香。❾雲林耿幽獨　唐李白〈月夜江行寄崔員外宗之〉：「杳如星河上，但覺雲林幽。」雲林，隱居之所。唐王維〈桃源行〉：「當時只記入山深，青溪幾曲到雲林。」耿，廉潔自持，正直不阿。❿霜雪空相親　唐陳子昂〈與東方左史虬修竹篇〉：「歲寒霜雪苦，含彩獨青青。」

【語　譯】驅車出門行遊，四下瞻顧不見行人。旋風將落葉捲起，颯颯呼嘯帶起沙塵。千里平原蒼涼寥廓，荒蕪一片盡是灌木叢生。富貴繁華難以持續，轉眼衰敗憔悴就在此一時辰。秋日飄香的桂子，自不屑與桃李爭春。獨守廉潔幽懷隱居，嚴霜冰雪也徒然相親。

【研　析】作者身處政治腐敗、社會動亂的元代末年，加之天災頻仍，更使風雨飄搖的元朝國勢雪上加霜。人民流離失所，民族矛盾異常尖銳，導致群雄並起，烽煙遍地。面對天下大亂的局勢，詩人感慨良多。此首詩前六句象徵性地將元末衰敗景象和盤托出，意同於三國魏王粲〈七哀詩三首〉其三「出門無所見，白骨蔽平原」的描述，不過含蓄了許多。作者作為信奉儒家學說的一代文人，孟子所謂「達則兼善天下，窮則獨善其身」自有其巨大影響在，亂世中獨善其身是其人生

價值取向之一。後六句詩中「繁華」兩句屬於議論，如同唐李白〈前有一樽酒行二首〉其一：「青軒桃李能幾何，流光欺人忽蹉跎。」古人對於繁華易逝、盛宴難再每多此類感慨。作者自詡為「芳桂枝」，不與桃李爭春，又期望尋一方淨土，獨往獨來於林壑間。然而這不過是作者的一種理想境界，並非其現實人生的選擇，這在下一首詩中就可以明顯地感覺到。

結髮事遠遊❶，逍遙觀四方❷。天地一何闊，山川杳茫茫❸。眾鳥各自飛❹，喬木❺空蒼涼。登高見萬里❻，懷古使心傷❼。佇立望浮雲❽，安得凌風翔❾。

【注釋】❶結髮事遠遊　唐陳子昂〈感遇詩三十八首〉其三十四：「自言幽燕客，結髮事遠遊。」結髮，束髮。古代男子自成童開始束髮，謂初成年。❷觀四方　《太平御覽》卷八一一引〈新序〉：「公孫敖問伯象先生曰：『今先生收天下之術，博觀四方之日久矣，未能裨世主之治，明君臣之義，是則未有異於府庫之藏金玉，筐篋之囊簡書也。』」四方，即四方志，謂經營天下或安邦定國的遠大志向。❸山川杳茫茫　唐獨孤及〈山中春思〉：「歸路雲水外，天涯杳茫茫。」杳茫茫，深遠渺茫。❹眾鳥各自飛　唐白居易〈對酒五首〉其一：「君知天地中寬窄，雕鶚鸞皇各自飛。」❺喬木　高大的樹木。《詩經‧周南‧漢廣》：「南有喬木，不可休思。」❻登高見萬里　唐孟雲卿〈雜曲歌辭‧古別離〉：「但見萬里天，不見萬里道。」❼懷古使心傷　隋李密〈五言詩〉：「沾襟何所為，悵然懷古意。」❽望浮雲　唐李白〈贈崔郎中宗之〉：「登高望浮雲，彷彿如舊丘。」

浮雲，飄動的雲。《楚辭・九辯》：「塊獨守此無澤兮，仰浮雲而永歎。」❾凌風翔　唐韋應物〈郡齋雨中與諸文士燕集〉：「神歡體自輕，意欲凌風翔。」唐溫庭筠〈寓懷〉：「鵬鶠誠未憶，誰謂凌風翔。」

【語　譯】青年時就出外遠遊，胸懷遠大抱負逍遙四方。天壤間何等寬廣遼闊，山河外更是深遠渺茫。眾鳥翱翔各有所營，不棲喬木任其景況蒼涼。登高遠矚極目萬里，思接千古令我神傷。駐足仰望浮雲變幻，怎能插翅凌風遠翔。

【研　析】這首詩體現了作者另一種人生價值取向，上一首所選詩隱含歸隱山林之志已不是本詩的主調，儒家「修身、齊家、治國、平天下」的理想又隱然浮現，古代文人傳統的憂患意識得到酣暢的表達。劉基另有〈在永嘉作〉一詩：「願欲凌風翔，惜哉無羽翰。中夜百感生，展轉不遑安。」可與此詩參看。正是這種欲展翅高飛於天際的抱負，令作者於慷慨悲涼的懷古幽思中萌生安邦定國的壯志。然而作者「欲凌風翔」，又難以自生羽翼，他只能擇木而棲，依附於某種勢力才能成就大事，這也反映了受儒家思想薰陶的中國文人的軟弱性，最終不免遭受專制帝王的猜忌，鬱鬱而終。千古悲劇，可為浩歎！從以上所選兩首〈感懷〉詩，可以明顯看出劉基作詩化用古人佳句為我所用的藝術追求。所謂「化用」不是生吞活剝，而是巧借古人詩歌意象或意境，如鹽著水中，渾然無跡，摹仿中自有創新的意圖在。其實古人作詩往往要從前人經驗中汲取營養，豐富己作。得諸間接經驗者，雖與生活小有隔膜，但若運用得當，則能為詩歌創作添色不少，典雅之氣也從而產生。

蜀國弦

劉　基

【題解】這是一首七言擬古樂府。蜀國弦，為樂府歌辭。宋郭茂倩《樂府詩集》卷三〇〈相和歌辭・四弦曲〉著錄梁簡文帝蕭綱、隋盧思道、唐李賀所擬作樂府〈蜀國弦〉三首，並引《古今樂錄》曰：「張永《元嘉技錄》有〈四弦〉一曲，〈蜀國四弦〉是也，居相和之末，三調之首。古有四曲，其〈張女四弦〉、〈李延年四弦〉、〈嚴卯四弦〉三曲，闕〈蜀國四弦〉。節家舊有六解，宋歌有五解，今亦闕。」〈蜀國弦〉皆以歌詠蜀中風物與山河為主，故饒本地風光。《明史》卷二〈太祖本紀二〉：「四年春正月……丁亥，中山侯湯和為征西將軍，江夏侯周德興、德慶侯廖永忠副之，率舟師由瞿塘，潁川侯傅友德為征虜前將軍，濟寧侯顧時副之，率步騎由秦隴伐蜀……秋七月辛亥，徐達練兵山西。辛酉，傅友德下成都，四川平。」這首樂府當寫於洪武四年（西元一三七一年）平蜀後，時劉基已致仕。

胡笳拍❶斷玄冰❷結，湘靈❸曲終❹斑竹❺裂。為君更奏〈蜀國弦〉，
一彈一聲飛上天。蜀國周遭五千里，峨眉❻岧岧❼連玉壘❽。岷❾嶓❿出
水作大江，地砉⓫天浮⓬戒南紀⓭。舒⓮為五色朝霞暉，慘為虎豹嗥陰霏⓯。

翁⑯為千障雲雨入，嘘為百里雷霆飛。白鹽⑰雪消春水滿，谷鳥⑱相呼錦城⑲暖。巴姬⑳倚歌㉑漢女㉒和，楊柳壓橋花纂纂㉓。銅梁㉔翠氣通青蛉㉕，碧雞㉖啼落天上星。山都㉗號風寡鵠㉘泣，杜鵑㉙嗚咽愁幽冥㉚。商悲羽怒㉛聽未了，窮猿三聲巫峽曉㉜。瞿塘㉝噴浪翻九淵㉞，倒瀉流泉㉟喧木杪㊱。樓頭仲宣㊲羈旅客㊳，故鄉渺渺皆塵隔㊴。今樓更聽〈蜀國弦〉，不待天明頭盡白㊵。

【注　釋】❶胡笳拍　即〈胡笳十八拍〉。宋郭茂倩《樂府詩集》卷五九〈琴曲歌辭〉著錄，題後漢蔡琰作，並引《後漢書》曰：「蔡琰，字文姬，邕之女也。博學有才辯，又妙於音律，適河東衛仲道。夫亡無子，歸寧於家。興平中，天下喪亂，文姬沒於南匈奴。在胡中十二年，生二子。曹操痛邕無嗣，乃遣使者以金璧贖之，而重嫁陳留董祀。後感傷亂離，追懷悲憤，作詩二章。」又引《蔡琰別傳》曰：「漢末大亂，琰為胡騎所獲，在右賢王部伍中。春月登胡殿，感笳之音，作詩言志，曰：『胡笳動兮邊馬鳴，孤雁歸兮聲嚶嚶。』」❷玄冰　厚冰。《文選》卷四一李陵〈答蘇武書〉：「胡地玄冰，邊土慘裂。」❸湘靈　古代傳說中的湘水之神，即湘君，又稱湘夫人，為堯之二女娥皇、女英，同嫁於舜。漢劉向《列女傳》卷一〈有虞二妃〉：「有虞二妃者，帝堯之二女也。長娥皇，次女英……天下稱二妃聰明貞仁。舜陟方，死于蒼梧，號曰重華。二妃死于江湘之間，俗謂之湘君。」❹曲終　謂湘水女神彈奏古瑟曲終，即湘靈鼓瑟曲終。《楚辭．遠遊》：「使湘靈鼓瑟兮，令海若

舞馮夷。」❺斑竹　或稱湘妃竹。唐徐堅《初學記》卷二八引張華《博物志》：「舜死，二妃淚下，染竹即斑。妃死為湘水神，故曰湘妃竹。」❻峨眉　即峨眉山，在今四川中部峨眉山市西南，因有山峰相對如蛾眉，故稱。山勢雄偉，有「峨眉天下秀」之美譽，為中國佛教四大名山之一。❼岧岧　高聳的樣子。宋郭茂倩《樂府詩集》卷三〇錄古辭〈長歌行〉：「岧岧山上亭，皎皎雲間星。」❽玉壘　即玉壘山，在今四川中部都江堰市西北。《文選》卷四左思〈蜀都賦〉：「廓靈關以為門，包玉壘而為宇。帶二江之雙流，抗峨眉之重阻。」❾岷　即岷山，在今四川省北部，綿延於四川、甘肅兩省邊境，為長江、黃河分水嶺，岷江、嘉陵江發源地。❿嶓　即嶓冢，又名嶓山，在今陝西勉縣西南，為漢水發源地。《尚書·夏書·禹貢》：「華陽、黑水惟梁州。岷嶓既藝，沱、潛既道。」⓫砉　象聲詞，形容雷聲、水聲、斷裂聲等。⓬天浮　形容長江水浪勢高湧。唐杜甫〈江漲〉：「大聲吹地轉，高浪蹴天浮。」⓭戒南紀　古代謂南方阻隔少數民族的山河界限為南戒，相當於今四川、陝南、河南、湖北、湖南、江西、福建一線。《新唐書》卷三一〈天文一〉：「一行以為，天下山河之象存乎兩戒。北戒自三危、積石，負終南地絡之陰，東及太華，逾河，並雷首、底柱、王屋、太行，北抵常山之右，乃東循塞垣，至濊貊、朝鮮，是謂北紀，所以限戎狄也；南戒自岷山、嶓冢，負地絡之陽，東及太華，連商山、熊耳、外方、桐柏，自上洛南逾江、漢，攜武當、荊山，至于衡陽，乃東循嶺徼，達東甌、閩中，是謂南紀，所以限蠻夷也。」唐杜甫〈後苦寒行二首〉其一：「南紀巫廬瘴不絕，太古以來無尺雪。」戒，界。南紀，謂南方。《詩經·小雅·四月》：「滔滔江漢，南國之紀。」⓮舒　與下句「慘」形成「陰晴」兩個對立概念並舉的詞語。《文選》卷二張衡〈西京賦〉：「夫人在陽時則舒，在陰時則慘，此牽乎天者也。」宋范成大〈曉枕〉其三：「舒慘常隨天氣，關心窗暗窗明。」⓯陰霏　紛飛的淫雨。唐李白〈古風〉其二：「浮雲隔兩曜，萬象昏陰霏。」⓰翕　通「噏」。吸氣，與下句表示呼氣的「噓」形成「吐納」兩個對立概念並舉的詞語。宋姚寬《西溪叢語》卷上：「大率元氣噓翕，天隨氣而漲斂；溟渤往來，潮隨天而進退者也。」⓱白鹽　即白鹽山，在今重慶市奉節東十七里，隔江與赤甲山相對，崖壁五十餘里，其色白耀如鹽，故稱。⓲谷鳥　山谷中飛來之鳥。唐李白〈江

夏別宋之悌〉：「谷鳥吟晴日，江猿嘯晚風。」⑲錦城　即錦官城，成都的別稱。故址在今四川成都南，成都舊有大城、少城，少城古為掌織錦官員之官署，因稱錦官城。唐杜甫〈春夜喜雨〉：「曉看紅濕處，花重錦官城。」⑳巴姬　泛指巴蜀的女子。㉑倚歌　即倚聲，依照樂曲之聲律節奏而歌。㉒漢女　泛指漢水流域的女子。唐楊炯〈大唐益州大都督府新都縣學先聖廟堂碑文〉：「漢女巴姬，駢羅於甲第。」㉓纂纂　集聚貌。唐王建〈送衣曲〉：「絮時厚厚綿纂纂，貴欲征人身上暖。」㉔銅梁　即銅梁山，在今重慶市合川區南，山有石梁橫亙，色如銅，故稱。㉕青蛉　即青蛉川，又名蜻蛉川，在今雲南大姚河流域一帶。㉖碧雞　即碧雞山，在今四川西昌。唐劉禹錫〈洛中送楊處厚入關便遊蜀〉：「王城曉入窺丹鳳，蜀路晴來見碧雞。」㉗山都　獸名，即豚尾狒狒，是狒狒類中最大的一種。《爾雅注疏》卷一〇〈釋獸〉「狒狒」，晉郭璞注引《山海經》曰：「其狀如人，面長，脣黑，身有毛，反踵，見人則笑。交廣及南康郡山中亦有此物，大者長丈許。俗呼之曰山都。」㉘寡鵠　喪偶的天鵝，常用以比喻寡婦或不能婚嫁的女子。漢劉向《列女傳》卷四〈魯寡陶嬰〉：「陶嬰者，魯陶門之女也。少寡，養幼孤，無強昆弟，紡績為產。魯人或聞其義，將求焉。嬰聞之，恐不得免，作歌，明己之不更二也。其歌曰：『黃鵠之早寡兮，七年不雙。鵷頸獨宿兮，不與眾同。夜半悲鳴兮，想其故雄。天命早寡兮，獨宿何傷。寡婦念此兮，泣下數行。嗚呼哉兮，死者不可忘。飛鳥尚然兮，況於貞良。雖有賢雄兮，終不重行。』魯人聞之曰：『斯女不可得已。』遂不敢復求。嬰寡，終身不改。」㉙杜鵑　鳥名，又名杜宇、子規，舊傳古蜀王杜宇的魂魄化為杜鵑鳥，春末夏初，常晝夜啼鳴，其聲哀切，至口角血出乃止。事見《華陽國志．蜀志》、《成都記》。南朝宋鮑照〈擬行路難〉其六：「中有一鳥名杜鵑，言是古時蜀帝魂。聲音哀苦鳴不息，羽毛憔悴似人髡。飛走樹間啄蟲蟻，豈憶往日天子尊。念此死生變化非常理，中心惻愴不能言。」㉚幽冥　幽僻、荒遠。㉛商悲羽怒　謂禽獸或嘯或啼如樂聲時而悲切，時而激昂慷慨。商、羽為古代五音中的兩音，五音即宮、商、角、徵、羽，其中商音悲涼哀怨，三國魏阮籍〈詠懷詩八十二首〉其九：「素質游商聲，悽愴傷我心。」其中羽音慷慨憤激，晉陶淵明〈詠荊軻〉：「商音更流涕，羽奏壯士驚。」㉜窮猿三聲巫峽曉　語本北魏酈道

元《水經注》卷三四〈江水二〉：「自三峽七百里中，兩岸連山，略無闕處……每至晴初霜旦，林寒澗肅，常有高猿長嘯，屬引淒異，空谷傳響，哀轉久絕。故漁者歌曰：巴東三峽巫峽長，猿鳴三聲淚沾裳。」巫峽，長江三峽之一，因巫山得名，故址西起今重慶市巫山縣大寧河口，東至今湖北巴東官渡口，綿延八十里，江邊有巫山十二峰。今因三峽大壩的修建與水庫蓄水，地質形貌已非復舊觀。㉝瞿塘　即瞿塘峽，又稱夔峽，長江三峽之一，故址西起今重慶市奉節白帝城，東至今巫山縣大寧河口，為三峽中最短的峽。原貌兩岸懸崖壁立，江流湍急，號稱天塹。今因三峽大壩的修建與水庫蓄水，地質形貌已非復舊觀。㉞九淵　深淵。《莊子・列禦寇》：「夫千金之珠，必在九重之淵，而驪龍頷下。」㉟倒瀉流泉　語本唐孟郊〈送蕭煉師入四明山〉：「千尋直裂峰，百尺倒瀉泉。」㊱木杪　樹梢。㊲樓頭仲宣　用東漢王粲登樓作賦懷念故鄉事。王粲（西元一七七－二一七年），字仲宣，山陽高平（今山東鄒縣西南）人，自幼有異才，十七歲時因戰亂避難荊州，依附劉表，歷十五年不被重用，因登樓作〈登樓賦〉以抒寫內心積鬱。《文選》卷一一王粲〈登樓賦〉李善注引盛弘之《荊州記》曰：「當陽縣城樓，王仲宣登之而作賦。」唐杜甫〈短歌行贈王郎司直〉：「欲向何門趿珠履，仲宣樓頭春色深。青眼高歌望吾子，眼中之人吾老矣。」㊳羈旅客　寄居異鄉的人。㊴故鄉渺渺皆塵隔　語本王粲〈登樓賦〉：「平原遠而極目兮，蔽荊山之高岑。路逶迤而修迥兮，川既漾而濟深。悲舊鄉之壅隔兮，涕橫墜而弗禁。」塵隔，音信隔絕。㊵頭盡白　宋方岳〈書戴式之詩卷〉：「天地無情頭盡白，江山有分眼終青。」宋楊萬里〈送彭元忠縣丞北歸〉：「瀟湘故人江漢客，為君一夜頭盡白。」

【語　譯】〈胡笳十八拍〉曾在冰天雪地的胡地彈奏，湘靈鼓瑟曲終，淚灑斑竹迸裂。今天為您再奏一曲〈蜀國弦〉，樂聲與歌吟一起飛向天際。蜀國方圓五千里，峨眉山高聳與玉壘山連綿不絕。奔騰的長江是岷山、嶓冢的水流匯聚，大地震撼，江水滔天，是阻隔南北的分界。天氣晴朗有五色朝霞輝映，天氣陰霾則虎豹吼叫淫雨紛飛。或千障萬嶺雲濃雨灑，或雷霆萬鈞聲傳百里，都是

天地間的吐納呼吸。白鹽山雪融令春江水漫，山谷飛來的眾鳥應答令錦官城一片暖意。巴蜀與漢水間的女子倚聲唱和，楊柳枝濃密拂掃橋面，照眼眩目是繁花累累。銅梁山遠接青蛉川呈一片青翠，碧雞山上接星辰彷彿是雄雞一聲的功績。山都迎風悲號，喪偶的天鵝聲聲哀泣，杜鵑愁苦啼聲彌漫幽僻荒遠之地。商音悲怨羽聲激昂何曾消歇，巫峽拂曉又傳來「猿鳴三聲淚沾裳」的漁歌。瞿塘峽翻起深淵的波濤令江流湍急，流泉倒瀉彷彿在樹梢間喧鬧匯集。流寓在此的客子如同當年登樓的王粲，瞻望音塵隔絕的故鄉渺遠無際。帶著淒涼的心境聽這首〈蜀國弦〉，等不到天明已是滿頭白髮絲絲。

【研析】劉基曾作〈平西蜀頌并序〉，序中鼓吹「大亂之後必有大治」，又說：「獨明升竊據巴蜀，雖遣使奉貢，而不去偽號，大臣皆請討之。皇帝憐其父沒子幼，數遣使招之，不至，乃命將帥師伐之。洪武四年，大軍破瞿唐，殺其將某，郡邑鎮戍，望風送欵，升乃率其官屬奉璽印詣軍門請降。蓋自建國，至是凡五年而天下一統，何其易耶！」詩為四言，有云：「洸洸虎臣，受命於征。出師桓桓，如雷如霆。天子之威，廟算先定。鬼神莫違，靈旗揮揮。指山山摧，羌人失魂。」這首擬樂府詩聲情悲壯，可能與朱元璋平蜀之役有關，卻又惜墨如金，有意疏離之，沒有一句正面描寫明朝軍隊的勇猛進擊，與蜀主明升地方割據勢力的狼狽潰敗，而是聯綴諸多意象，營造出一種有些無可奈何的氣氛。

一開始，詩歌即從音樂角度巧妙切入，「胡笳」、「湘靈」所蘊含的哀怨愁苦情愫，已經為全詩定下了淒涼的基調。山川地理形勢的描寫與有關風物的渲染，有寫實的成分，也有想像的因素，

兩者交相為用，共同奏響了一曲悲壯的哀歌。唐李白〈蜀道難〉顯然是此首樂府的範本，詩人有意摹仿唐人放蕩不羈的詩風，卻又因時代的不同，難以惟妙惟肖，筆力雄勁之中，已然隱隱透露出幾許傷感意緒。何以如此？這與詩人晚年遭際密切相關。古代文人常懷「士為知己者死」的人生憧憬，劉基也難以逃此模式。然而朱元璋御下猜忌寡恩，手段翻雲覆雨，絕非一代文人士大夫的「知己」者，面對如此暴君，小心翼翼也未必能夠全身而退。動輒得咎的險惡處境令詩人惶恐不安，卻又不能逃避現實，於是借寫「頌聖」的〈平西蜀頌〉之機，再寫一篇雜糅鄉愁的同題材詩篇，大約不會召來不測。如此理解此詩的寫作動機，或許能夠打開理解此詩的一扇窗戶。明王夫之《明詩評選》卷一評此首樂府云：「饒有往復而無一溢詞，點染已至而抑無一浮字。所謂拓小以大，居多以少者也，何得不推為天才。」信非虛譽。

古戍　　劉基

【題解】 這是一首五律。古戍是地處邊界的古老城堡、營壘。宋韓琦〈過故關〉：「古戍餘荒堞，新耕入亂山。」這首詩當作於元末群雄紛紛爭競割據之際，雖然世事紛擾不定，但作者仍然能從未被兵燹完全燒盡的野梅花身上，看到一絲希望，預示著詩人對未來的信心。

古戍連山火❶，新城❷殷❸地笳❹。九州❺猶虎豹❻，四海❼未桑麻❽。

天迥❾雲垂草❿，江空雪覆沙。野梅燒不盡⓫，時見兩三花。

【注釋】❶山火　山中草木焚燒所燃起的火，暗寓戰火彌漫。或謂「山火」乃古代烽火臺遇有敵情時點燃的烽火，若然，則軍情急迫，與全詩意境不合。❷新城　與「古戍」對舉，並非實指，即指當時之城鎮村落。❸殷　頻繁。❹笳　即胡笳，中國古代北方少數民族流行之管樂器，後世多指軍中號角。❺九州　古代分中國為九個區域，《尚書・禹貢》作冀、兗、青、徐、揚、荊、豫、梁、雍九州。後世遂以九州泛指天下。❻虎豹　喻指殘暴的亂兵。唐韋應物〈京師叛亂寄諸弟〉：「羈離官遠郡，虎豹滿西京。」❼四海　古人以中國四境有海環繞，各按方位為「東海」、「南海」、「西海」和「北海」，後世泛指天下或全國各地。《孟子・告子下》：「禹之治水，水之道也，是故禹以四海為壑。」❽桑麻　泛指農事。晉陶潛〈歸園田居〉其二：「相見無雜言，但道桑麻長。」唐孟浩然〈過故人莊〉：「開筵面場圃，把酒話桑麻。」❾迥　高遠。❿雲垂草　浮雲低垂與荒草接連。唐張蠙〈和友人送趙能卿東歸〉：「楚闊天垂草，吳空月上波。」⓫野梅燒不盡　唐李頻〈黔中罷職將泛江東〉：「野梅將雪競，江月與沙寒。」

【語譯】舊時的城堡掩映於戰火彌漫中，今天的城鎮頻繁傳來胡笳聲聲。天下如今仍然亂兵橫行，海內百姓不得安居從事農耕。天高遠、雲低垂接連荒草，江水落潮沙岸覆蓋白雪晶瑩。惟有野梅幾株劫餘傲立，兩三朵花燦爛迎風。

【研析】詩人生當戰亂頻仍的元末明初，遍地戰火，民生凋敝，是亂世中的悲慘景象。詩人蒿目時艱，不禁感慨係之，首聯以「古戍」、「新城」作為連接昔日與今時的線索，使現實的喟歎具有了歷史的深沉感。頷聯概括地寫出詩人「哀民生之多艱」的憂懷，是傳統文人士大夫憂患心理的

反映。頸聯轉入寫景，傳達出詩人壓抑、空落的心境，景中寓情，情景雙繪，令全詩意境開闊，為尾聯的抒情作好了鋪墊。全詩之精彩在尾聯兩句，詩人於民不聊生中總能看到希望，因而不乏等待的勇氣。「野梅」云云，或取意於唐白居易〈賦得古原草送別〉：「野火燒不盡，春風吹又生。」歌頌野草的頑強執著、生命不息，就是對人生的企盼。寫兵後村莊的荒蕪景象，歷代詩人多有涉及，如宋戴復古〈淮村兵後〉：「小桃無主自開花，煙草茫茫帶曉鴉。幾處敗垣圍故井，向來一一是人家。」戴復古並沒有因小桃的頑強生命力而感悟到希望之所在，他所悲歎的是美的被破壞與消失，一派迷茫中，流露出詩人的無限悵惘與傷懷之情。劉基見到兩三野梅開花，情感與戴復古有異，他從混亂中看到了一線生機。二詩都好，各有特色，若從樂觀角度分析，自然是劉基的詩略勝一籌。唐齊己的〈早梅〉：「前村深雪裡，昨夜一枝開」，這兩句千百年來膾炙人口，其原因就在於萬物生機所孕育的希望，與人類對未來的憧憬相合。讀劉基這首〈古戍〉，亦當作如是觀。

北風行

劉　基

【題　解】這是一首七言樂府。北風行，為樂府歌辭，宋郭茂倩《樂府詩集》卷六五〈雜曲歌辭五〉：「〈北風〉，本衛詩也。〈北風〉詩曰：『北風其涼，雨雪其雱。』傳云：『北風寒涼，病害萬物，以喻君政暴虐，百親不親也。』若鮑照『北風涼』、李白『燭龍棲寒門』，皆傷北風雨雪，而行人不歸，與衛詩異矣。」是書所舉劉宋鮑照〈北風行〉：「北風涼，雨雪雱。京洛女兒多嚴妝。遙艷帷中自悲傷，沉吟不語若為忘。問君何行何當歸，苦使妾坐自傷悲。慮年至，慮顏衰。情易復，

恨難追。」以及另舉唐李白〈北風行〉，與劉基此首類似七絕的〈北風行〉樂府詩，體裁有所不同，這是應當注意的。

城外蕭蕭❶北風起，城上健兒❷吹落耳。將軍玉帳❸貂鼠❹衣，手持酒杯看雪飛。

【注　釋】❶蕭蕭　象聲詞，這裡形容風聲。晉陶淵明〈詠荊軻〉：「蕭蕭哀風逝，淡淡寒波生。」❷健兒　軍卒；士兵。唐杜甫〈草堂〉：「天下尚未寧，健兒勝腐儒。」❸玉帳　軍中主帥所居的帳幕，取如玉之堅的意思。北齊顏之推〈觀我生賦〉：「守金城之湯池，轉絳宮之玉帳。」唐李商隱〈重有感〉：「玉帳牙旗得上遊，安危須共主君憂。」明焦竑《焦氏筆乘續集‧玉帳》：「玉帳乃兵家厭勝之方位，主將於其方置軍帳，則堅不可犯，如玉帳然。其法，出於《黃帝遁甲》，以月建前三位取之，如正月建寅，則巳為玉帳。」❹貂鼠　即貂，古人以貂為鼠類動物，故稱。皮毛昂貴，常以製裘。唐岑參〈胡歌〉：「黑姓蕃王貂鼠裘，葡萄宮錦醉纏頭。」

【語　譯】城外凜冽北風呼嘯，守城士兵雙耳幾乎被吹掉。軍中主帥在帳幕中穿著貂鼠裘衣，手持酒杯觀賞飛雪自在逍遙。

【研　析】唐杜甫〈兵車行〉：「信知生男惡，反是生女好。生女猶是嫁比鄰，生男埋沒隨百草。」詩人的這一唱歎顯然只是對戰爭一般的詛咒。唐劉灣〈出塞曲〉：「死是征人死，功是將軍功。」

唐曹松〈己亥歲二首〉其一：「憑君莫話封侯事，一將功成萬骨枯。」如此歌吟已是詩人對於古代軍中將帥與士兵不能同甘共苦現象的大膽揭露了。唐高適〈燕歌行〉：「戰士軍前半死生，美人帳下猶歌舞。」兩相對比中的軍隊腐敗暴露更為深刻感人。唐代如此，宋代詩人對這種醜陋現象也多有暴露，如劉克莊〈軍中樂〉：「行營面面設刁斗，帳門深深萬人守。將軍貴重不據鞍，夜夜發兵防隘口。自言虜畏不敢犯，射麋捕鹿來行酒。更闌酒醒山月落，彩縑百段支女樂。誰知營中血戰人，無錢得合金瘡藥。」宋辛棄疾《美芹十論・致勇第七》：「營幕之間，飽暖有不充，而主將歌舞無休時；鋒鏑之下，肝腦不敢保，而主將雍容於帳中。」這種「從軍有苦樂」的懸殊現象並非個別，有鑑於此，再讀劉基這首〈北風行〉樂府，就能深刻體會到詩人對比手法運用的巧妙之處了。同是寒冷氣候，對於眾多士兵屬於災難性天氣，對於主帥、將軍等，卻是飲酒作樂、欣賞雪景的美妙時機。從容的書寫令這一自古而然的腐敗現象更為凸顯，批判鋒芒也更加尖銳！

有感

劉基

【題解】這是一首七絕。有感，即有感而發，類似於以「感懷」為題的詩歌，所涉及者都是於題中不便明言或難以明言的題材。從此詩之鋒芒所向而言，當作於元朝末年，對於風雨飄搖中元代荒淫無恥帝王的諷刺堪稱入木三分。

浪動江淮❶戰血紅，羽書❷應不達宸聰❸。紫微門❹下逢宣使❺，新向湖州❻召畫工❼。

【注釋】❶江淮　泛指長江與淮河之間的地區，相當於今天的安徽、江蘇一帶，元末為朱元璋、張士誠等反元勢力活動的區域。❷羽書　或稱羽檄、羽毛書，即有關軍事的文書，插羽毛以示緊急，傳遞必須迅速。❸宸聰　古人謂皇帝的聽聞。唐白居易〈與元九書〉：「欲稍稍遞進聞於上。上以廣宸聰，副憂勤；次以酬恩獎，塞言責；下以復吾平生之志。」❹紫微門　帝王宮殿的門。❺宣使　宮中專司宣召的內監。前蜀花蕊夫人〈宮詞〉其五十：「聖人正在宮中飲，宣使池頭旋折花。」❻湖州　在今浙江北部，瀕臨太湖，與江蘇鄰接。湖州於元初為書畫家活動的地區，著名者如錢選，宋元之際畫家，湖州人。由宋入元，不願出仕，以詩畫自娛，與趙孟頫齊名。趙孟頫（西元一二五四—一三二二年），字子昂，號松雪道人，湖州人。出身宋朝宗室，曾任地方官吏。入元，歷官兵部郎中、翰林學士承旨。工書善畫，為元代著名書畫家，有《松雪齋文集》。《元史》卷一七二有傳。❼召畫工　暗用漢代傳說故事，意謂皇帝後宮嬪妃眾多。舊題晉葛洪《西京雜記》卷二：「（漢）元帝後宮既多，不得常見，乃使畫工圖形，案圖召幸之。諸宮人皆賂畫工，多者十萬，少者亦不減五萬。」

【語譯】長江、淮河浪湧造反者鏖戰的鮮血飄紅，告急的文書應當沒有傳到皇帝耳中。宮殿之外遇到宣召的內監，新近正向湖州召集圖繪嬪妃的畫工。

【研析】元朝的末代皇帝妥歡帖睦爾，即元順帝，其即位過程充滿了腥風血雨的殺伐之音。這位末代皇帝上都即位後，宮廷內部爭權奪利的鬥爭更加激烈，政府橫徵暴斂，貴族、官僚、寺院肆無忌憚兼併土地，加之自然災害頻仍，國庫空虛，廣大百姓生活陷入困境。然而統治集團內部仍

舊爾虞我詐，我行我素，揮霍浪費，縱情享受。其間雖有所謂「脫脫更化」的新政實行，但杯水車薪，已無濟於事，社會百孔千瘡，人民起事風起雲湧。即使在國家如此危機四伏的狀況下，元順帝仍然怠於政事，荒於遊宴，耽於酒色，聽憑政治日益腐敗。這首詩不用尖銳的鞭撻詞語批判帝王的昏庸荒淫，而是四兩撥千斤，在「戰血紅」的嚴酷背景下，巧用「召畫工」一事，含蓄委婉又不缺乏力度地將荒謬的政治現實展示給讀者，言簡意賅，諷刺、抨擊兼而有之，使詩歌的藝術感染力達到了極致。清沈德潛《說詩晬語》卷下有云：「元季都尚詞華，劉伯溫獨標骨幹，時能規橅杜、韓。」堪稱知言。叫號疾呼或灌夫罵座式的怒詈並非詩歌的應有之義，只有巧施妙手，才能著手成春，不失傳統溫柔敦厚的詩歌主張，方能產生巨大的藝術效果。

題安石蒲葵圖

劉 基

【題 解】這是一首題畫七絕詩。《晉書》卷七九〈謝安傳〉：「安少有盛名，時多愛慕。鄉人有罷中宿縣者，還詣安。安問其歸資，答曰：『有蒲葵扇五萬。』安乃取其中者捉之，京師士庶競市，價增數倍。」謝安，字安石（西元三二〇—三八五年），晉陽夏（今河南太康）人，謝尚從弟。少有重名，屢次徵辟不起，遊賞必攜妓以行，年四十歲方有仕宦之意，桓溫請為司馬。桓溫欲篡晉，謝安不為所動，一心輔佐晉室，歷官尚書僕射，領吏部，加後將軍。太元八年（西元三八三年），前秦苻堅攻晉，加謝安征討大都督，謝安遣其姪謝玄大破苻堅於淝水，功勳卓著，拜太保，卒贈太傅。蒲葵，常綠喬木，葉大，呈掌狀分裂，裂片長披針形，生長在熱帶和亞熱帶地區，葉

子可以做扇子。古人即指蒲葵扇。宋孫奕《履齋示兒編・雜記・人物異名》：「扇曰六角、蒲葵、白羽。」「安石蒲葵圖」當是畫者據《晉書》所載上述故事所繪，詩人即據此寫下了這首詩。

東山導騎出巖阿❶，能使枯蒲❷貴綺羅❸。
卻恨卞和❹無祿位❺，中宵❻抱玉淚成河❼。

【注釋】❶東山導騎出巖阿　謂謝安四十歲以後出仕事。東山，謝安隱居之所，晉時會稽（今浙江紹興）、臨安（治今浙江臨安北）、金陵（今江蘇南京）等處皆有東山，都曾是謝安遊憩之所。導騎，前導的騎士。古代官宦出行時的前驅、儀仗。巖阿，山的曲折處。三國魏王粲〈七哀詩三首〉其二：「山崗有餘映，巖阿增重陰。」這裡即指東山之曲折處。❷枯蒲　蒲葵扇，蒲葵葉乾枯方能為扇，故稱。❸綺羅　泛指華貴的絲織品。這裡謂絲織品所製的扇子，如團扇之類。❹卞和　春秋時楚人。據傳他得到一玉璞，先後獻給楚厲王和楚武王，都被認為欺詐，受刑砍去雙腳。楚文王即位，他抱璞哭於荊山之下，三日三夜，感動了楚文王，文王使人琢璞，終於得到寶玉，即後世所謂「和氏璧」。事見《韓非子・和氏》、漢劉向《新序》卷五〈雜事五〉。唐李白〈鞠歌行〉：「玉不自言如桃李，魚目笑之卞和恥。楚國青蠅何太多，連城白璧遭讒毀。荊山長號泣血人，忠臣死為刖足鬼。」❺祿位　俸給與爵次。泛指官位俸祿。《周禮・天官・大宰》：「四曰祿位，以馭其士。」❻中宵　中夜；半夜。❼淚成河　漢劉向《新序》卷五〈雜事五〉：「和乃奉玉璞而哭於荊山中，三日三夜，泣盡而繼之以血。」

【語譯】有儀仗導引，謝安從隱居處東山出仕為官，其名聲能使普通的蒲扇，價值高過貴重的綺羅。遺憾那楚國的卞和因人微言輕，獻寶反而遭刑，半夜抱玉哭泣，淚流成河。

【研 析】這首七絕通過對比手法，提出了社會中一個帶有普遍性的問題，即一個人的勢位與名聲，可以左右其他人的價值判斷與價值取向，否則人微言輕，不但無濟於事，還可能慘遭不測。歸根結底，這還是一個有關人才問題的嚴肅話題。據《晉書》卷七九〈謝安傳〉：「安本能為洛下書生詠，有鼻疾，故其音濁，名流愛其詠而弗能及，或手掩鼻以斆之。」如果說如此追捧「一代名流」尚無傷大雅，那麼「東施效顰」、「壽陵失步」一類的故事，就屬於名人效應的負面笑談了。三國魏曹植〈當牆欲高行〉：「龍欲升天須浮雲，人之仕進待中人。」中人，這裡即指舉薦者，舊時懷才不遇者固多諸如此類的感慨。唐代韓愈〈雜說〉四中有一句傳誦千古的名言：「世有伯樂，然後有千里馬；千里馬常有，而伯樂不常有。」但伯樂並不是任何人都能擔當的，向漢武帝推薦辭賦家司馬相如者，乃是其同鄉做狗監的楊得意，屬於卑賤者，就因為有得近天子的機會，才有了當伯樂的一次機會。機遇而外，「地勢」也屬於重要的因素，晉左思〈詠史八首〉其二：「世胄躡高位，英俊沉下僚。地勢使之然，由來非一朝。」劉基這首詩雖僅僅寥寥二十八字，卻將社會的極端不公平與人情事理的荒誕可笑概括而出，三覆之下，自有耐人尋味的魅力。

過蘇州九首（選其一）

劉 基

【題 解】這是一首七絕。蘇州，今屬江蘇，元末曾經是抗元力量吳王張士誠的都城，稱隆平府。細味詩意，這首詩當作於張士誠敗亡之後，屬於明代初年的作品。

姑蘇臺❶下垂楊柳，曾為張王❷護禁城❸。今日淡煙芳草❹裏，暮蟬❺猶作管絃聲❻。

【注　釋】❶姑蘇臺　或作「姑胥臺」，故址一說在今蘇州西南的姑蘇山上，一說在今蘇州西南胥口鎮南瀕臨太湖的清明山上，相傳為春秋時吳王夫差所築，工程浩大，建築豪華。越滅吳後，即將姑蘇臺焚毀拆光。❷張王　即張士誠（西元一三二一—一三六七年），原名九四，鹽販出身，元泰州白駒場（今江蘇大豐）人。元至正十三年（西元一三五三年）春，與其弟張士德、張士信以及李伯升等率鹽丁起兵反元，稱誠王，國號大周，定都平江（今蘇州），改平江為隆平府。在朱元璋勢力的逼迫下，一度降元，受封太尉，割據浙西。六年後稱吳王，與朱元璋戰，屢敗。至正二十七年（西元一三六七年）平江城破，被俘至應天（今江蘇南京），自縊身亡。《明史》卷一二三有傳。❸禁城　即宮城，圍繞帝王或侯國宮室院落的城垣。❹淡煙芳草　宋樓采〈二郎神〉：「凝恨極，盡日憑高目斷，淡煙芳草。」❺暮蟬　傍晚的知了聲。唐陳子良〈夏晚尋于政世置酒賦韻〉：「長榆落照盡，高柳暮蟬吟。」又唐皎然〈往丹陽尋陸處士不遇〉：「寒花寂寂遍荒阡，柳色蕭蕭愁暮蟬。」❻管絃聲　唐杜之松〈和衛尉寺柳〉：「高枝拂遠雁，疏影度遙星。不辭攀折苦，為入管弦聲。」又唐宗楚客〈奉和幸安樂公主山莊應制〉：「日映層巖圖畫色，風搖雜樹管弦聲。」

【語　譯】姑蘇臺下的垂楊柳，曾經為張士誠護衛著宮城。今天淡煙與芳草依然如故，傍晚的蟬聲彷彿舊日的歌舞管絃聲聲。

【研　析】明洪武元年（西元一三六八年）三月，劉基因功官拜御史中丞兼太子贊善大夫，這一年劉基已經五十八歲。然而不到半年，劉基就因言事而被削職還鄉，此詩即當作於落魄歸鄉途中，

早年意氣風發的詩風一變而為若有所思的情懷。劉基助朱元璋打下天下，本在功臣之列，但他曾經仕元，也為他入明後的仕途帶來了幾多尷尬。封建政權穩固之後，就要強調臣屬的忠心不貳了，特別是遇到朱元璋這樣猜忌心頗重的雄主，劉基的處境可以想見。張士誠作為昔日朱元璋的對手，本與之勢不兩立，因而朱元璋最恨張士誠。張士誠身死國滅，已成往事，但成王敗寇，其小丑的歷史形象是逃脫不掉的。不過從張士誠一遇形勢不妙就投降元朝而論，的確不是成就大事業的梟雄。《明史》卷一二三本傳云：「士誠為人，外遲重寡言，似有器量，而實無遠圖。既據有吳中，吳承平久，戶口殷盛，士誠漸奢縱，怠於政事。士信、元紹尤好聚斂，金玉珍寶及古法書名畫，無不充牣。日夜歌舞自娛。將帥亦偃蹇不用命，每有攻戰，輒稱疾，邀官爵田宅然後起。甫至軍，所載婢妾樂器踵相接不絕，或大會遊談之士，樗蒲蹴踘，皆不以軍務為意。及喪師失地還，士誠概置不問。已，復用為將。上下嬉娛，以至於亡。」這些話是有一定根據的，不完全是潑向失敗者的髒水。劉基失意中「過蘇州」，何以帶有幾絲感傷的情懷寫下此詩？如果聯繫詩人當時的處境，也就不言而喻了。總結敗亡的教訓並非此詩之主調，對於人生遭際、世道變幻的幾許無奈，或許才是詩中的隱含之義。

題秋江圖

劉 夏

【題解】這是一首題畫七絕詩。秋江澄靜，行舟遠去，夕陽在山，岸沙連綿，市集在目，山中溪水潺潺，有人騎馬過橋。一幅秋江圖展現於讀者面前。

【作　者】劉夏（西元一三一四—一三七〇年），字迪簡，號商卿，安成（今江西吉安安福）西湯村人。自幼折節讀書，治《易》、《詩》、《春秋》之學，為文以功業自期許。元至正二十五年（西元一三六五年），為知者所薦，投朱元璋，用為尚賓館副使。尚賓館，《明史‧職官志》未著錄，據明黃佐《翰林記》卷三，尚賓館為元至正二十六年（西元一三六六年）以前，朱元璋為廣羅人才「以待薦舉至者」所建。明洪武元年（西元一三六八年）天旱不雨，劉夏曾撰《皇王大學通旨舉要》以進，為朱元璋講釋《大學》之旨，多採程朱之說，稱旨。洪武二年七月，奉旨同澤州儒士崔九成往汴陝訪元順帝政跡，成〈庚申帝大事記序〉以獻。洪武三年四月，封建蕃外諸國，奉旨至交趾，竣事返至南寧府井龍州病卒，終年五十七歲。著有《劉尚賓文集》五卷〈附錄〉一卷。其人雖不以詩文名世，論者亦少評價，但其詩間或有可吟詠者。

秋江木葉❶冷蕭蕭❷，江上行舟去岸遙。憶昨曾經沙市❸尾，夕陽騎
馬過溪橋。

【注　釋】❶秋江木葉　語本《楚辭‧九歌‧湘夫人》：「嫋嫋兮秋風，洞庭波兮木葉下。」木葉，即樹葉。
❷蕭蕭　形容淒清、寒冷。唐韓愈〈謝自然〉：「白日變幽晦，蕭蕭風景寒。」❸沙市　沙灘邊或沙洲上的市集。唐元稹〈和樂天送客游嶺南二十韻〉詩：「江館連沙市，瀧船泊水濱。」

【語　譯】秋日江上風吹樹葉飄落，一片淒冷景象，行舟遠帆點點，在遙離岸邊的地方。憶起昨日也曾經過如此般樣的沙市邊，夕陽下騎馬行在溪橋之上。

【研析】這首題畫詩是目前所見詩人僅存的一首七絕，活潑輕靈，瀟灑自如，畫中景與心中景交互疊映，兩相生發，引人遐思。詩情畫意是古代詩人追求的一種詩歌意境，《詩話總龜》前集卷八：「東坡嘗與人書，言：『味摩詰之詩，詩中有畫；觀摩詰之畫，畫中有詩。』」這是前人對唐代王維詩作的極高評價。題畫詩則是達到「詩中有畫」意境的一條捷徑，它濫觴於六朝的詠扇、詠屏風一類的歌吟，至唐代方始定型，李白、杜甫、王維等人都留下過膾炙人口的題畫作品。宋代的題畫詩因有宋徽宗這位書畫藝術家的身體力行，更推動了題畫詩的普及推廣，至元明兩代終於達到高潮，並有了題畫詩專輯的出現。清沈德潛《說詩晬語》卷下：「唐以前未見題畫詩，開此體者老杜也。其法全在不粘畫上發論。如題畫馬、畫鷹，必說到真馬、真鷹，復從真馬、真鷹開出議論，後人可以為式。又如題畫山水，有地名可按者，必寫出登臨憑弔之意；題畫人物，有事實可拈者，必發出知人論世之意。本老杜法推廣之，才是作手。」劉夏這首題畫詩，眼見之畫圖景與聯想中景同出現於詩中，融會貫通，妙趣橫生。末句「夕陽騎馬過溪橋」是點睛之筆，令讀者神往。

西湖竹枝二首（選其一）

貝　瓊

【題解】這組〈竹枝〉共兩首，此為第一首。西湖，即今浙江杭州西湖，又稱西子湖、武林水、明聖湖、金牛湖等。湖周三十里，孤山峙立湖中，三潭印月（小瀛洲）、湖心亭、阮公墩三小島鼎立湖心，蘇堤、白堤將湖面分為外湖、裡湖、岳湖、西裡湖、小南湖五部分。風景優美，為古今

遊覽勝地。竹枝，即竹枝詞，屬樂府〈近代曲〉之一，本為巴渝（今四川東部）一帶的民歌，唐代詩人劉禹錫據以改作新詞，歌詠三峽風光與男女問戀情。後人即多以此種形式歌詠當地風土人情或男女戀情、兒女柔情。其語言形式為七言絕句，用語通俗，音調輕快。西湖竹枝則始於元末楊維禎，字廉夫（西元一二九六—一三七〇年），號鐵崖，其《鐵崖樂府》卷一〇有〈西湖竹枝歌〉九首，如其一云：「蘇小門前花滿株，蘇公堤上女當壚。南宮北使須到此，江南西湖天下無。」可見風格。貝瓊生年略晚於楊維禎，兩首〈西湖竹枝〉是唱和或仿效楊作，當作於元順帝至正間。

【作者】貝瓊（西元一三一四—一三七九年），字廷琚，一名闕，字廷臣，崇德（今浙江桐鄉）人。元末至正間年四十八歲始領鄉薦，遭亂，避居殳山，張士誠屢辟不就。明洪武三年（西元一三七〇年）聘修《元史》，六年除國子助教，改中都國子監，教勳臣子弟。洪武十一年（西元一三七八年）致仕，卒。工詩，博覽經史。《明史》卷一三七有傳，稱「瓊學行素優，將校武臣皆知禮重。」著有《清江貝先生集》四十一卷（文集三十一卷、詩集十卷）。清朱彝尊《靜志居詩話》卷三〈貝瓊〉云：「其詩爽豁類汪朝宗，整麗似劉伯溫，圓秀勝林子羽，清空近袁景文，風華亞高季迪，朗淨過張來儀，繁縟愈孫仲衍，足以領袖一時。」陳田《明詩紀事》甲籤卷六選其詩八首。

六月玉泉❶來看魚，湖頭雨過盡芙蕖❷。芙蕖花開郎❸更遠，玉泉魚少亦無書❹。

【注　釋】❶玉泉　在杭州仙姑山北麓的青芝塢口，有泉水清澈見底，晶瑩如玉，故稱。近泉有池，蓄魚甚多。❷芙蕖　又作「夫渠」，荷花的別名。《爾雅．釋草》：「荷，芙渠。其莖茄，其葉蕸，其本蔤，其華菡萏，其實蓮，其根藕，其中的，的中薏。」宋楊萬里〈曉出淨慈寺送林子方〉：「畢竟西湖六月中，風光不與四時同。接天蓮葉無窮碧，映日荷花別樣紅。」❸郎　古代對青少年男子的通稱。❹魚少亦無書　化用漢樂府〈飲馬長城窟行〉句意：「客從遠方來，遺我雙鯉魚。呼兒烹鯉魚，中有尺素書。」後世因稱書信為「魚書」。「雙鯉魚」即古代的信封，它是用兩塊魚形的木板製成，中間夾有書信。聞一多《樂府詩箋》：「雙鯉魚，藏書之函也。其物以兩木板為之，一底一蓋，刻線三道，鑿方孔一，線所以通繩，孔所以受封泥……此或刻為魚形，一孔以當魚目，一底一蓋，分之則為二魚，故曰雙鯉魚也。」唐韋皋〈憶玉簫〉：「長江不見魚書至，為遣相思夢入秦。」這裡即因玉泉觀魚而聯想到心上人的書信。

【語　譯】六月中到玉泉觀魚，雨後的湖面生滿荷花。荷花盛開了，郎卻遠離家，玉泉的魚少，也無法將書信傳達。

【研　析】明楊慎《升庵詩話》卷四：「元楊廉夫〈竹枝詞〉，一時和者五十餘人，詩百十餘首。余獨愛徐延徽一首云：『習說盧家好莫愁，不知天上有牽牛。剩拋萬斛胭脂水，溜向銀河一色秋。』」清王士禛《香祖筆記》卷三：「唐人〈柳枝詞〉專詠柳，〈竹枝詞〉則泛言風土，如楊廉夫〈西湖竹枝〉之類。前人亦有一二專詠竹者，殊無意致。」中國古代詩歌本有入樂的傳統，《詩經》、漢代與南北朝樂府詩也都是可以入樂的歌詞。降至唐代，古體詩已漸漸與音樂分道揚鑣，近體詩中也只有絕句容易入樂。〈竹枝詞〉與〈柳枝詞〉全具有七言絕句的語言形式，無疑全可以入樂演唱，但兩者曲調當有所不同，白居易〈楊柳枝詞〉八首其一「古歌舊曲君休聽，聽取新翻楊柳枝」之

吟早已露出端倪。清人《四庫全書總目提要》卷一九九著錄《欽定曲譜》十四卷有云：「自古樂亡而樂府興，後樂府之歌法至唐不傳，其所歌者皆絕句也。唐人歌詩之法至宋亦不傳，其所歌者皆詞也。宋人歌詞之法至元又漸不傳，而曲調作焉。」可知至明代，〈竹枝詞〉一類的七絕詩也早與音樂分離，僅是文人士大夫摹仿鄉土民歌的作品。這首〈西湖竹枝〉描摹女子思念遠方情人的心理，細膩傳神，魚與荷花全成為她情感的觸媒。此外，「芙蕖」另有自我比擬的寓意，宋張先〈菩薩蠻〉：「牡丹含露真珠顆，美人折向簾前過。含笑問檀郎，花強妾貌強。」所謂「女為悅己者容」，這是我們理解第三句「芙蕖花開郎更遠」的管鑰。

經故內

貝瓊

【題　解】這是一首七律。內，這裡指帝王所居之處，即皇宮。故內，過去的皇宮。貝瓊由元入明，但從頷聯看，所謂「故內」是指南宋在臨安（今浙江杭州）的大內禁苑（行在）故址。作者另有一首〈穆陵行〉，針對南宋六陵（故址在今浙江紹興東南三十六里之攢宮山）在元初的至元十五年（西元一二七八年）被僧人楊璉真伽所破壞、盜掘事大發感慨，對此惡僧妖言惑眾，斷宋理宗（葬穆陵）頭骨為飲器事，更是義憤填膺。可見生於元朝的作者對故元並無好感，反而對滅亡已經百年之久的南宋政權心懷崇敬之情。了解作者這一心態，對於我們解讀這首〈經故內〉大有裨益。

山中玉殿❶盡蒼苔，天子❷蒙塵❸豈復回。地脈不從滄海斷，潮聲猶上浙東來❹。百年禁樹❺知誰惜，三月宮花❻尚自開。此日登臨解題賦，白頭庾信不勝哀❼。

【注釋】❶山中玉殿　謂南宋建築於鳳凰山的大內禁苑故址。鳳凰山在今浙江杭州東南，緊依玉皇山，北臨西湖，南接江濱。南宋皇城北起鳳山門，西至萬松嶺，東止候潮門，南延伸至江岸，方圓九里。南宋覆亡後，宮殿多改成寺院，後遭火災，盡成廢墟。今尚存報國寺、勝果寺、梵天寺、鳳凰池、郭公泉等殘跡。玉殿，宮殿的美稱。三國魏曹植〈當車以駕行〉：「歡坐玉殿，會諸貴客。」❷天子　這裡指南宋恭帝趙㬎、宋端宗趙昰、宋帝趙昺三位末代帝王。❸蒙塵　古代多指帝王失位出奔在外，蒙受風塵。《左傳‧僖公二十四年》：「天子蒙塵于外，敢不奔問官守？」宋德祐二年（西元一二七六年），元帥伯顏攻至皐亭山（在杭州東北），南宋奉表投降，元軍虜全太后、趙㬎等北歸；趙昰於是年五月在福州即位，十二月在惠州奉表請降，宋景炎三年（西元一二七八年）四月，趙昰死；繼而陸秀夫等擁立衛王趙昺為帝，改元祥興，祥興二年（西元一二七九年）二月，元軍攻至厓山，陸秀夫負帝趙昺投海殉國，南宋亡。❹地脈不從滄海斷二句　謂杭州河山地貌並不因南宋敗亡而變化。語本唐宋之問〈靈隱寺〉：「樓觀滄海日，門對浙江潮。」地脈，指地的脈絡、地勢。宋丁開〈漂泊岳陽遇張中行晚宿君山聯句〉：「元氣無根株，地脈有斷絕。日月互吞吐，雲霧自生滅。」滄海，大海。宋蘇軾〈清都謝道士真贊〉：「一江春水東流，滔滔直入滄海。」浙東，指今浙江杭州、寧波等沿海地區。❺禁樹　禁苑中的樹木。❻宮花　皇宮庭苑中的花木。唐李白〈宮中行樂詞〉其五：「宮花爭笑日，池草暗生春。」❼此日登臨解題賦二句　謂如同當年庾信懷念故國撰寫〈哀江南賦〉一樣傷心無限。庾信，字子山（西元五一

三一五八一年），南陽新野（今屬河南）人，梁詩人庾肩吾之子。初仕梁，累官東宮學士、建康令、散騎侍郎、武康縣侯。四十二歲出使西魏，適值梁為西魏所滅，難以返國，羈留長安，仕至儀同三司，入北周，官至驃騎大將軍、開府儀同三司，世稱庾開府。有《庾子山集》傳世，《周書》、《北史》有傳。庾信在梁與徐陵齊名，為「宮體詩」重要作家；入北朝後，詩風轉入蒼涼剛勁。〈哀江南賦〉為其代表作，抒發故國淪亡之痛與鄉關之思，感情真摯。唐杜甫〈詠懷古跡〉詩其一：「庾信平生最蕭瑟，暮年詩賦動江關。」

【語　譯】鳳凰山麓的南宋宮殿已然焚毀化為蒼苔，帝王失位蒙塵，國勢一蹶不振。然而這裡的山河仍然如故，浙東依舊潮聲陣陣。禁苑樹木經百年歲月無人愛惜，昔日宮苑花木二月自開寂寞。此日登臨傷情悲慟，才理解當年老庾信〈哀江南賦〉的苦心。

【研　析】元蒙入主中原，對於具有「夷夏之辨」思想的儒家傳人而言，的確是天翻地覆、乾坤顛倒的大事件。作者貝瓊生於元仁宗延祐元年（西元一三一四年），距南宋覆亡已有三十六年之久，並非南宋遺民，而且他四十八歲時「領鄉薦」，並非沒有入仕元朝的用心；但深厚的民族感情仍然令他對於元蒙統治者始終心懷抵觸心理，這首詩即抒發了這種情感。元代實行「四等人制」，即蒙古、色目、漢人、南人四等，前兩種人與後兩種人在法律地位、政治待遇、用人行政、權利義務等方面天差地別。作者生於浙江，屬於「南人」無疑，居於末等，所受各方面的歧視不言而喻，他對於元統治者離心離德也就順理成章。全詩精彩之處在頷聯兩句，唐孟浩然〈與諸子登峴山〉：「人事有代謝，往來成古今。江山留勝跡，我輩復登臨。」唐劉禹錫〈西塞山懷古〉：「人世幾回傷往事，山形依舊枕江流。」皆可以為注腳。民族情感強烈在元末明初的漢族文人中並非個別，而是具有相當的普遍性。如由元入明與貝瓊大約同時的詩人甘瑾有一首七律〈錢塘懷古〉，與此詩

題材略同：「落木驚波入虜塵，新亭空集北來人。神州未復英雄淚，王業偏安歷數屯。萬騎星屯潮捲夕，六宮雲散草生春。百年江左偷安計，泉下惟應泣老臣。」對於宋朝先後亡於金人、元人終難釋懷，儘管對於宋朝統治者有所批判，也是恨鐵不成鋼。有注者認為此詩尾聯乃作者以庾信「自況」，似乎不盡正確。作者在元朝沒有庾信在北朝那樣的運氣，並未做官，所謂「解題賦」者，「心有靈犀一點通」而已。

客中除夕

袁　凱

【題　解】這首五律為羈旅題材。除夕即農曆一年最後一天的夜晚。舊歲至此夕而除，次日即新歲，故稱。晉周處《風土記》：「至除夕，達旦不眠，謂之守歲。」除夕是一家團聚的日子，古人最重此習，羈旅他鄉、鞍馬勞頓中度過除夕，被視為愁苦之事。這首詩即將羈旅之愁和盤托出，情感真切，動人肺腑。從頸聯兩句可知，詩當作於元末世事紛擾之際，無窮的戰亂禍患更撥動了詩人的思鄉意緒。

【作　者】袁凱（西元一三一六—？年，或謂生於西元一三一〇年），字景文，號海叟，華亭（今上海市松江）人。洪武三年（西元一三七〇年），以舉人薦授御史。朱元璋審問囚犯，命袁凱送東宮覆審，太子多所減免，凱回報，朱元璋問其「朕與太子孰是？」袁凱以「陛下法之正，東宮心之慈」為答，朱元璋認為他老猾持兩端，憎惡之。袁凱懼禍，佯瘋狂，得免歸，永樂初得以善終。著有《海叟集》四卷。《明史》卷二八五〈文苑一〉有傳，內云：「凱工詩，有盛名。性詼諧，自

號海叟。背戴烏巾，倒騎黑牛，游行九峰間，好事者至繪為圖。初，在楊維禎座，客出所賦〈白燕詩〉，凱微笑，別作一篇以獻。維禎大驚賞，偏示座客，人遂呼袁白燕云。」清錢謙益《列朝詩集小傳》甲集〈袁御史凱〉引程嘉燧語云：「海叟詩，氣骨高妙，天然去雕飾，大容道貌，即之泠然。」陳田《明詩紀事》甲籤卷一三選袁凱詩二十首，有按語云：「海叟詩骨格老蒼，摹擬古人無不逼肖，亦當時一作家。何大復標為明初詩人之冠，過為溢美，宜諸公之不取也。」

今夕為何夕❶，他鄉說故鄉❷。看人兒女大❸，為客歲年長。戎馬無休歇，關山正渺茫❹。一杯柏葉酒❺，不敵淚千行。

【注　釋】❶今夕為何夕　語本《詩經・唐風・綢繆》：「今夕何夕，見此良人。」今夕，當晚。❷他鄉說故鄉　唐王建〈武陵春日〉：「尋春何事卻悲涼，春到他鄉憶故鄉。」❸看人兒女大　唐杜甫〈贈衛八處士〉：「昔別君未婚，兒女忽成行。」❹戎馬無休歇二句　謂元末戰亂頻仍，烽火連天。語本唐杜甫〈登岳陽樓〉：「戎馬關山北，憑軒涕泗流。」戎馬，戰亂。關山，關隘山嶺。渺茫，遼闊的樣子。❺柏葉酒　柏葉浸製的酒。古代風俗，以柏葉浸酒，元旦共飲，以祝壽和避邪。漢應劭《漢官儀》卷下：「正旦飲柏葉酒上壽。」南朝梁庾肩吾〈歲盡應令〉：「歲序已云殫，春心不自安。聊開柏葉酒，試奠五辛盤。」

【語　譯】今夜是怎樣的夜晚，在他鄉說著故鄉的事物。眼見人家兒女長大，算起我已長久遠離故土。戰亂沒有停歇的一天，正如遼闊關隘重重無數。飲下一杯賀歲的柏葉酒，忍不住千行淚水無限淒楚。

【研析】唐杜甫〈贈衛八處士〉：「人生不相見，動如參與商。今夕復何夕，共此燈燭光。」是詩人客中至衛八處士家所作。袁凱這首〈客中除夕〉顯然有摹仿杜甫此詩的用意，因而也非獨自飲酒他鄉，而是在較為熟識的友人家中抒發感歎。如此理解，首聯「他鄉說故鄉」之「說」，頷聯「看人兒女大」之「看」才有了傾訴與觀看的對象，否則前者尚可謂自言自語，後者之「看」就無從說起了。傾訴對象在此詩中是隱蔽的，更增加了全詩黯然神傷的悲慟成分。唐人描摹除夕或新年羈旅他鄉的詩，著名者如孟浩然〈歲除夜有懷〉（或作崔塗詩）：「迢遞三巴路，羈危萬里身。亂山殘雪夜，孤燭異鄉人。漸與骨肉遠，轉於奴僕親。那堪正飄泊，來日歲華新。」宋之問〈新年作〉（或作劉長卿詩）：「鄉心新歲切，天畔獨潸然。老至居人下，春歸在客先。嶺猿同旦暮，江柳共風煙。已似長沙傅，從今又幾年。」總之，「每逢佳節倍思親」，三詩對於歲尾年頭旅況的描寫各得其妙，難分伯仲。比較而言，袁凱此詩質樸中更覺搖人心旌，特別是尾聯兩句，誇張手法的運用增加了感人的魅力。

題李陵泣別圖

袁　凱

【題　解】這是一幅題畫的七絕詩，畫的內容從題目可知，是漢降將李陵在匈奴與即將歸漢的蘇武告別一事。李陵，字少卿（西元前？—前七四年），隴西成紀（今甘肅秦安）人，名將李廣之孫。漢武帝天漢二年（西元前九九年），李陵率五千步兵出居延三十日擊匈奴，為數萬匈奴兵所圍，李陵率部下殺敵甚多，終因寡不敵眾，降於匈奴，被封右校王。蘇武，字子卿（西元前？—前六〇

年），京兆（今陝西西安東南）人。天漢元年，蘇武出使匈奴，因其副使張勝謀殺叛降匈奴的衛律，事情敗露，蘇武被扣，拒絕投降，匈奴遣其北海（今俄羅斯貝加爾湖一帶）牧羊。期間李陵奉單于命曾來勸降蘇武，被嚴詞拒絕。漢昭帝始元五年（西元前八二年）與匈奴和親，蘇武在匈奴已牧羊十九年，吞氈飲雪，艱苦備嘗，始終秉持漢的節旄，至此終於可以歸漢。《漢書》卷五四〈李廣蘇建傳〉記述二人之別有云：「於是李陵置酒賀武曰：『今足下還歸，揚名於匈奴，功顯於漢室，雖古竹帛所載，丹青所畫，何以過子卿！陵雖駑怯，令漢且貰陵罪，全其老母，使得奮大辱之積志，庶幾乎曹柯之盟，此陵宿昔之所不忘也。收族陵家，為世大戮，陵尚復何顧乎？已矣！令子卿知吾心耳。異域之人，壹別長絕！』陵起舞，歌曰：『徑萬里兮度沙幕，為君將兮奮匈奴。路窮絕兮矢刃摧，士眾滅兮名已隤。老母已死，雖欲報恩將安歸！』陵泣下數行，因與武決。」史家敘事已近於文學描寫，讀後令人唏噓。

上林木落雁南飛❶，萬里蕭條❷使節❸歸。猶有交情❹兩行淚，西風吹上漢臣❺衣。

【注　釋】❶上林木落雁南飛　漢昭帝派使者至匈奴，要求迎回蘇武，匈奴詭稱蘇武已死，隨同蘇武一同出使匈奴的常惠夜見漢使，告知蘇武下落。《漢書》卷五四〈李廣蘇建傳〉：「（常惠）教使者謂單于，言天子射上林中，得雁，足有係帛書，言武等在某澤中。使者大喜，如惠語以讓單于。單于視左右而驚，謝漢使曰：『武

等實在。』」於是蘇武得以榮歸。上林，即上林苑，古宮苑名，為天子遊獵之所。本秦舊苑，漢初荒廢，至漢武帝時重加擴建。故址在今陝西西安西及周至、戶縣界。❷蕭條　消瘦的樣子。❸使節　即使者。這裡指蘇武。❹交情　人們在相互交往中建立起來的感情。據《漢書》卷五四〈李廣蘇建傳〉：「初，武與李陵俱為侍中，武使匈奴明年，陵降，不敢求武。久之，單于使陵至海上，為武置酒設樂，因謂武曰：『單于聞陵與子卿素厚，故使陵來說足下，虛心欲相待。終不得歸漢，空自苦亡人之地，信義安所見乎？……』」❺漢臣　謂蘇武。

【語　譯】秋日上林苑樹葉飄落，大雁南飛曾帶來蘇武的消息，消瘦的漢家使節終於要萬里還歸。顧念昔日交情，李陵送別淚水拋灑，被西風吹上忠心耿耿的漢臣衣。

【研　析】李陵與蘇武在朝中有交，一武一文，屬於朋友。然而前者喪師辱國，投降匈奴；後者威武不屈，牧羊北海，持漢節十九年。相形之下，遭際天差地別，頗有戲劇性。李陵投降匈奴之初，史學家司馬遷在漢武帝面前曾為之辯護，《漢書》卷五四〈李廣蘇建傳〉有云：「群臣皆罪陵，上以問太史令司馬遷，遷盛言：『陵事親孝，與士信，常奮不顧身以殉國家之急。其素所畜積也，有國士之風。今舉事一不幸，全軀保妻子之臣隨而媒蘖其短，誠可痛也！且陵提步卒不滿五千，深輮戎馬之地，抑數萬之師，虜救死扶傷不暇，悉舉引弓之民共攻圍之。轉鬬千里，矢盡道窮，士張空拳，冒白刃，北首爭死敵，得人之死力，雖古名將不過也。身雖陷敗，然其所摧敗亦足暴於天下。彼之不死，宜欲得當以報漢也。』」這一番頗入情理的言論不但沒有為李陵減輕罪名，反而惹怒漢武帝，司馬遷為此慘遭宮刑。

一年以後，漢廷聽說李陵教導匈奴備兵漢軍的謠傳，據《漢書》所云：「上聞，於是族陵家，母弟妻子皆伏誅。隴西士大夫以李氏為愧。」從此，李陵欲圖伺機報效漢廷的希望完全破滅。《文

選》錄有李陵《答蘇武書》，其中有云：「誠以虛死不如立節，滅名不如報德也。昔范蠡不殉會稽之恥，曹沫不死三敗之辱，卒復句踐之讎，報魯國之羞。區區之心，竊慕此耳。何圖志未立而怨已成，計未從而骨肉受刑，此陵所以仰天椎心而泣血也。」這一悲劇人物的心態是值得同情的。後人評價歷史，不顧具體情況，動輒責人以死，實則毫無人性可言，屬於「站著說話不嫌腰痛」，也就是光說風涼話的議論。清沈德潛《明詩別裁集》卷二評此詩云：「王元美云『頗見風雅』。詞婉意嚴，李陵之罪自見。『漢臣』二字，春秋之筆。」這一評價未免簡單草率，其實並未抓住此詩悲情萬分、慨歎人生的主調，「春秋之筆」的判斷不免郢書燕說、離題萬里了。

白燕

袁凱

【題解】這是一首詠物的七律詩。白燕，白尾的燕子，古代以為瑞鳥。《西京雜記》卷四：「元后在家，嘗有白燕銜白石，大如指，墜后績筐中。」這首詩借白燕起興，極盡刻畫之能事，浮想聯翩，自有一種顧影自憐的感傷意緒，與當時文人士大夫的普遍心態暗合，因而和者甚眾，作者也因此詩享一時盛名，並流芳後世。此詩當作於元朝末年。《四庫全書總目提要》卷一六九著錄袁凱《海叟集》四卷，言及明人朱應祥等校選袁凱《在野集》，改竄袁凱詩句云：「故國飄零事已非」，改為「老去悲秋不自知」，蓋以凱已仕明，欲諱其前朝之感。不知據陶宗儀《輟耕錄》，是詩作於至正末，乃用金陵王謝燕事，下句自明，非為元亡作也。」按今本《南村輟耕錄》未見陶宗儀有此說，或是四庫館臣記憶偶誤所致。

故國飄零事已非，舊時王謝見應稀❶。月明漢水初無影，雪滿梁園尚未歸❷。柳絮池塘香入夢，梨花庭院冷侵衣❸。趙家姊妹多相忌，莫向昭陽殿裏飛❹。

【注釋】❶故國飄零事已非二句　點明白燕世所罕有。語本唐劉禹錫〈烏衣巷〉：「朱雀橋邊野草花，烏衣巷口夕陽斜。舊時王謝堂前燕，飛入尋常百姓家。」故國，舊都；古城。唐劉禹錫〈石頭城〉：「山圍故國周遭在，潮打空城寂寞回。」這裡即指金陵（今江蘇南京），與劉禹錫〈烏衣巷〉「舊時」正相呼應。清宋長白《柳亭詩話》卷二四引劉仕義《新知錄》云：「凱以元人而入仕籍，感慨風刺，意味深長。」以「故國」為前代王朝之解，未免膠柱鼓瑟，想當然耳。王謝，東晉時的王、謝兩大世家貴族多居住於金陵烏衣巷（今南京東南秦淮河畔），這裡暗寓「堂前燕」三字。❷月明漢水初無影二句　以明月與雪比喻白燕，形容白燕之白。清葉矯然《龍性堂詩話續集》：「袁海叟〈白燕〉詩云：『月明漢水初無影，雪滿梁園尚未歸。』人服其工妙。然亦有藍本。唐寇豹與謝觀以文藻齊名，觀謂寇曰：『君〈白賦〉有何佳句？』豹曰：『曉入梁園之苑，雪滿群山；夜登庾亮之樓，月明千里。』袁句本之，第『無影』、『未歸』，於『燕』字尤見巧思耳。」漢水，即今漢江，為長江最長支流，源於今陝西西南部寧強，東南流經陝西南部、湖北西北部與中部，在今武漢入長江，總長一千五百多公里。晉代庾亮有在武昌登樓賞月的故典，據《晉書》卷七三〈庾亮傳〉：「亮在武昌，諸佐吏殷浩之徒，乘秋夜往共登南樓，俄而不覺亮至，諸人將起避之。亮徐曰：『諸君少住，老子於此處興復不淺。』便據胡床與浩等談詠竟坐。其坦率行己，多此類也。」這裡是因武昌而言及漢水。梁園，即梁苑，故址在今河南開封東南，為漢梁孝王劉武遊賞之所。《明一統志》卷二七〈歸德府〉：「梁園在府城東，一名梁苑，或曰即菟園，

漢梁孝王武所築。」按歸德府，明承金置，治所在今河南商丘南。南朝宋謝惠連曾作〈雪賦〉，描繪梁苑大雪景色，曲盡其妙，後人即常以「梁苑雪」比喻白色的景物。❸柳絮池塘香入夢二句　以「柳絮」與「梨花」比喻白燕之白與體態之輕盈。語本宋晏殊〈寓意〉：「梨花院落溶溶月，柳絮池塘淡淡風。」❹趙家姊妹多相忌二句　以漢成帝皇后趙飛燕與昭儀趙合德姊妹專寵妒忌事，反襯白燕處境艱難，當有以白燕自喻之意在。據《漢書》卷九七下〈外戚傳〉，趙飛燕本長安宮人，學歌舞，終為漢成帝所悅：「召入宮，大幸。有女弟復召入，俱為倢伃，貴傾後宮。」趙飛燕曾譖告許皇后與班婕妤，令許皇后被廢，班婕妤退處長信宮奉太后以老。趙飛燕居於昭陽殿，「姊弟專寵十餘年，卒皆無子」。昭陽殿，漢代長安宮殿名，在未央宮內。《三輔黃圖》卷三：「成帝趙皇后居昭陽殿，有女弟，俱為婕妤，貴傾後宮。昭陽舍蘭房椒壁，其中庭彤朱，而庭上髹漆，切皆銅沓，黃金塗，白玉階，壁帶往往為黃金釭，函藍田璧，明珠翠羽飾之，自後宮未嘗有焉。」唐王昌齡〈長信秋詞五首〉其三：「奉帚平明金殿開，且將團扇暫裴回。玉顏不及寒鴉色，猶帶昭陽日影來。」

【語譯】金陵古都往事飄零，面目早已全非，昔日王謝堂中也難覓白燕蹤跡。明月照臨漢水，清輝中自難見其形影，大雪飄落梁園，更不知白燕何時回歸。池塘邊柳絮輕盈，似白燕進入香甜夢魂裡，梨花盛綻庭院，雪白世界映襯白燕略感寒意。趙家姊妹妒忌成性，切莫靠近昭陽殿飛。

【研析】這首七律詞句工巧之下，未免雕琢，意緒淒清，又不免取意朦朧。或許正是這種似了未了的情調，迎合了相當一部分讀者的審美需求。清姚之駰《元明事類鈔》卷二二云：「明楊儀《驪珠錄》：『時大本賦〈白燕〉詩呈鐵崖（即楊維禎），極稱其「珠簾、玉剪」之句。袁景文在座，以為未盡體物之妙，歸作詩，翌日呈之，鐵崖歎賞，書數紙散座客，一時呼為袁白燕。』」按時大本，名太初，常熟（今屬江蘇）人，其〈白燕〉詩云：「春社年年帶雪歸，海棠庭院月爭輝。珠

簾十二中間卷，玉剪一雙高下飛。天下公侯誇紫頷，國中儔侶尚烏衣。江湖多少閑鷗鷺，宜與同盟伴釣磯。」與袁詩相較，措語遣詞，較為直露。明徐𤊹《徐氏筆精》卷四〈白燕詩〉：「〈白燕〉詩，國朝袁凱最得名，而後人和者最多。近見江西鄧泰素二律，亦新麗可喜：『從前故壘是耶非，別後新姿似者稀。春曉玉樓乘霧去，夜間銀漢帶星歸。凌波不著鴉頭襪，剪水如牽鶴氅衣。多少伯勞堪遠避，輕描淡抹向西飛。』『同去同來伴侶非，異姿異態世全稀。鉛華盡洗都無著，銀蒜低垂若箇歸。遠向吳門裁匹練，早從王謝託烏衣。惟餘嘴距新紅溜，猶啄梨花蹴絮飛。』」比較而言，稍嫌刻畫，不如袁詩收放自如。《四庫全書總目提要》卷一六九著錄袁凱《海叟集》四卷云：「凱以〈白燕〉詩得名，時稱袁白燕。李夢陽序則謂：『〈白燕〉詩最下最傳，其高者顧不傳。』今檢校全集，夢陽之說良是。何景明序謂：『明初詩人以凱為冠。』蓋凱古體多學《文選》，近體多學杜甫，與景明持論頗符，故有此語，未免無以位置高啟諸人，故論者不以為然。然使凱馳騁於高啟諸人之間，亦各有短長，互相勝負，居其上則未能，居其下似亦未甘也。」明何良俊《四友齋叢說》卷二六有云：「袁海叟尤長於七言律。其詠〈白燕〉詩，世尤傳誦之。而空同以為〈白燕〉詩最下最傳，蓋以其詠物太工，乏興象耳。」諸多評論，各執一詞，但平心而論，有爭議者，不正說明此詩有引人矚目的魅力嗎！

送許時用歸越

王　褘

【題　解】這是一首送別題材的五律詩。許時用，即許汝霖。參見本書所選宋濂〈送許時用還剡〉

詩「題解」。歸越與「還剡」意義相同，古人稱今浙江一帶或浙東地區為越。此詩與宋濂之作同時，亦當作於洪武二年（西元一三六九年）二月間或稍後。

【作　者】王禕（西元一三二二—一三七四年），初名偉，更名湋，最後更名禕（《明史》本傳作「褘」，誤，詳見徐永明《元代至明初婺州作家群研究》）。禕字子充，婺州義烏（今屬浙江）人。早年師從柳貫、黃溍，遂以文章名世。明立國之先，朱元璋即召授江南儒學提舉，同知南康府事。後與宋濂同修《元史》，擢翰林待制。洪武五年（西元一三七二年）奉詔出使雲南招降梁王，翌年十二月二十四日（已交西元一三七四年二月五日）被害，贈翰林學士，諡文節，後改忠文。著有《王忠文公集》二十五卷。《明史》卷二八九〈忠義一〉有傳，述朱元璋語云：「江南有二儒，卿與宋濂耳。學問之博，卿不如濂；才思之雄，濂不如卿。」《四庫全書總目提要》卷一六九著錄王禕《王忠文集》二十四卷，有云：「禕師黃溍，友宋濂，學有淵源，故其文醇樸宏肆，有宋人軌範。濂〈序〉稱其『文凡三變：初年所作，幅程廣而運化宏；壯年出遊之後，氣象益以沉雄；暨四十以後，乃渾然天成，條理不爽』。可謂知禕之深矣。」陳田《明詩紀事》甲籤卷五選王禕詩二首，有按語云：「忠文詩，質堅體潔，時作小詩，亦有風致。」

舊擢庚寅❶第，新題甲子篇❷。老來諸事廢❸，歸去此身全❹。煙樹❺

藏溪館❻，霜禾❼被石田❽。鑑湖❾求一曲❿，吾計尚茫然⓫。

【注　釋】❶庚寅　元至正十年（西元一三五〇年），歲次庚寅，許汝霖這一年鄉試考中舉人，第二年歲次辛

卯，又考中進士。這裡不言其考中進士之年，當是因律詩平仄不調的關係。❷甲子篇　謂寫詩不用新朝年號紀年，僅以干支紀年，表示對新朝的疏離態度。據《宋書》卷九三〈隱逸傳〉載，陶淵明在劉宋代晉之後：「自高祖王業漸隆，不復肯仕。所著文章，皆題其年月，義熙以前，則書晉氏年號；自永初以來，唯云甲子而已。」高祖謂取代東晉政權之南北朝宋武帝劉裕，永初為其年號。此外，甲子又雙關「六十花甲子」之意，謂許汝霖年已逾六十歲。❸老來諸事廢　唐白居易〈晚出西郊〉：「老來何所用，少興不多言。」❹歸去此身全　唐戎昱〈長安秋夕〉：「遠客歸去來，在家貧亦好。」❺煙樹　雲煙繚繞的樹木或叢林。❻溪館　臨溪的屋舍。❼霜禾　經霜後的禾稼。❽石田　貧瘠的田地。唐杜甫〈醉時歌〉：「先生早賦歸去來，石田茅屋荒蒼苔。」❾鑑湖　又名鏡湖、長湖、慶湖，在今浙江紹興南三里處，為東漢永和五年（西元一四〇年）會稽太守馬臻所開，面積巨大，周圍三百五十八里，唐中葉以後逐漸淤積，湖面大減，但風光仍然秀美，至今仍是江南水鄉的典型風景。❿求一曲　唐代詩人賀知章（西元六五九－七四四年），字季真，越州永興（今浙江蕭山）人，為人曠達不羈，晚年歸隱，唐玄宗賜其鑑湖剡川一曲，故鑑湖又名「賀家湖」。《新唐書》卷一九六〈隱逸傳〉：「知章晚節尤誕放，遨嬉里巷，自號『四明狂客』及『秘書外監』……天寶初，病，夢游帝居，數日寤，乃請為道士，還鄉里，詔許之，以宅為千秋觀而居。又求周宮湖數頃為放生池，有詔賜鏡湖剡川一曲。」這裡是作者以賀知章自喻，希望能有賀知章那樣的歸宿。⓫茫然　模糊不清的樣子。唐戴叔倫〈巫山高〉：「故鄉回首思綿綿，側身天地心茫然。」

【語　譯】因前朝庚寅年你鄉試中第，六十歲後寫詩紀年就只用干支。人老無用，什麼事都理不清，所幸全身回歸故里。雲煙繚繞的叢林掩映溪水旁的屋舍，經霜的禾稼恰長在貧瘠的田地。如何能在鑑湖得到一曲退隱，我還鄉的謀畫至今模糊無頭緒。

【研　析】這首送別詩在慶幸友人全身而退的同時，又想到自身的前途未定，歸計難尋，不免憂思

悵惘，反映了殘暴的新皇朝初建時，文人士大夫的矛盾、茫然又彷徨的心態。首聯於曲折含蓄中道出了被送者不願再仕新朝，正是但求歸去的原因，這層窗戶紙當然不能捅破，退一步說，即使不牽涉前朝、新朝問題，當時不與朱元璋合作也是冒有相當風險的行動。據朱元璋《大誥三編》記述，朱元璋徵召天下讀書人為他服務，江西貴溪縣的夏伯啟叔姪有聲鄉里間，屬於徵召對象，卻不願輔佐這位流氓皇帝，就將各自左手大拇指砍掉（當時有殘疾者不能當官）。朱元璋聞聽此事，就親自提審夏伯啟叔姪，道出「君是百姓的救命恩人，誰不合作就該死」的歪理邪說，結果二人被梟首示眾，家也被籍沒。

政治環境如此險惡，許汝霖敢於求歸且能安然無恙，頷聯對句「歸去此身全」，非身歷其境者不能道出。儘管優游林下可能生活窘迫，衣食有憂，頸聯所謂「霜禾被石田」即是此意，但作者卻似乎有「求此亦不得」的豔羨之情，兩相對照，更見淒涼！尾聯孤獨無助心理畢露，讀來令人迴腸蕩氣。此詩當與前選宋濂〈送許時用還剡〉一詩對讀，更見妙處。《金華詩錄》評此詩有云：「唐賢送行，每推一人擅場。此與潛溪詩工力悉敵，均不愧擅場之作。宋云：『青雲諸老盡，白髮幾人歸。』此云：『老來諸事廢，歸去此身全。』宋云：『因君動歸興，予亦夢柴扉。』此云：『鑑湖求一曲，吾計尚茫然。』其後宋卒於遷所，王致身使節，皆不得遂首丘之願，一時興到之語，遂成詩讖。此詩亦見《汪忠勤集》。」關於此詩，或謂乃汪廣洋之作，今人徐永明〈送許時用歸越非汪廣洋作〉，載其所著《元代至明初婺州作家群研究》一書，可參考，此不贅言。

陌上桑

楊 基

【題 解】這是一首五言樂府。陌上桑，為樂府歌辭，宋郭茂倩《樂府詩集》卷二八〈相和歌辭・相和曲下〉著錄多首，有云：「一曰〈豔歌羅敷行〉。《古今樂錄》曰：『〈陌上桑〉歌瑟調。古辭〈豔歌羅敷行〉、〈日出東南隅篇〉。』崔豹《古今注》曰：『〈陌上桑〉者，出秦氏女子。秦氏，邯鄲人有女名羅敷，為邑人千乘王仁妻。王仁後為趙王家令。羅敷出採桑於陌上，趙王登臺見而悅之，因置酒欲奪焉。羅敷巧彈箏，乃作〈陌上桑〉之歌以自明，趙王乃止。』《樂府解題》曰：『古辭言羅敷採桑，為使君所邀，盛誇其夫為侍中郎以拒之。』與前說不同。若陸機『扶桑升朝暉』，但歌美人好合，與古詞始同而末異。又有〈採桑〉，亦出於此。」這首〈陌上桑〉則真實記錄了明代農村賦稅的嚴苛。

【作 者】楊基（西元一三二六－一三七八年以後），字孟載，號眉庵，原籍嘉州（今四川樂山）人，生長於吳縣（今江蘇蘇州）。元末，曾入張士誠幕，為丞相府記室。入明，起為滎陽知縣，累官至山西按察使，被讒奪官，罰服勞役，死於工所。楊基少時曾著《論鑒》十萬餘言。又於楊維禎席上賦〈鐵笛〉，當時維禎已成名流，對楊基詩備加稱賞，於是揚名吳中，與高啟、張羽、徐賁為詩友，時人稱為「吳中四傑」。兼善書工畫。著有《眉庵集》十二卷，嘉州江朝宗為之序云：「先生之詩穠麗纖蔚，藹然正大和平之音，殆有唐人風味。」《明史》卷二八五〈文苑一〉有傳。清朱彝尊《靜志居詩話》卷三〈楊基〉：「吳中四傑，孟載猶未洗元人之習，故鐵厓亟稱之。」陳田

《明詩紀事》甲籤卷七選其詩四首，有按語：「《眉庵集》中不乏沖雅之作，特才華爛漫，時傷纖巧。」

青青陌上桑❶，葉葉帶春雨。已有催絲人❷，咄咄❸桑下語。

【注釋】❶青青陌上桑　唐張仲素〈春閨思〉：「褭褭城邊柳，青青陌上桑。」陌，田間東西或南北小路，這裡泛指田間小路。❷催絲人　謂官府徵收蠶繭新絲的差役。❸咄咄　表示責難的感歎聲。

【語譯】田間青綠的桑樹，葉子都被春雨沾濕。徵收新絲的差役已來到，在桑樹下不斷說著刁難的話。

【研析】這首樂府屬於憫農詩，唐人早有傳統。如唐李紳〈古風二首〉：「春種一粒粟，秋成萬顆子。四海無閑田，農夫猶餓死。」「鋤禾日當午，汗滴禾下土。誰知盤中餐，粒粒皆辛苦。」早已成為傳世的名篇，膾炙華夏兒童之口。唐聶夷中〈田家〉：「父耕原上田，子劚山下荒。六月禾未秀，官家已修倉。」取意與這首〈陌上桑〉略同。作者是蘇州人，清人顧祿著有《清嘉錄》，專記蘇州一帶歲時風土、地志民俗，是書卷四〈賣新絲〉有云：「蠶絲既出，各負至城，賣與郡城隍廟前之收絲客，每歲四月始聚市，至晚繭成而散，謂之賣新絲。蔡雲〈吳歈〉云：『蠶家多半太湖濱，浮店收絲只趁新。城裡那知蠶婦苦，載錢眼熱賣絲人。』案：新絲，棉絲也。《吳縣志》：『近湖諸山家，蓄繭取之，每歲四月始登市。』」詩中所寫為陽春三月景象，與四月間蠶絲登市相

差幾近一月的時間，官府的催絲人已然至蠶農家催繳賦稅，可見剝削之重。唐聶夷中〈詠田家〉：「二月賣新絲，五月糶新穀。醫得眼前瘡，剜卻心頭肉。我願君王心，化作光明燭。不照綺羅筵，只照逃亡屋。」詩中所謂「賣新絲」、「糶新穀」云云，也屬於「預售」，與楊基此詩有異曲同工之妙。

長江萬里圖

楊　基

【題　解】這是一首題畫的七言古詩。楊維禎有古詩〈題錢選畫長江萬里圖〉，首四句有云：「神禹劃天塹，橫分南北州。只今天不限南北，一葦絕之如大溝。」可見萬千氣象。錢選（西元一二三九—？年）為元代著名畫家，字舜舉，號巽峰，吳興（今浙江湖州）人。南宋理宗景定間鄉貢進士，入元不仕。工詩善畫，青綠山水師法趙伯駒，花鳥人物亦所擅長。南宋夏珪也曾畫有「長江萬里圖」，可惜原作早佚。這首詩所題詠者亦當為錢選所畫之「長江萬里圖」，借題發揮，抒發人生羈旅之愁。

我家岷山更西住❶，正見岷江❷發源處。三巴❸春霽❹雪初消，百折千回向東去。江水東流萬里長❺，人今漂泊尚他鄉❻。煙波草色❼時牽恨，

風雨猿聲欲斷腸❽。

【注　釋】❶我家岷山更西住　語本宋蘇軾〈遊金山寺〉：「我家江水初發源，宦遊直送江入海。」岷山，在今四川北部，綿延於四川、甘肅兩省邊境，為長江、黃河分水嶺，岷江、嘉陵江發源地。作者祖籍嘉州（今四川樂山），在岷山之南偏西，此云「更西住」，約略言之。❷岷江　為長江上游的支流，在今四川中部。其源出岷山南麓，經樂山納大渡河，至宜賓入長江，全長近一千三百公里。其上游谷深水急，流經灌縣（今都江堰市），著名的都江堰水利工程即在此流域。❸三巴　古地名。巴郡、巴東、巴西的合稱。相當今四川、重慶市嘉陵江和綦江流域以東的大部分地區。❹霽　泛指風霜雨雪停止，天氣晴好。❺江水東流萬里長　唐劉禹錫〈偶作二首〉其二：「萬里長江水，征夫渡要津。」❻人今漂泊尚他鄉　唐李昌符〈送友人〉：「我今漂泊還如此，江劍相逢亦未知。」❼煙波草色　唐劉禹錫〈淮陰行五首〉其二：「煙波與春草，千里同一色。」❽風雨猿聲欲斷腸　北魏酈道元《水經注》卷三四〈江水二〉：「自三峽七百里中，兩岸連山，略無闕處……故漁者歌曰：巴東三峽巫峽長，猿鳴三聲淚沾裳。」斷腸，形容極度哀傷。晉干寶《搜神記》卷二〇：「臨川東興，有人入山，得猿子，便將歸……此人既不能放，竟擊殺之。猿母悲喚，自擲而死。此人破腸視之，寸寸斷裂。」

【語　譯】我的家鄉原本在岷山西側，那正是岷江發源的地方。春日天晴三巴雪水消融，匯入長江曲折東向。江水奔騰綿延萬里長，猶如旅人漂泊在他鄉。浩渺煙波與春草同色，時時牽愁惹恨，若風雨中聽到猿鳴更令人斷腸。

【研　析】這是一首抒發羈旅之愁的題畫詩作，詩人通過畫面長江奔騰萬里的圖景，聯想到人生如寄的漂泊無依，在低迴婉轉中完成思念遙遠故鄉的主題。面對大江東去，可以如宋蘇軾那樣生發

「浪淘盡千古風流人物」(〈念奴嬌‧赤壁懷古〉)的豪氣，也可以像南唐後主李煜那樣慨歎「問君能有幾多愁，恰似一江春水向東流」(〈虞美人〉)的無奈。長江浩渺無垠，浪濤滾滾，面對大江，更易顯出人的渺小與人生的漂泊感。唐王勃〈山中〉：「長江悲已滯，萬里念將歸。況屬高風晚，山山黃葉飛。」自是羈旅他鄉者的哀歎。唐盧僎〈南望樓〉：「去國三巴遠，登樓萬里春。傷心江上客，不是故鄉人。」更屬鄉愁無限的悲情。這首七古從長江支流岷江的發源地岷山說起，自然聯繫到自家祖籍的地理方位，從而過渡到他鄉漂泊的愁苦，融情入景，情景雙繪。詩人想像的翅膀一旦張開，就超越了畫圖所提供的有限場景，而將感覺的景象無限擴充，於是就有了結句「風雨猿聲欲斷腸」屬於聽覺的感觸，將全詩的淒清哀怨情調推向極致。

聞臨船吹笛

楊　基

【題解】這是一首七古。唐李嘉祐〈送從姪端之東都〉：「聞笛添歸思，看山愜野情。」笛聲能喚起鄉思，何況在白露橫江的夜晚，舟船淒清中自有說不盡的懷親意緒。這首詩從詩題即已透露出一縷淡淡的鄉愁。

江空月寒❶江露白，何人船頭夜吹笛。參差❷楚調❸轉吳音❹，定是江南❺遠行客。江南萬里不歸家❻，笛裏分明說鬢華❼。已分折殘堤上柳，

莫教吹落隴頭花❽。

【注　釋】❶江空月寒　唐戴叔倫〈泛舟〉：「夜靜月初上，江空天更低。」❷參差　紛紜錯雜。❸楚調　楚地（古楚國所轄之地，即今湖北與湖南一帶）的曲調。唐白居易〈醉別程秀才〉：「吳弦楚調瀟湘弄，為我殷勤送一杯。」❹吳音　吳地（泛指我國東南一帶，即今江蘇南部和浙江北部）的音樂。宋范成大《吳郡志・風俗》：「吳音，清樂也，乃古之遺音。唐初古曲漸缺，管弦之曲多訛失，與吳音轉遠。」❺江南　指今江蘇、安徽兩省的南部和浙江省一帶。❻江南萬里不歸家　唐溫庭筠〈敕勒歌塞北〉：「卻笑江南客，梅落不歸家。」❼鬢華　花白的鬢髮。❽已分折殘堤上柳二句　語本唐李白〈春夜洛城聞笛〉：「誰家玉笛暗飛聲，散入春風滿洛城。此夜曲中聞〈折柳〉，何人不起故園情。」又李白〈與史郎中欽聽黃鶴樓上吹笛〉：「一為遷客去長沙，西望長安不見家。黃鶴樓中吹玉笛，江城五月落梅花。」折殘堤上柳，有惜別懷遠的意思。語本《三輔黃圖》卷六：「霸橋在長安東，跨水作橋。漢人送客至此橋，折柳贈別。」又，折楊柳，古代橫吹曲名。宋郭茂倩《樂府詩集》卷二二〈橫吹曲辭〉：「《唐書・樂志》曰：『梁樂府有胡吹歌云：「上馬不捉鞭，反拗楊柳枝。下馬吹橫笛，愁殺行客兒。」此歌辭元出北國，即鼓角橫吹曲〈折楊柳枝〉是也。』《宋書・五行志》曰：『晉太康末，京洛為折楊柳之歌，其曲有兵革苦辛之辭。』按古樂府又有〈小折楊柳〉，相和大曲有〈折楊柳行〉，清商四曲有〈月節折楊柳歌〉十三曲，與此不同。」隴頭花，即梅花，以切合李白「江城五月落梅花」詩意。《太平御覽》卷一九引《荊州記》曰：「陸凱與范曄相善，自江南寄梅花一枝詣長安與曄，並贈花詩曰：『折花逢驛使，寄與隴頭人。江南無所有，聊贈一枝春。』」唐宋之問〈題大庾嶺北驛〉：「明朝望鄉處，應見隴頭梅。」

【語　譯】江面空曠，月光淒冷，白露橫江，是誰在這夜晚船頭吹笛。紛紜的曲調由楚聲轉為吳音，一定是江南遠行至此的客子。想那萬里江南，歸家不易，笛聲分明訴說著蹉跎的歲月。已然曉得

昔日折柳贈別的哀傷，就不要再將「梅花」的笛曲吹起。

【研　析】在物質條件相對簡陋的古代，色彩與聲音遠不如今天豐富多彩。笛聲高亢嘹亮、婉轉悠揚，又能傳聲極遠，具有相當的穿透力，因而每每惹來古人的幾多感歎或幾多悲傷。晉人向秀因「鄰人有吹笛者，發聲寥亮，追思曩昔遊宴之好，感音而歎」，寫下了情見乎辭的〈思舊賦〉。南朝宋劉義慶《世說新語・任誕》記述了一個僅僅以笛聲相交往的故事：「王子猷出都，尚在渚下。舊聞桓子野善吹笛，而不相識。遇桓於岸上過，王在船中，客有識之者云：『是桓子野。』王便令人與相聞，云：『聞君善吹笛，試為我一奏。』桓時已貴顯，素聞王名，即便回下車，踞胡床，為作三調。弄畢，便上車去。客主不交一言。」如此行徑，只有魏晉風度下薰陶出的文人方能做到，後人想學就「難於上青天」了。這首七言古詩即以臨船笛聲為紐帶，用清新自然的語言書寫下一段難言的鄉愁。末二句綰合唐人李白與宋之問有關詩情，巧妙地將一腔愁怨和盤托出，典雅中自有風度，顯示了作者駕馭語言、營造詩歌意境的非凡能力。

登岳陽樓望君山

楊　基

【題　解】這是一首屬於行旅題材的七言古詩。岳陽樓，江南三大名樓之一，在今湖南北部洞庭湖畔，建築於岳陽市西門城牆上。唐代張說創建，宋慶曆五年(西元一〇四五年)，謫守巴陵的滕宗諒重修，范仲淹為撰〈岳陽樓記〉，樓閣借此文而馳名後世。君山，又名湘山、洞庭山，在今湖南

岳陽西南洞庭湖中，四面環水，風景優美。

洞庭❶無煙晚風定，春水平鋪如練淨❷。君山一點望中青❸，湘女❹梳頭對明鏡❺。鏡裏芙蓉❻夜不收，水光山色兩悠悠❼。直教流下春江❽去，消得巴陵❾萬古愁。

【注　釋】❶洞庭　即洞庭湖，在今湖南北部，北連長江，南接湘、資、沅、澧四水，港汊縱橫，煙波浩渺，為我國第二大淡水湖，有「八百里洞庭」之號。❷如練淨　如同白絹一樣潔淨，語本南朝齊謝朓〈晚登三山還望京邑〉：「澄江淨如練，餘霞散成綺。」❸君山一點望中青　語本唐劉禹錫〈望洞庭〉：「遙望洞庭山水翠，白銀盤裡一青螺。」❹湘女　即湘妃，為堯帝之二女娥皇、女英，同嫁於舜，舜南巡崩於蒼梧（即九疑山，位於今湖南寧南），二妃悲慟，沒於湘水，遂為湘水之神。君山上有二妃墓，又名湘妃墓。❺明鏡　比喻洞庭湖水明如鏡。❻芙蓉　荷花的別名。《西京雜記》卷二：「文君姣好，眉色如望遠山，臉際常若芙蓉。」後因以「芙蓉」喻指美女。又湖南境內盛產芙蓉，故有「芙蓉國」之稱，五代譚用之〈秋宿湘江遇雨〉：「秋風萬里芙蓉國，暮雨千家薜荔村。」❼悠悠　遼闊無際。❽春江　春天的江。唐張若虛〈春江花月夜〉：「灩灩隨波千萬里，何處春江無月明。」❾巴陵　古郡名，即巴陵郡，南朝宋元嘉十六年（西元四三九年）分長沙郡置，治所巴陵縣（今湖南岳陽）。後世即作為岳陽之別稱。

【語　譯】煙霧散去的洞庭湖晚間無風，春水平靜如同白絹一樣潔淨。遠望君山一點，青翠迷人，

湘水之神對著明鏡般的湖水梳妝。荷花在如鏡的湖裡徹夜綻放，水光山色遼闊漫無邊際。就讓它匯入春天的大江，令巴陵萬古之愁緒隨波而去。

【研　析】歷代吟詠岳陽樓、洞庭湖與君山的詩篇不計其數，著名者如唐張說〈送梁六自洞庭山作〉：「巴陵一望洞庭秋，日見孤峰水上浮。聞道神仙不可接，心隨湖水共悠悠。」又如唐李白〈陪侍郎叔游洞庭醉後三首〉其三：「剗卻君山好，平鋪湘水流。巴陵無限酒，醉殺洞庭秋。」更是膾炙人口。楊基另有五律〈岳陽樓〉一首，與此篇堪稱姊妹篇：「春色醉巴陵，闌干落洞庭。水吞三楚白，山接九疑青。空闊魚龍舞，娉婷帝子靈。何人夜吹笛，風急雨冥冥。」作者善於捕捉自然景色中不為常人注意的細節，白描而出，諸多意象的綜合令全詩意境躍然而出，感人至深。景中有我，眼前景與心中所思相互交流，物我交融，從而令詩境畫意盎然。詩中第四句擬人手法的運用，令君山與洞庭湖的對應關係跳脫而出。第五句「鏡裏芙蓉夜不收」承接第四句而來，芙蓉可作荷花解，也可作美女解，賦予審美以時間的延展，從而昇華了洞庭美景的內涵，耐人尋味。詩末二句，熔鑄今古，更是全詩的畫龍點睛之筆，餘味無窮。

春　草　　楊　基

【題　解】這是一首詠物的七律詩。春草在古人心目中具有多重意象：《楚辭・招隱士》「王孫游兮不歸，春草生兮萋萋。」是懷人之作。南朝宋湯惠休〈江南思〉「垂情向春草，知是故鄉人。」

是懷鄉之作。南朝梁沈約〈詠春〉「春草青復綠，客心傷此時。」是傷春之作。南朝梁范雲〈閨思詩〉「春草醉春煙，深閨人獨眠。」是思婦之作。唐李白〈送舍弟〉「他日相思一夢君，應得池塘生春草。」是友情之詩。唐劉駕〈皎皎詞〉「高秋亦有花，不及當春草。」是牢騷之作。南唐李煜〈清平樂〉（別來春半）「離恨恰如春草，更行更遠還生。」是怨離之作，最得春草精神。這首詩以「春草」為題，訴說的卻是人世情懷。

嫩綠❶柔香❷遠更濃，春來無處不茸茸❸。六朝舊恨斜陽裏❹，南浦新愁細雨中❺。近水欲迷歌扇綠，隔花偏襯舞裙紅❻。平川❼十里人歸晚，無數牛羊一笛風❽。

【注釋】❶嫩綠　謂綠色新鮮淺淡。唐李九齡〈過相思谷〉：「悠悠信馬春山曲，芳草和煙鋪嫩綠。」❷柔香　輕淡的香氣。❸茸茸　柔細濃密的樣子。唐韓翃〈宴楊駙馬山池〉：「垂楊拂岸草茸茸，繡戶簾前花影重。」❹六朝舊恨斜陽裏　語本唐韋莊〈臺城〉：「江雨霏霏江草齊，六朝如夢鳥空啼。」又唐杜牧〈題宣州開元寺水閣閣下宛溪夾溪居人〉：「六朝文物草連空，天淡雲閑今古同。」六朝，歷史上三國吳、東晉和南朝的宋、齊、梁、陳，相繼建都建康（吳名建業，即今南京），史稱六朝。❺南浦新愁細雨中　語本南朝梁江淹〈別賦〉：「春草碧色，春水渌波。送君南浦，傷如之何。」南浦，南面的水邊，古人常稱送別之地。《楚辭・九歌・河伯》：「子交手兮東行，送美人兮南浦。」❻近水欲迷歌扇綠二句　語本宋高觀國〈玉樓春〉：「岸花香到舞衣邊，

汀草色分歌扇底。」歌扇，歌舞時用的扇子。❼平川　廣闊平坦的地方。❽無數牛羊一笛風　語本《詩經・王風・君子于役》：「日之夕矣，羊牛下來。」一笛風，宋釋仲殊〈潤州〉：「北固樓前一笛風，斷雲飛出建昌宮。江南二月多芳草，春在濛濛細雨中。」又宋趙文〈戴嵩牛〉：「荒草茫茫一笛風，牛鳴未必牧人通。歸鴉落日江南野，何限人間真戴嵩。」

【語　譯】淺淡新鮮的綠色，輕淡柔和的香氣，遠處嗅來更覺神怡，春天到了，到處都是柔細濃密的春草地。夕陽下芳草萋萋似訴六朝興亡的悲劇，細雨中岸邊的新愁見證著人世別離。想當年近水處的春草迷離，染歌扇色彩更綠，如紅花映襯綠草，令舞裙色調奇異。而今晚歸的人們踏過十里平川的春草，一聲牧笛迎風，盡顯羊牛下來的喜悅。

【研　析】寫春草，而八句詩中全不見一「草」字，僅憑有關春草的諸多意象加以連接，相互間若斷似聯，搖曳生姿。全詩意緒迷離朦朧，懷古與傷情兼而有之，又句句暗寓春草，興象層見疊出，堪稱佳作。明李東陽《懷麓堂詩話》：「楊孟載〈春草〉詩最傳，其曰『六朝舊恨斜陽外，南浦新愁細雨中』，曰『平川十里人歸晚，無數牛羊一笛風』，誠佳，然綠迷歌扇，紅襯舞裙，已不能脫元詩氣習。」雖不無微詞，卻是正面評價居多。對於同一事物，人們的感覺是有所不同的，即如首聯第一句以「嫩綠柔香遠更濃」寫春草，就與唐韓愈〈早春呈水部張十八員外郎〉：「天街小雨潤如酥，草色遙看近卻無」之吟詠形成鮮明對比。兩者實難以優劣分判，可稱都從一側面抓住了事物的某一特徵，並加以發揮引申，片面之中皆不乏深刻之處。閱讀欣賞古人詩歌的妙處，也全在於此。明都穆《南濠詩話》：「孟載詩律尤精，如云『花無桃李非春色，人有笙歌是太平』，

「一官不博三竿日，萬事無過兩鬢星』，予愛其閑曠。及云『亂世身如危處立，異鄉人似夢中來』，『千金已廢床頭劍，一字無存架上書』，則又歎其困窮。如云『紅雨落花來袞袞，綠波芳草去迢迢』，『六朝舊恨殘陽裏，南浦新愁細雨中』，予愛其含蓄，及云『柳色嫩於鵝破殼，蘚痕斑似鹿辭胎』，『小雨送花青見萼，輕雷催筍碧抽尖』，則又驚其新巧。」此詩之頷聯含蓄中寓意無窮，固然精彩，但若無尾聯書寫的瀟灑景象，則全詩亦難以立住。所謂「牛羊一笛風」云云，曲終奏雅，充分體現了詩人駕馭語言與營造意象的非凡能力！

天平山中

楊基

【題解】這是一首寫景的七絕。詩題下作者自注：「予家赤山，相去不五里許。」可見是作者自寫家鄉景物。天平山，在今江蘇吳縣靈巖山北，山中以楓、泉、石著稱於世，奇峰怪岩眾多，山頂有望湖臺，遠觀太湖，氣象萬千。

細雨茸茸❶濕楝花❷，南風樹樹熟枇杷❸。徐行不計山深淺❹，一路
鶯啼送到家❺。

【注釋】❶茸茸　柔細濃密的樣子。宋唐庚〈春日雜興〉：「茸茸小雨弄春晴，已有狂花未見鶯。」❷楝花

楝樹的花。楝，落葉喬木。四五月間開淡紫色小花，有清香。核果球形或長圓形，生青熟黃，味苦。宋王安石〈鍾山晚步〉：「小雨輕風落楝花，細紅如雪點平沙。」❸枇杷 果木名。薔薇科常綠小喬木，葉長圓形，花白色，冬花夏熟。實球形或橢圓形，味甜美，可生食。唐杜甫〈田舍〉：「櫸柳枝枝弱，枇杷樹樹香。」❹深淺 這裡謂山路遠近、多少。❺一路鶯啼送到家 唐杜牧〈江南春〉：「千里鶯啼綠映紅。」

【語譯】柔密的濛濛雨打濕了楝花，南風和煦催熟樹樹枇杷。慢步緩行不算計山程遠近，一路上鶯聲盈耳送我歸家。

【研析】這首七絕活潑清麗，展現了初夏江南一片生機勃勃的山中景象，詩人的愉悅心情躍然紙上。四句詩中觸覺、視覺、聽覺、嗅覺的共同作用，加深了詩人陶醉於大自然的主觀感受。首句「細雨茸茸」屬於觸覺，「濕楝花」則偏重於視覺，但也有因觸覺而生發聯想的因素。枇杷成熟，色呈金黃，在綠葉襯托下極為鮮豔，詩中所謂「熟枇杷」者，當由視覺而來，卻又不僅僅是視覺的功效，因為枇杷成熟後能發出淡淡的清香，所以又有嗅覺的因素。「鶯啼」自然訴諸聽覺，「一路」而又「送到家」，顯然是漫山遍野皆有鶯啼伴隨詩人行進。心情愉快可以令人暫時忘卻疲勞，這正是第三句「徐行不計山深淺」的心理依據。全詩純用白描手法，起承轉合，承接自然，讀後令人難忘。宋代理學家程顥有一首七絕〈春日偶成〉，寫行路中內心愉悅之情，可與此詩對讀：「雲淡風清近午天，傍花隨柳過前川。時人不識余心樂，將謂偷閒學少年。」清李重華《貞一齋詩說》有云：「明人弊病，喜學唐人狀貌，苟能遺形得神，便足垂世。」這首七絕可謂學習前人頗有心得之作了。

題陶處士像

張羽

【題　解】這是一首題畫的七絕。陶處士，即陶淵明（西元三六五—四二七年），一名潛，字元亮，世稱靖節先生，晉潯陽柴桑（今江西九江市西南）人。曾為州祭酒，復為鎮軍、建威參軍，後為彭澤令，以「不能為五斗米折腰」，棄官歸隱，詩酒自娛。詩以田園題材著名，散文、辭賦亦佳。《晉書》、《宋書》皆有傳。處士，古代指有才德而隱居不仕的人。

【作　者】張羽（西元一三三三—一三八五年），字來儀，以字行，更字附鳳，潯陽（今江西九江市）人。元末僑寓吳興（今浙江湖州），為安定書院山長。入明，徵授太常寺卿，兼翰林院同掌文淵閣事。因事謫嶺南，途中召還，自知不免，投龍江自盡。為「吳中四傑」之一。著有《靜居集》六卷。《明史》卷二八五〈文苑一〉有傳，內云：「羽文章精潔有法，尤長於詩，作畫師小米。」清錢謙益《列朝詩集小傳》甲集〈張司丞羽〉引程嘉燧語云：「靜居五言古詩，學杜、學韋，各有神理，非苟然者。樂府歌行，材力馳騁，音節諧暢，不襲宋元格調。眉庵樂府，尚多套數語，不若靜居才力深渾，有自得處。七言律詩，清圓渾脫，不事綢繢，全是唐音，頡頏高、楊，未知前後。」清朱彝尊《靜志居詩話》卷三「來儀五古，微嫌鬱轖，近體亦非所長，至於歌行雄放，駸駸欲度季迪前，固當含超幼文，跨躡孟載。」《四庫全書總目提要》卷一六九著錄《靜居集》四卷云：「今觀其集，律詩意取俊逸，誠多失之平熟。五言古體低昂婉轉，殊有瀏亮之作，亦不盡如彝尊所云。至於歌行，筆力雄放，音節諧暢，足為一時之豪。」陳田《明詩紀事》甲籤卷七選張羽詩十一首，有按語云：「來儀五古可肩隨孟載，七古奔軼絕塵，超孟載而上之，特方之季迪

尚非其倫。」

五兒❶長大翟卿賢❷，彭澤歸來只醉眠❸。籬下黃花❹門外柳❺，風光不似義熙前❻。

【注釋】❶五兒　陶淵明有五個兒子，其〈責子〉：「白髮被兩鬢，肌膚不復實。雖有五男兒，總不好紙筆。阿舒已二八，懶惰故無匹。阿宣行志學，而不好文術。雍端年十三，不識六與七。通子垂九齡，但覓梨與栗。天運苟如此，且進杯中物。」❷翟卿賢　陶淵明三十歲喪偶，後續娶翟氏，賢慧。南朝梁蕭統〈陶淵明傳〉：「其妻翟氏，亦能安勤苦，與其同志。」❸彭澤歸來只醉眠　晉安帝義熙元年（西元四〇五年）八月，陶淵明為彭澤令，十一月即棄職返里，翌年作〈歸園田居五首〉、〈歸去來兮辭〉。〈歸去來兮辭〉：「攜幼入室，有酒盈樽。引壺觴以自酌，眄庭柯以怡顏，倚南窗以寄傲，審容膝之易安。」陶淵明故里有栗里原，《江西通志》卷四一：「醉臥石，〈尋陽記〉：『陶潛栗里，今有平石如砥，縱橫丈餘，相傳靖節先生醉臥其上。在廬山南。』」彭澤，指晉代之彭澤縣（治今江西湖口東）。《明一統志》卷五二：「彭澤縣城，在都昌縣北四十五里，漢縣屬豫章郡，晉陶潛為令，治此城。」❹籬下黃花　語本陶淵明〈飲酒詩二十首〉其六：「采菊東籬下，悠然見南山。」黃花，即菊花。❺門外柳　語本陶淵明〈五柳先生傳〉：「先生不知何許人也，亦不詳其姓字。宅邊有五柳樹，因以為號焉。」❻風光不似義熙前　謂陶淵明義熙元年辭彭澤令後，只能過貧困的田園生活了。另據《宋書》卷九三〈隱逸傳〉載，陶淵明在劉宋代晉之後：「自高祖王業漸隆，不復肯仕。所著文章，皆題其年月，義熙以前，則書晉氏年號；自永初以來，唯云甲子而已。」風光，謂生活光景。義熙，晉安帝司馬德宗年

號（西元四〇五—四一八年）。

【語　譯】五個兒子皆長大，又有翟氏夫人賢慧，辭去彭澤令歸守田園醉眠於石。東籬種菊花，門外植五柳樹，義熙以前的光景已成追憶。

【研　析】這是一首詠題陶淵明歸隱以後畫像的七絕。在古代文學史中，陶淵明是隱士的代表人物，其〈歸去來兮辭〉中「富貴非吾願，帝鄉不可期」的人生價值取向，以及「不為五斗米折腰」的心態，著實感染了後世諸多文人士大夫。又如其〈和郭主簿二首〉：「息交遊閒業，臥起弄琴書。」〈飲酒詩二十首〉其六：「結廬在人境，而無車馬喧。問君何能爾，心遠地自偏。」〈移居詩二首〉其一：「昔欲居南村，非為卜其宅。聞多素心人，樂與數晨夕。」皆大有飄逸瀟灑的人生況味，令塵俗中百事倥傯者豔羨不已；實則陶淵明歸隱生活另有其艱難困苦的一面，卻往往被接受者有意地聽而不聞。如其〈歸去來兮辭〉開首即云：「余家貧，耕植不足以自給，幼稚盈室，瓶無儲粟，生生所資，未見其術。」〈擬古詩九首〉其五又云：「東方有一士，被服常不完。三旬九遇食，十年著一冠。」困頓之情，溢於言表，大約不盡是誇張之辭。唐杜牧〈懷紫閣山〉：「人道青山歸去好，青山曾有幾人歸？」一語道破其中奧祕，物質以維持生命的需要自比精神生活的需求重要得多。二百多年以後，一位標舉性靈的文學家袁宗道撰寫〈讀淵明傳〉一文，對於陶淵明的棄官歸田有相當清醒的認識：「淵明解印而歸，尚可執杖耘丘，持缽乞食，不至有性命之憂。而長為縣令，則韓退之所謂『抑而行之，必發狂疾』，未有不喪身失命者也。然則淵明者，但可謂之審緩急，識輕重，見事透徹，去就瞥脫者耳。」所謂兩害相權取其輕，就是這個道理。在保證

無生命之虞的情況下，追求心靈的充分自由，才是陶淵明的價值所在。反觀張羽此詩，是否也透露了詩人類似的價值判斷呢？答案是肯定的。

驛船謠

張　羽

【題　解】這是一首七言古詩。驛船，驛站用的船。古時供傳遞文書、官員來往及運輸等中途暫息、住宿的地方稱驛站。謠，一般指民間流行的歌謠，這裡有文人士大夫仿照民間歌謠形式寫詩以上達民情的涵義。

驛船來，聲如雷。前船去，後船催。前船後船何敢住，鋪陳❶惡時逢彼怒❷。畫屏❸繡褥紅氍毹❹，春夢❺暫醒過船去。棹郎❻長跪勸使臣❼，願官莫喜更莫嗔❽。古來天地如郵傳❾，過盡匆匆無限人。

【注　釋】❶鋪陳　謂驛船中的陳設、布置等。《三國演義》第二十七回：「遂請二嫂入城。館驛中皆鋪陳了當。」❷逢彼怒　語本《詩經・邶風・柏舟》：「薄言往愬，逢彼之怒。」彼，代指下文所云「使臣」。❸畫屏　有畫飾的屏風。❹氍毹　一種毛織或毛與其他材料混織的毯子，可用作地毯、壁毯、床毯、簾幕等。❺春夢　比喻易逝的榮華和無常的世事。唐錢起〈送鍾評事應宏詞下第東歸〉：「世事悠揚春夢裡，年光寂寞旅愁中。」

❻棹郎　船夫。唐白居易〈重修香山寺〉：「靜聞樵子語，遠聽棹郎謳。」❼使臣　泛稱皇帝派遣負有專門使命的官員。❽嗔　發怒；生氣。❾郵傳　即傳舍、驛館。唐詹敦仁〈勸王氏入貢，寵予以官，作辭命篇〉：「爭霸圖王事總非，中原失統可傷悲。往來賓主如郵傳，勝負干戈似局棋。」

【語　譯】驛船駛過，喧鬧聲如雷。前船剛離去，後船又相催。前前後後驛船相接續，一絲不敢怠慢疏忽。船中陳設簡陋，就會惹得官員發怒。彩畫屏風、錦繡被褥、猩紅地毯真排場，不過如一場春夢，夢醒以後還要下船去。船夫長跪奉勸使臣，但願您不要歡喜也莫生氣。自古以來天地也如同驛舍，匆匆忙忙送走人無數。

【研　析】晉王羲之撰述並書寫有著名的〈蘭亭集序〉，在中國書法史上占有舉足輕重的顯赫地位。至於其文章內容也頗精彩，道出了千古人生的同一感慨：「夫人之相與，俯仰一世，或取諸懷抱，悟言一室之內；或因寄所託，放浪形骸之外。雖趣舍萬殊，靜躁不同，當其欣於所遇，暫得於己，快然自足，不知老之將至。及其所之既倦，情隨事遷，感慨係之矣。向之所欣，俯仰之間，已為陳跡，猶不能不以之興懷。況修短隨化，終期於盡。古人云：『死生亦大矣。』豈不痛哉！」用上引文字來詮釋這首七古，最為恰當。詩人之用心，並不在於諷刺「奉旨出朝，地動山搖，逢山開道，遇水造橋」的官員們在下面耀武揚威、作威作福，而是巧借驛船船夫之口，道出了一個千古不易的真理，榮華富貴，一切皆如過眼煙雲，雖不免消極，但末兩句富含哲理的比喻，的確猶如禪宗的當頭棒喝：「古來天地如郵傳，過盡匆匆無限人。」詩眼所在，發人深省！有關生死問題，中國古代文人議論叢生，且不說老莊哲學對生死問題的辯證看法，唐代著名大詩人李白〈擬

古十二首〉其九有云：「生者為過客，死者為歸人。天地一逆旅，同悲萬古塵。月兔空擣藥，扶桑已成薪。白骨寂無言，青松豈知春。前後更歎息，浮榮安足珍。」堪稱透徹之悟，細細味之，與此首〈驛船謠〉自有異曲同工之妙！

湖州樂

孫 蕡

【題 解】這是一首七言古詩。詩題有摹仿樂府命題的用心，如《樂府詩集》卷四八〈清商曲辭五・西曲歌中〉錄有〈襄陽樂〉，同書卷七二〈雜曲歌辭十二〉錄有〈荊州樂〉等。湖州，在今浙江北部，位於太湖之濱、苕溪沿岸，明代為湖州路、府治所。

【作 者】孫蕡（西元一三三四－一三九三年），字仲衍，順德（今屬廣東）人。洪武三年（西元一三七〇年）舉於鄉，授工部織染局使，歷官平原主簿、蘇州經歷，曾兩次受牽連被逮，遣戍遼東。洪武二十六年（西元一三九三年）因藍玉案發，以其曾為藍玉題畫論死。孫蕡為粵詩派先驅，與黃哲、王佐等結南園詩社，有「南園五先生」之譽。詩風流暢豪邁，尤長於七言古體。著有《西庵集》九卷。清錢謙益《列朝詩集小傳》甲集〈孫典籍蕡〉引黃佐《廣州人物傳》云：「蕡於書無所不讀，為詩文不屬稿。」清朱彝尊《靜志居詩話》卷三〈孫蕡〉云：「自蕡以下世所稱南園五先生也，仲衍才調，傑出四人。五古遠師漢、魏，近體亦不失唐音。歌行尤琳琅可誦，微嫌縏縟耳。」《四庫全書總目提要》卷一六九著錄《西庵集》九卷云：「蕡當元季綺靡之餘，其詩獨卓然有古格。雖神骨雋異不及高啟，而要非林鴻諸人所及。」陳田《明詩紀事》甲籤卷九選孫蕡詩

十一首。

湖州溪水❶穿城郭，傍水人家起樓閣。春風垂柳綠軒窗❷，細雨飛花濕簾幕。四月五月南風❸來，當門處處芰荷❹開。吳姬❺畫舫❻小於斛❼，蕩槳出城沿月回。菰蒲❽浪深迷〈白紵〉❾，有時隔花聞笑語。鯉魚風❿起燕飛斜⓫，菱歌⓬聲入鴛鴦渚⓭。

【注釋】❶溪水　謂霅溪，在今浙江湖州南，自古以來，霅溪、霅上即成為湖州或吳興的別稱。唐孟郊〈湖州取解述情〉：「霅水徒清深，照影不照心。」❷軒窗　即窗戶。宋陸游〈遊錦屏山謁少陵祠堂〉：「城中飛閣連危亭，處處軒窗臨錦屏。」❸南風　從南向北刮的和暖的風。❹芰荷　指菱葉與荷葉。戰國楚屈原〈離騷〉：「製芰荷以為衣兮，集芙蓉以為裳。」❺吳姬　吳地的美女。唐王勃〈採蓮曲〉：「蓮浦夜相逢，吳姬越女何豐茸。」❻畫舫　裝飾華美的遊船。❼斛　量器。這裡比喻物之小，古人有「斛舟」之稱。❽菰蒲　菰與蒲，借指湖澤。南唐張泌〈洞庭阻風〉：「空江浩蕩景蕭然，盡日菰蒲泊釣船。」❾白紵　亦作「白苧」。樂府吳舞曲名。南朝宋鮑照〈白紵歌〉之五：「古稱〈淥水〉今〈白紵〉，催弦急管為君舞。」《新唐書・禮樂志下》：「清樂三十二曲中有〈白紵〉，吳舞也。」宋張先〈天仙子・公擇將行〉：「瑤席主，杯休數，清夜為君歌〈白苧〉。」❿鯉魚風　九月風；秋風。唐李賀〈江樓曲〉：「樓前流水江陵道，鯉魚風起芙蓉老。」⓫燕飛斜　唐劉禹錫〈同樂天和微之深春二十首〉其六：「畫堂簾幕外，來去燕飛斜。」⓬菱歌　採菱之歌。南朝宋鮑照〈采

菱歌〉之一：「簫弄澄湘北，菱歌清漢南。」唐王勃〈採蓮賦〉：「聽菱歌兮幾曲，視蓮房兮幾珠。」⓭鴛鴦渚　兩相比並如同鴛鴦般的水中小塊陸地。

【語　譯】溪水穿城盡顯湖州風光，住家樓閣點綴在水邊岸旁。垂柳沐浴春風掩映綠窗，簾幕被斜飛的細雨打濕。四五月有自南而來的暖風，吹開家家門前的芰荷嫩葉。吳姬乘坐華美的小小遊船，蕩起船槳出城又戴月回歸。〈白紵〉歌聲飄蕩在湖澤水波深處，時而隔花草傳來盈盈笑語。九月秋風起時有燕子斜飛水際，採菱的歌聲又迴盪在形似鴛鴦的小渚。

【研　析】全詩措語秀麗輕盈，以充滿感情的筆觸，寫下了湖州這座江南水城的旖旎風光。作者截取初夏至深秋的一段時間，淋漓盡致地將湖州的特有韻味揮灑而出，展現出一幅色彩明快的江南圖卷。明王世貞《藝苑卮言》卷五評孫蕡詩有云：「孫仲衍如豪富兒入少年場，輕脫自好。」此言準確地抓住了作者的詩歌特點，堪稱的評。湖州因霅溪而享譽神州，有所謂「四水為一溪」的說法，《明一統志》卷四〇：「霅溪，在府治南，以其合四水為一溪，故曰霅。四水者，舊謂苕溪、前溪、餘不溪、北流水也。又謂四水激射，霅然有聲，謂之霅溪。一名霅川。」湖州因水而名世，因而歷代吟詠湖州者也都離不開對溪水的稱賞讚美。如唐鄭谷〈寄獻湖州從叔員外〉：「顧渚山邊郡，溪將罨畫通。遠看城郭裡，全在水雲中。西閣歸何晚，東吳興未窮。茶香紫筍露，洲回白蘋風。歌緩眉低翠，杯明蠟剪紅。政成尋往事，輟棹問漁翁。」寫得也很清麗。「遠看城郭裡，全在水雲中」，與此詩首二句「湖州溪水穿城郭，傍水人家起樓閣。」可以對讀，湖州特色已經盡收古人筆底，信非苟作。

秋日端居

高啟

【題解】這首五言古詩以詩明志，抒發了詩人甘於寂寞貧賤的人生價值取向。端居，即謂平常居處。唐孟浩然〈臨洞庭贈張丞相〉：「欲濟無舟楫，端居恥聖明。」

【作者】高啟（西元一三三六—一三七四年），字季迪，號槎軒，又號青丘子，長洲（今江蘇蘇州）人。元末隱居吳淞青丘，明洪武初應召入朝，授翰林院編修，教授諸王，與修《元史》。擢戶部右侍郎，辭官歸里，授徒為業。蘇州知府魏觀以在張士誠舊宮址修建府治獲罪，高啟曾為魏觀撰寫〈上梁文〉，因受株連，腰斬於市。高啟詩名早著，與楊基、張羽、徐賁有「吳中四傑」之譽。自編詩有《吹臺》、《江館》、《青丘》、《南樓》、《鳳臺》、《槎軒》、《婁江吟稿》、《姑蘇雜詠》諸集，傳世有《青丘高季迪先生詩集》十八卷，今人有整理本《高青丘集》。《明史》卷二八五〈文苑一〉有傳。清錢謙益《列朝詩集小傳》甲集〈高太史啟〉引李東陽語云：「國初稱高、楊、張、徐。高才力聲調，過三人遠甚。百餘年來，亦未見卓然有過之者。」清朱彝尊《靜志居詩話》卷二〈高啟〉有云：「侍郎跌宕風華，鳳觀虎視，造邦巨擘，所不待言。」《四庫全書總目提要》卷一六九著錄高啟《大全集》十八卷云：「啟天才高逸，實據明一代詩人之上。其於詩，擬漢魏似漢魏，擬六朝似六朝，擬唐似唐，擬宋似宋。凡古人之所長，無不兼之。振元末纖穠縟麗之習而返之於古，啟實為有力。然行世太早，殞折太速，未能鎔鑄變化，自為一家。故備有古人之格，而反不能名啟為何格。此則天實限之，非啟過也。」陳田《明詩紀事》甲籤卷七選高啟詩七首。

秋意❶日蕭索❷，郊園❸霜露餘。出遊無山水，聊復守吾廬❹。巷轍久已斷，山瓢❺仍屢空❻。非甘寂寞❼者，誰樂此閒居❽？

【注釋】❶秋意　秋季淒清蕭瑟的景觀和氣象。❷蕭索　蕭條冷落；淒涼。唐于逖〈野外行〉：「老病無樂事，歲秋悲更長。窮郊日蕭索，生意已蒼黃。」❸郊園　城外的園林。唐武元衡〈秋日抒懷〉：「倦鳥不知歸去日，青蕪白露滿郊園。」❹吾廬　晉陶淵明〈讀山海經詩十三首〉其一：「眾鳥欣有托，吾亦愛吾廬。」❺山瓢　山野中人所用的瓢，泛指粗陋的盛器或飲器。❻屢空　謂經常貧困，即貧窮無財產。《論語・先進》：「回也其庶乎！屢空。」何晏集解：「言回庶幾聖道，雖數空匱而樂在其中。」❼甘寂寞　唐朱慶餘〈自述〉：「詩人甘寂寞，居處遍蒼苔。」❽閒居　謂不為名利奔走，近似於「賦閒」。

【語譯】秋天蕭瑟日益冷落淒涼，郊園已是結露凝霜。山山水水已無可遊賞，姑且守住家中時光。訪客車馬早就斷絕，貧困一直難離身旁。若不是自甘寂寞，誰能賦閒中心怡神曠？

【研析】這首五言古詩於悲秋中自明志向，顯示出作者貧賤不能移的人生價值取向。自甘於人生寂寞，並非飽食終日，無所用心，而是以其物質生活以外的豐富精神生活為依託的。對於一位常年受儒家思想薰陶並有傳統文人士大夫廉潔操守的人而言，其精神生活的實質，無非是在一定物質條件的支持下讀書著述，「窮則獨善其身，達則兼善天下」。三國魏曹丕《典論・論文》有云：「蓋文章，經國之大業，不朽之盛事。年壽有時而盡，榮樂止乎其身，二者必至之常期，未若文章之無窮。」西漢司馬遷著《史記》，其〈自序〉有云：「成一家之言，厥協六經異傳，整齊百家

雜語，藏之名山，副在京師，俟後世聖人君子。」後世人遂將著述視為「名山事業」。唐盧照鄰〈長安古意〉以「寂寂寥寥揚子居，年年歲歲一床書」兩句讚美了西漢末年閉門著《太玄》、《法言》的揚雄，揚雄仕宦雖不得意，卻能以著述名垂後世，受到後人景仰。晉代左思在他的〈詠史〉詩中，將王侯將相仕宦的榮耀與著述終身的清貧為比，並以堅定的語氣肯定了後者，早開〈長安古意〉的先河。一面是：「濟濟京城內，赫赫王侯居。冠蓋蔭四術，朱輪競長衢。」一面卻是：「寂寂揚子宅，門無卿相輿。寥寥空宇中，所講在玄虛。」然而恰恰是後者可以「悠悠百世後，英名擅八區」。古代文人之所以常常高自位置，詩酒傲王侯，其原因即在於對名山事業的執著。讀高啟這首〈秋日端居〉，即可發現在看似平常的詩句中，蘊涵有作者豐富的精神世界。末二句「非甘寂寞者，誰樂此閒居」所昭示的人文精神，正是千百年來中國文人的傲骨正氣所在，文人內斂的行為特徵對於任何社會都是有益而無害的。然而朱元璋坐上明代開國皇帝的寶座成為獨夫民賊以後，卻連這樣一位循規蹈矩的文人都不放過，更可見專制政權的殘暴特徵！

明皇秉燭夜遊圖

高啟

【題解】這首七言古詩是一首題畫詩。明皇謂唐明皇，即唐玄宗李隆基，據《舊唐書》卷九〈玄宗本紀〉，李隆基卒後「群臣上謚曰『至道大聖大明孝皇帝』，廟號玄宗」，故後世稱之為「明皇」。李隆基（西元六八五—七六二年），唐睿宗李旦第三子，善騎射，通曆象，知音律，精書法。即帝位後，革除弊政，勵精圖治，社會安定，經濟發展，史稱「開元之治」。自改元天寶以後，耽於安

樂，寵幸楊貴妃，生活奢侈，政治日趨腐敗，終釀天寶之亂。李隆基逃蜀中，太子李亨在靈武即皇帝位，被尊為太上皇。歸長安後，先居興慶宮，後移居西內，抑鬱以終。在位四十五年（西元七一二—七五六年），葬泰陵（在今陝西蒲城東北）。秉燭夜遊，語本漢代〈古詩十九首〉：「生年不滿百，常懷千歲憂。晝短苦夜長，何不秉燭遊。」此圖當即描畫天寶以後，唐玄宗夜以繼日飲宴無時，與楊貴妃等荒淫遊樂的場景。

花萼樓❶頭日初墮，紫衣❷催上宮門鎖❸。大家❹今夕燕❺西園❻，高爇❼銀盤❽百枝火❾。海棠❿欲睡不得成，紅妝⓫照見殊分明。滿庭紫焰作春霧，不知有月空中行。新譜〈霓裳〉⓬試初按⓭，內使⓮頻呼燒燭換。知更宮女⓯報銅籤⓰，歌舞休催夜方半。共言醉飲終此宵，明日且免群臣朝⓱。只憂風露漸欲冷，妃子衣薄愁成嬌。琵琶羯鼓相追逐⓲，白日君心歡不足。此時何暇化光明，去照逃亡小家屋⓳。姑蘇臺上長夜歌⓴，江都宮裏飛螢多㉑。一般㉒行樂未知極，烽火忽至將如何㉓？可憐蜀道歸來客，南內淒涼頭盡白㉔。孤燈不照返魂人㉕，梧桐夜雨秋蕭瑟㉖。

【注釋】❶花萼樓　唐玄宗於興慶宮西南所建樓名，即「花萼相輝之樓」，簡稱「花萼樓」。《舊唐書》卷九五〈讓皇帝憲傳〉：「玄宗於興慶宮西南置樓，西面題曰花萼相輝之樓，南面題曰勤政務本之樓。玄宗時登樓，聞諸王音樂之聲，咸召登樓同榻宴謔，或便幸其第，賜金分帛，厚其歡賞。」❷紫衣　紫色衣服。南北朝以後，紫衣為貴官公服，唐玄宗時內廷宦官亦多服朱紫，這裡即借代顯貴的執事宦官。《新唐書》卷二〇七〈宦者上〉：「開元、天寶中，宮嬪大率至四萬，宦官黃衣以上三千員，衣朱紫千餘人。其稱旨者輒拜三品將軍，列戟于門。其在殿頭供奉，委任華重，持節傳命，光焰殷殷動四方。所至郡縣奔走，獻遺至萬計。」❸宮門鎖　唐代宮門朝開暮鎖，唐張籍〈宮詞〉：「薄暮千門臨欲鎖，紅妝飛騎向前歸。」❹大家　宮中近臣或后妃對皇帝的稱呼。漢蔡邕《獨斷》卷上：「天子自謂曰行在所……親近侍從官稱曰『大家』，百官小吏稱曰『天家』。」❺燕　通「宴」。即宴飲。《詩經・小雅・南有嘉魚》：「君子有酒，嘉賓式燕以樂。」鄭玄箋：「用酒與賢者燕飲而樂也。」❻西園　花萼樓在興慶宮西南，故稱。❼爇　謂燃點。❽銀盤　謂銀製的燭盤。❾火　謂蠟燭。❿海棠　喻指楊貴妃。語本宋釋惠洪《冷齋夜話》卷一引《太真外傳》云：「上皇登沉香亭，詔太真妃子。妃子時卯醉未醒，命力士從侍兒扶掖而至，妃子醉顏殘妝，鬢亂釵橫，不能再拜。上皇笑曰：『豈是妃子醉，真海棠睡未足耳。』」按今本《楊太真外傳》，未見此記述。⓫紅妝　喻指海棠，語本宋蘇軾〈海棠〉：「只恐夜深花睡去，故燒高燭照紅妝。」這裡仍暗喻楊貴妃。⓬霓裳　即〈霓裳羽衣曲〉，唐代著名法曲，為開元中河西節度使楊敬述所獻，初名〈婆羅門曲〉。經唐玄宗潤色並製歌詞，改用今名。有關此曲傳聞頗多，如傳說唐玄宗登三鄉驛望女兒山，以及遊月宮密記仙女之歌歸而所作等，不可信。宋王灼《碧雞漫志》卷三云：「〈霓裳羽衣曲〉，說者多異。予斷之曰：西涼創作，明皇潤色，又為易美名。其它飾以神怪者，皆不足信也。」⓭按　彈奏。⓮內使　謂內廷宮女或宦官。⓯知更宮女　報更或值更的宮女，相當於宮廷中專管更漏的「雞人」。唐王建〈溫泉宮行〉：「夜開金殿看星河，宮女知更月明裡。」⓰報銅籤　用銅製更籤報時。古代計時用銅壺滴漏，憑漏刻度以計時傳更。《陳書》卷三〈世祖本紀〉：「每雞人伺漏，傳更籤於殿中，乃敕送者必投籤於階石之上，令鎗然有聲，

云『吾雖眠，亦令驚覺也』。」這裡是借用南朝陳廷事，唐宮未必如此報時。⓱明日且免群臣朝　語本唐白居易〈長恨歌〉：「春宵苦短日高起，從此君王不早朝。承歡侍宴無閒暇，春從春遊夜專夜。」⓲琵琶羯鼓相追逐　寫唐玄宗與楊貴妃等宮中行樂的生活。宋樂史《楊太真外傳》卷上：「上又宴諸王于木蘭殿，時木蘭花發，皇情不悅。妃醉中舞〈霓裳羽衣〉一曲，天顏大悅，方知迴雪流風，可以迴天轉地。上嘗夢十仙子，乃製〈紫雲迴〉；并夢龍女，又製〈凌波曲〉。二曲既成，遂賜宜春院及梨園弟子并諸王。時新豐初進女伶謝阿蠻，善舞。上與妃子鍾念，因而受焉。就按於清元小殿，寧王吹玉笛，上羯鼓，妃琵琶，馬仙期方響，李龜年觱篥，張野狐箜篌，賀懷智拍板。自旦至午，歡洽異常。」羯鼓，古代打擊樂器的一種。起源於印度，從西域傳入，盛行於唐開元、天寶年間。《通典・樂四》：「羯鼓，正如漆桶，兩頭俱擊。以出羯中，故號羯鼓，亦謂之兩杖鼓。」唐溫庭筠〈華清宮〉：「宮門深鎖無人覺，半夜雲中羯鼓聲。」羯，古代民族名，曾附屬匈奴，魏晉時，散居上黨郡（今山西潞城附近各縣）。東晉時，羯人石勒在黃河流域建立後趙，為十六國之一。⓳此時何暇化光明二句　語本唐聶夷中〈詠田家〉：「我願君王心，化為光明燭。不照綺羅筵，只照逃亡屋。」逃亡小家屋，生活無著而逃亡在外的窮苦人家。⓴姑蘇臺上長夜歌　謂春秋時吳王夫差寵幸西施，在姑蘇臺上春宵宮中歡飲達旦，縱情淫樂。姑蘇臺，又名姑胥臺，故址在今江蘇蘇州城外西南的姑蘇山上，相傳為吳王夫差所築。南朝梁任昉《述異記》卷上：「吳王夫差築姑蘇之臺，三年乃成。周旋詰屈，橫亙五里，崇飾土木，殫耗人力。宮妓數千人，上別立春宵宮，為長夜之飲，造千石酒鍾。夫差作天池，池中造青龍舟，舟中盛陳妓樂，日與西施為水嬉。」一說為吳王闔閭所築，漢袁康《越絕書・越絕外傳記吳地傳》：「胥門外有九曲路，闔廬造以游姑胥之臺，以望太湖。」㉑江都宮裏飛螢多　謂隋煬帝楊廣巡遊江都之荒淫奢侈事。《隋書》卷四：「壬午，上於景華宮徵求螢火，得數斛，夜出遊山放之，光徧巖谷。」景華宮在隋朝都城洛陽（今屬河南）。江都，即今江蘇揚州，為隋煬帝遊幸之地，隋煬帝後被叛將宇文化及所殺，亦在此處，據說江都也有隋煬帝之放螢苑。唐李商隱〈隋宮〉：「於今腐草無螢火，終古垂楊有暮鴉。」《江南通志》卷三三：「鬬雞臺今失所在，按《拾遺記》，

煬帝於吳公宅鬬雞臺下，恍惚與陳後主相遇。杜牧〈揚州〉詩云：『秋風放螢苑，春草鬬雞臺。』」㉒一般　同樣。謂吳王夫差、隋煬帝與唐玄宗因淫樂引來禍患的結局，同屬一丘之貉。㉓烽火忽至將如何　謂吳王夫差、隋煬帝皆因淫樂引來戰亂，而為敵國或叛臣所殺，唐玄宗亦因晚年荒淫而致安史之亂，倉惶逃蜀。宋樂史《楊太真外傳》卷下：「其年（天寶十四載，西元七五五年）十一月，祿山反幽陵，以誅國忠為名，咸言國忠、虢國、貴妃三罪，莫敢上聞。上欲以皇太子監國，蓋欲傳位，自親征。謀於國忠，國忠大懼，歸謂姊妹曰：『我等死在旦夕，今東宮監國，當與娘子等併命矣。』姊妹哭訴於貴妃。妃銜土請命，事乃寢。十五載六月，潼關失守，上幸巴蜀，貴妃從。」烽火，古代邊防報警的煙火，這裡即指戰亂。㉔可憐蜀道歸來客二句　謂唐肅宗至德二載（西元七五七年）安史之亂被平定後，唐玄宗自蜀中返長安後，雖被尊為太上皇，但處境淒涼。太上皇初居興慶宮，後因此處地近街市，恐有復辟事，肅宗又令宦官李輔國移居太上皇於西內太極宮。宋樂史《楊太真外傳》卷下：「上皇既居南內，夜闌，登勤政樓，凭欄南望，煙月滿目。上因自歌曰：『庭前琪樹已堪攀，塞外征人殊未還。』……復幸華清宮，從官嬪御，多非舊人。上於望京樓下命張野狐奏〈雨霖鈴〉曲，曲半，上四顧淒涼，不覺流涕，左右亦為感傷。」唐白居易〈長恨歌〉：「西宮南內多秋草，落葉滿階紅不掃。梨園弟子白髮新，椒房阿監青娥老。」宋黃庭堅〈書磨崖碑後〉：「事有至難天幸爾，上皇局蹐還京師。內間張后色可否，外間李父頤指揮。南內淒涼幾苟活，高將軍去事尤危。」南內，即指興慶宮。《明一統志》卷三二：「興慶宮，在府治東南五里，唐南內也，玄宗建。內有文泰、南熏、大同等殿。」㉕孤燈不照返魂人　謂處境淒涼的太上皇難以見到楊貴妃的魂魄。據宋樂史《楊太真外傳》，「有道士楊通幽自蜀來，知上皇念楊貴妃，自云有李少君之術。上皇大喜，命致其神，方士乃竭其術以索之，不至。」後「東極絕大海，跨蓬壺」，在最高山上終於找到玉妃太真院，見到楊貴妃，但其並未返魂，只將昔日定情之物金釵鈿合之半付與道士，並將昔日兩人於驪山宮七夕密誓「願世世為夫婦」私語告知道士以取信。唐白居易〈長恨歌〉：「臨邛道士鴻都客，能以精誠致魂魄……唯將舊物表深情，鈿合金釵寄將去。釵留一股合一扇，釵擘黃金合分鈿。但令心似金鈿堅，天上人

間會相見。臨別殷勤重寄詞，詞中有誓兩心知。七月七日長生殿，夜半無人私語時。在天願作比翼鳥，在地願為連理枝。天長地久有時盡，此恨綿綿無絕期。」㉖梧桐夜雨秋蕭瑟　謂太上皇對楊貴妃的無窮無盡的思念。語本唐白居易〈長恨歌〉：「芙容如面柳如眉，對此如何不淚垂。春風桃李花開夜，秋雨梧桐葉落時。」

【語　譯】花萼樓頭夕陽剛剛消失，執事宦官已催促宮門上鎖。皇上今夜要宴飲西園，高高點燃銀盤上百枝燭火。貴妃欲酣睡也難如願，燭光照耀下「海棠」更豔麗。滿庭紫紅焰火如春霧彌漫，月亮的光采也被遮蔽。新譜就〈霓裳羽衣曲〉首次排演，小宦官頻頻呼喊將新燭更換。報時的宮女送上更籤，不必催促，歌舞的長夜剛剛過半。都說今夜一醉方休，明天群臣早朝姑且停免。只擔心夜深風露漸寒，穿著單薄的貴妃因天涼更添嬌顏。琵琶與羯鼓節奏交相追逐，彌補君王白天稍有欠缺的作樂尋歡。此刻哪有閒暇想到這鮮明燭光，應當照亮世上的貧困黑暗。想當年吳王夫差姑蘇臺上的長夜歡歌，隋煬帝江都行宮夜螢的陸離光幻。同樣的行樂不知將至的禍患，又如何應對突然降臨的戰亂？可憐那逃蜀歸來的落魄帝王，被禁錮在南內宮中白髮淒涼。孤燈獨對盼不來昔日情侶的魂魄，更何況秋雨瀟瀟滴梧桐聲聲作響。

【研　析】《孟子・告子下》有所謂「生於憂患而死於安樂」之說，這一被儒家傳人奉為圭臬的「修齊治平」信條，一直是文人士大夫憂患意識萌生的根源。唐太宗的諍臣魏徵曾有〈論時政疏〉進諫李世民，其第二疏有云：「凡百元首，承天景命，莫不殷憂而道著，功成而德衰，有善始者實繁，能克終者蓋寡。豈其取之易而守之難乎！昔取之而有餘，今守之而不足，何也？夫在殷憂，必竭誠以待下；既得志，則縱情以傲物。竭誠則吳越為一體，傲物則骨肉為行路。」《詩經・大雅・

蕩》：「靡不有初，鮮克有終。」此八字用在唐玄宗身上，再合適不過。李隆基本是一位沉毅英武、博覽群書的貴胄，即皇帝位後，開元之治，名標青史，絕非昏庸帝王之比。然而以改元天寶為界限，李隆基竟然像換了一個人，沉湎酒色，怠於朝政，終於釀就了安史之亂這一杯令全天下百姓皆難以下嚥的苦酒，當然，這杯苦酒對於唐玄宗本人更是刻骨銘心，寵妃玉殞香消於馬嵬坡，自己也大權旁落，淒涼中鬱鬱以終。

高啟作為一位堅決信奉儒家思想的文人，面對這幅「明皇秉燭夜遊圖」，所想所思要不出上述範圍，但要用詩的語言加以表達，學識而外，還需要相當的藝術功力。這首七古無論用典使事，還是謀篇布局，皆中規中矩。「只憂風露漸欲冷，妃子衣薄愁成嬌」兩句，頗上三毫，堪稱妙筆！結尾兩句，戛然而止，留下思索餘地，發人深省。無獨有偶，晚生於高啟九十年的何喬新（西元一四二七——一五〇二年）也有一首〈題明皇秉燭夜遊圖〉七言古詩，對照閱讀，興味無窮。其詩云：「沉香亭上烏飛速，歌吹未終宮漏促。歡娛不足可奈何，夜遊更秉西園燭。銀盤萬炬照天紅，恍如赤日行晴空。更將羯鼓催花柳，共信聖主真天公。太真娉婷奉卮酒，願上大家千萬壽。隋家天子放流螢，熠耀微光詎能久。伶官再拜前致詞，只今四海皆熙熙。將有祿山相林甫，聖人不樂復何為。念奴高歌八姨舞，鱗膾駝峰薦雕俎。明朝且放紫宸朝，翠帳醒來日方午。金雞帳裡臥豬龍，內寵不減昔秦宮。昏昏醉夢日復夜，豈料興衰在眼中。桃林一戰血沒踝，薄暮不見平安火。蒼茫西出馬嵬坡，驛舍無燈相枕臥。斜谷鈴聲暮雨寒，歸來無復舊時歡。霜凝鴛瓦不成寐，怨對孤燈夜未闌。」後者是否有意摹仿前者，耐人尋味！

登金陵雨花臺望大江

高啟

【題解】這是一首登臨抒懷的七古詩（作者自己將此詩歸入「長短句」一類，實則仍當算是七古）。金陵，本古邑名，後常用作今江蘇南京的別稱。雨花臺在南京市中華門外，原名聚寶山，平頂低丘，上多石英質卵石，圓潤晶瑩。據傳南朝梁武帝時，雲光法師曾在此講經，感動上天墜花如雨，落地繽紛為石，故賜名雨花臺。大江即指長江，發源於唐古拉山脈各拉丹東雪山之沱沱河，流經西藏、四川、雲南、湖北、湖南、江西、安徽、江蘇，在今上海入東海，為中國第一大河。洪武二年（西元一三六九年），高啟應徵赴南京撰修《元史》，寫下此詩。

大江來從萬山中❶，山勢盡與江流東。鍾山如龍❷獨西上，欲破巨浪乘長風❸。江山相雄不相讓，形勝爭誇天下壯。秦皇空此瘞黃金❹，佳氣葱葱❺至今王❻。我懷鬱塞何由開，酒酣走上城南臺❼。坐❽覺蒼茫萬古意，遠自荒煙落日之中來。石頭城❾下濤聲怒，武騎千群誰敢渡❿？黃旗入洛竟何祥⓫，鐵鎖橫江未為固⓬。前三國⓭，後六朝⓮，草生宮闕⓯

何蕭蕭。英雄乘時⑯務割據，幾度戰血流寒潮。我生幸逢聖人起南國⑰，禍亂初平事休息。從今四海永為家⑱，不用長江限南北⑲。

【注釋】❶大江來從萬山中　清胡渭《禹貢錐指》卷一四下：「范成大曰：『江出岷山，其源實自西戎萬山來，至嘉州而沫水合大渡河以會之。』」❷鍾山如龍　《太平御覽》卷一五六引《吳錄》：「劉備曾使諸葛亮至京，因睹秣陵山阜。歎曰：鍾山龍盤，石頭虎踞，此帝王之宅。」鍾山，即紫金山，在今南京市區以東，有三峰，中峰最高。❸欲破巨浪乘長風　比喻志向遠大。語本《宋書・宗愨傳》：「愨年少時，炳問其志，愨曰：『願乘長風破萬里浪。』」❹秦皇空此瘞黃金　《太平御覽》卷一七〇：「《金陵圖》云：楚威王見此有王氣，埋金鎮之，故曰金陵。秦併天下，望氣者言東南有天子氣，鑿地斷岡，因改金陵為秣陵。」又宋周應合《景定建康志》卷五〈辨金陵〉云：「金陵何為而名也？考之前史，楚威王時以其地有王氣，埋金以鎮之，故曰金陵。又曰地接金壇，其山產金，故名。於是因山立號，置金陵邑。至秦始皇時，望氣者謂其地有天子氣，又埋金寶於山以厭之。」秦皇，即秦始皇（西元前二五九－前二三八年），姓嬴，名政，即位後先後滅六國，統一中國，自謂始皇帝，在位二十六年。事見《史記・秦始皇本紀》。瘞，埋藏。❺蔥蔥　草木青翠茂盛，氣象興旺。❻王　通「旺」。即興旺。❼城南臺　即雨花臺。❽坐　因而。❾石頭城　又名石首城，故址在今南京清涼山。本楚金陵城，漢末孫權重築改名，城負山面江，當交通要衝。唐以後，城廢。❿武騎千群誰敢渡　據《資治通鑑》卷七〇載，魏文帝黃初五年（西元二二四年）欲伐吳，九月至廣陵，見長江之水盛漲，歎息說：「魏雖有武騎千群，無所用之，未可圖也。」武騎，勇武的騎兵。⓫黃旗入洛竟何祥　據《三國志・吳書・孫皓傳》裴松之注引〈江表傳〉，三國吳主孫皓聽信使蜀歸來的刁玄妄言：「黃旗紫蓋見於東南，終有天下者，荊、揚之君乎！」於是發兵攻晉：「即載其母妻子及後宮數千人，從牛渚陸道西上，云青蓋入洛陽，以順天命。」不料中途遇雪，

兵士怨聲載道，最終無功而返。黃旗紫蓋，謂黃旗紫蓋狀的雲氣，古人認為是出天子的祥瑞之兆。洛，即洛陽（今屬河南），時為晉都城。⑫鐵鎖橫江未為固　據《晉書・王濬傳》，晉太康元年（西元二八〇年），晉武帝命王濬率水師伐吳，「吳人於江險磧要害之處，並以鐵鎖橫截之，又作鐵錐長丈餘，暗置江中，以逆距船」，王濬用大竹筏沖毀鐵錐，又用火炬燒毀鐵鎖，戰船暢行長江，終於滅吳。唐劉禹錫〈西塞山懷古〉：「西晉樓船下益州，金陵王氣黯然收。千尋鐵鎖沉江底，一片降幡出石頭。」⑬三國　東漢以後，魏、蜀、吳三國鼎立，史稱三國時期。⑭六朝　三國吳、東晉與南朝的宋、齊、梁、陳，相繼建都建康（吳稱建業，即今南京），史稱六朝。⑮草生宮闕　語本唐許渾〈陳宮怨二首〉之一：「草生宮闕國無主，玉樹後庭花為誰。」⑯乘時　乘機；趁勢。⑰聖人起南國　謂朱元璋起兵南方，統一天下。聖人，君主時代對帝王的尊稱。《禮記・大傳》：「聖人南面而治天下，必自人道始矣。」朱元璋（西元一三二八—一三九八年），濠州（今安徽鳳陽）鍾離太平鄉人，曾為僧，後投紅巾軍郭子興部下，轉戰南北，終於建立明王朝，是為明太祖。⑱四海永為家　謂天下一統。語本《史記・高祖本紀》：「天子四海為家。」又唐劉禹錫〈西塞山懷古〉：「今逢四海為家日，故壘蕭蕭蘆荻秋。」⑲長江限南北　歷史上南北朝時期、南宋與金朝，皆曾劃江而治。語本《南史・孔範傳》：「長江天塹，古來限隔。虜軍豈能飛度？」

【語　譯】長江從萬山中奔流而至，兩岸山勢盡隨江水連綿向東。惟獨鍾山如龍蜿蜒向西，彷彿有乘長風破萬里浪的心胸。江水與山勢糾結互不相讓，壯美景象天下爭雄。想那秦皇徒費心機欲消除金陵的王氣，這裡卻草木青翠、萬千氣象至今旺盛。我鬱結的心情從何處釋懷，酒興酣暢且登上雨花臺飽覽風景。因而頓感久遠的茫茫歷史，一幕幕從荒煙落日中閃現生成。石頭城下濤聲激蕩，曾令魏文帝伐吳的騎兵望而卻步。荊揚出天子的祥瑞毫無憑據，縱有橫江的鐵鎖也難抵擋晉人的樓船威武。前有三國鼎立的紛亂，後有六朝相續的局促，昔日的宮殿一片荒蕪。英雄乘時割

據一方爭奪天下，多少次戰血飄紅匯入寒冷的江水。我幸運生在聖明天子崛起南國的時代，戰亂初平已令百姓獲得休養生息的機會。從今而後四海永遠一家，再也用不著長江分南界北。

【研　析】這首七言古詩大氣磅礴，對於統一海內、立國不久的大明王朝，詩人自有一股歡欣鼓舞的情懷，凸顯了元末戰亂之餘一般讀書人渴望天下太平、人民安居樂業的心態。作者時年三十四歲，又蒙召修《元史》，從山林隱逸一變而為朝廷命官，個人命運的轉折也令詩人心情舒暢，伴隨觸景生情的壯懷，詩作自然筆下生風，一氣呵成。全詩二十四句，每四句一轉韻，用語鏗鏘，七言中雜以三言、九言句式，藝術表現錯落有致，跌宕起伏。詩中寫景與抒懷結合巧妙，融情入景，情景雙繪，在完成昔人所謂「金陵自古帝王州」的歷史回憶後，又酣暢淋漓地抒發對新王朝未來的憧憬之情。末四句雄渾灑脫，英氣逼人，饒有餘味，並非言不由衷、一般意義上的頌聖之語。就所選此詩而論，其學習唐詩豪邁詩風的痕跡灼然可見，顯示出詩人駕馭語言的不凡功力。然而這位本分的讀書人，卻不為流氓帝王所容，終為詩中所歡呼的「南國聖人」所害，這是詩人個人的悲劇，也是歷史的悲劇！

清明呈館中諸公

高　啟

【題　解】這首七律當作於洪武三年（西元一三七〇年），時高啟為國史編修官，寓居南京。清明，我國農曆二十四節氣之一，一般在西元每年的四月五日前後。洪武三年清明為農曆二月九日。館，

謂明代翰林院，官署名，掌制誥、修史、圖書等事。諸公，據《高青丘年譜》，洪武二年二月詔修《元史》，以左丞相李善長監修，召前起居注宋濂、漳州府判王禕為總裁。徵山林逸遺之士汪克寬、胡翰、宋禧、陶凱、陳基、曾魯、趙汸、張文海、徐尊生、黃篪、傅恕、王錡、傅著、謝徽、趙塤與高啟共十六人。

新煙❶著柳禁垣❷斜，杏酪❸分香俗共誇。白下❹有山皆繞郭❺，清明無客不思家。卞侯墓❻上迷芳草，盧女❼門前映落花。喜得故人❽同待詔❾，擬沽春酒❿醉京華⓫。

【注釋】❶新煙　或稱「新火」，唐宋習俗，清明前一日禁火寒食，到清明節再起火賜百官，稱為「新火」。唐謝觀〈清明日恩賜百官新火賦〉：「國有禁火，應當清明。萬室而寒火寂滅，三辰而纖靄不生。木鐸罷循，乃灼燎於榆柳；桐花始發，賜新火於公卿。」唐杜甫〈清明〉其一：「朝來新火起新煙，湖色春光淨客船。」唐賈島〈清明日園林寄友人〉：「今日清明節，園林勝事偏。晴風吹柳絮，新火起廚煙。」宋蘇軾〈徐使君分新火〉：「臨皋亭中一危坐，三月清明改新火。」明代已無清明賜百官新火的習俗，這裡是借用舊典入詩。❷禁垣　皇宮城牆。❸杏酪　杏仁粥，古代多為寒食節食品。隋杜臺卿《玉燭寶典・二月仲春》：「寒食又作醴酪……酪，搗杏子人煮作粥。」注：「世悉作大麥粥，研杏人為酪。」唐崔櫓〈春日即事〉：「杏酪漸香鄰舍粥，榆煙將變舊爐灰。」宋范成大〈雪寒圍爐小集〉：「高飣膻根澆杏酪，旋融雪汁煮松風。」高啟七絕〈寒食逢

杜賢良飲〉：「楊柳無煙江水長，鄰家風雨杏餳香。」❹白下　古地名，在今江蘇南京西北。唐移金陵縣於此，改名白下縣。後因用為南京的別稱。❺郭　外城，古代在城的外圍加築的一道城牆，這裡是泛指南京尚未完全竣工的城牆。明初的南京城營建於其立國前兩年（西元一三六六年），歷時二十年於洪武十九年完成；南京的外郭城周長一百二十里，洪武二十三年（西元一三九〇年）方始營建。❻卞侯墓　即卞壼墓，故址在今江蘇南京朝天宮南京市博物館內，大成殿西。卞壼（西元二八四—三五〇年），字望之，晉冤句（今山東曹縣西北）人。晉明帝時官至尚書令，成帝時，與庾亮共輔朝政，值蘇峻叛亂，卞壼與其子卞眕、卞盱三人同戰死。歷代帝王為表彰其一門忠義，曾多次為其修繕墳墓，墓前有碑，題「晉尚書令假節領軍將軍贈侍中驃騎將軍成陽卞公墓」，為宋葉清臣所書。《晉書》卷七〇有傳。❼盧女　即莫愁。古樂府中傳說的女子。一說為洛陽人，為盧家少婦。南朝梁武帝〈河中之水歌〉：「河中之水向東流，洛陽女兒名莫愁……十五嫁為盧家婦，十六生兒字阿侯。」另一說為石城人（在今湖北鍾祥）。《舊唐書》卷二九〈音樂二〉：「石城有女子名莫愁，善歌謠，〈石城樂〉和中復有『莫愁』聲，故歌云：『莫愁在何處？莫愁石城西，艇子打兩槳，催送莫愁來。』」《江南通志》卷一一：「莫愁湖在府西三山門外，相傳盧莫愁居此，因名。」明張萱《疑耀》卷四〈莫愁〉：「〈莫愁樂〉，古樂府及《唐書．樂志》、《樂府解題》皆謂出於〈石城樂〉，以石城有女子名莫愁也。石城皆謂金陵之石頭城，故金陵亦有莫愁湖……今金陵莫愁湖在三山門外，相傳有妓盧莫愁家此，或後代倡女慕莫愁名，好事者因其人以名湖。而竟陵之與金陵，石城之與石頭城又易訛也，即金陵有莫愁，當是兩莫愁矣。又《樂府解題》云，古歌有『莫愁洛陽女』，則是有三莫愁矣。」可參考。❽故人　《高青丘集》卷末附錄引《府志雜記》云：「明洪武初，詔修史，天下預徵聘者三十二人，而蘇則高啟、謝元懿、傅則明、杜彥正、王常宗五人。」❾待詔　待命供奉內廷的人，這裡即指國史編修官。❿春酒　冬釀春熟之酒，《詩經．豳風．七月》：「為此春酒，以介眉壽。」⓫京華　京城之美稱。因京城是文物、人才匯集之地，故稱。這裡即指南京。

【語　譯】清明的新煙繚繞宮牆內外的斜柳，杏仁粥芳香是習俗傳流已久。南京周圍的山巒拱衛著外城，客居者在清明時節怎能不思念家鄉故友。卞侯墓上有迷離的芳草，盧女門前的落花依舊。欣喜與故交一同待詔史館，準備買來春酒在京城一醉方休。

【研　析】明初撰修《元史》，二月應詔，歷時半年，八月即告完事。第二年的三月初，翰林院諸公來至南京已有年餘，主要任務完成，自然心情舒暢。高啟這首七律即寫於這一狀態下，措語輕靈，構思瀟灑，屬對自然流暢，是本詩的最顯著特色。詩中雖不無鄉愁的煎熬，但由於全詩基調的明快清爽，那思念家鄉的情愫也被沖淡了許多。全詩以頷聯「白下」、「清明」之屬對最為精彩，天然渾成，洗練精警，銖兩悉稱。「白下」是地名，對以節氣名「清明」，是借「清」為「青」，毫無斧鑿之跡。頸聯以古人事點綴其中，亦非閒筆，憑弔之外，塑造京華氣象，也是詩人追求韻外之致的標誌。清代大力倡導神韻說的王士禛在其《漁洋詩話》卷中有云：「律句有神韻天然不可湊泊者，如高季迪『白下有山皆繞郭，清明無客不思家』，曹能始『春光白下無多日，夜月黃河第幾灣』，李太虛『節過白露猶餘熱，秋到黃州始解涼』，程孟陽『瓜步江空微有樹，秣陵天遠不宜秋』是也。」清趙翼《甌北詩話》卷八〈高青丘詩〉有云：「高青丘才氣超邁，音節響亮，宗派唐人，而自出新意，一涉筆即有博大昌明氣象，亦關有明一代文運。論者推為開國詩人第一，信不虛也。」又曰：「李青蓮詩，從未有能學之者，惟青丘與之相上下，不惟形似，而且神似。」以上這些評價絕非信口而出者，讀高啟詩，當有此眼力，才能悟其妙處。

姑蘇懷古

高啟

【題解】這是一首懷古的七律詩。姑蘇，蘇州吳縣的別稱，因其地有姑蘇山而得名，姑蘇山上的姑蘇臺曾是吳王歡宴竟夜的地方。春秋時，這裡曾是吳國的都城。懷古，即思念古代的人和事。然而思古之幽情絕非無病呻吟，一般都有總結教訓或有意翻歷史舊案的用心。這首七律正是這樣一首懷古詩，所懷之「古」是春秋時代吳王夫差的覆亡悲劇。

麋鹿來遊❶客過稀，消沉霸業在斜暉❷。遊帆自向湖邊落❸，鳴雁誰聞月下歸❹。
烏啄計成楣柵至❺，蛾眉舞罷綺羅非❻。如今始悟牽裳諫❼，荊棘遺宮淚滿衣❽。

【注釋】❶麋鹿來遊　比喻繁華之地變為荒涼之所，暗示春秋吳王夫差不用伍子胥之謀而淪亡。語本《史記》卷一一八〈淮南衡山列傳〉：「臣聞子胥諫吳王，吳王不用，乃曰『臣今見麋鹿游姑蘇之臺也』。」麋鹿，即麋與鹿。麋，俗稱四不像，毛淡褐色，雄的有角，角像鹿，尾像驢，蹄像牛，頸像駱駝，但從整體來看哪一種動物都不像。性溫順，吃植物。原產中國，是一種稀有的珍貴獸類。❷消沉霸業在斜暉　謂吳王大差霸業成空。高啟〈姑蘇臺〉：「當年爭奪苦勞機，卻把江山付落暉。」霸業，謂稱霸諸侯或維持霸權的事業。古人有一種

說法，吳王夫差為「春秋五霸」之一。《漢書》卷一四〈諸侯王表第二〉：「故盛則周、邵相其治，致刑錯；衰則五伯扶其弱，與其守。」顏師古注：「伯讀曰霸。此五霸謂齊桓、宋襄、晉文、秦穆、吳夫差也。」❸遊帆自向湖邊落　相傳吳王夫差開錦帆涇，與西施乘遊船錦帆以遊，錦帆涇故址在今江蘇蘇州盤門內。湖，謂太湖，蘇州在太湖以東，故云「湖邊落」。❹鳴屧誰聞月下歸　高啟〈靈巖寺響屧廊〉：「響沉明月中，跡泯荒臺裡。此夕意誰過，空廊有僧履。」又高啟〈響屧廊〉：「苔間滅故跡，月下歇餘聲。此夕人空聽，山僧曳履行。」明趙琦美《趙氏鐵網珊瑚》卷八收錄後署「渤海高啟」〈賦得響屧廊〉：「吳王厭歌舞，輕屧夜深鳴。安知越溪女，舉步國已傾。至今山頭月，空照千古情。清響聞葉落，遺跡見苔生。方悲故宮換，復送故人行。他日明光殿，君王聞履聲。」鳴屧，春秋時吳王夫差宮中有響屧廊，故址在今江蘇蘇州西靈巖山。廊中地面用梓木板鋪成，行走有聲。宋范成大《吳郡志》卷八〈古跡〉：「響屧廊在靈巖山寺，相傳吳王令西施輩步屧，廊虛而響，故名。今寺中以圓照塔前小斜廊為之。白樂天亦名『鳴屧廊』。王禹偁：『廊壞空留響屧名，為因西子繞廊行。可憐伍相終屍諫，誰記當時曳履聲。』」屧，本指鞋中的襯墊，後即用指木屐。❺鳥喙計成楣栅至　謂越王句踐為復仇伐吳，定下迷惑吳王夫差的計謀，終於滅掉吳國。鳥喙，鳥嘴，常用來形容尖凸的人嘴，這裡指代越王句踐。據說越王句踐鳥喙。漢趙曄《吳越春秋》卷一〇〈句踐伐吳外傳〉：「越王為人，長頸鳥喙，鷹視狼步，可以共患難而不可共處樂，可與履危不可與安。」楣栅，即「栅楣」，當是古代建築所用一種大型木質組合構件。宋范成大《吳郡志》卷八〈古跡〉：「句踐欲伐吳，於是作栅楣，嬰以白璧，鏤以黃金，狀如龍蛇，獻吳王。吳王大悅，受以起此臺。《越絕書》云：『闔廬造九曲路，以遊姑胥之臺。』」栅楣之義未詳，此楣所謂神木一雙，大二十圍、長五十尋者。」高啟〈姑蘇臺〉：「獻楣竟墮鑷人計，賜劍應辜諫士忠。」❻蛾眉舞罷綺羅非　謂越王句踐為迷惑吳王夫差，向其進獻美女西施、鄭旦，令夫差在美色、歌舞中醉生夢死，終致覆亡。漢趙曄《吳越春秋》卷九〈句踐陰謀外傳〉：「十二年，越王謂大夫種曰：『孤聞吳王淫而好色，惑亂沉湎，不領政事，因此而謀，可乎？』種曰：『可破。夫吳王淫而好色，宰嚭佞以曳心，往獻美女，其必受之。惟王選擇美女二

人而進之。』越王曰：『善。』乃使相工索國中，得苧蘿山鬻薪之女，曰西施、鄭旦。飾以羅縠，教以容步，習於土城，臨於都巷。三年學服，而獻於吳。乃使相國范蠡進曰：『越王句踐竊有二遺女，越國洿下困迫，不敢稽留，謹使臣蠡獻之大王。不以鄙陋寢容，願納以供箕帚之用。』吳王大悅，曰：『越貢二女，乃句踐之盡忠於吳之證也。』」蛾眉，美女的代稱，這裡代指西施、鄭旦。綺羅，這裡謂穿著綺羅的人，即西施等人。高啟〈姑蘇臺〉：「瞑目無因到甬東，可憐一炬綺羅空。」❼牽裳諫　謂伍子胥因進諫吳王夫差而被賜死事。漢趙曄《吳越春秋》卷五〈夫差內傳〉：「吳王聞子胥之怨恨也，乃使人賜屬鏤之劍。子胥受劍，徒跣褰裳，下堂中庭，仰天呼怨，曰：『吾始為汝父忠臣，立吳，設謀破楚，南服勁越，威加諸侯，有霸王之功。今汝不用吾言，反賜我劍。吾今日死，吳宮為墟，庭生蔓草，越人掘汝社稷，安忘我乎！昔前王不欲立汝，我以死爭之，卒得汝之願，公子多怨於我。我徒有功於吳，今乃忘我定國之恩，反賜我死，豈不謬哉！』吳王聞之大怒，曰：『汝不忠信，為寡人使齊，託汝子於齊鮑氏，有我外之心。急令自裁，孤不使汝得有所見。』子胥把劍，仰天歎曰：『自我死後，後世必以我為忠。上配夏、殷之世，亦得與龍逢、比干為友。』遂伏劍而死。」牽裳，這裡義同「褰裳」，牽拉著衣襟或撩起下裳，古人多指直言極諫。❽荊棘遺宮淚滿衣　謂吳王夫差欲增賞越王句踐，伍子胥進諫並預言吳國必然覆亡事。漢趙曄《吳越春秋》卷五〈夫差內傳〉：「吳王置酒文臺之上……王曰：『……越王慈仁忠信，以孝事於寡人，吾將復增其國，以還助伐之功。於眾大夫如何？』」吳國群臣皆賀，只有伍子胥持異議：「於是子胥據地垂涕曰：『於乎哀哉，遭此默默。忠臣掩口，讒夫在側。政敗道壞，諂諛無極。邪說偽辭，以曲為直。舍讒攻忠，將滅吳國。宗廟既夷，社稷不食。城郭丘墟，殿生荊棘。』」於是引來吳王大怒，斥退伍子胥。高啟〈姑蘇臺〉：「客來試問遺宮路，物色荒涼總非故。褰裳始信不虛言，滿地荊榛見零露。」

【語　譯】這裡過客稀少，昔日繁華早成麋鹿的世界，吳王霸業成空，只剩有夕陽下的一片寂寞。

錦帆涇的遊船已消失在太湖之濱，月光下再也聽不到響屧廊的聲音。越王句踐滅吳的計謀步步實

施，歌舞中醉生夢死終導致姑蘇臺灰飛煙滅。也許方醒悟伍子胥冒死陳言的忠誠，淚水中吳宮殿長滿荊棘的預言耐人尋味。

【研　析】 越王句踐被吳王夫差打敗之後，臥薪嘗膽，十年生聚，十年教訓，終於完成復國的大業，令不可一世的吳王夫差身死國滅，成為天下的笑柄。《左傳・哀公元年》：「越十年生聚，而十年教訓，二十年之外，吳其為沼乎！」這一帶有相當戲劇性的歷史一幕，曾經引來無數文人的題詠評價，豐富了一部中國文學史。所謂「西施沼吳」，與「妲己亡殷」、「楊妃亂唐」一類的歷史評說一度甚囂塵上，成為「女人禍水」的最佳證據。《韓非子・十過》有云：「耽於女樂，不顧國政，則亡國之禍也。」唐王維的〈西施詠〉：「豔色天下重，西施寧久微。朝仍越溪女，暮作吳宮妃。」其指歸在於其詩結二句「持謝鄰家子，效顰安可希。」唐李白〈越中覽古〉：「越王句踐破吳歸，義士還鄉盡錦衣。宮女如花滿春殿，只今惟有鷓鴣飛。」只言及吳被越所滅之事實，並未評價歷史是非。李白的另一首〈西施〉：「一破夫差國，千秋竟不還。」則將吳國之亡完全歸罪於美女西施了。還是晚唐陸龜蒙〈吳宮懷古〉詩評說較為中允：「香徑長洲盡棘叢，奢雲豔雨只悲風。吳王事事須亡國，未必西施勝六宮。」吳王夫差的敗亡之路有其深刻的歷史原因，其罪責絕非一位弱女子所能承擔。

高啟是蘇州人，對於故鄉的歷史事件自然耳熟能詳，更何況元末張士誠也曾在這裡樂以忘憂，終遭覆亡。因而對於這些有關蘇州的歷史往事，詩人曾反覆吟題，其目的即文人士大夫在傳統的憂患意識下，對於歷史教訓的總結。詩人除本詩注釋中反覆提及的七言古詩〈姑蘇臺〉而外，〈靈

巖寺響屧廊〉、〈百花洲〉、〈香水溪〉等詩，也是同一題材的懷古之作，可見作者總結歷史「憂勞可以興國，逸豫可以亡身」之教訓的用心良苦。如其〈香水溪〉：「粉痕凝水春溶溶，暖香流出銅溝宮。月明曾照美人浴，影與荷花相間紅。玉肌羞露誰能見，只有鴛鴦窺半面。絳綃圍掩怯新涼，歸臥芙蓉池上殿。空洗鉛華不洗妖，坐傾人國幾良宵。驪山更有湯泉在，千古愁魂一種銷。」此詩題下自注：「香水溪，在吳故宮中，俗云西施浴處。」作者此詩也是將西施與唐玄宗的寵妃楊貴妃相提並論，兩位女子全成了昏庸帝王的替罪羔羊。平心而論，〈香水溪〉一詩就不如這首〈姑蘇懷古〉思想深刻。

岳王墓

高啟

【題解】這是一首詠史的七律詩。岳王墓，即南宋愛國將領岳飛的墓地，以其曾被封鄂王，故稱。其墳墓在今浙江杭州西湖西北的棲霞嶺岳廟內。岳飛（西元一一〇三—一一四二年），字鵬舉，宋相州湯陰（今屬河南安陽）人，農家出身，弱冠從軍，在抗金鬥爭中屢獲戰功。歷官都統制，授承宣使。所部軍紀嚴明，驍勇善戰，被稱為「岳家軍」，後任清遠軍節度使。宋高宗紹興十年（西元一一四〇年），岳飛率軍大舉北伐，連克蔡州、鄭州、洛陽等失地，並取得郾城大捷。因宋高宗與秦檜主和，連下十二道金牌令岳飛退兵。翌年夏，受召赴臨安，被解除兵權，仟樞密副使。旋被誣下獄，並於是年十二月二十九日（西元一一四二年一月二十七日）以「莫須有」之罪名被殺害於臨安大理寺風波亭獄中，其子岳雲與部將張憲同時遇害。宋孝宗時追諡「武穆」，宋寧宗時又

追封鄂王。著有《岳忠武王文集》。《宋史》卷三六五有傳。岳飛被害後，有獄卒隗順潛負其屍葬於九曲叢祠旁。宋孝宗隆興元年（西元一一六三年），詔復岳飛官，以禮改葬棲霞嶺，岳雲墓祔葬於側。

大樹無枝向北風❶，千年❷遺恨泣英雄。班師詔❸已來三殿❹，射虜書❺猶說兩宮❻。每憶上方誰請劍❼，空嗟高廟自藏弓❽。棲霞嶺❾上今回首，不見諸陵❿白露中⓫。

【注釋】❶大樹無枝向北風　據說岳飛墓上之木皆向南生長，人們認為是其忠義所感。明田汝成《西湖遊覽志》卷九：「孝宗詔復飛官，諡武穆，改葬於棲霞嶺，雲祔其旁。廢智果院為祠，賜額曰『褒忠衍福寺』。墓上之木皆南向，蓋英靈之感也。」明陸容《菽園雜記》卷一〇：「嘗聞邊地草皆白色，惟王昭君葬處草青，故名青冢。朱溫弒唐昭宗於椒蘭殿前，血漬地處，今生赤草。岳武穆墳樹枝皆南向。前二事皆不可見，岳墳嘗往拜謁，南枝之樹乃親見焉。」❷千年　清沈德潛《明詩別裁集》卷一選高啟此詩，題名〈弔岳王墓〉，後有注云：「諸本作『千年遺恨』，應以『十年』為典。」蓋《宋史》本傳有云：「方指日渡河，而檜欲畫淮以北棄之，風臺臣請班師。飛奏：『金人銳氣沮喪，盡棄輜重，疾走渡河，豪傑向風，士卒用命，時不再來，機難輕失。』檜知飛志銳不可回，乃先請張俊、楊沂中等歸，而後言飛孤軍不可久留，乞令班師。一日奉十二金字牌，飛憤惋泣下，東向再拜曰：『十年之力，廢於一旦。』」實則「千年」囊括古今，遠較「十年」之實寫義勝。❸班師

詔　即宋高宗詔岳飛撤軍的十二道金字牌。《重訂大金國志》卷一一：「秋，烏珠（即金兀朮）再提兵與宋將岳飛戰，烏珠連敗，飛兵至朱仙鎮，得宋朝班師詔而還。」❹三殿　謂皇宮中的三大殿，這裡即借指宋高宗。宋王安石〈送鄆州知府宋諫議〉：「通班三殿邃，徙部十城兼。」❺射虜書　謂岳飛有關抗擊金人的文字或言論。虜，古人對少數民族帶有偏見的蔑稱，高啟〈效唐人贈邊將〉：「翩翩越騎將，負勇出山西。射虜誇猿臂，封侯賭馬蹄。」金性堯選注《明詩三百首》注「射虜書」云：「古代兩國交戰時，有所傳達，每將文書繫於箭上射向對方。這裡借喻對敵方的交涉。」似可商榷。❻兩宮　宋人或稱「二聖」，謂宋徽宗趙佶與宋欽宗趙桓，宋靖康二年（西元一一二七年），金軍占領宋京師汴京（今河南開封）後，擄徽、欽二宗與后妃宗室、大批官吏、內侍等北去。南宋力主抗金的大臣、將帥皆堅持金人送還兩宮。宋岳珂《金陀粹編》卷四：「(張)所本儒者，聞先臣（指岳飛）語，矍然起曰：『公殆非行伍中人也！』因命先臣坐，促席與論時事。先臣慷慨流涕曰：『今日之事，惟有滅強敵，迎二聖，復舊疆以報君父耳。』」岳飛〈題翠巖寺〉：「行復三關迎二聖，削平大難始言歸。」又〈五嶽祠盟記〉：「仰報朝廷，盡復疆土，迎二聖歸京闕，取故地上版圖。朝廷無虞，主上奠枕，余之願也。」又〈廣德軍金沙寺壁題記〉：「俟立奇功，殄仇敵，復三關，迎二聖，使宋朝再振，中國安強。他時過此，得勒金石，不勝快哉！」❼每憶上方誰請劍　謂何人能夠向皇帝請賜上方劍以誅殺秦檜等奸佞。上方，即上方劍，又作「尚方劍」，尚方署特製的皇帝御用的寶劍，古代天子派大臣處理重大案件時，常賜以上方劍，表示授予全權，可以先斬後奏。《漢書》卷六七〈朱雲傳〉：「臣願賜尚方斬馬劍，斷佞臣一人以厲其餘。」❽空嗟高廟自藏弓　謂宋高宗偏安一隅之後即誅殺功臣。高廟，趙構死後，其廟號高宗，故稱高廟。趙構（西元一一〇七—一一八七年），宋徽宗第九子，宣和三年（西元一一二一年）封康王。靖康二年金兵擄徽、欽二帝北去，趙構即帝位於南京（今河南商丘），遂渡江南奔，建行都於臨安（今浙江杭州），史稱「南宋」。他雖一度任用岳飛、韓世忠等抗金將領，終為向金求和而與宰相秦檜設計收其兵權，並殺害岳飛。紹興十一年（西元一一四一年）與金人達成割地、稱臣、納貢之屈辱和議。後傳位於趙眘（宋孝宗），在位三十六年。藏弓，比喻功臣受猜

忌被殺。《史記》卷四一〈越王句踐世家〉：「范蠡遂去，自齊遺大夫種書曰：『蜚鳥盡，良弓藏；狡兔死，走狗烹。越王為人長頸鳥喙，可與共患難，不可與共樂。子何不去？』種見書，稱病不朝。人或讒種且作亂，越王乃賜種劍曰：『子教寡人伐吳七術，寡人用其三而敗吳，其四在子，子為我從先王試之。』種遂自殺。」❾棲霞嶺　又名履泰山，在今浙江杭州岳王廟後。嶺上多桃花，春日花開燦爛，色如凝霞，故稱。❿諸陵　謂南宋六帝陵寢，故址在今浙江紹興東南三十六里之攢宮山。元初至元十五年（西元一二七八年）六陵曾被僧人楊璉真伽所破壞、盜掘。⓫白露中　唐杜甫〈洞房〉：「萬里黃山北，園陵白露中。」

【語　譯】岳墳上樹木沒有向北的枝條，遺恨千年令英雄淚水難消。帝王的班師詔急如星火接連發來，英雄迎還二帝志干雲霄。有誰敢向帝王請賜誅殺奸佞的尚方寶劍，那高宗自毀長城令人哀歎。棲霞嶺上回首顧盼，不見六帝陵寢難道是報應天譴。

【研　析】岳飛抗金，因功高而受到猜忌，終被冤殺，這一歷史悲劇曾引來後世的諸多議論，或詩或文，闡述著文人士大夫內心的不平。宋周密《武林舊事》卷五：「岳王墓，岳武穆王飛葬所，其子雲亦祔焉。葉靖逸詩云：『萬古知心只老天，英雄堪恨復堪憐。如公少緩須臾死，彼運安能八十年。漠漠凝塵空偃月，堂堂遺像在凌煙。早知埋骨西湖路，悔不鴟夷理釣船。』林弓寮詩云：『天意只如此，將軍足可傷。忠無身報主，冤有骨封王。苔雨樓牆暗，花風廟路香。沉思百年事，揮淚灑斜陽。』王修竹詩云：『埋骨西湖土一丘，殘陽荒草幾經秋。中原望斷因公死，北客猶能說舊愁。』」元初趙孟頫也有〈弔岳飛〉：「岳王墳上草離離，秋日蒼涼石獸危。南渡君臣輕社稷，中原父老歎旌旗。英雄已死嗟何及，天下中分遂不支。莫向西湖歌此曲，水光山色不勝悲。」明田汝成《西湖遊覽志餘》卷二三：「岳武穆既薨，臨安西溪寨一將官子弟，因降紫姑仙，忽武穆

下壇，大書其名，眾皆驚拜，請其僉押，則宛然平昔真跡也，復書一絕云：『經略中原三十秋，功名過眼未全酬。丹心似石今誰訴，空有遊魂遍九州。』秦丞相聞而惡之，擒治其徒，流竄死者數百人。」託降仙以訴民間不平之音，也算是創新了，可惜以悲劇告終。

宋張端義《貴耳集》卷下：「紹興初，楊存中在建康，諸軍之旗中有雙勝交環，謂之二聖環，取兩宮北還之意。因得美玉，琢成帽環進高廟，曰尚御裹。偶有一伶者在旁，高宗指環示之：『此環楊太尉進來，名二勝環。』伶人接奏云：『可惜二聖環，且放在腦後。』高宗亦為之改色。所謂工執藝事以諫。」明文徵明有一首〈滿江紅〉：「拂拭殘碑，敕飛字、依稀堪讀。慨當初、依飛何重，後來何酷。豈是功高身合死，可憐事去言難贖。最無端、堪恨又堪悲，風波獄。豈不念，疆圻蹙。豈不念，徽欽辱。念徽欽既返，此身何屬。千載休談南渡錯，當時自怕中原復，笑區區、一檜亦何能，逢其欲。」一針見血，直探宋高宗內心之隱，與《貴耳集》所記述者相合。高啟此詩與歷代同一題材詩相比，似更勝一籌，悲壯中聲調瀏亮，結二句更加引人深思。清沈德潛《明詩別裁集》卷一評高啟此詩有云：「通體責備高宗，居然史筆。」評價極為中肯。

得家書

高　啟

【題　解】這是一首小巧玲瓏的五絕詩。家書，即家人來往的書信。唐杜甫〈春望〉：「烽火連三月，家書抵萬金。」可見一封平安家書在古代相對簡陋的物質條件下的重要作用。

未讀書中語，憂懷已覺寬。燈前看封篋❶，題字有平安❷。

【注　釋】❶封篋　郵筒的封記。古時封寄書信用竹筒，稱郵筒。❷平安　宋代與宋以後人寫信，若非死喪凶信，大多在信封上題寫「平安」兩字，以慰接信者開讀時的焦急心情。宋張鎡《仕學規範》卷一：「安定胡先生侍講，布衣時與孫明復、石守道同讀書泰山，攻苦食淡，終夜不寢，一坐十年不歸。得家問，見上有『平安』二字，即投之澗中，不復展讀。」

【語　譯】還未讀家書中的文字，憂慮心情已然寬釋。燈前觀看郵筒上的封記，家況都在「平安」二字。

【研　析】唐岑參〈逢入京使〉：「馬上相逢無紙筆，憑君傳語報平安。」古代交通不便，通訊只能依靠人際間轉達，口信而外，書信是聯絡身處兩地親人或友人情感最實用的手段。宋楊冠卿〈自仙潭治歸舟呈王鷗盟〉：「絕嶂雲煙乍有無，蒼崖茅屋近何如。西風拍手喚征雁，恐有平安錦字書。」可見古人對平安家書的企盼之情。其實寫一封家書也有萬千思緒惟恐表達不清的憂慮，唐張籍〈秋思〉：「洛陽城裡見秋風，欲作歸書意萬重。復恐匆匆說不盡，行人臨發又開封。」這一微妙心態，只有身歷其境者才能體會到。寫家書者如是，盼望家書到來者也有諸多矛盾心態，唐杜甫〈述懷〉：「自寄一封書，今已十月後。反畏消息來，寸心亦何有。」作者之所以怕有書信來，是因熱切企盼中又恐懼得到報告壞消息的家書，若果真有壞消息，還不如晚知道為妙。明袁凱〈京師得家書〉：「江水三千里，家書十五行。行行無別語，只道早還鄉。」在古代，家書

在聯繫親情上有著其他手段難以取代的作用。這首〈得家書〉，也純以白描藝術手法刻畫讀信人的微妙心理，信可以先不去理會，「平安」兩字，一字千金，方是對接信人最大的安慰！高啟另有〈客越夜得家書〉七絕一首：「一接家書意便歡，外封先已見平安。故鄉千里書難得，不敢燈前草草看。」這首〈得家書〉可謂是其姊妹篇。晚明秀才商家梅也有一首〈得家書〉：「忽見平安字，封題是老親。自驚為客久，不敢述家貧。松菊縱多故，路途惟一身。臨風應不盡，還問寄書人。」可見信封上題寫「平安」兩字的重要性。讀此類詩，非要設想古人生活環境，才能深切體會其間妙處。

卓筆峰

高啟

【題解】這是一首五絕詩。卓筆峰，題下原注：「在天平山。」天平山在今江蘇吳縣靈巖山北，距離蘇州二十八里，自唐宋時代即已形成風景區。山上多奇石，諸峰之中，卓筆峰居頂，高數丈，以形似筆桿，故稱。宋周必大《文忠集》卷一六七〈泛舟遊山錄〉：「酌白雲泉，甚白而甘。躡石磴，至卓筆峰。峰高數丈，截然立雙石之上，附著甚臬兀，疑其將墜。如屏，如矗，或插，或倚，備極奇怪。」宋范成大〈自天平嶺過高景庵〉：「卓筆峰前樹作團，天平嶺上石成關。綠陰匝地無人過，落日秋蟬滿四山。」

雲來初似墨❶，雁過還成字❷。千載只書空❸，山靈❹恨何事❺？

【注釋】❶雲來初似墨　唐柳宗元〈別舍弟宗一〉：「桂嶺瘴來雲似墨，洞庭春盡水如天。」❷雁過還成字　即「雁字」，成列而飛的雁群，時常排成「一」或「人」字，故稱。唐白居易〈江樓晚眺景物鮮奇吟玩成篇寄水部張員外〉：「風翻白浪花千片，雁點青天字一行。」宋釋紹嵩〈疏山途次〉：「溪橋娟娟穿黃落，雁字聯聯寫碧空。」❸書空　雁在空中成列而飛，其行如字，故稱。宋趙師俠〈菩薩蠻・春陵迎陽亭〉：「殘角起江城，書空征雁橫。」又南朝宋劉義慶《世說新語・黜免》：「殷中軍被廢，在信安，終日恆書空作字。揚州吏民尋義逐之，竊視，唯作『咄咄怪事』四字而已。」後因以「書空咄咄」為歎息、憤慨、驚詫的典實。此句取意雙關，即由雁字雙關殷浩「書空咄咄」的典故。❹山靈　山神。《文選》卷一班固〈東都賦〉：「山靈護野，屬御方神。」李善注：「山靈，山神也。」❺恨何事　唐羅隱〈隴頭水〉樂府：「借問隴頭水，年年恨何事。」

【語譯】雲捲雲舒，初來似墨一樣濃密，大雁飛過，還能組成「一人」兩字。可你千載直插雲天，只咄咄書空，難道山神也有綿綿恨事？

【研析】這首五絕巧以似墨的雲、雁字、似筆的孤聳山巖為喻，彷彿是以青天為紙，正醞釀一篇大塊文章，然而又千載「書空」，暗用殷浩故事，凸顯其「咄咄怪事」的立意，正是有無限牢騷難以傾訴的苦衷。最後以問語結束，心中更似有無限淒涼之感。明葉盛《水東日記》卷六：「或曰楊文定公嘗云范文正、高季迪皆出姑蘇，兩人氣象甚不同，蓋於其所賦〈卓筆峰〉見之。今按高詩見《姑蘇雜詠》，范詩則不見於集，不知何所據也。附記之。范云：『笠澤研池小，穹窿架石峨。仰憑天作紙，寫出太平歌。』高云：『雲來初似墨，雁過還成字。千載只書空，山靈恨何事。』」

細味范、高兩人詩，皆從「卓筆」立意，前者有企盼太平之想，語調溫和；後者傷感滿懷，取意蕭殺。所謂「性格即命運」，宋代范仲淹為一代重臣，聲譽傳頌千古；高啟則求為隱者不得，中道被冤殺。二人皆有文才，遭遇大相徑庭，時勢而外，個人性格也是決定人生命運的槓桿。此外，元許恕〈卓筆峰〉：「千峰石嶙峋，一峰高插天。慘淡太古色，似帶桐花煙。安得燕許手，醉草凌雲篇。」明楊基〈卓筆峰〉：「露蘚凝斑管，煙蘿束紫毫。山靈罷揮灑，卓立萬山高。」都寫得很有特色，對照而讀，可以悟到古人寫詩的取意遣詞之妙處。

西園梨花唯開一枝

高啟

【題解】這首五絕詩輕靈剔透。梨花，即梨樹的花，一般為純白色。南朝梁蕭子顯〈燕歌行〉：「洛陽梨花落如雪，河邊細草細如茵。」草木或花事，「一枝」常常引來詩人的無限感慨，如唐張九齡〈折楊柳〉：「一枝何足貴，憐是故園春。」唐儲光羲〈送人尋裴斐〉：「湘江見遊女，寄摘一枝蓮。」唐劉長卿〈過桃花夫人廟〉：「寂寞應千歲，桃花想一枝。」唐戴叔倫〈旅次寄湖南張郎中〉：「卻是梅花無世態，隔牆分送一枝春。」唐唐彥謙〈無題十首〉其一：「尋芳陌上花如錦，折得東風第一枝。」

孤芳不滿柯❶，蜂蝶未經過。莫怨春情❷薄，開多落也多。

【注　釋】❶柯　草木的枝莖。❷春情　春日的情景，南朝梁蕭子範〈春望古意〉：「春情寄柳色，鳥語出梅中。」

【語　譯】滿園梨花只開一枝孤芳自賞，蜜蜂、蝴蝶不屑一顧。不要怨恨春情不厚道，豈不知花開得多，落英也多。

【研　析】這首五絕大有宋人風度，短短二十字饒有理趣，體現了「一與多」的辯證關係。春日融融，花開滿樹固然令觀賞者心曠神怡，但春日將暮或風雨來時，落花滿園也著實令多愁善感者唏噓不已。唐孟浩然〈春曉〉：「夜來風雨聲，花落知多少。」千百年來仍能給讀者以幾多無可奈何的惆悵之感。《景德傳燈錄》卷一七：「破鏡不重圓，落花難上枝。」宋秦觀〈千秋歲〉有云：「日邊清夢斷，鏡裡朱顏改。春去也，飛紅萬點愁如海。」古人傷心落花飄零其實是悲歎苦短的人生。明白了落花在古人心目中的這一愁怨意象，再看高啟這首詩結句「開多落也多」，就可以明白詩人不願見到落花滿園的心理依據了。詩人對於未來似乎有著深深的畏懼感，與其來日見到眾多落花而傷懷，倒不如今日花事不盛，「唯開一枝」。唐齊己〈早梅〉：「萬木凍欲折，孤根暖獨回。前村深雪裡，昨夜一枝開。」元辛文房《唐才子傳》卷九有記述說，齊己原詩為「前村深雪裡，昨夜數枝開」，他攜詩卷去見鄭谷，鄭谷說：「數枝非早也，未若一枝佳。」齊己不覺投拜，稱鄭谷為「我一字師也」。高啟此詩僅詩題出現「一枝」，但對於熟悉古典詩詞的讀者，仍能體會到這「一枝」的情趣所在，作者顯然有以花自喻、孤芳自賞、樂天知命、知足不辱的用心。正如宋辛棄疾〈歸朝奇觀〉詩所云：「山下千林花太俗，山上一枝看不足。」

秋柳

高啟

【題解】這首七絕的主調是悲秋。南朝宋劉義慶《世說新語・言語》：「桓公北征經金城，見前為琅邪時種柳，皆已十圍，慨然曰：『木猶如此，人何以堪！』攀枝執條，泫然流淚。」晉代桓溫慨歎昔日所種柳是一個很有名的故事，所謂歲月不居，人生易老。高啟此詩正是以桓溫故事中的柳樹為基礎，加以演繹，將年華易逝的悲秋主題發揮到極致。

欲挽長條已不堪❶，都門❷無復舊毿毿❸。此時愁殺桓司馬❹，暮雨
秋風滿漢南❺。

【注釋】❶欲挽長條已不堪　暗用古人折柳送別的典故。語本《三輔黃圖》卷六：「霸橋在長安東，跨水作橋。漢人送客至此橋，折柳贈別。」不堪，不忍心。❷都門　京都城門，這裡即指南京。❸毿毿　垂拂紛披的樣子。唐韋莊〈古離別〉：「晴煙漠漠柳毿毿，不那離情酒半酣。」唐孟浩然〈高陽池送朱二〉：「澄波澹澹芙蓉發，綠岸毿毿楊柳垂。」❹桓司馬　即桓溫（西元三一二—三七三年），字符子，譙國龍亢（今安徽懷遠西）人。晉明帝女婿，拜駙馬都尉，歷任琅邪太守、徐州刺史、安西將軍、荊州刺史、征西大將軍，加大司馬。《晉書》卷九八有傳。❺暮雨秋風滿漢南　北周庾信〈枯樹賦〉：「桓大司馬聞而歎曰：『昔年種柳，依依漢南；今看搖落，悽愴江潭。樹猶如此，人何以堪。』」漢南，漢南縣，治所即今湖北宜城。桓溫種柳實則在東晉之琅

邪郡，東晉大興三年（西元三二〇年）僑置，初無實土，寄居今江蘇句容境內，咸康元年（西元三三五年）設治於金城（在今江蘇句容西北）。庾信〈枯樹賦〉「漢南」地名當有誤，詳參見「研析」。

【語　譯】想折取那柳枝已然不忍心，都門之外再沒有舊時柳樹的紛披迎人。那東晉帶兵的桓溫若當此際，又要愁緒滿懷，感歎漢南種柳飄搖在暮雨秋風。

【研　析】《晉書》卷九八〈桓溫傳〉所記桓溫歎柳事，與《世說新語》稍有不同：「溫自江陵北伐，行經金城，見少為琅邪時所種柳皆已十圍，慨然曰：『木猶如此，人何以堪！』攀枝執條，泫然流涕。」由於有「自江陵（今屬湖北荊沙）」三字，則其北伐正不必取道金城（在今江蘇南京東南的句容西北）。而庾信〈枯樹賦〉中「依依漢南」一句，似乎已經將金城誤移至漢南一帶，《晉書》以訛傳訛，致令地名混淆不清。清錢大昕有《晉書考異》，對此已有考證，此不贅言。無獨有偶，清初王士禛也有七律〈秋柳〉四首，作於順治十四年（西元一六五七年）八月間，作者時年二十四歲。王士禛《蠶尾續文集》卷二〈菜根堂詩集序〉：「順治丁酉秋，予客濟南。時正秋賦，諸名士雲集明湖。一日，會飲水面亭，亭下楊柳十餘株，披拂水際，綽約近人。葉始微黃，乍染秋色，若有搖落之態。予悵然有感，賦詩四章，一時和者數十人。又三年，予至廣陵，則四詩流傳已久，大江南北和者益眾，於是〈秋柳〉詩為藝苑口實矣。」

作者對於此四詩之寫作沾沾自喜，晚年提及，尚顧盼自雄。《漁洋詩話》卷上：「余少在濟南明湖水面亭，賦〈秋柳〉四章，一時和者甚眾。後三年官揚州，則江南北和者，前此已數十家，閨秀亦多和作。南城陳伯璣（允衡）曰：『元倡如初寫《黃庭》，恰到好處，諸名士和作皆不能及。』」

有關此四章寫作用心，眾人猜測紛紜，李兆元《漁洋山人秋柳詩舊箋》云：「此先生悼明亡之作。第一首追憶太祖開國時，後三首皆詠福王近事也。」可作一家之言。作者一時興到之舉，卻取得意想不到的巨大成功，是促使作者以後向神韻說邁進的動力。〈秋柳〉四章那種欲說還休的詩歌語言、含蓄模糊的意象組合，都造成一種半吞半吐的朦朧感，恰與那一時代士人階層，極力向內心世界逃避人生的趨向合拍，從而獲得心有靈犀一點通的南北唱和效應。神韻說多少染有一絲感傷色彩，並帶有強烈的內向性，應當說與作者早年〈秋柳〉詩實踐活動的成功密切相關。今舉其第一首：「秋來何處最銷魂，殘照西風白下門。他日差池春燕影，只今憔悴晚煙痕。愁生陌上〈黃驄曲〉，夢遠江南烏夜村。莫聽臨風三弄笛，玉關哀怨總難論。」與高啟〈秋柳〉詩兩相比較，難分伯仲，可知文人感傷色彩在封建時代是具有一定普遍性的。

宮女圖

高啟

【題解】「宮女圖」是一幅畫，這是一首題畫的七絕詩。宮女，即舊時被徵選在宮廷裡服役的女子。《詩經・墉風・牆有茨》：「牆有茨，不可掃也。中冓之言，不可道也。所可道也，言之醜也。」宮闈秘史，本不可道，詩人觀賞圖畫，遐思無限，也屬文人之常。

女奴❶扶醉❷踏蒼苔，明月西園侍宴回。小犬隔花空吠影❸，夜深宮

禁❹有誰來？

【注釋】❶女奴　婢女；侍女。這裡即謂圖中之宮女。❷扶醉　醉酒。宋晁補之〈碧牡丹〉：「記插宮花，扶醉蓬萊殿。」❸小犬隔花空吠影　語本《詩經・召南・野有死麕》：「野有死麕，白茅包之。有女懷春，吉士誘之……舒而脫脫兮，無感我帨兮，無使尨也吠。」毛傳：「尨，狗也。非禮相陵則狗吠。」❹宮禁　漢以後稱皇帝居住、視政的地方。宮中禁衛森嚴，臣下不得任意出入，故稱。

【語譯】醉酒的侍女足踏蒼苔，明月下從西園侍宴回歸。小狗隔著花草吠影聲聲，深夜裡宮中禁地能有誰來？

【研析】唐王涯〈宮詞三十首〉其十三：「白雪猧兒拂地行，慣眠紅毯不曾驚。深宮更有何人到，只曉金階吠晚螢。」其意境與高啟此詩略同，高啟詩或有承襲之跡。高啟另有一首〈畫犬〉：「獨兒初長尾茸茸，行響金鈴細草中。莫向瑤階吠人影，羊車半夜出深宮。」所謂「羊車」，即宮中用羊牽引的小車。《晉書》卷三一〈后妃上・胡貴嬪〉：「時帝（晉武帝）多內寵，平吳之後復納孫皓宮人數千，自此掖庭殆將萬人，而並寵者甚眾，帝莫知所適，常乘羊車，恣其所之，至便宴寢。宮人乃取竹葉插戶，以鹽汁灑地，而引帝車。」詩中用「羊車競引」的典故，也意在渲染宮禁中之秘聞豔事，可與此〈宮女圖〉詩對照參看。

《明史》卷二八五〈高啟傳〉有云：「啟嘗賦詩，有所諷刺，帝嗛之未發也。及歸，居青丘，授書自給。知府魏觀為移其家郡中，旦夕延見，甚歡。觀以改修府治，獲譴。帝見啟所作上梁文，

因發怒，腰斬於市，年三十有九。」高啟所賦何詩誤觸朱元璋逆鱗，正史並未明言。清初錢謙益《列朝詩集》甲集著錄高啟〈宮女圖〉詩有云：「吳中野史載季迪因此詩得禍，余初以為無稽，及觀國初《昭示》諸錄所載，李韓公子姪諸小侯爰書，及高帝手詔豫章侯罪狀，初無隱避之詞，則知季迪此詩蓋有為而作。諷諭之詩，雖妙絕古今，而因此觸高帝之怒，假手於魏守之獄，亦事理之所有也。論者詳之。」又清徐釚《本事詩》引《堯山堂外紀》云：「洪武間金華張尚禮為監察御史，一日作〈宮怨〉詩云：『庭院沉沉晝漏清，閉門春草共愁生。夢中正得君王寵，卻被黃鸝叫一聲。』高帝以其能摹寫宮闈心事，下蠶室死。」並認為「此事正與季迪相類」。清吳喬《答萬季埜詩問》：「又問：『小犬隔花空吠影』，意何所指？答曰：太祖破陳友諒，貯其姬妾於別室，李善長子弟有窺覘者，故詩云然。李、高之得禍，皆以此也。」然而高啟被腰斬於洪武七年（西元一三七四年），李善長則被殺於洪武二十三年，兩人顯然非因一事而被難。

還是清初朱彝尊《靜志居詩話》卷三所云較為中肯：「世傳侍郎賈禍，因題〈宮女圖〉……孝陵猜忌，情或有之。然集中又有題〈畫犬〉一詩云……此則不類明初掖庭事，二詩或是刺庚申君（謂元順帝）而作，好事者因之傅會也。」實則專制帝王嗜殺成性，匹夫無罪，懷璧其罪，高啟不為其用，早種殺身之禍由，正不必因〈宮女圖〉而遭罪也。明李東陽《懷麓堂詩話》云：「國初顧祿為〈宮詞〉，有以為言者，朝廷欲治之，及觀其詩集，乃用《洪武正韻》，遂釋之。時此書初出，亟欲行之故也。」看來在明初，隨便書寫〈宮詞〉的確有性命之虞！

背面美人圖

高啟

【題解】這首七絕題畫詩取材於不見正面形象的美人圖，這無疑調動了詩人的想像力，於是就有了這首言簡意賅的小詩。

欲呼回首不知名，背立東風❶幾許❷情。莫道畫師❸元❹不見，傾城❺雖見畫難成。

【注釋】❶東風　春風。❷幾許　多少。〈古詩十九首·迢迢牽牛星〉：「河漢清且淺，相去復幾許？」❸畫　師畫工；畫家。隋薛道衡〈昭君詞〉：「不蒙女史進，更無畫師情。」❹元　本來；原來。❺傾城　即「傾國傾城」，古代形容女子極其美麗。《漢書》卷九七〈外戚傳上·孝武李夫人〉：「延年侍上起舞，歌曰：『北方有佳人，絕世而獨立，一顧傾人城，再顧傾人國。寧不知傾城與傾國，佳人難再得！』」

【語譯】想呼喚畫中人轉過頭來，卻又不知姓名，背立於春風中，更顯無限多情。不要說畫工本來就未見到，極其美麗的女子，就是見到也難畫成功。

【研析】高啟這首詩學習宋代文學家蘇軾詩的痕跡明顯，無論意境、語句皆有其影響在。蘇軾〈續麗人行〉詩有序云：「李仲謀家有周昉畫，背面欠伸內人，極精，戲作此詩。」詩云：「深宮無

人春日長，沉香亭北百花香。美人睡起薄梳洗，燕舞鶯啼空斷腸。畫工欲畫無窮意，背立東風初破睡。若教回首卻嫣然，陽城下蔡俱風靡。杜陵飢客眼長寒，蹇驢破帽隨金鞍。隔花臨水時一見，只許腰肢背後看。心醉歸來茅屋底，方信人間有西子。君不見，孟光舉案與眉齊，何曾背面傷春啼！」宋代王安石〈明妃曲二首〉其一：「歸來卻怪丹青手，入眼平生幾曾有。意態由來畫不成，當時枉殺毛延壽。」高啟此詩後兩句，顯然又有王安石的影響在。所謂「丹青難寫是精神」，繪畫無論古今中外，神似難於形似，唐高瞻〈金陵晚望〉：「曾伴浮雲歸晚翠，猶陪落日泛秋聲。世間無限丹青手，一片傷心畫不成。」美人之美除五官、身段的外在因素而外，儀態風度等內在氣韻更不可或缺，而恰恰是後者最難用畫筆表現。宋張孝祥〈浣溪沙〉：「妙手何人為寫真，只難傳處是精神。」中國繪畫理論有計白當黑、虛實相生之說，這與西方接受美學的「空白」理論異曲同工。「空白」是充分調動觀賞者發揮想像的巨大空間，它是一種積極的省略，而非捉襟見肘的困窘。清笪重光《畫筌》有所謂「虛實相生，無畫處皆成妙境」之說。十八世紀德國美學家萊辛《拉奧孔》論述「遮蓋」，也與中國的虛實相生畫論暗通消息：「凡是他不應該畫出來的，他就留給觀眾去想像。一句話，這種遮蓋是藝術家供奉給美的犧牲。」〈背面美人圖〉的立意或許與繪畫虛實相生相關，但不能千篇一律，偶一用之，則可收事半功倍之效。讀高啟此詩，亦當作如是觀。

客中憶二女

高啟

【題解】這是一首七絕詩。客中，當是作者於洪武二年（西元一三六九年）以薦修《元史》赴都

城南京後寓天界寺時所作。高啟共有三女一兒，中女高書歿於元至正二十七年（西元一三六七年），此後育有一子祖授，亦早殤。此二女是高啟的大女與三女。

每憶門前兩候歸❶，客中長夜夢魂飛❷。料應此際猶依母❸，燈下看縫寄我衣。

【注釋】❶兩候歸　謂二女一起等候父親歸家。❷夢魂飛　唐徐夤〈曉〉：「水盡銅龍滴漸微，景陽鐘動夢魂飛。」❸母　謂高啟之妻周氏。呂勉《槎軒集・傳》：「年可十八，頎而未冠，嘗聘青丘巨室周翁達觀女。」

【語譯】常常憶起你們兩人在家門前齊候我歸，客居長夜中夢魂早飛馳到家裡。預料這時你們仍然依偎在母親身旁，在燈下看你母親縫製要寄給我的寒衣。

【研析】高啟另有五言古詩〈僕至得二女消息〉：「我僕持尺書，來自我故鄉。讀書意未了，呼僕問彼詳。云我兩小女，別來稍已長。大女手摻摻，窗前學縫裳。小女啼啞啞，走索瓜果嘗。喜爺有使歸，迎門各踉蹌。我坐聽此言，欲慰意反傷。稍近尚爾思，更遠何能忘。」此五古當與這首七絕寫於同時。兩首詩對於小兒女情意綿長，充分表達了父愛的無私與真摯。這種父愛在高啟悼念亡女高書的詩作中表達至為沉痛，如其〈見花憶亡女書〉有句云：「暮歸見歡迎，憂懷每成怡。」「卻思去年春，花開舊園池。牽我樹下行，令我折好枝。今年花復開，客居遠江湄。家全爾獨歿，看花淚空垂。」又如其〈悼女〉有句云：「保養常多闕，艱難愧我貧。淒淒臨歿語，的的

在生親。」將日常瑣事寫入詩中，令讀者益增感懷之情。唐杜甫〈月夜〉詩有云：「遙憐小兒女，未解憶長安。香霧雲鬟濕，清輝玉臂寒。」以自己懸想對方之行動描寫思念之情，倍覺真切感人。這首〈客中憶二女〉第三、四兩句也運用了這一藝術手法。唐白居易〈邯鄲冬至夜思家〉：「邯鄲驛裡逢冬至，抱膝燈前影伴身。想得家中夜深坐，還應說著遠行人。」又白居易〈客中守歲〉：「故園今夜裡，應念未歸人。」情感交互，是親人間心心相印的產物，運用得當，寫入詩中，就有感人至深的藝術魅力。

伍胥廟

瞿佑

【題解】這首七律為詠史之作。伍胥廟，即伍子胥廟，其故址在蘇州、杭州、儀徵等江南地區皆有蹤跡可尋，甚至湖北、四川、廣東等地也曾有伍子胥的香火。這裡所謂伍胥廟，其故址當在今浙江杭州吳山上者，蓋作者瞿佑為錢塘人，此正詠其故鄉事。元劉一清《錢塘遺事》卷一〈伍子胥廟〉：「廟在吳山頭，其下當御路，名朝天門。理宗辛卯，廟遭回祿，後賜緡錢二萬三千，重建舊址。」明李賢等《明一統志》卷三八：「伍子胥廟在吳山，《吳越春秋》：子胥諫吳王不聽，伏劍而死，王乃盛以鴟夷之革，浮之於江。吳人憐之，立祠江上，命曰胥山。唐乾寧中，封子胥為吳安王。本朝命有司歲時致祭。」伍子胥（西元前？—前四八四年），名員，春秋楚人。其父伍奢、兄伍尚皆被楚平王殺害，子胥奔吳，吳封以申地，又稱申胥。曾佐吳王闔閭伐楚，五戰攻入楚都郢，掘楚平王墓，鞭屍三百。後繼輔吳王夫差敗越，越王句踐請和，子胥諫吳王不聽，吳王

又聽信伯嚭讒言，逼迫子胥自殺。事見《國語》卷一九〈吳語〉，《史記》卷六六有傳。

【作　者】瞿佑（西元一三四七－一四三三年，舊有西元一三四一－一四二七年一說），字宗吉，號存齋，錢塘（今浙江杭州）人。洪武中以薦授仁和、臨安、宜陽訓導，永樂間任周王府右長史，永樂十三年（西元一四一五年）以作詩得禍，謫戍保安（今陝西志丹）十年，後赦還。一生博覽群書，著述宏富，是傳奇小說集《剪燈新話》的作者，詩文集有《存齋遺稿》。清錢謙益《列朝詩集小傳》乙集〈瞿長史佑〉云：「宗吉風情麗逸，著《剪燈新話》及樂府歌詞，多偎紅倚翠之語，為時傳誦。」陳田《明詩紀事》乙籤卷一三選瞿佑詩十三首，有按語云：「宗吉才華爛漫，詠古之作最為警策。若徒賞其〈安榮美人行〉、〈美人畫眉歌〉及〈漫興〉、〈書生歎〉諸篇，鮮不為才人之累矣。」

一過叢祠❶淚滿襟❷，英雄自古少知音❸。江邊敵國方嘗膽❹，臺上
佳人正捧心❺。入郢共知仇已雪❻，沼吳誰識恨尤深❼。素車白馬❽終何
益，不及陶朱像鑄金❾。

【注　釋】❶叢祠　建在叢林中的神廟，以伍胥廟在吳山上，故稱。❷淚滿襟　唐杜甫〈蜀相〉：「出師未捷身先死，長使英雄淚滿襟。」❸少知音　唐戎昱〈苦辛行〉：「東西南北少知音，終年竟歲悲行路。」❹江邊敵國方嘗膽　謂越王句踐被吳王夫差打敗後，發憤圖強，為復仇臥薪嘗膽以磨練意志。《史記》卷四一〈越王句

踐世家〉：「吳既赦越，越王句踐反國，乃苦身焦思，置膽於坐，坐臥即仰膽，飲食亦嘗膽也。曰：『女忘會稽之恥邪？』身自耕作，夫人自織，食不加肉，衣不重采，折節下賢人，厚遇賓客，振貧弔死，與百姓同其勞。」❺臺上佳人正捧心　謂吳王夫差戰勝越國後，志得意滿，與越王所進美女西施在姑蘇臺上日夜歡宴。臺，即姑蘇臺，參見劉基〈過蘇州〉注❶。佳人正捧心，相傳西施有心痛病，經常捧心而皺著眉頭，更顯嬌美。語本《莊子・天運》：「故西施病心而矉其里。」❻入郢共知仇已雪　謂伍子胥助吳伐楚，終報父兄之仇。《史記》卷六六〈伍子胥列傳〉：「及吳兵入郢，伍子胥求昭王。既不得，乃掘楚平王墓，出其尸，鞭之三百，然後已。」郢，春秋時楚國都城，故址在今湖北江陵西北。❼沼吳誰識恨尤深　謂伍子胥預見吳國必然覆亡，抱恨自殺。《左傳・哀公元年》：「退而告人曰：『越十年生聚，而十年教訓，二十年之外，吳其為沼乎！』」沼，謂吳宮室毀壞，盡成汙地。❽素車白馬　謂伍子胥死後化為乘白馬素車的濤神。宋魯應龍《閒窗括異志》：「伍子胥逃楚仕吳，吳王賜以屬鏤之劍，自殺，浮其尸於江，遂為濤神，謂之胥濤。」宋祝穆《古今事文類聚》前集卷一五〈子胥揚濤〉引《臨安志》：「吳王既賜子胥死，乃取其屍盛以鴟夷之革，浮之江中。子胥因流揚波，依潮來往，蕩激堤岸，勢不可禦。或有見其乘白馬素車在潮頭者，因為之立廟，每歲仲秋既望，潮水極大，杭人以旗鼓迓之，弄潮之戲，蓋始于此。然或有沉溺者。」宋辛棄疾〈摸魚兒・觀潮上葉丞相〉：「滔天力倦知何事，白馬素車東去。堪恨處。人道是、子胥冤憤終千古。功名自誤。謾教得陶朱，五湖西子，一舸弄煙雨。」或謂伍子胥死後，越軍祭祀伍子胥的儀式有殺白馬事，明陳禹謨《駢志》卷一四引《吳地記》云：「越軍於蘇州東南三十里三江口又向下三里，臨江北岸立壇，殺白馬祭子胥，杯動酒盡。後因立廟北江上，今其側有浦名壇浦。」❾不及陶朱像鑄金　謂越國大夫范蠡功成身退，越王句踐用優質金屬為他鑄像參拜。《國語》卷二一〈越語下〉：「（范蠡）遂乘輕舟以浮於五湖，莫知其所終極。王命工以良金寫范蠡之狀而朝禮之，浹日而令大夫朝之，環會稽三百里者以為范蠡地，曰：『後世子孫，有敢侵蠡之地者，使無終沒於越國，皇天后土、四鄉地主正之。』」陶朱，即陶朱公，春秋時越國大夫范蠡的別稱。范蠡既佐越王句踐滅吳，以越王不可共安樂，棄官遠

去，居於陶，稱陶朱公，以經商致巨富。《史記》卷四一〈越王句踐世家〉：「(范蠡)閒行以去，止於陶，以為此天下之中，交易有無之路通，為生可以致富矣。於是自謂陶朱公。復約要父子耕畜，廢居，候時轉物，逐什一之利。居無何，則致貲累巨萬。天下稱陶朱公。」陶，在今山東定陶西北。

【語譯】我一過伍子胥的廟就淚灑衣襟，自古以來是英雄就缺少知音。越王句踐為復仇正臥薪嘗膽，吳王姑蘇臺卻依然上演西施的作態捧心。攻入郢都，殺父屠兄之仇早已雪，預見吳國的覆亡，一腔怨恨尤其深沉。化為素車白馬的濤神究竟有何益處，遠不及越王為范蠡鑄像用上良金。

【研析】作者瞿佑自幼即有詩名，明田汝成《西湖遊覽志餘》卷一二：「瞿宗吉佑，錢唐人，學博才贍，風致俊朗，少不為其父所知。鄉人張彥復自福建檢校回家，瞿翁殺雞具酒待之，宗吉年十四，適自學舍歸，彥復指雞為題，命賦之。宗吉應聲云：『宋宗窗下對談高，五德聲名五彩毛。自是范張情義重，割烹何必用牛刀。』彥復大加稱賞，手寫桂花一枝，並題其上以贈云：『瞿君有子早能詩，風采英英蘭玉姿。天上麒麟元有種，定應高折廣寒枝。』瞿翁遂構傳桂堂。」

這首七律為一生坎坷並不得善終的伍子胥鳴不平，首聯對句「英雄自古少知音」，堪稱千古的嗟歎，有以古人酒杯澆自家心中塊壘的用心。頷聯、頸聯四句，將伍子胥平生事業概括寫出，言簡意賅，不乏精警之語。尾聯又將伍子胥與越王夫差的重要謀臣范蠡對比，不平之鳴中，有惋惜，也有同情，這在明初朱元璋猜忌功臣、文人，並大開殺戒的特殊環境下，尤其意味深長，耐人尋味。

明代吟詠伍子胥廟的詩，角度雖有不同，但大都持肯定的立場。如董紀〈伍胥廟〉：「誰載西施出五湖，一朝麋鹿上姑蘇。後人說起亡吳恨，猶向臺邊酹子胥。」全詩意在總結歷史教訓。

至於解縉的〈題吳山伍子胥廟〉，則從歌頌英烈的角度出發，慷慨淋漓，所題者也是吳山的伍子胥廟，可與瞿佑詩對讀：「朝驅下越阪，夕飯當吳門。停車吊古跡，靄靄林煙昏。青山海上來，勢若游龍奔。星臨斗牛域，氣與東南吞。九折排怒濤，壯哉天地根。落日見海色，長風捲浮雲。山椒載遺祠，興廢今猶存。香殘吊木客，樹古啼清猿。我來久沉抱，重此英烈魂。吁嗟屬鏤鋒，置爾國士冤。峨峨姑蘇臺，荊棘曉露繁。深宮麋鹿遊，此事誰能論。因之毛髮豎，落葉秋紛紛。」所謂英雄所見略同，於此兩詩可以概見。

汴梁懷古

瞿佑

【題解】這首七律懷古詩是哀悼北宋王朝覆亡之作。汴梁，即今河南開封，北宋定都於此，時稱汴京，金元以後，多稱汴梁。

歌舞樓臺事可誇❶，昔年曾此擅豪華❷。尚餘艮嶽❸排蒼昊❹，那得神霄❺隔紫霞❻。廢苑草荒堪牧馬❼，長溝柳老不藏鴉❽。陌頭盲女無愁恨，能撥琵琶說趙家❾。

【注釋】❶歌舞樓臺事可誇　宋孟元老〈東京夢華錄自序〉：「太平日久，人物繁阜。垂髫之童，但習鼓舞；

班白之老，不識干戈。時節相次，各有觀賞。燈宵月夕，雪際花時，乞巧登高，教池游苑。舉目則青樓畫閣，繡戶珠簾，雕車競駐於天街，寶馬爭馳於御路。金翠耀目，羅綺飄香。新聲巧笑於柳陌花衢，按管調弦於茶坊酒肆。八荒爭湊，萬國咸通。集四海之珍奇，皆歸市易；會寰區之異味，悉在庖廚。花光滿路，何限春遊；簫鼓喧空，幾家夜宴。伎巧則驚人耳目，侈奢則長人精神。」宋劉子翬〈汴京紀事二十首〉其一七：「梁園歌舞足風流，美酒如刀解斷愁。憶得少年多樂事，夜深燈火上樊樓。」❷擅豪華　唐駱賓王〈帝京篇〉：「當時一旦擅豪華，自言千載長驕奢。」❸艮嶽　山名。故址在今河南開封城內東北隅，又名萬歲山、壽峰。《宋史》卷八五〈地理一〉：「政和七年，始於上清寶籙宮之東作萬歲山。山周十餘里，其最高一峰九十步，上有亭曰介，分東、西二嶺，直接南山……宣和四年，徽宗自為〈艮嶽記〉，以為山在國之艮，故名艮嶽……宣和六年，詔以金芝產於艮嶽之萬壽峰，又改名壽嶽……自政和訖靖康，積累十餘年，四方花竹奇石，悉聚於斯，樓臺亭館，雖略如前所記，而月增日益，殆不可以數計。」金人南下，汴京淪陷，艮嶽亦毀於戰火。宋劉子翬〈汴京紀事二十首〉其一〇：「鳳輦北遊今未返，蓬蓬艮嶽內中高。」❹蒼昊　即蒼天。唐李白〈荊州賊亂臨洞庭言懷作〉：「長叫天可聞，吾將問蒼昊。」❺神霄　即神霄萬壽宮。據《宋史》卷四六二〈方伎下・林靈素傳〉，宋徽宗迷信方士，政和末，道士林靈素乘機進言曰：「天有九霄，而神霄為最高，其治曰府。神霄玉清王者，上帝之長子，主南方，號長生大帝君，陛下是也。」其說妄誕，欺世惑眾，卻甚得徽宗歡心，於是「建上清寶籙宮，密連禁省，天下皆建神霄萬壽宮」，「其徒美衣玉食，幾二萬人」。宋劉子翬〈汴京紀事二十首〉其九：「神霄宮殿五雲間，羽服黃冠綴曉班。」❻紫霞　紫色雲霞，道家謂神仙乘紫霞而行。唐李白〈古風〉其三〇：「至人洞玄象，高舉凌紫霞。」❼廢苑草荒堪牧馬　謂靖康間金人攻破汴京後的都城荒涼景象。漢賈誼〈過秦論〉：「胡人不敢南下而牧馬。」宋劉子翬〈汴京紀事二十首〉其六：「內苑珍林蔚絳霄，圍城不復禁芻蕘。舳艫歲歲銜清汴，纔足都人幾炬燒。」❽長溝柳老不藏鴉　反用梁簡文帝蕭綱〈金樂歌〉：「槐香欲覆井，楊柳正藏鴉。」❾陌頭盲女無愁恨二句　明田汝成《西湖遊覽志餘》卷二〇：「杭州男女瞽者多學琵琶，唱古今小說、平話以

覓衣食，謂之陶真，大抵說宋時事，蓋汴京遺俗也。瞿宗吉〈過汴梁〉詩云……其俗殆與杭無異。」陌頭，路旁。趙家，這裡謂宋廷，宋代皇帝姓趙，故稱。

【語　譯】汴京的歌舞樓臺本可誇耀，當年這裡曾經豪華旖旎。艮嶽的故地可想見昔日排天的氣勢，紫霞中的神霄宮殿再無處尋覓。廢棄的苑囿荒涼，可以牧馬，溝壑邊枯柳少了鴉雀的蹤跡。路邊的盲女沒有愁苦怨恨，依然彈撥琵琶演唱宋朝的舊事。

【研　析】在中國歷史上，兩宋雖然創造了豐富的物質文明，但抵抗侵略的國力卻相當孱弱。宋太祖趙匡胤「杯酒釋兵權」，固然消除了軍閥割據、尾大不掉的隱患，但也令子孫在強敵面前退避三舍，直不起腰來，經常處在疲於挨打的境地，受盡欺辱。靖康之恥，徽、欽二帝被擄北去，金人縱橫中原，更是給大江南北的中國人留下了痛苦的追憶。元代文人傅若金也有一首〈汴梁懷古〉：「汴上荒城繞故宮，山頭危石墮秋風。夷門市起聞嘶馬，梁苑樵歸見斷鴻。門草尚餘殘後碧，進花無復盛時紅。欲登高處腸先斷，滿目閒愁賦未工。」那一份「黍離麥秀」的沉痛並不亞於南宋的士大夫。這一追憶傳至明代，又疊加了元蒙入主中原的禍亂，更令文人士大夫痛徹骨髓，對於民族的恥辱尤為敏感。

瞿佑這首七律〈汴梁懷古〉明顯受宋劉子翬七絕〈汴京紀事二十首〉的影響，句意與內涵皆有因襲的痕跡在。首聯與頷聯懸想追憶東京汴梁的昔日豪華繁盛景象，其中頷聯用「尚餘」、「那得」分別冠於出句、對句之首，有溝通今古的關聯作用，同時對於宋徽宗大修艮嶽、迷信方士的驕奢荒唐、誤國誤民的作為也不無批判之意。頸聯轉入對現實景象的描述，與前二聯形成對比，

銅駝荊棘之感油然而生。然而時過境遷，普通百姓對於昔日的民族苦難似乎早已淡漠，僅是將亡國舊恨演為說唱的素材，大有唐杜牧〈泊秦淮〉「商女不知亡國恨，隔江猶唱後庭花」的感慨。肉食者荒淫誤國、麻木不仁只能造成一個朝代的墮落和覆滅，如果整個民族皆陷入道德淪喪、是非不分的泥潭，就屬於後世顧炎武所謂「亡天下」的範疇了。詩人在尾聯是否懷有如此隱憂？「作者未必然，讀者何必不然」，我們今天的讀者若作此想，大概不是郢書燕說吧！

師師檀板

瞿佑

【題解】這首七絕通過詠物抒發千古興亡之感。師師，即李師師，北宋汴京名妓。原為染局匠之女，姓王，四歲父死，賣入李氏為娼，色藝雙絕且有俠名，得「飛將軍」之號。宋徽宗趙佶與她情意綿綿，屢微行至其家，她曾有助餉抗金之舉，並乞為女冠。靖康元年（西元一一二六年）宋欽宗曾令籍沒其家，中原失守後流落浙、湘一帶，不知所終。檀板，用於控制音樂節奏的樂器名，即檀木製的拍板。唐杜牧〈自宣州赴官入京路逢裴坦判官歸宣州因題贈〉：「畫堂檀板秋拍碎，一引有時聯十觥。」

千金一曲擅歌場❶，曾把新腔❷動帝王❸。老大可憐人事❹改，縷衣❺

檀板過湖湘❻。

【注　釋】❶擅歌場　謂李師師唱曲技藝超群。擅場，謂強者勝過弱者，專據一場。後謂技藝超群。《文選・張衡〈東京賦〉》：「秦政利觜長距，終得擅場。」薛綜注：「言秦以天下為大場，喻七雄為鬥雞，利喙長距者終擅一場也。」❷新腔　謂歌曲中新穎脫俗的腔調。宋黃庭堅〈以酒渴愛江清作五小詩〉其四：「時時能度曲，秀句入新腔。」❸帝王　謂宋徽宗趙佶（西元一〇八二—一一三五年），宋神宗子，宋哲宗弟。初封遂寧郡王，後封端王，元符三年（西元一一〇〇年）於哲宗死後即皇帝位，任用蔡京等奸佞，又崇奉道教，自稱「教主道君皇帝」，窮奢極欲，內政外交皆陷於困境。宣和七年（西元一一二五年）金兵南下，宋徽宗傳位其子趙桓，是為宋欽宗，自稱太上皇。靖康二年（西元一一二七年）為金人俘虜北去，八年以後死於五國城（今黑龍江依蘭）。在位二十六年，工書善畫，書以「瘦金體」，畫以花鳥名傳後世，且有真跡留存。❹人事　人世間事。宋郭茂倩《樂府詩集》卷七三〈雜曲歌辭十三・焦仲卿妻〉：「自君別我後，人事不可量。」❺縷衣　破爛的衣服。❻湖湘　謂今湖南洞庭湖與湘江一帶。唐宋時湖湘少開發，多為官員遷謫之所。宋韋驤〈宋周廣之令桂陽〉：「為言民社遷官重，莫歎湖湘去路遙。」

【語　譯】技壓群芳，一曲纏頭可千金，新穎脫俗，行腔打動帝王心。世事變遷，可憐老大卻流落他鄉，衣衫襤褸賣藝在湖湘水濱。

【研　析】這首七絕無論立意還是措語，仍是仿效宋劉子翬〈汴京紀事二十首〉而作，劉子翬詩其二〇云：「輦轂繁華事可傷，師師垂老過湖湘。縷衣檀板無顏色，一曲當時動帝王。」作為一代名妓，由於其所涉及的人物眾多，因而特別引人關注。宋徽宗微行李師師家自有轟動效應，一代詞家周邦彥也與李師師有交往，於是出現了戲劇性的一幕。清馮金伯所輯《詞苑萃編》卷一二引《耆舊紀聞》云：「周邦彥在李師師家，聞道君至，遂匿床下。道君自攜新橙一顆，云是江南初

進，遂與師師謔語。邦彥悉聞之，隱括成〈少年游〉云：『并刀如水，吳鹽勝雪，纖手破新橙。錦幄初溫，獸香不斷，相對坐調笙。低聲問向誰行宿，城上已三更。馬滑霜濃，不如休去，直是少人行。』師師因歌此詞，道君問誰作，師師以直對。道君大怒，因加邦彥遷謫押出國門。」後來還是李師師又在宋徽宗面前復歌其〈蘭陵王〉詞，終得徽宗歡心，「復召邦彥為大晟樂正」，算是以喜劇收場。

至於《水滸傳》等小說，甚至將梁山好漢宋江與李師師也拉上了關係，可見影響。至於李師師的人生結局，據明梅鼎祚《青泥蓮花記》卷一三記載：「東京角妓李師師，住金線巷，色藝冠絕。徽宗自政和後多微行，乘小轎子，數內臣導從。置行幸局，局中以帝出日謂之『有排當』。次日未還，則傳旨稱瘡痍不坐朝。嘗往來李師師家，甚被寵昵。秘書省正字曹輔以疏諫微行，編管郴州。靖康之亂，師師南徙，有人遇之湖湘間，衰老憔悴，無復向時風態。」宋張邦基《墨莊漫錄》卷八〈李師師崔念月〉記云：「靖康中，李生（即李師師）與同輩趙元奴及築毬吹笛袁陶、武震輩，例籍其家。李生流落來浙中，士大夫猶邀之以聽其歌，然憔悴無復向來之態矣。」明季有無名氏《李師師外傳》流行，渲染虛構，更為不經，言其靖康中為金人所俘，大罵漢奸張邦昌後，吞金簪而死。雖諸多傳聞各異，但藉一代名妓之遭遇抒發民族之痛則是一致的，讀瞿佑這首〈師師檀板〉，亦當作如是觀。

竹

方孝孺

【題解】這首七絕詩以詠物抒情言志。竹是一種多年生的禾本科木質常綠植物，虛心勁節，受到古代文人的稱頌。在中國傳統文化中，松、竹、梅還被視為「歲寒三友」，即因松、竹經冬不凋，梅則迎寒開花。作者方孝孺講求氣節，在燕王朱棣的淫威下，九死未悔，正是這首〈竹〉詩的題旨所在。

【作者】方孝孺（西元一三五七－一四〇二年），字希直，一字希古，寧海（今屬浙江）人。曾師從宋濂，洪武二十五年（西元一三九二年）以薦召至京，除漢中府教授，為蜀獻王世子師，名其讀書之廬曰「正學」，學者因稱之為正學先生。後輔建文帝為侍講學士。燕王朱棣靖難兵攻入南京，寧死不為其草即位詔書，被滅門，株連宗戚達八百七十餘人，遣戍者不可勝數。著有《遜志齋集》二十四卷。《明史》卷一四一有傳，內云：「孝孺工文章，醇深雄邁。每一篇出，海內爭相傳誦。永樂中，藏孝孺文者罪至死。門人王稌潛錄為《侯城集》，故後得行於世。」清朱彝尊《靜志居詩話》卷五〈方孝孺〉有云：「說者謂先生詩非所長，然五言熟精《選》體，當在潛溪、華川之右。」《四庫全書總目提要》卷一七〇著錄《遜志齋集》二十四卷，引鄭瑗《井觀瑣言》云：「而致命成仁，遂湛十族而不悔，語其氣節，可謂貫金石、動天地矣。文以人重，則斯集固懸諸日月，不可磨滅之書也。」陳田《明詩紀事》乙籤卷一選方孝孺詩十首，有按語云：「希直文章淵源出於宋景濂，而學術純正則過之。」

不禁俗物敗人意❶，忽見幽篁❷眼為明。記得舊遊天上夢，連昌宮❸外聽秋聲❹。

【注釋】❶不禁俗物敗人意　用晉人竹林雅集中阮籍（步兵）嘲弄王戎之語，突出竹林的高雅氛圍。南朝宋劉義慶《世說新語・排調》：「嵇（康）、阮（籍）、山（濤）、劉（伶）在竹林酣飲，王戎後往。步兵曰：『俗物已復來敗人意！』王笑曰：『卿輩意，亦復可敗邪？』」俗物，對世俗庸人的鄙稱。❷幽篁　謂幽深的竹林。《楚辭・九歌・山鬼》：「余處幽篁兮終不見天。」唐王維〈竹里館〉：「獨坐幽篁裡，彈琴復長嘯。」❸連昌宮　唐代行宮名，唐高宗顯慶三年（西元六五八年）所建，故址在今河南宜陽西。唐元稹〈連昌宮詞〉：「連昌宮中滿宮竹，歲久無人森似束。」❹秋聲　謂秋風吹拂竹林發出的聲響。明危素〈題宋好古墨竹〉：「我憶東曹粉署郎，琅玕寫就拂雲長。祇疑散步雲林曲，獨聽秋聲待晚涼。」

【語譯】竹林若不禁庸人來往，敗人意興，一見幽深竹林，兩眼突然生明。記得昔日夢遊天上，悅耳的是連昌宮秋風拂竹聲。

【研析】這首七絕四句從竹入手，但句意似斷若連，若不相屬，實則內蘊充盈。南朝宋劉義慶《世說新語・任誕》記述王徽之暫時居住於他人空宅，也要令手下人種竹，有人問他暫住何須如此大費周章，他就指著竹子說：「何可一日無此君！」唐代白居易〈池上竹〉有云：「水能性淡為吾友，竹解虛心即我師。」這是頌揚竹子虛心的詩句。唐邵謁〈金谷園懷古〉有云：「竹死不變節，花落有餘香。」這是頌揚竹子勁節的詩句。《詩經・衛風・淇奧》：「瞻彼淇奧，綠竹猗猗。」竹

子翠色令人賞心悅目，故有「琅玕」（美石）的美譽。宋代蘇過〈從范信中覓竹〉：「十畝琅玕寒照坐。」有竹林就環境清幽，的確令人神往。至於宋蘇軾在〈於潛僧綠筠軒〉中所詠：「可使食無肉，不可使居無竹。無肉令人瘦，無竹令人俗。人瘦尚可肥，俗士不可醫。」更可見在古人心目中，正人君子與竹的密切關係。

然而這首〈竹〉詩，詠竹僅是表層義，其深層義全由第四句曲終奏雅，韻外之致在於唐元稹〈連昌宮詞〉的創作主旨。〈連昌宮詞〉共九十句，是一首長篇敘事詩，從連昌宮的幽深荒涼景象寫起，通過宮邊老人泣訴安史之亂前後繁華與衰敗的對比，不勝今昔之感，同時表達了對聖主明君、天下太平的無限嚮往。方孝孺作為一代「讀書種子」，是儒家理想的堅決捍衛者，「致君堯舜上，再使風俗淳」就是其人生價值取向。顯然這首詠竹詩具有自我修身與治國平天下的雙重意向，不過後一重意向較為含蓄而已，大約作者寫此詩時，名位尚不通顯，所以為避免大言欺世的批評，特意以「舊遊天上夢」出之，道出自家理想，這也正是本詩的藝術魅力所在。

談詩五首（選其一）

方孝孺

【題　解】方孝孺寫有七絕〈談詩五首〉，這是其中第一首，也就是古人的論詩詩，即以詩的形式討論詩歌創作。論詩詩以用七絕的形式更為普遍，唐代杜甫有〈戲為六絕句〉論詩，是這種論詩形式的開先河之作。宋代戴復古、金代元好問等詩人踵事增華，令論詩詩發揚光大，使之成為中國文學理論中最具特色、不可或缺的一支生力軍。

舉世皆宗李杜詩❶，不知李杜更宗誰？能探風雅❷無窮意❸，始是乾坤絕妙詞❹。

【注　釋】❶李杜詩　謂唐代李白與杜甫的詩歌創作。李白（西元七〇一—七六二年），字太白，號青蓮居士。參見張以寧〈峨眉亭〉注❷。杜甫（西元七一二—七七〇年），字子美，鞏縣（今屬河南）人，自稱「杜陵布衣」，是其郡望。天寶十載（西元七五一年）以獻〈三大禮賦〉，待制集賢院，授河西尉，旋改右衛率府兵曹參軍，歷左拾遺、檢校工部員外郎。傳世詩歌一千四百四十餘首，後世有「詩史」之譽，著有《杜工部集》二十卷。兩《唐書》有傳。❷風雅　古人稱《詩經》中的〈國風〉和〈大雅〉、〈小雅〉，作為詩歌源頭，一向為古人所推崇。唐杜甫〈戲為六絕句〉其六：「別裁偽體親風雅，轉益多師是汝師。」❸無窮意　方孝孺《遜志齋集》卷一二〈觀樂生詩集序〉：「無窮者，天下之理也；不易者，造化之運也。乘乎運，備乎理，不以古今而殊者，人之才也。千載之上，有異才焉，出乎其間，所得之理，與今同也，所乘之運，與今同也，其言安得不與今同乎？千載之下，有異才焉，同是理也，同是運也，其言安得異於古乎？……人顧妄相詆贊於其間，以古為高，以今為卑，隨人為輕重，徇時為毀譽，不亦大惑矣乎？」❹絕妙詞　極其美妙的文詞。明丘濬〈戲答友人論詩〉：「吐語操詞不用奇，風行水上繭抽絲。眼前景物口頭語，便是詩家絕妙詞。」

【語　譯】舉世詩人皆效法李白、杜甫詩風，卻不知李白、杜甫又效法何人？能夠上探《詩經》豐富的藝術宗旨，方稱得上天地間絕妙的作品。

【研　析】以詩論詩，言簡意賅，杜甫以後，每為文人所喜好。方孝孺之〈談詩〉就時弊而發為議論，所以有一定的針對性。明初詩壇多以宗唐為風氣，摹仿李白、杜甫者更是比比而是，不可勝

數，這對於糾正元詩纖弱之風不無益處。然而若以流為源，效顰學步，終非正路。方孝孺此詩並非否定李白與杜甫的詩壇地位，而是探本求源，期望上溯《詩經》，求得轉益多師的從容。清仇兆鰲《杜詩詳注．諸家詠杜．方孝孺〈論詩〉》：「太白詩言『大雅久不作，王風委蔓草』，少陵詩言『別裁偽體親風雅，轉益多師是汝師』，知二公皆得力於風雅者。此詩云『李杜宗誰』，而繼之以『能探風雅』，此極推崇二公語，非謂其不及古人也。」

就方孝孺的詩學思想而論，他並不執一而求，這在其另外四首〈談詩〉中可以看出。〈談詩〉其二：「前宋文章配兩周，盛時詩律亦無儔。今人未識崑崙派，卻笑黃河是濁流。」其三：「發揮道德乃成文，枝葉何曾離本根。末俗競工繁縟體，千秋精意與誰論。」其四：「大曆諸公製作新，力排舊習祖唐人。粗豪未脫風沙氣，難詆熙豐作後塵。」其五：「萬古乾坤此道存，前無端緒後無垠。手操北斗調元氣，散作桑麻雨露恩。」方孝孺並非詩歌理論家，〈談詩〉僅是有感而發議論，不無閃光的思想。將五首〈談詩〉綜合起來閱讀，或許可以更加清楚地把握其論詩宗旨，纔不至於如盲人摸象般，以片面代替全體。

題蘭

劉璟

【題解】這是一首七絕題畫詩。蘭謂蘭花，為多年生常綠草本植物，葉細長而尖，根簇生，圓柱形，春初開花，呈淡黃綠色，亦有秋季開花者。品種眾多。明宋濂〈辯蘭〉：「蘭為瑞草而取貴於世也尚矣，然其種有九，而九之中又有山、澤二者之殊。生於山者……華絕香，每行逶迤深谷

間，微風忽過而清馨悠悠遠聞。」詩中所題詠者當為生於山中者。

【作　者】劉璟（西元？—一四〇二年），字仲璟，一字孟光，別號易齋，青田（今屬浙江麗水市）人，劉基次子。洪武二十三年（西元一三九〇年）拜閣門使，以剛直聞，次年改授谷王府左長史。靖難師起，詣闕獻策，命赴李景隆軍，歷諸險阻，以疾歸。朱棣即位，召用，辭以疾，遂逮至京，猶稱朱棣為「殿下」，且云殿下百世後，逃不得一「篡」字。下詔獄，以辮髮自經死。南明福王時諡剛節。著有《易齋藁》、《無隱集》、《越吟稿》，後兩種今不傳。《明史》卷一二八有傳。清錢謙益《列朝詩集小傳》甲集〈劉閣門璟〉有云：「仲璟弱冠好學，知名，偉貌豐髯，議論英發，尤深禪學。一時尊宿，推為作家。有《易齋文集》十卷、《無隱集偈頌》二卷。」清朱彝尊《靜志居詩話》卷五〈劉璟〉云：「天台盧廷綱稱其詩云：『酒酣落筆此愈工，命意不與常人同。清如冰甌玉盌貯繁露，和如大廷清廟鳴絲桐，疾如黃河怒風捲濤浪，麗如錦江秋水涵芙蓉。』譽之未免過實。」《四庫全書總目提要》卷一七〇著錄《易齋集》二卷，有云：「璟少通諸經，慷慨喜談兵，太祖嘗以為真伯溫子。而詩文傷於觕率，頗遜其父。」陳田《明詩紀事》乙籤卷一選劉璟詩一首。

佳人❶愛寫湘妃佩❷，千載猶凝翰墨❸香。昨夜春風透幽谷❹，懸崖高處意偏長❺。

【注　釋】❶佳人　謂賢人君子，《楚辭・九章・悲回風》：「惟佳人之永都兮，更統世而自貺。」唐韋應物〈過扶風精舍舊居簡朝宗巨川兄弟〉：「佳人亦攜手，再往今不同。」❷湘妃佩　謂蘭。戰國楚屈原〈離騷〉：

「扈江離與辟芷兮，紉秋蘭以為佩。」《楚辭・九歌・湘夫人》：「沅有芷兮澧有蘭，思公子兮未敢言。」湘妃，或謂即湘夫人，舜二妃娥皇、女英，相傳沒於湘水，遂為湘水之神。❸翰墨　借指書畫，三國魏曹丕《典論・論文》：「是以古之作者，寄身於翰墨，見意於篇籍。」宋王之道〈和方正叔芍藥〉：「開緘忽得驚人句，滿紙雲煙翰墨香。」❹幽谷　幽深的山谷。《詩經・小雅・伐木》：「出自幽谷，遷于喬木。」❺意偏長　謂意味深長。元周權〈郊行〉：「景物牽詩吟不了，水聲山色意偏長。」

【語　譯】君子喜愛畫湘妃的佩飾蘭花，千年以來翰墨傳香。昨夜春風吹遍幽深的山谷，生長於高崖更顯意味深長。

【研　析】舊時人家大門楹聯常以「芝蘭君子性，松柏古人心」為對，可見蘭在人們心目中的崇高位置。《淮南子・說山》：「蘭生幽谷，不為莫服而不芳；舟在江海，不為莫乘而不浮；君子行義，不為莫知而止休。」漢代劉向《說苑・雜言》：「與善人居，如入蘭芷之室，久而不聞其香，則與之化矣。與惡人居，如入鮑魚之肆，久而不聞其臭，亦與之化矣。」蘭與君子的關係，古人的表述很透徹。劉璟是一位講氣節的人，威武不能屈，觀其在燕王朱棣的淫威下並未屈服，可知其為性情中人。他另有五絕〈題蘭〉詩數首，也很見性格，所謂文如其人是也。如：「幽蘭蘊奇芬，綠竹秀空碧。歲晏將如何，君子介如石。」「幽谷長芳蕙，山林棲道心。獨有高世士，可以為知音。」「我行采幽蘭，棘針掛我衣。呼童剪繁穢，兩袖懷芳菲。」「卷石何崔嵬，幽蘭自有芳。因茲筆端好，重上君子堂。」讀這些詠蘭之作，真令人口頰生香，難以忘懷。

高郵

楊士奇

【題解】這首五律以地名為題，顯然是羈旅之作。高郵在今江蘇中部，西有高郵湖，大運河縱貫境內，與安徽接壤，為江南魚米之鄉。

【作者】楊士奇（西元一三六五－一四四四年），初名寓，以字行，號東里，泰和（今屬江西吉安）人。建文初以薦入翰林，永樂時改編修，入閣預機務。歷官禮部侍郎、華蓋殿大學士，進少師，卒贈太師，諡文貞。與楊榮、楊溥同為當時著名閣臣，世稱「三楊」，其詩文號「臺閣體」。著有《東里全集》九十七卷。清錢謙益《列朝詩集小傳》乙集〈楊少師士奇〉云：「今所傳《東里詩集》，大都詞氣安閒，首尾停穩，不尚藻辭，不矜麗句，太平宰相之風度，可以想見，以詞章取之則末矣。《東里詩集》凡五百六十餘首，公手自選擇，其子孫又刻為續集。」清朱彝尊《靜志居詩話》卷六〈楊士奇〉云：「東里優遊按衍，諸體皆蘊藉可觀。」《四庫全書總目提要》卷一七〇著錄楊士奇《東里全集》九十七卷、《別集》四卷，內云：「明初『三楊』並稱，而士奇文章特優，制誥碑版，多出其手。仁宗雅好歐陽修文，士奇文亦平正紆餘，得其彷彿。」陳田《明詩紀事》乙籤卷三選楊士奇詩八首，引《麓堂詩話》云：「文貞亦學杜詩，古樂府諸篇，間有得魏晉遺意者。」

四顧無山色❶，蒼茫極遠天。水雲涵❷郡郭，秔稻❸被湖田。草舍津

頭市❹，菱歌❺柳外船。羈愁❻念前路，非為別離牽。

【注　釋】❶無山色　高郵地處平原，故無遠山近巒遮擋視線。❷涵　浸潤；滋潤。唐戴叔倫〈題橫山寺〉：「露涵松翠濕，風湧浪花浮。」❸秔稻　即粳稻，水稻的一種，米質黏性較秈稻強，脹性小。唐杜甫〈後出塞〉其四：「雲帆轉遼海，粳稻來東吳。」❹津頭市　依託渡口而形成的集市。❺菱歌　採菱的歌。南朝宋鮑照〈采菱歌〉其一：「簫弄澄湘北，菱歌清漢南。」❻羈愁　旅人的愁思。

【語　譯】四下觀望沒有山巒蹤影，一片蒼茫連接遠天。水雲浸潤郡城，粳稻覆蓋湖田。茅屋草舍是渡口的集市，菱歌蕩漾在柳蔭外的漁船。顧念前路是旅人的愁思，並非因別離而情牽意連。

【研　析】純用白描，不事雕琢而情景雙繪，自然清新之中饒有水鄉風味，是這首五律最大特色，也是其百讀不厭的魅力所在。首聯概括高郵地理環境，極為形象，頷聯將水鄉特色用淡筆勾勒而出，似帶有雲水潤氣。頸聯不用動詞而意象天然湊泊。尾聯從寫景回歸自我，寫出羈旅之愁，帶有「梁園雖好，非是久戀之家」的意味，令人回味無窮。前人寫高郵的詩或詞，也較有本地風光，可以舉幾首對照來讀。如宋汪藻〈次高郵軍〉：「小雨靜林麓，鵓鴣相應鳴。移舟漾清淺，薄晚荷風生。歸鳥盡雙去，潛魚時一驚。菰蒲若無人，渺渺炊煙橫。艇子楫迎我，攜魚鷹南烹。月出殊未高，疏林隱微明。依沒會有處，斗掛天邊城。」宋楊萬里〈過高郵〉：「解纜維揚欲夕陽，過船覆盎已晨光。夾河漁屋都編荻，背日船蓬尚滿霜。城外城中四通水，堤南堤北萬垂楊。一州斗大君休笑，國士秦郎此故鄉。」宋譚宣子〈浣溪沙・過高郵〉：「欲展吳箋詠杜娘，為停楚棹

覓秦郎，藕花三十六湖香。珠顆翠欒饒宿淚，玉痕紅褪怯晨妝，小橋風月思淒涼。」在歷代文人筆下，高郵竟有如此魅力！

發淮安

楊士奇

【題解】這首七絕為行旅詩。明代淮安府，治所山陽（今江蘇淮安），運河穿過境內。作者從淮安出發，當是乘船，故水鄉情景如畫般呈現在讀者面前。

岸蓼❶疏紅❷水荇❸青，茨菰❹花白小如萍❺。雙鬟❻短袖慚人見，背立船頭自采菱❼。

【注釋】❶蓼　此謂水蓼，為一年生或多年生草本植物。❷疏紅　淡淡的泛紅色。❸水荇　即荇菜，多年生水草，浮於水面，嫩時可食。唐杜甫〈曲江對雨〉：「林花著雨燕支濕，水荇牽風翠帶長。」❹茨菰　即慈姑，又名水萍，植物名，葉如剪刀，開小白花，可食用或藥用。明李時珍《本草綱目》卷三三〈果部〉：「慈姑，一根歲生十二子，如慈姑之乳諸子，故以名之。」❺萍　即浮萍。《淮南子・原道》：「萍樹根於水。」❻雙鬟　古代年輕女子的兩個環形髮髻，借代少女。唐白居易〈續古詩〉其五：「窈窕雙鬟女，容德俱如玉。」❼菱　一年水生草本植物。水上葉菱形，葉柄上有浮囊，花白色。果實有硬殼，有角，俗稱菱角，可食用。

【語　譯】岸蓼淡淡泛紅，水面荇菜青青，開白花的茭菰小如浮萍。穿著短袖的少女因怕人瞧見，背對著岸邊獨自在船頭採菱。

【研　析】淮安水鄉色彩，被詩人用「疏紅」、「青」、「白」點染而出，透出一股淡雅的清新情韻。整日在水上勞作的少女並非小家碧玉，更非大家閨秀，因水上作業採菱角而短袖露臂，未必如詩人所寫是因害羞而背立船頭，但作者卻偏偏將看不見容顏的勞動少女想像成嬌羞矜持的閨秀風格，正是因不見其廬山真面而遐思無限。如果船頭少女一旦回首，畫面也就失去了情感的平衡，想像頓時瓦解，這首七絕的韻味也就蕩然無存了。客觀事物一旦染上創作者的主觀色彩，必然失真，然而藝術的真諦有時又往往需要這種「失真」，給作者與讀者的想像皆留下一定的空間，惟其如此，筆下才有詩情畫意，才能發現生活中美的所在，儘管這種美帶有強烈的主觀色彩。

元代馬致遠〈雙調壽陽曲・瀟湘八景・江天暮雪〉一曲云：「天將暮，雪亂舞。半梅花半飄柳絮。江山晚來堪畫處，釣魚人一蓑歸去。」另據宋計有功《唐詩紀事》卷七〇〈鄭谷〉一則記述，鄭谷曾有詩詠雪云：「亂飄僧舍茶煙濕，密灑高樓酒力微。江上晚來堪畫處，漁翁披得一蓑歸。」有一位名叫段贊善的人就根據詩意作了一幅畫送給鄭谷。馬致遠的散曲顯然化用了鄭谷的詩，這又令人想起唐柳宗元〈江雪〉中「孤舟蓑笠翁，獨釣寒江雪」的詩句，瀟灑疏放的韻致是以犧牲生活的真實獲得的，雪中的垂釣者當出於生活所迫的無奈。有明於此，本詩中「雙鬟短袖慚人見」也就不言而喻了。

題三友圖

金寔

【題解】這是一首題畫的五古詩。三友，又稱「歲寒三友」，即松、竹、梅三種植物，古人以松、竹經冬不凋，梅則迎寒開花，故稱。清初八大山人朱耷〈題三友圖〉詩序云：「三友，歲寒梅、竹、松也。」

【作者】金寔（西元一三七一—一四三九年），字用誠，號覺非，開化（今屬浙江衢州）人。明成祖即位，上書言治道，復對策稱旨，除翰林典籍，與修《太祖實錄》、《永樂大典》，選為東宮講官，歷左春坊左司直。仁宗即位，除衛府左長史。正統四年（西元一四三九年）五月二十日卒，年六十九歲。《明史》卷一三七有傳，稱其：「為人孝友，敦行誼。閱經史，日有程限，至老不輟。」清丁丙《善本書室藏書志》卷三六所著錄金寔《覺非齋文集》二十八卷有云：「其文浩瀚馳逐，清簡峭拔；詞賦援經據騷，贍麗以則；詩歌本唐人音響，古體純似韋、陶。」

方春桃李場❶，豈無紅與紫❷。秋風一搖落❸，豔質❹不可恃。歲寒
獨後凋❺，吾見二三子❻。

【注釋】❶桃李場　種植桃樹、李樹的場圃。❷紅與紫　謂花。唐韓愈〈奉和虢州劉給事使君三堂新題二十

一詠・花源〉：「源上花初發，公應日日來。丁寧紅與紫，慎莫一時開。」❸搖落　凋殘；零落。《楚辭・九辯》：「悲哉秋之為氣也！蕭瑟兮草木搖落而變衰。」❹豔質　豔美的資質。❺歲寒獨後凋　語本《論語・子罕》：「歲寒，然後知松柏之後凋也。」❻二三子　猶言諸君，此處謂松、竹、梅三友。

【語　譯】種植桃李的場圃正值春日，難道沒有奪目的千紅萬紫。無奈秋風一起草木搖落，最難憑藉是豔美的資質。歲寒而不凋落變衰，我看到了歲寒三友的雄姿。

【研　析】以某些植物的特性來象徵人類的某種精神，在古人的文學作品中常見。三國魏劉禎〈贈從弟三首〉其二：「亭亭山上松，瑟瑟谷中風。風聲一何盛，松枝一何勁。冰霜正慘淒，終歲常端正。豈不罹凝寒，松柏有本性。」晉陶淵明不但喜愛東籬的菊花，也讚美東園的青松，其〈飲酒詩二十首〉其九：「青松在東園，眾草沒其姿。凝霜殄異類，卓然見高枝。」唐李白〈古風〉其十二：「松柏本孤直，難為桃李顏。」李白另一首〈贈韋侍御黃裳二首〉其一：「太華生長松，亭亭凌霜雪。天與百尺高，豈為微飆折。桃李賣陽豔，路人行且迷。春光掃地盡，碧葉成黃泥。願君學長松，慎勿作桃李。受屈不改心，然後知君子。」這都是讚美松柏高節的詩篇。至於歌詠竹的虛心勁節，頌揚梅的傲霜鬥雪，在古代文人筆下更是不勝枚舉。當人們將自己的主觀情懷投射於某一具體的客觀事物並加以昇華時，這一客觀事物就有了人所景仰的優秀品質。金寔這首題畫五古顯然繼承了前人的傳統，用穠豔一時的桃李與歲寒三友相比，無非是為凸顯後者的志節。從上舉李白〈贈韋侍御黃裳二首〉來看，這一效法痕跡就更為彰顯了。

江南旅情

楊榮

【題解】這首五律是一首行旅詩，抒發了鄉思戀家的情懷。江南，謂長江以南的地區，相當於今天江蘇、安徽兩省的南部和浙江省一帶。

【作者】楊榮（西元一三七一－一四四〇年），初名子榮，字勉仁，明成祖更其名為榮，建安（今福建建甌）人。建文二年（西元一四〇〇年）進士，授翰林編修，永樂初入直內閣，歷官文淵閣大學士、工部尚書，進太子少傅。卒贈太師，諡文敏。歷仕四朝，與楊士奇、楊溥同時入閣，稱「三楊」，詩文號「臺閣體」。著有《楊文敏集》二十五卷。《明史》卷一四八有傳。清錢謙益《列朝詩集小傳》乙集〈楊少師榮〉云：「公與西楊、南楊久居館閣，朝廷高文典冊，皆出其手，而應酬題贈之作，尤為煩富，皆有集盛行於世。」清朱彝尊《靜志居詩話》卷六〈楊榮〉云：「東楊詩頗溫麗，上擬西楊不及，下視南楊有餘。」《四庫全書總目提要》卷一七〇著錄《楊文敏集》二十五卷有云：「應制諸作，渢渢雅音。其它詩文，亦皆雍容平易，肖其為人。雖無深湛幽渺之思，縱橫馳驟之才，足以震耀一世。而逶迤有度，醇實無疵，臺閣之文所由與山林枯槁者異也。」陳田《明詩紀事》乙籤卷三選楊榮詩十六首。

客夢家千里，鄉心柳萬條❶。片雲遮海嶠❷，一雨送江潮。戀闕❸綈

袍❹在，懷人尺素❺遙。春光看又晚❻，何處灞陵橋❼？

【注　釋】❶鄉心柳萬條　謂思鄉之情。語本《詩經・小雅・采薇》：「昔我往矣，楊柳依依。今我來思，雨雪霏霏。」❷片雲遮海嶠　謂思親之情。《新唐書》卷一一五〈狄仁傑傳〉：「親在河陽，仁傑登太行山，反顧，見白雲孤飛，謂左右曰：『吾親舍其下。』瞻悵久之，雲移乃得去。」海嶠，近海多山的地方，作者家鄉建安，並非海邊，但以明代福建一帶所處地理位置而言，海嶠當泛稱。唐張九齡〈送使廣州〉：「家在湘源住，君今海嶠行。」❸戀闕　留戀宮闕，古人比喻心中不忘君王。唐杜甫〈散愁〉其二：「戀闕丹心破，沾衣皓首啼。」唐韓愈〈次鄧州界〉：「潮陽南去倍長沙，戀闕那堪更憶家。」❹綈袍　謂眷念故舊之情。語本《史記》卷七九〈范雎蔡澤列傳〉，戰國時魏人范雎先事魏中大夫須賈，因事遭到笞辱，死裡逃生，改名張祿逃到秦國，仕秦做到宰相，聲威赫赫。魏聞秦將東伐，命須賈使秦，范雎特意穿破舊衣服往見。須賈不知，憐其寒而贈一綈袍。其後方知雎即秦相張祿，乃惶恐請罪。雎以須賈尚有贈袍念舊之情，終於寬釋了仇人。❺尺素　謂書信。語本漢樂府〈飲馬長城窟行〉：「客從遠方來，遺我雙鯉魚。呼兒烹鯉魚，中有尺素書。」參見本書所選貝瓊〈西湖竹枝〉。❻春光看又晚　唐高適〈別韋兵曹〉：「惆悵春光裡，蹉跎柳色前。」❼灞陵橋　又稱灞橋、霸橋，是漢代送行的去處。語本《三輔黃圖》卷六：「霸橋在長安東，跨水作橋。漢人送客至此橋，折柳贈別。」宋賀鑄〈連理枝〉：「想灞橋、春色老於人，恁江南夢杳。」

【語　譯】千里外的家人進入客中夢境，懷鄉心如萬千楊柳搖蕩。白雲孤飛遮住海嶠故里，陣雨飄灑送來江潮聲響。留戀君王更懷念朝中故舊，書信遙遙傳遞友人近況。看這春天已將盡，何處尋覓昔日送別的時光？

【研析】古代物質條件簡陋，來往交通不便，離別行旅就成了人生的大事。由之而產生的文學作品，所反映的雖然是古人的生活，其間情愫卻與現代人息息相通，這構成了古今理解的通道。唐代杜甫〈江梅〉：「絕知春意好，最奈客愁何」，今人並不難理解。三國魏曹丕〈雜詩二首〉其二云：「西北有浮雲，亭亭如車蓋。惜哉時不遇，適與飄風會。吹我東南行，行行至吳會。吳會非我鄉，安得久留滯。棄置勿復陳，客子常畏人。」他鄉羈旅為客的滋味，被作者淋漓盡致地刻畫了出來。唐李白〈客中行〉：「蘭陵美酒鬱金香，玉碗盛來琥珀光。但使主人能醉客，不知何處是他鄉。」故作曠達是以沉醉中的感情麻痺為代價的。

唐祖詠也有一首五律〈江南旅情〉，不但與楊榮此詩同題，而且同韻，詩云：「楚山不可極，歸路但蕭條。海色晴看雨，江聲夜聽潮。劍留南斗近，書寄北風遙。為報空潭橘，無媒寄洛橋。」彷彿是異代步韻奉和之作，可見楊榮效法唐詩的跡象。首聯對句與尾聯對句遙相呼應，皆以「柳」為紐帶，抒發了濃濃的鄉愁。頷聯出句巧用典故，念親之意盡在不言之中；對句清新自然，瀟灑渾脫，令人難忘。頸聯轉為懷念君主與朝中故舊以及友人，也屬人之常情，擴充了鄉愁的蘊涵。尾聯是否受有宋賀鑄〈連理枝〉的啟發，難以斷定，但不妨用賀鑄詞情去理解楊榮詩意，清譚獻所謂「作者未必然，讀者何必不然」，作為藝術接受的規律在這裡也是可以認同的。

維揚懷古

曾棨

【題解】這首七律是一首懷古詩。維揚，即揚州的別稱。《尚書·禹貢》：「淮海惟揚州。」惟，

通「維」，後人因截取二字以為名。北周庾信〈哀江南賦〉：「淮海維揚，三千餘里。」隋煬帝因遊揚州被部下宇文化及所殺，這首詩所懷之古就是有關隋煬帝楊廣的覆亡悲劇。

【作　者】曾棨（西元一三七二－一四三二年），字子棨，或謂字子啟，號西墅，永豐（今屬江西吉安）人。永樂二年（西元一四〇四年）一甲第一名進士，授翰林修撰，歷官左春坊大學士兼翰林侍讀學士、詹事府少詹事，卒官，贈禮部侍郎，謚襄敏。著有《西墅集》十卷。王世貞《藝苑卮言》卷五有云：「曾子啟如封節度兵東征，鮮華雜沓，精騎殊少。」清錢謙益《列朝詩集小傳》乙集〈曾少詹棨〉云：「子棨為文章，才思奔放，頃刻千百言，文不加點。楊文貞稱其詩文如『園林得春，群芳奮發，錦繡爛然，可玩可悅。狀寫之工，極其天趣。他人不足，彼嘗有餘。』」《四庫全書總目提要》卷一七五著錄曾棨《西墅集》十卷，有云：「棨文章捷敏，信筆千百言立就。劉昌《懸笥瑣探》稱成祖嘗御試〈天馬歌〉，棨文先成，詞旨瀏亮，成祖賜以瑪瑙帶，其思速可見。然集中一題百首，往往才氣用事，而按切肌理，不耐推敲，是亦速成之過也。」陳田《明詩紀事》乙籤卷八選曾棨詩七首。

廣陵城裡昔繁華❶，煬帝❷行宮❸接紫霞❹。〈玉樹〉❺歌殘猶有曲❻，
錦帆❼歸去已無家❽。樓臺處處迷芳草❾，風雨年年怨落花❿。最是多情
汴堤⓫柳，春來依舊帶棲鴉⓬。

【注釋】❶廣陵城裡昔繁華　唐徐凝〈憶揚州〉：「天下三分明月夜，二分無賴是揚州。」廣陵，戰國楚廣陵邑，東漢改廣陵郡，隋改揚州，後以避隋煬帝楊廣諱，改稱江都郡，唐天寶初復舊名廣陵郡，明清皆稱揚州府。郡治故城在今江蘇揚州東北。❷煬帝　即隋煬帝楊廣（西元五六九—六一八年），隋文帝次子，初封晉王，滅陳後進太尉，遷揚州總管，以陰謀得立太子，並弒父自立，西元六〇四—六一八年在位。在位期間大興土木，開鑿運河，巡遊無度，窮奢極欲，用法苛暴，貴族楊玄感乘機起兵，被迫避地江都，值兵變，為叛將宇文化及所縊殺。有輯本《隋煬帝集》五卷傳世。❸行宮　古代京城以外供帝王出行時居住的宮室，這裡謂隋煬帝建於江都的宮室。晉左思〈吳都賦〉：「烏聞梁岷有陟方之館，行宮之基歟？」劉逵注：「天子行所立，名曰行宮。」❹紫霞　紫色雲霞，道家謂神仙乘紫霞而行。❺玉樹　即〈玉樹後庭花〉，歷來被視為亡國之音。《陳書》卷七〈張貴妃傳〉：「後主每引賓客對貴妃等遊宴，則使諸貴人及女學士與狎客共賦新詩，互相贈答，採其尤豔麗者以為曲詞，被以新聲，選宮女有容色者以千百數，令習而歌之，分部迭進，持以相樂。其曲有〈玉樹後庭花〉、〈臨春樂〉等，大指所歸，皆美張貴妃、孔貴嬪之容色也。」又《隋書》卷一三〈音樂上〉：「及後主嗣位，耽荒於酒，視朝之外，多在宴筵。尤重聲樂，遣宮女習北方簫鼓，謂之〈代北〉，酒酣則奏之。又於清樂中造〈黃鸝留〉及〈玉樹後庭花〉、〈金釵兩臂垂〉等曲，與幸臣等製其歌詞，綺豔相高，極於輕薄。男女唱和，其音甚哀。」後主即陳後主陳叔寶。宋郭茂倩《樂府詩集》卷四七〈清商曲辭四．吳聲歌曲四〉錄陳後主〈玉樹後庭花〉：「麗宇芳林對高閣，新妝豔質本傾城。映戶凝嬌乍不進，出帷含態笑相迎。妖姬臉似花含露，〈玉樹〉流光照後庭。」唐許渾〈金陵懷古〉：「〈玉樹〉歌殘王氣終，景陽兵合戍樓空。」❻猶有曲　謂隋煬帝在江都行宮所製〈泛龍舟〉。宋郭茂倩《樂府詩集》卷六一〈雜曲歌辭一〉引《宋書．樂志》云：「蕭齊之將亡也，有〈伴侶〉；高齊之將亡也，有〈無愁〉；陳之將亡也，有〈玉樹後庭花〉；隋之將亡也，有〈泛龍舟〉。所謂煩手淫聲，爭新怨哀，此又新聲之弊也。」又《樂府詩集》卷四七〈清商曲辭四．吳聲歌曲四〉錄隋煬帝〈泛龍舟〉：「舳艫千里泛歸舟，言旋舊鎮下揚州。借問揚州在何處，淮南江北海西頭。六轡聊停御百丈，暫罷開山歌棹謳。

詎似江東掌間地，獨自稱言鑑裡遊。」❼錦帆　錦製的船帆，亦指有錦製船帆的船。唐顏師古《大業拾遺記》：「煬帝幸江都……至汴，御龍舟，蕭妃乘鳳舸，錦帆彩纜，窮極侈靡。」❽已無家　謂隋朝覆亡。唐汪遵〈汴河〉：「隋皇意欲泛龍舟，千里昆侖水別流。還待春風錦帆暖，柳陰相送到迷樓。」唐許棠〈汴河十二韻〉：「空懷龍舸下，不見錦帆收。」唐胡曾〈詠史詩・汴河〉：「千里長河一旦開，亡隋波浪九天來。錦帆未落干戈起，惆悵龍舟更不回。」❾樓臺處處迷芳草　謂隋煬帝在江都所建工巧絕倫的迷樓等建築，故址在今江蘇揚州西北郊。唐馮贄《南部煙花記・迷樓》：「迷樓凡役夫數萬，經歲而成。樓閣高下，軒窗掩映，幽房曲室，玉欄朱楯，互相連屬。帝大喜，顧左右曰：『使真仙遊其中，亦當自迷也。』故云。」宋王安石〈疊翠亭〉：「煙籠遠浦迷芳草，日照澄湖浸碧峰。」❿風雨年年怨落花　語本元薩都剌〈次韻登淩歊臺〉：「春色不隨亡國盡，野花只作舊時開。斷碑衰草荒煙裡，風雨年年上綠苔。」⓫汴堤　即隋堤，隋煬帝大業元年（西元六〇五年）開通濟渠（即大運河），自西苑引谷水、洛水入黃河；自板渚引黃河入汴水，經泗水達淮河；又開邗溝，自山陽至揚子入長江。渠廣四十步，旁築御道，並植楊柳，後人謂之隋堤。後蜀何光遠《鑑戒錄》卷七：「〈柳枝〉者，亡隋之曲。煬帝將幸江都，開汴河種柳，至今號曰隋堤，有是曲也。」唐白居易〈隋堤柳〉：「隋堤柳，歲久年深盡衰朽。風飄飄兮雨蕭蕭，三株兩株汴河口。老枝病葉愁殺人，曾經大業年中春。大業年中煬天子，種柳成行夾流水。西自黃河東至淮，綠陰一千三百里。大業末年春暮月，柳色如煙絮如雪。南幸江都恣佚遊，應將此柳繫龍舟。」宋樂雷發〈汴堤柳〉：「萬縷春風窣汴堤，錦帆何處柳空垂。流鶯應有兒孫在，問著隋朝總不知。」⓬春來依舊帶棲鴉　語本唐李商隱〈隋宮〉：「於今腐草無螢火，終古垂楊有暮鴉。」

【語　譯】昔日的廣陵城景象繁華，隋煬帝行宮上接紫色雲霞。亡國之音〈玉樹〉後有〈泛龍舟〉，錦帆舟船已經無路還家。芳草淒迷早失樓臺蹤影，年年抱怨風雨摧殘惟有落花。汴堤上的楊柳算是最多情者，春光中依然棲息著歸鴉。

【研　析】弔古詠懷，古代文人觸景生情，評論哀悼歷史的風風雨雨，雖未免書生之見，卻也有耐人尋味的意趣。唐李商隱〈隋宮〉：「紫泉宮殿鎖煙霞，欲取蕪城作帝家。玉璽不緣歸日角，錦帆應是到天涯。於今腐草無螢火，終古垂楊有暮鴉。地下若逢陳後主，豈宜重問〈後庭花〉。」曾棨這首詩深受李商隱〈隋宮〉的影響，痕跡宛然。李商隱詩尾聯檃括了一則傳說。據唐顏師古《隋遺錄》卷上記述，隋煬帝在江都曾夢遇陳後主，請後主妃張麗華起舞〈玉樹後庭花〉，張麗華舞罷，復拜請隋煬帝賦詩，於是發生了下面的故事：「帝辭以不能，麗華笑曰：『嘗聞「此處不留儂，會有留儂處」，安可言不能？』帝強為之操觚，曰：『見面無多事，聞名爾許時。坐來生百媚，實個好相知。』麗華奉詩，赧然不懌。後主問帝：『龍舟之遊樂乎？始謂殿下致治在堯舜之上，今日復此逸遊，大抵人生各圖快樂，曩將何見罪之深耶？三十六封書，至今使人怏怏不悅。』帝忽悟，叱之云：『何今日尚目我為殿下，復以往事譏我耶？』隨叱聲恍然不見。」文人編造同是亡國之君的陳叔寶與楊廣夢中相遇，意在總結天下興亡的一般規律，從而又被詩人發揮想像，接續二人地下相遇時的尷尬局面，自有回味無窮的魅力。曾棨這首七律以頷聯與頸聯最為自然入妙，諷刺意味偏以溫柔敦厚之語出之，增強了藝術感染力。尾聯化用唐韋莊〈臺城〉詩意，借鑑中亦不乏創新。〈臺城〉云：「江雨霏霏江草齊，六朝如夢鳥空啼。無情最是臺城柳，依舊煙籠十里堤。」一則「多情」，一則「無情」，實則全屬擬人手法，是主觀情懷投射於客觀景物的反映。

寄林屋老師

沐　昂

【題　解】這首七絕詩以詩代簡，別有情調。林屋老師，生平不詳，當是黔寧王府的清客一流人物。

【作　者】沐昂（西元一三七九—一四四五年），字景高，黔寧王沐英第三子，沐晟弟，鳳陽定遠人，以都指揮同知代晟鎮雲南，累遷至右都督。思任發叛，昂征剿之，遂平。治軍號令嚴明，夷人嚮服。卒贈定邊伯，謚武襄。有《素軒集》十二卷。《明史》卷一二六有傳。清錢謙益《列朝詩集小傳》乙集〈沐定邊昂〉有云：「昂，字景顒，黔寧昭靖王之子，定遠忠敬王之弟。」清王士禛《香祖筆記》卷一一盛讚歷代武人能詩者，有謂：「如宋之劉涇、賀鑄、韓蘄王世忠，明之沐昂、俞大猷、李言恭、萬表、陳第輩，不可枚舉。孰謂兜鍪之流，只解道『明月赤團團』也。」清朱彝尊《靜志居詩話》卷六〈沐昂〉引楊士奇序沐昂所編之《滄海遺珠集》「惟沐公所擇，和平婉麗，可玩可傳」語，而謂「其賞識若此」。陳田《明詩紀事》乙籤卷一五選沐昂詩一首。

他鄉此日君思我，我在滇城❶卻憶君。兩地相望千里外，惟將書札
報慇懃❷。

【注　釋】❶滇城　當謂明代雲南府治所昆明縣（今雲南昆明）。❷慇懃　情意懇切。

【語　譯】此日君在他鄉思念我，我在滇城也在懷念君。兩地相隔有千里之遙，只有用書信傳達懇切的情意。

【研　析】這首詩詞義淺顯易懂，的確顯示出武人本色。首二句雖以白話入詩，卻意味深長，令人回味無窮。舒展選編《錢鍾書論學文選》第二卷〈相思飛翔而造詩境〉：「己思人，乃想人亦思己；己視人，適見人亦視己；此地想異地之思此地，近日想他日之憶今日。詩文中寫這種往復回旋的思緒，時空交織，別饒情味。」唐韓愈〈與孟東野書〉所謂「以吾心之思足下，知足下懸懸於吾也」，這種表現手法，被明代一位赳赳武夫恰到好處地借鑑了過來，樸實中亦見巧思。南朝梁曹景宗也是一位武夫，據《南史》卷五五〈曹景宗傳〉記述，曹景宗破魏而歸，梁武帝於華光殿宴飲聯句，令沈約安排詩韻，每人各拈不同之韻，至曹景宗，韻已用盡，唯餘「競」、「病」二字，很難入詩，不料曹景宗操筆立成一詩：「去時兒女悲，歸來笳鼓競，借問行路人，何如霍去病。」武帝及群臣驚歎不已。北齊高昂也是一員猛將，其〈征行詩〉：「壟種千口羊，泉連百壺酒。朝圍山獵，夜夜迎新婦。」遣詞措意皆樸野村鄙，境界不高，然而寫實中也不乏淋漓盡致的瀟灑之態，武夫嘴臉如見。

武人寫詩也有千古膾炙人口者，那首著名的〈敕勒歌〉：「敕勒川，陰山下。天似穹廬，籠蓋四野。天蒼蒼，野茫茫，風吹草低見牛羊。」據說原詩為鮮卑語，譯成漢語，就成了長短句，但那渾雄之氣概，絕非文人所能道。至於南宋的岳飛，更是武人中的佼佼者，其〈滿江紅〉一詞是否為其所作，多有爭議，姑且不論，但其傳世的十三首詩，也的確不亞於同時代的文人之作，

如〈游嵬石山寺〉：「嵬石山前寺，林泉勝景幽。紫金諸佛相，白雪老僧頭。潭小寒生月，松風夜帶秋。我來屬龍語，為雨濟民憂。」另一首〈題青泥市蕭寺壁〉：「雄氣堂堂貫牛斗，誓將直節報君讎。斬除頑惡還車駕，不問登壇萬戶侯。」明代的抗倭英雄戚繼光是一位儒將，亦能詩。歷史上能詩的武人，不僅令後人茶餘飯後多了不少談資，也令中國文學史鮮活生動了許多。

王昭君

江　源

【題　解】這首七絕詩為詠史之作。王昭君，即王嬙（生卒年不詳），字昭君，晉人避司馬昭諱，始稱明君，後人或稱其「明妃」。西漢南郡秭歸（今屬湖北）人。本為漢元帝宮人，自願請行，入匈奴和親，嫁呼韓邪單于，號寧胡閼氏。後世文人對此事多有吟詠，角度不同，看法各異，構成一道奇特的文化風景線。這首詩也道出了詩人自己的觀點，由情切入，耐人尋味。

【作　者】江源（生卒年不詳），字一原，號桂軒，番禺（今屬廣州）人。成化五年（西元一四六九年）進士，授上饒知縣，遷戶部主事，歷郎中，以忤權貴出為江西按察僉事，綜理屯田水利，燭奸刷弊，不動聲色。擢四川副使，乞休歸。卒年七十二歲。著有《桂軒藁》十卷。光緒《廣州府志》卷一一八有傳。其集鮮見著錄，實則其詩自然清新，頗有可觀。

玉顏❶無分住天家❷，愁倚西風望翠華❸。萬里龍沙❹休恨遠，長門

宮❺裡即天涯。

【注　釋】❶玉顏　形容美女的容貌。戰國楚宋玉〈神女賦〉：「貌豐盈以莊姝兮，苞溫潤之玉顏。」❷天家　古代對天子的稱謂。漢蔡邕《獨斷》：「天家，百官小吏之所稱。天子無外，以天下為家，故稱天家。」❸翠華　天子儀仗中以翠羽為飾的旗幟或車蓋，這裡即為御車或帝王的代稱。❹龍沙　泛指塞外漠北邊塞之地。❺長門宮　漢代宮殿名，漢武帝的陳皇后（即阿嬌）因妬失寵，別居長門宮，不得見武帝，愁悶悲思，據說她曾用千金收買司馬相如為其作賦，以回漢武帝之心。宋辛棄疾〈摸魚兒〉：「長門事，準擬佳期又誤。蛾眉曾有人妒。千金縱買相如賦，脈脈此情誰訴。」

【語　譯】美女無緣分得近帝王，在西風中憂愁瞻望御駕來往。不要怨恨到萬里遠的荒漠，咫尺天涯是長門宮中阿嬌的悵惘。

【研　析】歷代文人似乎對於王昭君出塞這一歷史事件情有獨鍾，從西晉石崇〈王明君〉一詩算起，一直到今天，仍有人不斷吟詠此題。詩家多以古人酒杯澆自己心中塊壘，或以悲怨淒涼立意，或從個人遭際著眼；或譏諷帝王的寡情少恩，或咒罵畫工的居心不良；或直言無隱，哀嘆國勢的不振；或機鋒側出，寫下一段翻案文字。「如何一段琵琶曲，青草離離詠不休」（元虞集〈昭君出塞圖〉），縱觀封建時代的眾多吟詠王昭君之作，王安石的〈明妃曲二首〉算得上這類題材作品中的佼佼者了。其詩的警句如「意態由來畫不成，當時枉殺毛延壽」，「君不見咫尺長門閉阿嬌，人生失意無南北」，江源此詩二十八字，亦頗耐人尋味，顯然一本所舉王安石詩之後兩句。

宋孔平仲也有〈王昭君〉一詩，稱其「不堪坐守寂寞苦，遂願將身嫁胡虜」，這與史書中自願

請行的記載相符，但其詩最後以這樣的四句結束：「嬋娟去去陰山道，幾日風沙貌枯槁。千秋萬古恨無窮，墳上春風無寸草。」就有些煞風景了。清王士禛《香祖筆記》卷一有云：「高季迪，明三百年詩人之冠冕，然其〈明妃曲〉云『君王莫殺毛延壽，留畫商巖夢裡賢』，此三家村學究語。」已故著名文史家啟功也寫有〈昭君辭二首〉（見《啟功韻語》卷二），其詩前有序，直探人心之隱，堪稱精當之論：「古籍載昭君之事頗可疑，宮女在宮中，呼之即來，何須先觀畫像？即使數逾三千，列隊旅進，臥而閱之，一目足以了然。於既淫且懶之漢元帝，並非難事。而臨行忽悔，遷怒畫師，自當別有其故。按俚語云『自己文章，他人妻妾』，謂世人最常矜慕者也。昭君臨行所以生漢帝之奇慕者，為其已為單于之婦耳。詠昭君者，群推歐陽永叔、王介甫之作。然歐云『耳目所及尚如此，萬里安能制夷狄』，此老生常談也。王云『漢恩自淺胡自深，人生樂在相知心』，此激憤之語也。余所云『初號單于婦，頓成傾國妍』，則探本之義也。論貴誅心，不計人譏我『自己文章』。」此論語言幽默，文筆精練，發人深省，是筆者所見論昭君一事之最淋漓盡致者，特錄下與讀者諸君共賞。

石灰吟

于謙

【題 解】這首七絕詩以詠物明志。石灰，即由石灰石煅燒而成的白色硬塊，可廣泛用於軍事、建築等。明宋應星《天工開物・石灰》：「凡石灰，經火焚煉為用。成質之後，入水永劫不壞。」

這首詩從石灰之煅燒過程悟出人生的真諦，屬於真性情的流露。

【作　者】于謙（西元一三九八—一四五七年），字廷益，號節庵，錢塘（今浙江杭州）人。永樂十九年（西元一四二一年）進士，歷官山西道御史、兵部左侍郎。土木之變，明英宗被蒙古瓦剌首領也先所俘，于謙力排南遷之議，擁立景泰帝，守衛京師，遷兵部尚書。迫也先議和，英宗得歸。英宗復辟，被冤殺。弘治二年（西元一四八九年），贈太傅，謚肅愍，萬曆中，改謚忠肅。著有《于忠肅集》十三卷。《明史》卷一七〇有傳，有贊云：「于謙為巡撫時，聲績表著，卓然負經世之才。及時遘艱虞，繕兵固圉。景帝既推心置腹，謙亦憂國忘家，身繫安危，志存宗社，厥功偉矣。變起奪門，禍機猝發，徐、石之徒出力而擠之死，當時莫不稱冤。」清錢謙益《列朝詩集小傳》乙集〈于少保謙〉云：「公少英異，過目成誦，文如雲行水湧，詩頃刻千言，格調不甚高，而奕奕俊爽。」清朱彝尊《靜志居詩話》卷六「于謙」云：「少保社稷之臣，其詩特多秀句……皆意態自然，不煩雕琢。」《四庫全書總目提要》卷一七〇著錄《于忠肅集》十三卷，有云：「謙遭逢厄運，獨抱孤忠，憂國忘家，計安宗社。其大節炳垂竹帛，本不藉文字以傳。然集所載奏疏，明白洞達，切中事機，較史傳首尾完整，尤足覘其經世之略。至其詩風格遒上，興象深遠，雖志存開濟，未嘗於吟詠求工，而品格乃轉出文士上，亦足見其才之無施不可矣。」陳田《明詩紀事》乙籤卷一一選于謙詩五首，有按語云：「忠肅絕句，極有風致。」

千錘萬擊出深山❶，烈火焚燒若等閒❷。粉骨碎身❸全不怕，要留清白在人間。

【注　釋】❶千錘萬擊出深山　謂石灰石礦的開採過程。❷烈火焚燒若等閒　謂石灰的煅燒過程。等閒，平常。❸粉骨碎身　或作「粉身碎骨」。

【語　譯】從深山中千錘萬擊開採出，經烈火煅燒也視若平常。粉身碎骨全然毫無懼色，就是要人間留下清白的榜樣。

【研　析】這首七絕一向流傳極廣，但並不見於其傳世的《于忠肅集》，這與作者被冤殺的悲慘經歷有關，在家產籍沒的混亂中，作品散佚也是難以避免的事情。所幸這首膾炙人口的詩篇得以流傳，除人們緬懷這位為保衛北京城鞠躬盡瘁的忠義之臣外，百姓嚮往廉潔的世風以及企盼清官的心態也是重要因素。有關此詩的作者，另有一說。明王世貞《弇山堂別集》卷二三引《西樵野記》云：「李都憲守三邊，嘗題〈石灰詩〉云：『千槌萬鑿出名山，烈焰光中走一番。粉骨碎身都不怕，只留青白在人間。』後以邊境猖獗，挺出，因裂其屍焉。今人仰其節義，誠詩讖也。」王世貞又加按語云：「他小說載其詩，語類于肅愍，特小異耳。國朝無守邊李都憲出戰而死於虜者，惟正德中才襄愍公寬以輕敵死虜，然不聞有詩。此必因肅愍而誤傳者也。」肯定了于謙對此詩的著作權。于謙還有一首七律〈詠煤炭〉：「鑿開混沌得烏金，藏蓄陽和意最深。爝火燃回春浩浩，洪爐照破夜沉沉。鼎彝元賴生成力，鐵石猶存死後心。但願蒼生俱飽暖，不辭辛苦出山林。」與此詩對讀，更可見作者一片坦蕩胸懷可對天日。元末明初王冕有一首〈墨梅〉：「我家洗硯池邊樹，朵朵花開淡墨痕。不要人誇顏色好，只留清氣滿乾坤。」此詩與于謙這首〈石灰吟〉也有異曲同工之妙。「一身正氣，兩袖清風」，曾是封建時代某些正直文人士大夫的終生追求，因為這些

人對於歷史總有一種敬畏感，他們對於青史留名的憧憬，遠大於對蠅營狗苟的現實利益的追逐，堪稱是中國人的脊梁！

村舍桃花

于謙

【題解】這首七絕也是以詠物見志。村舍，即農家房舍。宋陸游〈步至今村〉：「荒堤經雨多牛跡，村舍無人有椎聲。」這首詩即為讀者展示了這樣一幅農家景象，含蓄中充滿了對於生活的幾許希望。

野水❶縈紆❷石徑斜❸，蓽門蓬戶❹兩三家。短牆不解遮春意，露出緋桃❺半樹花。

【注釋】❶野水　野外的水流。唐韓愈〈宿神龜招李二十八馮十七〉：「荒山野水照斜暉，啄雪寒鴉趁始飛。」❷縈紆　盤旋環繞。❸石徑斜　語本唐杜牧〈山行〉：「遠上寒山石徑斜，白雲生處有人家。」❹蓽門蓬戶　用竹荊編織或用蓬草編成的門戶，謂房屋簡陋破舊。❺緋桃　即桃花。唐唐彥謙〈緋桃〉：「短牆荒圃四無鄰，烈火緋桃照地春。」

【語譯】環繞的野水與歪斜的石徑，旁有簡陋破舊的農舍兩三家。短牆不知道遮蔽春天的腳步，

顯露出緋桃半樹花。

【研　析】在古人心目中，桃花或杏花與農家似乎有不解之緣。唐崔護〈題都城南莊〉：「去年今日此門中，人面桃花相映紅。人面不知何處在，桃花依舊笑春風。」用「人面」與「桃花」兩重意象，記錄了作者在都城郊外的一次農舍豔遇。宋戴復古〈淮村兵後〉：「小桃無主自開花，煙草茫茫帶曉鴉。幾處敗垣圍故井，向來一一是人家。」兵燹之餘，仍是「無主自開」的桃花，在悲涼中透露了一絲渺茫的期望。于謙這首〈村舍桃花〉後兩句，也用桃花昭示出貧窮生活中的某種企盼，富於韻味。唐吳融〈杏花〉：「獨照影時臨水畔，最含情處出牆頭。」這位詩人對於「紅杏出牆」似有偏愛，他在另一首〈途中見杏花〉中首聯即云：「一枝紅豔出牆頭，牆外行人正獨愁。」宋代的歐陽修〈玉樓春〉：「鶯啼宴席似留人，花出牆頭如有意。」宋王安石〈獨臥〉：「百囀黃鸝看不見，海棠無數出牆頭。」宋惠洪〈浣溪沙．妙高墨梅〉：「誰家院落近滄洲，一枝閒暇出牆頭。」宋汪莘〈浣溪沙〉：「一曲清溪繞舍流，數間茅屋正宜秋，芙蓉灼灼出牆頭。」宋陸游〈馬上行〉：「平橋小陌雨初收，淡日穿雲翠靄浮。楊柳不遮春色斷，一枝紅杏出牆頭。」宋葉紹翁〈遊園不值〉：「應憐屐齒印蒼苔，小扣柴扉久不開。春色滿園關不住，一枝紅杏出牆來。」宋張良臣〈偶題〉：「誰家池館靜蕭蕭，斜依朱門不敢敲。一段好春藏不盡，粉牆斜露杏花梢。」這一系列的花事出牆的吟詠，是否有遞相承襲關係，不得而知，但具有藝術敏感度的詩人善於捕捉生活中有感染力的細節，則是英雄所見略同的表現。讀于謙這首詩，亦當作如是觀。

觀書

于謙

【題解】這首七律盡言讀書之樂趣，自有文人高自位置的意識在，但細味之，個人精神家園的建構，不正是觀書解悟的過程嗎？觀書就是讀書，「讀書破萬卷，下筆如有神」，詩聖杜甫在其〈奉贈韋左丞丈二十二韻〉詩中如是說。宋代陸游〈冬夜讀書示子聿〉一詩有云：「紙上得來終覺淺，絕知此事要躬行。」所以古人做學問又有「讀萬卷書，行萬里路」之說。

書卷多情似故人❶，晨昏憂樂每相親❷。眼前直下三行字❸，胸次全無一點塵❹。活水源流隨處滿❺，東風花柳逐時新❻。金鞍玉勒尋芳客❼，未信我廬別有春❽。

【注釋】❶似故人　唐羅隱〈詠月〉：「來年違別成何事，半夜相看似故人。」❷每相親　謂經常相互親近。唐錢起〈過張成侍御宅〉：「丞相幕中題鳳人，文章心事每相親。」❸眼前直下三行字　形容閱讀的速度極快，與古人「一目十行」說近似，《梁書》卷四〈簡文帝紀〉：「讀書十行俱下。」宋劉克莊〈雜記六言詩〉其二：「五更三點待漏，一目十行讀書。」❹胸次全無一點塵　謂心胸開闊純淨。宋姚勉〈沁園春・壽趙倅〉：「掌金擎露，胸次全無一點塵。」❺活水源流隨處滿　謂讀書學習方可令學問不斷充實，開闊視野。語本宋朱熹〈觀

書有感〉其一：「半畝方塘一鑑開，天光雲影共徘徊。問渠那得清如許？為有源頭活水來。」❻東風花柳逐時新 謂讀書如春回大地、景物更新，有與日俱進的提高。宋朱熹〈春日〉：「勝日尋芳泗水濱，無邊光景一時新。等閒識得東風面，萬紫千紅總是春。」❼金鞍玉勒尋芳客 謂不讀書只知遊樂的貴遊子弟。金鞍玉勒，以馬具的華美襯托駕馭者的身分高貴。尋芳客，遊賞美景者。❽未信我廬別有春 謂不知我在室中讀書的樂趣。我廬，我的屋舍。晉陶淵明〈讀山海經〉其一：「眾鳥欣有託，吾亦愛吾廬。」別有春，比喻讀書之趣，別有洞天。

【語 譯】書卷就像老朋友一樣多情多義，全天憂樂都寄託在相互親密。一目三行的暢快閱讀，令心胸開闊無比。如有活水源頭，學問不斷充實，如春風催生花柳，知識日新月異。那金鞍玉勒尋賞美景的貴遊子弟，怎知我室中讀書的樂趣。

【研 析】古代文人多視讀書為樂事，清初人金聖歎說：「雪夜閉門讀禁書，不亦快哉！」那自然是一種讀書的境界，屬於極「聰明」人的作法，以「修身齊家治國平天下」為己任的讀書人則完全沒有那份閒情逸致。一心只讀聖賢書，日久天長當然乏味，但若能深入其中，也可獲得美國心理學家馬斯洛所揭示的「高峰體驗」。孔子曾「夫子自道」：「發憤忘食，樂以忘憂，不知老之將至。」（《論語・述而》）這說的當然是讀書學習。其實讀書恰如「尋芳客」一樣，是一種癖好，所謂「知之者不如好之者，好之者不如樂之者」（《論語・雍也》），某種愛好若達到一定的境界，就會忘記周圍的存在，直至忘記自我，天地與我合一。晉陶淵明〈五柳先生傳〉自謂：「好讀書，不求甚解，每有會意，便欣然忘食。」這種境界，只有專心致志、全神貫注，方可於不自覺中跨入這道門檻，是人類一種情志的昇華，也就是高峰體驗的到來。

北齊顏之推有《顏氏家訓》一書，其〈勉學〉篇有云：「若能常保數百卷書，千載終不為小人也。」又說：「夫學者猶種樹也，春玩其華，秋登其實。講論文章，春華也；修身利行，秋實也。」這些議論樸實中大有深意，很有價值。有人曾以無學者貴至公侯卿相，而與那些「學備古今，才兼文武，身無祿位，妻子饑寒者，不可勝數」為對比，對於「貴學」提出疑問，顏之推從人生命運的窮達入手，指出「不得以有學之貧賤，比於無學之富貴」，只強調兩者的不可比性，稍嫌勉強，但從勸學角度看，的確是千古名言。讀書與功利目的有時並不同一，宋黃庭堅〈戲呈孔毅父〉有云「管城子無食肉相，孔方兄有絕交書」，管城子即代表筆，孔方兄是錢，如此議論，調侃中帶有憤激之意。只有將讀書作為一種最高精神需求，構建詩意的棲居地，方有「書卷多情似故人」的從容，方有「我盧別有春」的自信，讀于謙此詩，自不可草草放過。

詠史二首(選其二)

丘　濬

【題　解】這首七絕是有關秦始皇因焚書等暴政，導致其不二傳而覆亡的詠史詩。詠史詩即以詩的形式評價歷史，以翻出新意、獨具隻眼為高。

【作　者】丘濬(西元一四二一－一四九五年，或謂西元一四一八－一四九五年)，字仲深，號深庵、玉峰、瓊山，別號海山老人，瓊山(今屬海南)人。景泰五年(西元一四五四年)進士，選庶吉士，授編修，歷官國子監祭酒、禮部侍郎、禮部尚書兼文淵閣大學士，卒官。贈太傅，謚文莊。著有《重編瓊臺會稿》二十四卷。《明史》卷一八一有傳，有云：「濬廉介，所居邸第極湫隘，四

十年不易。性嗜學，既老，右目失明，猶披覽不輟。」清錢謙益《列朝詩集小傳》丙集〈丘少保濬〉有云：「公博極群書，尤熟國家典故，平生作詩幾萬首，口占信筆，不經持擇，亦多緣手散去。今所存《瓊臺集》，尚千餘首。」清朱彝尊《靜志居詩話》卷七〈丘濬〉云：「文莊於詩不事鍛鍊，而矩度自合。」《四庫全書總目提要》卷一七〇著錄丘濬《重編瓊臺會稿》二十四卷，謂其：「記誦淹洽，冠絕一時。故其文章爾雅，終勝於游談無根者流。在有明一代，亦不得不置諸作者之列焉。」陳田《明詩紀事》乙籤卷一九選丘濬詩五首。

萬人叢裏擊龍車❶，說道民愚卻不愚❷。編簡總成煨燼末❸？圯橋猶有未燒書❹。

【注釋】❶萬人叢裏擊龍車　謂秦世張良請力士在博浪沙刺殺秦始皇事。據《史記》卷五五〈留侯世家〉：「良嘗學禮淮陽，東見倉海君，得力士，為鐵椎重百二十斤。秦皇帝東游，良與客狙擊秦皇帝博浪沙中，誤中副車。秦皇帝大怒，大索天下，求賊甚急，為張良故也。良乃更名姓，亡匿下邳。」龍車，《藝文類聚》卷七一引漢應劭《漢儀》：「天子法駕，所乘曰金根車，駕六龍。」後因以龍車指天子的車駕。❷說道民愚卻不愚　漢賈誼〈過秦論〉：「於是廢先王之道，焚百家之言，以愚黔首。墮名城，殺豪俊，收天下之兵，聚之咸陽，銷鋒鑄鐻，以為金人十二，以弱天下之民。」秦稱平民百姓為黔首。《史記》卷六〈秦始皇本紀〉：「二十六年……更民名曰黔首。」唐杜牧〈過驪山作〉：「黔首不愚爾益愚，千里函關囚獨夫。」❸編簡總成煨燼末　追問秦始皇焚書的效果如何。據《史記》卷六〈秦始皇本紀〉，丞相李斯曾向秦始皇進言：「臣請史官非秦記皆燒

之。非博士官所職，天下敢有藏《詩》、《書》、百家語者，悉詣守、尉雜燒之。有敢偶語《詩》、《書》者棄市。以古非今者族。吏見知不舉者與同罪。令下三十日不燒，黥為城旦。所不去者，醫藥卜筮種樹之書。若欲有學法令，以吏為師。」結果導致秦始皇的焚書暴政。編簡，書籍；史冊。煨燼，即灰燼，燃燒後的殘餘物。❹圯橋猶有未燒書　據《史記》卷五五〈留侯世家〉載，張良曾遊下邳橋上，遇一老父（黃石公），張良為之取履，老父與張良相約見面，凡三往，終於取得老父信任，就送張良一編《太公兵法》，並對張良說：「讀此則為王者師矣。」此後張良輔佐劉邦逐鹿中原，建立了漢朝。圯，橋。此詩之末二句或作：「天下簡編焚毀盡，圯橋依舊有遺書。」

【語　譯】狙擊萬人簇擁中的秦始皇，愚民政策卻獲適得其反之效。所焚之書難道都成了灰燼？那橋上老父的兵書就未燒掉。

【研　析】秦始皇焚書坑儒的暴政，引來後世文人士大夫的諸多批評，以詩的形式加以譴責鞭撻，更是指不勝屈。丘濬〈詠史〉共兩首，其一有云：「奇貨暗居南國楚，長城苦備北邊胡。秦人本意愚黔首，畢竟誰知是自愚。」將兩首詩聯繫起來看，取意略同，其措語則皆不事雕琢，以自然平淡為宗旨，道出了統治者為家天下傳之永久，喪心病狂破壞文化卻欲益反損，終為天下人恥笑。同題材的七絕詩，如唐章碣有一首〈焚書坑〉云：「竹帛煙銷帝業虛，關河空鎖祖龍居。坑灰未冷山東亂，劉項元來不讀書。」千百年來膾炙人口，每為文人所津津樂道。秦始皇焚書坑儒，原想用愚民之法消弭人民的反抗心理，使秦家王朝江山永固。不料崤函以東陳勝、吳廣揭竿而起後，劉邦、項羽亦中原逐鹿，反抗暴秦的浪潮，席捲全國，終於推翻了短命的秦王朝統治。劉邦與項羽兩人都不是讀書人，秦始皇焚書坑儒顯然終歸於無用，章碣詩反諷意味甚濃，理趣綿長，引人

深思。

宋蕭澥〈讀秦記〉云：「築了連雲萬里城，春風弦管醉中聽。淒涼六籍寒灰裡，宿得咸陽火一星。」宋蕭立之〈詠秦〉云：「燔經初意欲民愚，民果俱愚國未墟。無奈有人愚不得，夜思黃石讀兵書。」元陳孚〈博浪沙〉云：「一擊車中膽氣豪，祖龍社稷已堪憂。如何十二金人外，猶有人間鐵未銷。」這些七絕皆立意精警，或嘲諷，或警示，都有認識價值。丘濬之後，袁宏道〈經下邳〉云：「諸儒坑盡一身餘，始覺秦家網目疏。枉把六經灰火底，橋邊猶有未燒書。」明末清初的陳恭尹〈讀秦紀〉云：「謗聲易弭怨難除，秦法雖嚴亦堪疏。夜半橋邊呼孺子，人間猶有未燒書。」兩詩末句與丘濬〈詠史〉其二的末句類似，或有借鑑之痕跡。明方孝孺〈深慮論〉有云：「慮天下者，常圖其所難，而忽其所易，備其所可畏，而遺其所不疑。然而禍常發於所忽之中，而亂長起於不足疑之事。」上所列舉同一題材的七絕，正可印證方孝孺的這一番議論。秦之速亡，在於其暴虐苛刻、鉗制言論的獨裁統治，所謂官逼民反，民不得不反是也。

代父送人之新安

陸娟

【題解】這是一首代父陸德蘊所作的七絕送行詩。清錢謙益《列朝詩集小傳》乙集〈陸布衣德蘊〉：「德蘊，字潤玉，雲間人，隱居北郭。好古博學，攻吟詠。相城沈恆吉招致家塾，教其子，即白石翁也。潤玉有女，能詩，以女貞著。」新安，治今安徽黃山市休寧，或云此處泛指源出今安徽休寧、祁門境內至浙江的新安江流域一帶地區。

【作　者】陸娟（西元一四三六年前後在世），松江（今屬上海市）人。清錢謙益《列朝詩集小傳》閏集〈陸德蘊女娟〉云：「陸娟，雲間陸德蘊潤玉之女也。潤玉有高行，為沈啟南之師。有女能詩，後歸馬龍。」清沈德潛《明詩別裁集》卷一二選陸娟〈代父送人之新安〉詩一首，名下注云：「陸德蘊女，馬龍妻。」

津亭❶楊柳碧毿毿❷，人立東風❸酒半酣。萬點落花❹舟一葉，載將春色過江南❺。

【注　釋】❶津亭　古代建於渡口旁的亭子。唐王勃〈江亭夜月送別〉其一：「津亭秋月夜，誰見泣離群？」❷毿毿　垂拂紛披的樣子。❸人立東風　宋張先〈慶春澤〉：「人獨立東風，滿衣輕絮。還記憶江南，如今天氣。」❹萬點落花　宋謝逸〈醉桃源〉：「風飄萬點落花飛，殘紅枝上稀。」❺江南　指今江蘇、安徽兩省的南部和浙江一帶。

【語　譯】津亭邊楊柳碧綠紛披搖曳，人在春風中站立，酒剛半醉。落花片片送走扁舟一葉，負載過江南是一片春色。

【研　析】錢謙益《列朝詩集》乙集於陸娟之父〈陸布衣德蘊〉下亦收此詩，題作〈送人還新安〉。清朱彝尊《明詩綜》卷八四於陸娟名下收此詩，題作〈代父送人還新安〉。陳田《明詩紀事》乙籤卷一三於吳鎮名下收此詩，也題作〈送人還新安〉。著作權問題尚有爭議，我們權作陸娟之作。

嚴格而言，這首七絕不算是完全的創作，借鑑前人之處，皆有跡可尋。錢謙益《列朝詩集》閏集錄有陳言〈送陳三亦入越用韋莊韻〉一詩云：「野花藤蔓亂毿毿，送別旗亭酒半酣。十丈畫船如畫閣，載將春色到江南。」是書〈陳山人言〉小傳云：「言，字于庭，莆田人。以布衣老於家。專工集句，每有贈送唱酬，先問集何句、用何體，取諸腹笥，不待簡閱。」按，唐韋莊〈古離別〉：「晴煙漠漠柳毿毿，不那離情酒半酣。更把馬鞭雲外指，斷腸春色在江南。」陳言詩即摭拾韋莊此詩而來。春色有形，但無質感，正與離愁別恨近似。宋鄭文寶〈柳枝詞〉：「亭亭畫舸繫春潭，直到行人酒半酣。不管煙波與風雨，載將離恨過江南。」與韋莊詩也有一定淵源關係。以有形之舟船負載無形之離愁，賦予人類精神活動以質感，化虛為實，增強了文學表現力與感染力。

宋蘇軾〈虞美人〉：「無情汴水自東流，只載一船離恨向西州。」據傳是送別秦觀之作。宋賀鑄〈綠頭鴨〉：「住蘭舟、載將離恨，轉南浦、背西曛。」宋周邦彥〈尉遲杯・離恨〉：「無情畫舸，都不管、煙波隔南浦。等行人、醉擁重衾，載將離恨歸去。」宋李清照〈武陵春〉：「只恐雙溪舴艋舟，載不動許多愁。」宋陳與義〈虞美人・大光祖席醉中賦長短句〉：「滿載一船離恨，向衡州。」宋辛棄疾〈水調歌頭〉：「明夜扁舟去，和月載離愁。」元張可久〈雙調折桂令・西陵送別〉：「畫船兒載不起離愁，人到西陵，恨滿東州。」元貫雲石〈雙調清江引・惜別〉：「江聲攪暮濤，樹影留殘照，蘭舟把愁都載了。」作為負載離愁的工具，舟船也可以置換為車馬，效果相同，宋石孝友〈木蘭花〉：「春愁離恨重於山，不信馬兒馱得動。」金董解元《西廂記諸宮調》卷六：「休問離愁輕重，向個馬兒上馱也馱不動。」元王實甫《西廂記》四本三折：「四

圍山色中，一鞭殘照裡。遍人間煩惱填胸臆，量這些大小車兒如何載得起？」可見這一表現手法，古人多喜運用，在今天的文學創作中，也有值得借鑑之處。

桃源圖

沈周

【題解】這首七絕詩寫民間生活之艱難，諷刺意味甚濃。桃源，即「桃花源」的省稱。晉陶淵明作〈桃花源記〉，謂有漁人從桃花源入一山洞，遇到秦時避亂者的後裔居住其間，「土地平曠，屋舍儼然。有良田、美池、桑竹之屬。阡陌交通，雞犬相聞。其中往來種作，男女衣著悉如外人。黃髮垂髫，並怡然自樂。」漁人出洞歸，後再往尋找，遂迷不復得路。後遂用以指避世隱居的地方，亦指理想的境地。唐李白〈古風〉其一五：「一往桃花源，千春隔流水。」

【作者】沈周（西元一四二七—一五〇九年），字啟南，號石田，晚號白石翁，長洲（今江蘇蘇州）人。終生隱居不仕，工畫，與唐寅、文徵明、仇英並稱明四家。著有《石田先生詩鈔》八卷。《明史》卷二九八〈隱逸〉有傳，謂其：「書無所不覽。文摹左氏，詩擬白居易、蘇軾、陸游，字仿黃庭堅，並為世所愛重。尤工於畫，評者謂為明世第一。」清錢謙益《列朝詩集小傳》丙集〈石田先生沈周〉有云：「石田之詩，才情風發，天真爛漫，舒寫性情，牢籠物態。少壯模仿唐人，間擬長吉，分刌比度，守而未化；已而悔其少作，舉焚棄之，而出入於少陵、香山、眉山、劍南之間，踔厲頓挫，沉鬱老蒼，文章之老境盡，而作者之能事畢。」清朱彝尊《靜志居詩話》卷九〈沈周〉云：「石田詩不專仿一家，中、晚唐，南、北宋靡所不學，每於平衍中露新警語。

人既貞，不絕俗，詩亦變而成方，惟七言律詩差少全璧。」《四庫全書總目提要》卷一七〇著錄沈周《石田詩選》十卷，內云：「詩亦揮灑淋漓，自寫天趣，蓋不以字句取工。徒以棲心丘壑，名利兩忘。風月往還，煙雲供養，其胸次本無塵累。故所作亦不琱不琢，自然拔俗，寄興於町畦之外，可以意會而不可加之以繩削。其於詩也，亦可謂教外別傳矣。」陳田《明詩紀事》丁籤卷一一上選沈周詩三十六首，有按語云：「詩則不受拘束，吐詞天拔而頹然自放，俚詞諺言亦時攔入，然其奇警之處，亦非拘拘繩墨者所能夢見也。」

啼饑女兒正連村❶，況有催租夜打門❷。一夜老夫❸眠不得，起來尋紙畫桃源。

【注釋】❶連村　謂整村人家之兒童。唐司空圖〈獨望〉：「綠樹連村暗，黃花出陌稀。」❷況有催租夜打門　宋葛立方《韻語春秋》卷二：「詩之有思，卒然遇之而莫遏，有物敗之則失之矣……小說載謝無逸問潘大臨云：『近日曾作詩否？』潘云：『秋來日日是詩思。昨日捉筆得「滿城風雨近重陽」之句，忽催租人至，令人意敗，輒以此一句奉寄。』亦可見思難而敗易也。」催租，即催交租稅。❸老夫　年老男子的自稱。《禮記・曲禮上》：「大夫七十而致事……適四方，乘安車，自稱曰老夫。」

【語譯】兒童饑餓的啼哭整村都能聽見，何況夜有催租人敲門更令人心顫。我整宿睡不著覺，起來找尋紙筆畫一幅世外桃源。

【研析】現實的苦難無法逃避，索性到想像的世界去尋覓理想，畫餅充饑固然屬於鏡花水月，但

求得一時心安理得的安慰，哪怕瞬間即逝，也聊勝於無。沈周是一位著名的畫家，隱居不仕，其代價就是終生須過平民百姓並無政治保障的生活，這也使他有了廣泛接觸了解民間疾苦的機會，因而他學習唐人杜甫的憂時憫俗之作，就非隔岸觀火，也非無病呻吟，而是身歷其間，與平頭百姓同甘共苦。這種生活經驗無疑令他的文學創作有了現實的基礎。

自從陶淵明〈桃花源記〉問世以後，桃花源就成了古代文人烏托邦式幻想的源泉，唐杜甫〈春日江村五首〉其一：「茅屋還堪賦，桃源自可尋。艱難賤生理，飄泊到如今。」然而在〈不寐〉一詩中，杜甫又說：「多壘滿山谷，桃源無處求。」桃花源縹緲難尋，僅可作為一種理想存世，「尋紙畫桃源」之舉，固然也非人人可行，但出於畫家之口，就隱然有一種震撼的力量存在。對於現實的無望與無奈，源於生活的無助感，如此具有反諷意味的藝術表現，要比呼天搶地抒發情感更耐人尋味。這首七絕的結句言有盡而意無窮，從而使全詩獲得感人至深的藝術魅力，堪稱畫龍點睛之筆。沈周另有一首古風〈桃源圖〉云：「君不見姬周寬仁天下歸，又不見嬴秦猛德天下離。秦人避秦秦不知，人既移家秦亦移。移家去，桃源住，萬樹桃花塞行路。楚人吹起咸陽炬，何曾燒著桃源樹。老翁尚記未焚書，諸孫盡種無租地。自衣自食自年年，擾無官府似神仙。一時落賺漁郎眼，猶怪為圖與世傳。」若與此七絕〈桃源圖〉對照而讀，也有無限趣味。

題畫三首（選其三）

沈　周

【題解】這首七絕詩是其眾多題畫之作中的一首，體現了詩言志、畫亦言志的風格。沈周是丹青

妙手，又是詩歌作手，同唐代的王維一樣，堪稱「詩中有畫，畫中有詩」。

綠陰如水❶逼人清❷，隔葉黃鸝❸坐久鳴。一個樹根非八座❹，白頭箕踞❺有誰爭？

【注釋】❶綠陰如水　謂樹蔭濃密。元沈夢麟〈隱翠巢〉：「白日臥雲蝸室冷，綠陰如水燕居涼。」沈周〈孫世節貌陋容請題〉：「綠陰如水微吟處，紫袷含風半暖時。」沈周〈畫梧竹〉：「畫了梧枝又竹枝，綠陰如水墨淋漓。」❷逼人清　宋李綱〈過苦竹嶺二首〉其二：「山光隨地好，秋氣逼人清。」宋王廷珪〈波光亭〉：「夜久光凝收綠淨，冷涵星漢逼人清。」宋樓鑰〈荊坑道中〉：「懸崖當步險，空翠逼人清。」❸隔葉黃鸝　唐杜甫〈蜀相〉：「映階碧草自春色，隔葉黃鸝空好音。」❹八座　封建時代中央政府的八種高級官員。歷代所指不同。東漢以六曹尚書并令、僕射為「八座」，三國魏、南朝宋、齊以五曹尚書、二僕射、一令為「八座」，隋唐以六尚書、左右僕射及令為「八座」。這裡謂高官的位置。❺箕踞　一種輕慢隨意、不拘禮節的坐姿。即隨意張開兩腿坐著，形似簸箕。《莊子・至樂》：「莊子妻死，惠子弔之，莊子則方箕踞鼓盆而歌。」成玄英疏：「箕踞者，垂兩腳如簸箕形也。」

【語譯】綠樹陰如水瀰漫，身披者滌蕩清冷，久坐聽密葉間黃鸝的鳴叫聲。樹木之根不是高官的座位，有誰能與箕踞在上的白頭老翁相爭？

【研析】這組〈題畫〉其一：「草房仍著薜蘿遮，地拗林深獨一家。只道春風吹不到，門前依舊

有梅花。」其二：「碧樹清溪春日長，棋枰酒案好商量。東風似與人爭座，早送飛花占石床。」三首七絕可以聯繫起來閱讀，一位白頭隱士笑傲江湖的形態就躍然紙上了。顯然這位不汲汲於名利的隱者就是作者自身的寫照，輕鬆幽默中袒露出作者恬淡處世、隨遇而安的胸懷，這與沈周的人生價值取向同一，並非言不由衷的自我標榜，因而全詩著墨無多卻形神兼備，是其畫意的最佳詮釋。

作者善於撰寫題畫類詩，各體皆擅長。如六言〈題畫〉云：「人尋靜處深住，屋向林中小營。開眼窗下數枚雛燕，門前一個流鶯。」七律〈題畫〉云：「嫩黃楊柳未藏鴉，隔岸紅桃半著花。開闌干接平楚，夾洲亭館跂長沙。悠悠魚泳知人樂，故故鷗飛照鬢華。如此風光真入畫，自然吾亦愛吾家。」五古〈題畫〉云：「層岑交亂雲，歷歷映群樹。雲山互相依，青白媚朝暮。下有土著者，靜居氣鬱聚。修松蔭高宇，細草被紆路。幽深疑世違，時復通杖履。鳴禽值客來，語歇客還去。天機發所樂，漠然非人故。」另有五絕〈題畫〉云：「我愛碧江淨，輕舟點破秋。西風捎鬢腳，直得不梳頭。」這種不受拘束的詩風，顯然與晉人陶淵明有一定的淵源關係，至少在逍遙田園、吾愛吾廬的情趣上，兩人有著相當一致的追求！

竹禽圖為胡君賦

吳寬

【題解】這是一首題畫七絕，圖畫內容是暮雨中竹與啼叫的子規。胡君，生平不詳。

【作　者】吳寬（西元一四三五－一五〇四年），字原博，號匏庵，長洲（今江蘇蘇州）人。成化八年（西元一四七二年）一甲第一名進士。授翰林修撰，遷左庶子，進禮部尚書。卒贈太子太保，諡文定。工書法，擅詩，著有《匏翁家藏集》七十七卷。《明史》卷一八四有傳，有云：「寬行履高潔，不為激矯，而自守以正。於書無不讀，詩文有典則，兼工書法。」清錢謙益《列朝詩集小傳》丙集〈吳尚書寬〉謂「其詩深厚濃郁，自成一家」。《四庫全書總目提要》卷一七一著錄吳寬《家藏集》七十七卷，有云：「寬學有根柢，為當時館閣巨手。平生學宗蘇氏，字法亦酷肖東坡，縑素流傳，賞鑑家至今藏弆。詩文亦和平恬雅，有鳴鸞佩玉之風。」陳田《明詩紀事》丙籤卷三選吳寬詩三十一首，有按語云：「匏翁詩體擅臺閣之華，氣含川澤之秀，沖情逸致，雅制清裁。是時西涯而外，當首屈一指。」

江南煙雨❶竹枝低，一個子規❷枝上啼。日暮不須啼更急，行人初到秣陵西❸。

【注　釋】❶江南煙雨　宋蘇軾〈贈王寂〉：「記取江南煙雨裡，青山斷處是吾家。」江南，指今江蘇、安徽兩省的南部和浙江一帶。❷子規　杜鵑鳥的別名，又稱杜宇，傳說為蜀帝杜宇的魂魄所化，常夜間啼叫，聲音淒切，古人多借之以抒悲苦哀怨之情。《埤雅．釋鳥》：「杜鵑，一名子規。」唐李白〈蜀道難〉：「又聞子規啼夜月，愁空山。」唐杜甫〈子規〉：「兩邊山木合，終日子規啼。」❸秣陵西　唐韋莊〈解維〉：「又解征帆落照中，暮程還過秣陵東。二年辛苦煙波裡，贏得風姿似釣翁。」唐趙嘏〈送裴延翰下第歸覲滁州〉：「失

意何曾恨解攜，問安歸去秣陵西。」秣陵，即今江蘇南京的別稱，《藝文類聚》卷一〇引孫盛《晉陽秋》曰：「秦始皇時，望氣者言，五百年後金陵之地有天子氣，於是改金陵曰秣陵。」

【語譯】竹枝在江南煙雨中低垂，一隻杜鵑鳥在枝上悲啼。不要在暮色中啼聲急苦，行人已到達秣陵以西。

【研析】竹禽圖，亡國天子宋徽宗多有佳作，《宣和畫譜》有關記載甚詳。元初趙孟頫也有同題材繪畫作品，元沈夢麟「松雪竹禽圖」即為趙孟頫所畫而題：「煙消淇澳綠霏霏，石上琅玕紫鳳飛。一段幽情誰寫得，山禽閑理翠毛衣。」韻味十足。這首題畫詩第一二句乃概括畫中內容，無非在煙雨中的低垂竹枝上棲息著一隻杜鵑；後兩句則是溢出畫面之外的想像之語，作者似乎聽到了畫中杜鵑聲聲的淒苦啼叫，從而為在煙雨連綿中的舟船行旅擔憂，偏偏卻又出以從容之語，彷彿客子在日將暮時已然臨近或到達了目的地。

問題是詩中「秣陵」何來？這絕非畫面所能表現或暗示出來的。顯然，作者是在化用唐韋莊〈解維〉之詩意，如注釋中所引者，原詩「暮程還過秣陵東」，此詩則以「行人初到秣陵西」為辭，韻腳所限而外，是作者又連續化用了唐趙嘏詩意，仍然是行旅艱辛困苦起了兩者的紐帶作用。從分析中可見作者腹笥甚厚，吟詩胸有成竹，故爾左右逢源。吳寬詩集中多有題畫詩作，措語平易中不乏言有盡而意無窮的情趣，可見作者深於此道。其〈修竹仕女圖兩首〉其一云：「曾讀杜甫佳人篇，佳人今向畫圖傳。練裙縞袂春風裡，不減花神並水仙。」其二：「牽蘿補屋居空谷，日暮依然倚修竹。只隔西鄰短短牆，楊花榆莢紛相逐。」〈墨牡丹〉云：「素衣依舊染緇塵，京洛相

逢已暮春。偶憶沉香亭北事，惱人偏是畫中真。」〈倪雲林墨竹〉云：「古來畫法即書法，時從用墨窺良工。雲林胸次本高潔，墨氣自與為人同。扁舟日暮過甫里，竹梢落紙含清風。想應停筆悵然久，詩思遙逐天隨翁。」詩風瀟灑自如，用事信手拈來，富於臺閣氣象。

新豐行

李東陽

【題　解】這首擬古樂府詩為詠史之作。作者有《擬古樂府》二卷，皆以三字為題，借書寫故典，發抒情懷。新豐，西元前一九七年漢高祖劉邦改秦驪邑縣而設，故址在今陝西臨潼東北陰盤城。但據傳說，新豐乃劉邦為取悅其父太上皇而改建，《西京雜記》卷二云：「太上皇徙長安，居深宮，悽愴不樂。高祖竊因左右問其故，以平生所好，皆屠販少年，酤酒賣餅，鬥雞蹴鞠，以此為歡，今皆無此，故以不樂。高祖乃作新豐，移諸故人實之，太上皇乃悅。」又云：「高帝既作新豐，並移舊社，衢巷棟宇，物色惟舊。士女老幼，相攜路首，各知其室。放犬羊雞鴨於通途，亦競識其家。其匠人胡寬所營也。移者皆悅其似而德之，故競加賞贈，月餘致累百金。」

【作　者】李東陽（西元一四四七—一五一六年），字賓之，號西涯，湖廣茶陵（今屬湖南株洲）人，寄籍京師（今北京）。天順八年（西元一四六四年）進士，選庶吉士，授編修，歷官侍講學士、東宮講官、禮部右侍郎兼文淵閣大學士，參預機務，進太子少保、禮部尚書，以老疾乞休，卒贈太師，謚文正。著有《懷麓堂全集》一百卷，今人有整理本《李東陽集》、《李東陽續集》，嶽麓書社分別於西元一九八五年、一九九七年出版。《明史》卷一八一有傳，謂其：「為文典雅流麗，朝

廷大著作多出其手。工篆隸書，碑版篇翰流播四裔。獎成後進，推挽才彥，學士大夫出其門者，悉粲然有所成就。自明興以來，宰臣以文章領袖縉紳者，楊士奇後，東陽而已。立朝五十年，清節不渝。」清錢謙益《列朝詩集小傳》丙集〈李少師東陽〉有云：「西涯之詩，原本少陵、隨州、香山，以迨宋之眉山、元之道園，兼綜而互出之。其詩有少陵，有隨州、香山，有眉山、道園，而其為西涯者自在。」清朱彝尊《靜志居詩話》卷八〈李東陽〉有云：「文正宏獎群英，立追正始，由其天材穎異，長短豐約，高下疾徐，滔滔莽莽，惟意所如……若其擬古樂府，因人命題，緣事立意，別裁機杼，方之楊廉夫、李季和輩，似遠勝之。」《四庫全書總目提要》卷一七〇著錄《懷麓堂全集》一百卷，有云：「東陽依阿劉瑾，人品事業，均無足深論，其文章則究為明代一大宗。」陳田《明詩紀事》丙籤卷一選李東陽詩二十首，有按語云：「西涯宏才碩學，汲引風流，播之聲詩，洵足領袖一時，惟相業差有可議耳。」

長安❶風土❷殊不惡，太公❸但念東歸樂❹。漢皇❺真有縮地功❻，能
使新豐❼為故豐❽。人民不異山川同❾，公不思歸樂關中❿。漢家四海⓫
一太公，俎上之對何匆匆，當時幸不亨若翁⓬。

【注　釋】❶長安　漢高祖七年（西元前二〇〇年）改秦離宮所立都城，漢惠帝三年（西元前一九二年）更築長安城。故城在今陝西西安西北。❷風土　泛指風俗習慣和地理環境。《後漢書》卷三一〈張堪傳〉：「帝嘗召見諸郡計吏，問其風土及前後守令能否。」❸太公　古代稱父或尊稱他人之父，這裡謂劉邦的父親。《史記》卷

八〈高祖本紀〉：「高祖五日一朝太公，如家人父子禮。」

❹東歸樂　謂回歸故鄉。《史記》卷七〈項羽本紀〉：「人或說項王曰：『關中阻山河四塞，地肥饒，可都以霸。』項王見秦宮皆以燒殘破，又心懷思欲東歸，曰：『富貴不歸故鄉，如衣繡夜行，誰知之者！』說者曰：『人言楚人沐猴而冠耳，果然。』項王聞之，烹說者。」這裡顯然以項羽失敗作為反襯，凸顯劉邦有得天下的大志。

❺漢皇　謂漢高祖劉邦（西元前二五六－前一九五年），字季，秦末沛縣豐邑（今屬江蘇徐州）人，初為泗水亭長，秦二世元年（西元前二〇九年）起兵於沛，號沛公，與項羽分兵入關破秦，為漢中王，最終打敗項羽，即帝位於氾水之陽，國號漢，在位十二年。

❻縮地功　傳說中能夠化遠為近的神仙術。晉葛洪《神仙傳・壺公》：「費長房有神術，能縮地脈，千里存在，目前宛然，放之復舒如舊也。」這裡即指劉邦改建新豐事。

❼新豐　《史記》卷八〈高祖本紀〉：「（高祖十年）七月，太上皇崩櫟陽宮。楚王、梁王皆來送葬。赦櫟陽囚。更命酈邑曰新豐。」《漢書》卷二八〈地理上〉：「新豐，驪山在南，故驪戎國，秦曰驪邑，高祖七年置。」兩書所記有三年之差異，且前者謂改新豐在太公卒後，與傳說不同。

❽故豐　謂劉邦故鄉沛縣豐邑，劉邦即帝位後改稱豐縣，屬沛郡，今屬江蘇徐州。

❾人民不異山川同　作者自注：杜子美詩：「我行山川異，但逢新人民。」按，唐杜甫〈成都府〉有云：「我行山川異，忽在天一方。但逢新人民，未卜見故鄉。」此處即化用杜甫詩意。

❿關中　古代泛指函谷關以西戰國末之秦國故地。《史記》裴駰《集解》釋關中，引徐廣曰：「東函谷，南武關，西散關，北蕭關。」

⓫四海　謂天下，全國各處。《史記》卷八〈高祖本紀〉：「大王起微細，誅暴逆，平定四海，有功者輒裂地而封為王侯。」

⓬俎上之對何匆匆二句　據《史記》卷七〈項羽本紀〉，劉邦與項羽兩軍相持於廣武數月：「項王患之。為高俎，置太公其上，告漢王曰：『今不急下，吾烹太公。』漢王曰：『吾與項羽俱北面受命懷王，曰約為兄弟，吾翁即若翁，必欲烹而翁，則幸分我一杯羹。』項王怒，欲殺之。項伯曰：『天下事未可知，且為天下者不顧家，雖殺之無益，只益禍耳。』項王從之。」俎，切肉用的砧板。若，你。

【語　譯】長安風俗環境真是宜人，太公卻只想回歸故鄉。漢皇帝彷彿有縮地的本領，能夠將故鄉搬來名喚新豐的地方。這裡的山川百姓全與故鄉一樣，太公樂於將關中視為家鄉。劉邦擁有天下卻只有一位老父親，項羽當年幸虧沒有殺死太公，否則「一杯羹」的應對何其匆忙。

【研　析】劉邦從社會下層奮起，提三尺劍定天下，建立漢朝，固然是一代豪傑，但建國以後大殺功臣，對讀書人又不大恭敬，終於引來後世文人的不少挖苦、調侃與不屑。《晉書》卷四九〈阮籍傳〉記述阮籍：「嘗登廣武，觀楚、漢戰處，歎曰：『時無英雄，使豎子成名！』」那一份輕蔑溢於言表。宋張方平〈題中陽里高祖廟〉云：「縱酒疏狂不治生，中陽有土倚兄耕。晚遭亂世成功業，更向公前與仲爭。」另一首〈過沛題歌風臺〉云：「落托劉郎做帝歸，樽前感慨大風詩。淮陰反接英彭族，更欲多求猛士為？」據《史記》卷八〈高祖本紀〉：「未央宮成。高祖大朝諸侯群臣，置酒未央前殿。高祖奉玉卮，起為太上皇壽，曰：『始大人常以臣無賴，不能治產業，不如仲力。今某之業所就孰與仲多？』殿上群臣皆呼萬歲，大笑為樂。」此即為〈題中陽里高祖廟〉一詩的本事。至於〈過沛題歌風臺〉，顯然是因劉邦那首著名的〈大風歌〉而發：「大風起兮雲飛揚，威加海內兮歸故鄉，安得猛士兮守四方。」另據《史記》卷七〈項羽本紀〉，一次劉邦被項羽打敗，倉惶逃跑：「漢王道逢得孝惠、魯元，乃載行。楚騎追漢王，漢王急，推墮孝惠、魯元車下，滕公常下收載之。如是者三。曰：『雖急不可以驅，奈何棄之？』於是遂得脫。」虎毒不食子，劉邦對其子女，急迫中竟然也如此無情！

這首被作者歸為「擬古樂府」一類的詩歌，也屬於調侃劉邦之作，前六句言劉邦改建新豐、

以孝娛親的舉動，終於博得太公的歡心；但後三句筆鋒一轉，又提起「一杯羹」的舊事，將這位漢高祖的虛偽面目暴露無遺。然而劉邦如此作為，是否也是一種策略？宋徐夢莘《三朝北盟會編》卷一〇五載抗金名將李綱於建炎元年（西元一一二七年）進諫宋高宗不宜與金人媾和之言有云：「夫為天下者不顧其親，顧其親而忘天下之大計者，此匹夫之孝也。昔漢高祖與項羽戰於滎陽、成皋間，太公為羽軍所得，其危屢矣，高祖不顧，其戰彌勵，羽不敢害，而卒歸太公。然則不顧而戰者，乃所以歸太公之術也。」如此看來，政客多詐，劉邦事，也自不能以常理論之。然而無論如何，關鍵時刻，棄子拋父總不是正人君子的行為。這首詩的諷刺意義也正在此！文淵閣《四庫全書》本《懷麓堂集》卷一引潘辰評此詩云：「句意渾古，無一字不合作，結更有力。」

三字獄

李東陽

【題解】這首擬古樂府也是一首詠史之作。三字獄，謂以「莫須有」三字定讞，即宋高宗與其相秦檜謀害岳飛的冤獄。據《宋史》卷三六五〈岳飛傳〉記述，宋高宗與秦檜欲與金人媾和，必欲殺害岳飛，於是無中生有興起大獄：「獄之將上也，韓世忠不平，詣檜詰其實，檜曰：『飛子雲與張憲書雖不明，其事體莫須有。』世忠曰：『「莫須有」三字，何以服天下？』時洪皓在金國中，蠟書馳奏，以為金人所畏服者惟飛，至以父呼之，諸酋聞其死，酌酒相賀。」

朋黨謫，天下惜。惜不惜，貶李迪❶。三字獄，天下服。服不服，
殺武穆❷。奸臣❸敗國不畏天，區區物論❹真無權❺。崖州❻一死差快意，
遺恨施郎❼馬前刺。

【注釋】❶朋黨謫四句　謂宋仁宗朝李迪因與丁謂不和等因素，終以朋黨罪名被從相位貶謫左遷一事。《宋史》卷三一〇〈李迪傳〉：「仁宗即位，太后預政，貶（寇）準雷州，以迪朋黨傅會，貶衡州團練副使。（丁）謂使人迫之，或諷謂曰：『迪若貶死，公如士論何？』謂曰：『異日諸生記事，不過曰「天下惜之」而已。』」李迪，字復古（西元九七一－一〇四七年），濮州鄄城（今山東鄄城北）人。宋真宗景德二年（西元一〇〇五年）進士第一，歷官陝西都轉運使、給事中、參知政事，旋繼寇準為相，因與同僚丁謂不和，被排斥，出知鄆州。宋仁宗初立，劉太后聽政，再遭貶衡州團練副使，宋仁宗親政後，復相，尋罷出，歷知數州，以太子太傅致仕。❷三字獄四句　參見本詩「題解」。武穆，即岳飛（西元一一〇三－一一四二年），字鵬舉，宋相州湯陰（今屬河南安陽）人。宋孝宗時追謚武穆。參見本書所選高啟〈岳王墓〉詩「題解」。❸奸臣　這裡謂丁謂與秦檜等人。丁謂（西元九六六－一〇三七年），字謂之，後改字公言，長洲（今江蘇蘇州）人。宋太宗淳化三年（西元九九二年）進士，歷官三司使、樞密直學士、同中書門下平章事、昭文館大學士，封晉國公。機敏有智謀，通曉詩、畫、音律，宋仁宗朝，因其交通宦官及前後欺罔諸事，貶崖州司戶參軍。徙雷州、道州，明道中（西元一〇三二－一〇三三年），授秘書監致仕，居光州。《宋史》卷二八三有傳。秦檜（西元一〇九〇－一一五五年），字會之，江寧（今江蘇南京）人。宋徽宗政和五年（西元一一一五年）進士，歷官御史中丞，後被金人所俘，自言逃歸，任參知政事，旋拜相，與宋高宗共主和議，向金稱臣納幣。屢興大獄，排除異己，深受高宗寵信。卒贈

申王，謚忠獻。開禧二年（西元一二〇六年），追奪王爵，改謚繆醜。《宋史》卷四七三有傳。❹物論　眾人的議論；輿論。❺權　威勢。❻崖州　治所在寧遠縣（今廣東崖縣西北崖城鎮）。❼施郎　即施全，為殿司小校，以刺殺秦檜不中，被殺。《宋史》卷四七三〈奸臣傳〉：「（紹興）二十年正月，檜趨朝，殿司小校施全刺檜不中，磔於市。」宋李心傳《建炎以來繫年要錄》卷一六一記述此事云：「丁亥，太師尚書左僕射秦檜趨朝，有挾刀於道者，遮檜肩輿欲害之，傷行程官數人，一軍校奮而前，與之敵，眾奪其刃，遂擒送大理寺驗治，則殿前司後軍使臣施全也。自罷兵後，凡武臣陳乞差除恩賞，檜皆格之，積百千員，無一得者，客行朝，餓且死者歲不下數十。至是全以所給微而累眾，每牧馬及招軍，勞而有費，以此怨忿，遂潛挾刃伺檜出，乞用兵，因而鼓眾作過，若不從則害檜。壬辰，磔全於市。」清畢沅《續資治通鑑》卷一二八〈紹興二十年〉記：「春正月……丁亥，軍校施全劫秦檜於道，執得，詰之，曰：『舉國與金為仇，爾獨欲事金，我所以欲殺汝也！』壬辰，磔全於市。由是檜出，列兵五十，持長梃以自衛。」

【語　譯】以朋黨之罪貶李迪，管他書生議論惜不惜。以「莫須有」三字殺岳飛，管他天下服不服。奸臣誤國從來不畏天，區區輿論真是無威勢。丁謂若貶死崖州方差強人意，遺恨千古是施全未能成功的一刺。

【研　析】這首擬古樂府以丁謂誣陷李迪事為陪襯，重點在於為岳飛之被冤殺大鳴不平，對於奸佞當朝，陷害忠良，罔顧輿情，無法無天，也深致慨歎。詩之前半，三字一句的短促句式，令節奏快捷激昂，較準確地表達了作者的一腔憤懣之情。所謂「莫須有」，本是「或許有」的意思，屬於誣陷不實之辭。秦檜素稱狡詐，以模稜之辭回答同是戰功卓著的武將韓世忠，史家似乎極大低估了秦檜應對的智商。《宋史》的有關記載當採自宋李心傳《建炎以來繫年要錄》卷一四二所記述者，

似乎有確鑿根據，不容置疑。清人凌揚藻有〈必須有〉一詩，內有句云：「三字奇冤必須有，飛書夜半投圜牆，鬼泣神號怨繆醜。」題下自注有云：「岳鄂王之獄，諸書作『莫須有』，惟宋學士院《中興紀事本末》及徐自明《宰輔編年錄》作『必須有』。以二書於時為近，似得實而可據也。」實則岳飛之被害，若無宋高宗之後臺慫恿與支持，再有十個秦檜也將無能為力。李東陽詩中所謂「奸臣敗國不畏天」云云，並非誅心之論。

對於此事看得較為透徹的是清代的才子袁枚，他寫有〈謁岳王墓作十五絕句〉，其一云：「靈旗風卷陣雲涼，萬里長城一夜霜。天意小朝廷已定，那容公作郭汾陽。」其六云：「要盟結贊屢彎弓，翻錄和戎魏絳功。老住迷樓人不醒，趙家天子可憐蟲。」矛頭所向，直指南宋封建最高統治者宋高宗趙構。其七云：「小校桓桓道姓施，湧金門外有專祠。雄心似出將軍上，不斬金人斬太師。」對於施全行刺秦檜也給予了充分的肯定與讚揚。歷史事件入於文學作品，誇張想像自有其價值，也允許片面的「深刻」；但若中肯，則必須顧及全體，理清其間脈絡，方能一語中的，發人深省。文淵閣《四庫全書》本《懷麓堂集》卷二引潘辰評此詩云：「抉出鬼膽。」

風雨歎

李東陽

【題　解】這首七言古詩作於李東陽二十六歲時，時作者任翰林院編修，據其〈南行稿序〉：「成化壬辰歲二月，予得告歸茶陵，奉家君編修公以行。」李東陽這次告假陪同父親李淳南行歸里，在家鄉小住十八天，即經江西、浙江、江蘇，準備乘舟沿運河北返。這一年的農曆七月，作者於

北返途中到達吳江，適值颱風襲來，就寫下了這首詩。此詩原題下有注云「吳江縣舟中作」。吳江，在今江蘇最南部，西濱太湖，明代轄於蘇州府。

壬辰七月壬子日❶，大風東來吹海溢❷。崢嶸❸巨浪高比山，水底長鯨❹作人立。愁雲❺壓地濕不翻，六合❻慘淡迷乾坤❼。陰陽九道❽錯白黑❾，烏兔❿不敢東西奔。里人倉皇神⓫屢變，三十年前未曾見⓬。東村西舍喧呼遍，牒書⓭走報州與縣。山隳⓮谷洶豺虎嗥，萬木盡拔乘波濤。州沉島沒無年逃，頃刻性命輕鴻毛⓯。我方停舟在江皋⓰，披衣踞床夜復晝。忽掩青袍⓱涕沾袖，舉頭觀天恐天漏。此時憂國況⓲思家，不覺紅顏⓳坐⓴凋瘦。潼關以西兵氣多㉑，胡笳㉒吹塵㉓塵滿河。安得一洗空干戈㉔，不然獨破杜陵屋㉕，猶能不廢嘯與歌㉖。世間萬事不得意㉗，天寒歲暮空蹉跎㉘，嗚呼奈爾蒼生何㉙！

【注釋】❶壬辰七月壬子日　即明憲宗成化八年七月十七日（西元一四七二年八月二十一日）。❷海溢　即

海嘯。宋方勺《泊宅編》卷中：「政和丙申歲，杭州湯村海溢，壞居民田廬凡數十里。」❸崢嶸　形容波濤洶湧。唐王昌齡〈小敷谷龍潭祠作〉：「跳波沸崢嶸，深處不可挹。」宋歐陽修〈送楊先輩登第還家〉：「殘雪楚天寒料峭，春風淮水浪崢嶸。」❹長鯨　大鯨。古人認為海浪為海中大鯨所為。晉左思〈吳都賦〉：「長鯨吞航，修鯢吐浪。」唐李白〈有所思〉：「海寒多天風，白波連山倒蓬壺。長鯨噴湧不可涉，撫心茫茫淚如珠。」❺愁雲　謂色彩慘淡，望之易於引發愁思的煙雲。❻六合　天地四方。❼乾坤　這裡謂日月，唐杜甫〈登岳陽樓〉：「吳楚東南坼，乾坤日夜浮。」❽陰陽九道　古人謂日月運行的軌道。漢王充《論衡》卷一一〈說日〉：「日月有九道。」《新唐書》卷二七〈曆志下〉：「〈洪範傳〉云：『日有中道，月有九行。』中道，謂黃道也。九行者，青道二，出黃道東；朱道二，出黃道南；白道二，出黃道西；黑道二，出黃道北。」❾錯白黑　謂日月運行混亂。這是古人對災變的一種解釋。❿烏兔　謂太陽與月亮。古代神話傳說太陽中有三足烏，故以「烏」代指太陽。《山海經・大荒東經》：「一日方至，一日方出，皆載於烏。」郭璞注：「中有三足烏。」古代傳說月中有玉兔，故以「兔」代指月亮。唐杜甫〈月〉：「兔應疑鶴髮，蟾亦戀貂裘。」⓫神　謂神色。⓬三十年前未曾見　作者自注云「正統甲子年」，即明英宗正統九年（西元一四四四年），這一年南方、北方皆患水災，相距此次水患二十八年，「三十」舉其成數。《明史》卷一〇〈英宗前紀〉：「是年（正統九年），兩畿、山東、河南、浙江、湖廣大水，江河皆溢。」⓭牒書　謂書於簡牒（公文）。⓮豗　喧鬧。唐李白〈蜀道難〉：「飛湍瀑流爭喧豗，砯崖轉石萬壑雷。」王琦注引《韻會》：「豗，喧聲。」⓯輕鴻毛　語本漢司馬遷〈報任安書〉：「人固有一死，死有重於泰山，或輕於鴻毛，用之所趨異也。」⓰江皋　江岸。⓱青袍　這裡作者自謂居官品位較低。時作者任翰林院編修，秩正七品，雖屬清望官員，但品位不高。⓲況　更加。⓳紅顏　謂年紀尚輕的自己的紅潤臉色，時作者二十六歲，故稱。唐杜甫〈暮秋枉裴道州手札〉：「憶子初尉永嘉去，紅顏白面花映肉。」⓴坐　因而。㉑潼關以西兵氣多　謂蒙古殘餘勢力韃靼兵馬對甘肅、陝西等潼關以西地區的侵擾。《明史》卷一三〈憲宗一〉：「是年（成化八年），孛羅忽、乩加思蘭屢入安邊營、花馬池，犯固原、寧夏、平涼、臨鞏、

環慶，南至通渭。」潼關，古稱桃林之塞，東漢建安中於此建關，因潼水而名，明置潼關衛。在今陝西東部，地處晉、陝、豫三省交通要衝，歷來為兵家必爭之地。㉒胡笳　我國古代北方民族的管樂器，傳說由漢張騫從西域傳入，多用於軍中。㉓吹塵　語本唐杜甫〈湖城東遇孟雲卿，復歸劉顥宅宿宴，飲散因為醉歌〉：「疾風吹塵暗河縣，行子隔手不相見。」㉔安得一洗空干戈　語本唐杜甫〈洗兵馬〉：「安得壯士挽天河，淨洗甲兵長不用。」㉕不然獨破杜陵屋　語本唐杜甫〈茅屋為秋風所破歌〉：「安得廣廈千萬間，大庇天下寒士俱歡顏，風雨不動安如山。嗚呼何時眼前突兀見此屋，吾廬獨破受凍死亦足。」杜陵，謂杜甫。杜甫祖籍杜陵，他也曾在杜陵附近居住，故常自稱杜陵野老、杜陵野客、杜陵布衣。㉖嘯與歌　謂長嘯歌吟，屬文人雅士之舉。㉗世間萬事不得意　唐白居易〈急樂世〉：「秋思冬愁春恨望，大都不得意時多。」㉘天寒歲暮空蹉跎　謂遭遇到猶如當年杜甫一樣的水患情景。語本杜甫〈白鳧行〉：「故畦遺穗已蕩盡，天寒歲暮波濤中。」蹉跎，失意。㉙奈爾蒼生何　南朝宋劉義慶《世說新語・識鑒》：「王、謝相謂曰：『淵源不起，當如蒼生何？』深為憂歎。」蒼生，百姓。

【語　譯】成化八年七月十七日，颶風從東吹來引起海嘯。洶湧巨浪滾滾似山高，想是海底大鯨如人一樣直立捲起波濤。煙雲慘淡被海水沾濕已難翻滾，天地四方也迷失日月的軌道。三足烏與玉兔喪失往常的作息，世間一切都錯亂變異。鄉里人狼狽不堪驚慌失措，比起三十年前的水患真不值一提。家家戶戶一片叫嚷聲，災變公文快速從州縣上遞。波濤中飄浮著拔起的樹木，山谷轟響喧鬧虎嘯狼啼。生命已同鴻毛一錢不值，洲島沉沒無所逃避。我正在江岸邊停船避風，床間披衣夜以繼日。突然間淚水流淌將青袍雙袖沾濕，抬頭看天惟恐天漏無邊無際。這時憂國更加思念鄉里，不覺中瘦損年輕的容顏。潼關以西兵連禍結，胡笳聲中戰塵在關河彌漫。怎能使天河直洩淨

洗甲兵，即使如同杜甫我廬獨破也心甘情願，尚能不廢嘯歌在其間。人間萬事多難遂人心意，彷彿杜甫在天寒歲暮中的哀歎，唉！天下蒼生何時解除這苦難！

【研析】這首詩中所描寫的駭人景象，顯然是一次颱風災變的實錄，加之時值農曆月圓之後，月球與太陽的引潮力疊加，促發天文大潮，潮水倒灌又乘風勢，為害自倍於常時。颱風所帶來大範圍降水，導致江南大部分地區發生水患，後果嚴重。清夏燮《明通鑑》卷三二〈憲宗成化八年〉記云：「秋七月……是月，南畿大風雨，壞天地郊壇、孝陵廟宇；蘇、松、揚三府亦以水災告。浙江海溢，杭、紹、嘉、湖、寧五府各被水災，凡八郡，淪沒田禾，漂毀官民廬舍畜產無算，溺死二萬八千四百六十餘人。」詩人屬於少年得志的才俊，旅途中遇此災變，自然感慨萬端，所以寫風雨水患，繪聲繪色，極盡形容之能事，為這次歷史災變留下了一篇文學的實錄。

詩從第二十句以後，開始了憂國憂民的吟詠，他不僅為這次水患憂心忡忡，還為北方邊境的動亂深致不安，體現了一位具有深切憂患意識的文人士大夫的心胸。全詩有意學習唐代杜甫同情民間疾苦、關心百姓生活憂時憫亂的詩風，使事用典，化用杜詩，皆有跡象可尋。如詩倒數第二句「天寒歲暮空蹉跎」，完全是化用杜甫〈白梟行〉詩中「故畦遺穗已蕩盡，天寒歲暮波濤中」的詩句，用以隱喻這次災害的嚴重後果。如果找不到這一聯繫，就會頓生疑竇：明明災害發生於農曆七月間，何以又有「天寒歲暮」之歎？難道此詩為詩人數月之後所追憶而寫者？如上世紀九十年代中期上海出版的一個明詩注本解釋此句就說：「原詩題下注云：『吳江縣舟中作。』作詩時當已在歲暮。」而據李東陽〈南行稿序〉記述：「燕居十八日乃北返，以八月末入見於朝，蓋閱

七月而畢事。」顯然此詩並非「歲暮」所作。可見，欲完全讀懂古人詩歌，明曉有關用典或詞句出處是很有必要的。當然作者如此化用杜詩句意，也有其晦澀難通的地方，體現了青年詩人寫詩尚不夠成熟的缺陷，這也是今天我們鑑賞此詩應當明白的。

寄彭民望

李東陽

【題　解】這是一首寄贈友人的七律。彭民望，即彭澤（生卒年不詳），字民望，攸縣（今屬湖南株洲）人。明景帝景泰七年（西元一四五六年）舉人，除應天通判，失意歸。能詩，有《老葵集》。陳田《明詩紀事》乙籤卷一九選其詩七首，引《沅湘耆舊集》云：「民望詩宗法甚正，涯翁稱其清而腴，簡而有餘，見之而可親，追之而不能及其所之。其傾倒如此。」又有按語云：「老葵風調遒上，七律尤推擅場，正統、景泰間不多見也。」

斫地哀歌❶興未闌❷，歸來長鋏尚須彈❸。秋風布褐❹衣猶短，夜雨
江湖夢亦寒❺。木葉下時❻驚歲晚，人情閱盡見交難❼。長安❽旅食淹留❾
地，慚愧先生苜蓿盤❿。

【注　釋】❶斫地哀歌　語本唐杜甫〈短歌行贈王郎司直〉：「王郎酒酣拔劍斫地歌莫哀，我能拔爾抑塞磊落

之奇才。」斫地，以劍砍地，表示憤激。❷闌　將盡。❸歸來長鋏尚須彈　謂彭民望衣食沒有保障。語本戰國齊孟嘗君與門客馮驩事。《史記》卷七五〈孟嘗君列傳〉：「初，馮驩聞孟嘗君好客，躡蹻而見之。孟嘗君曰：『先生遠辱，何以教文也？』馮驩曰：『聞君好士，以貧身歸於君。』孟嘗君置傳舍十日，孟嘗君問傳舍長曰：『客何所為？』答曰：『馮先生甚貧，猶有一劍耳，又蒯緱。彈其劍而歌曰「長鋏歸來乎，食無魚」。』孟嘗君遷之幸舍，食有魚矣。五日，又問傳舍長。答曰：『客復彈劍而歌曰「長鋏歸來乎，出無輿」。』孟嘗君遷之代舍，出入乘輿車矣。五日，孟嘗君復問傳舍長。舍長答曰：『先生又嘗彈劍而歌曰「長鋏歸來乎，無以為家」。』孟嘗君不悅。」馮驩，或作「馮諼」，見《戰國策》卷一一〈齊策四〉。❹布褐　粗布短衣，為古代平民裝束。❺夜雨江湖夢亦寒　宋黃庭堅〈寄黃幾復〉：「我居北海君南海，寄雁傳書謝不能。桃李春風一杯酒，江湖夜雨十年燈。持家但有四立壁，治病不蘄三折肱。想得讀書頭已白，隔村猿哭瘴溪藤。」❻木葉下時　謂深秋時節。戰國楚屈原《九歌・湘夫人》：「嫋嫋兮秋風，洞庭波兮木葉下。」❼人情閱盡見交難　《史記》卷一二〇〈汲鄭列傳〉：「始翟公為廷尉，賓客闐門；及廢，門外可設雀羅。翟公復為廷尉，賓客欲往，翟公乃大署其門曰：『一死一生，乃知交情。一貧一富，乃知交態。一貴一賤，交情乃見。』」唐杜甫〈送率府程錄事還鄉〉：「途窮見交態，世梗悲路澀。」❽長安　古都城名，漢、西晉、前趙、前秦、後秦、西魏、北周、隋、唐皆曾定都於此，即今陝西西安，唐以後詩文中常用作都城的通稱。這裡指明永樂以後之京師（今北京市）。❾淹留　羈留。❿苜蓿盤　謂盛裝簡陋食物的盤子。唐薛令之〈自悼〉：「朝日上團團，照見先生盤。盤中何所有，苜蓿長闌干。飯澀匙難綰，羹稀箸易寬。只可謀朝夕，何由保歲寒。」苜蓿，又稱懷風草、光風草、連枝草，一年或多年生豆科植物，可作飼料，亦可食用。

【語　譯】拔劍斫地哀歌一曲，興致未盡，衣食有憂須像馮驩彈劍有聲。秋風中粗布衣已嫌太短，夜雨中江湖入夢寒意頓生。樹葉飄落一年又將逝去，變幻無常最數世態人情。羈留京師這旅食之

地，慚愧這人生一世的清貧。

【研　析】自古人生遭際就有遇與不遇的分別，富貴者對於貧賤者當抱以同情之心。彭民望與李東陽有同鄉之誼，遭際卻大相徑庭。李東陽少年得志，又在京師為官，自屬於富貴中人；彭民望雖然中過舉人，但平生坎坷，只做過通判一類的小官，不得揚眉吐氣。但這並不妨礙兩人唱酬交往，此詩而外，李東陽尚有〈贈彭民望三首〉、〈再贈三首用前韻〉六詩，另有〈祭彭民望文〉一文，內云：「嗚呼老葵，而止於斯。生無以為存，而死無以為歸。有祿也，而家不得以為養；有家也，而身不得以為棲。」又說：「嗟今之交，如手翻覆；惟我與子，義則骨肉。」可見兩人之交並非泛泛者。

李東陽《懷麓堂詩話》一則云：「吾楚人多不好吟，故少師授。彭民望少為諸生，偏好獨解，得唐人家法。如〈淵明圖〉曰：『義熙人物羲皇上，典午山河甲子中。恨殺潯陽江上水，隨潮還過石頭東。』〈送人〉曰：『齊地青山連魯眾，彭城山色過淮稀。』〈幽花〉曰：『脈脈斜陽外，微風助斷腸。』〈桔槔亭〉曰：『春風滿畦水，不見野人勞。』皆佳句也。獨不自貴重，詩不存稿。予輯而藏之，僅百餘篇而已。惜哉！」另一則涉及此首詩云：「彭民望始見予詩，雖時有賞歎，似未犁然當其意。及失志歸湘，得予所寄詩曰：『斫地哀歌……』乃潸然淚下，為之悲歌數十遍不休，謂其子曰：『西涯所造，一至此乎？恨不得尊酒重論文耳。』蓋自是不閱歲而卒，傷哉！」這首七律對於友人的處境深表同情，音調悲涼，起承轉合，法度森嚴，非人生知己難以措辭，讀後令人有不勝唏噓之感。

西山十首（選其五）

李東陽

【題解】作者寫有十首七律吟詠秋日的西山，這首是其中的第五首。西山，北京西郊群山的總稱，西北接軍都山，包括百花山、靈山、妙峰山、香山、翠微山、盧師山、玉泉山等，是京郊的遊覽勝地。

長為尋幽❶愛遠行，更於幽處覺心清。祇園❷樹老知僧臘❸，石壁詩存見客名。望入樓臺皆罨畫❹，夢驚風雨是秋聲。人間亦有無生❺樂，化外❻虛傳舍衛城❼。

【注釋】❶尋幽　尋求幽勝。唐李商隱〈閒遊〉：「尋幽殊未極，得句總堪誇。」❷祇園　梵文的意譯，即「祇樹給孤獨園」的簡稱，屬於印度佛教聖地之一。相傳釋迦牟尼成道後，憍薩羅國的給孤獨長者用大量黃金購置舍衛城南祇陀太子園地，建築精舍，請釋迦說法。祇陀太子也奉獻了園內的樹木，故以二人名字命名。唐玄奘去印度時，祇園已毀。後用為佛寺的代稱。唐陳陶〈題豫章西山香城寺〉：「祇園樹老梵聲小，雪嶺花香燈影長。」❸僧臘　僧尼受戒後的年歲。唐韓翃〈題薦福寺衡嶽暕師房〉：「僧臘階前樹，禪心江上山。」❹罨畫　色彩鮮明的繪畫。明楊慎《丹鉛總錄・訂訛・罨畫》：「畫家有罨畫，雜彩色畫也。」多用以形容白然景

物或建築物等的豔麗多姿。唐元稹〈劉阮妻二首〉其二：「芙蓉脂肉綠雲鬟，罨畫樓臺青黛山。」唐秦韜玉〈送友人罷舉除南陵令〉：「花明驛路胭脂暖，山入江亭罨畫開。」❺無生　不生不滅的意思，意即世間一切皆生滅虛妄之相。無生者，謂無虛妄之生。既無有生，云何有滅？不生不滅，乃究竟實相也。也就是佛家涅槃的道理。宋歐陽修〈寄題沙溪寶錫院〉：「野僧獨得無生樂，終日焚香坐結跏。」❻化外　指政令教化所達不到的地方。這裡謂古代印度。❼舍衛城　古印度佛教勝地，傳為釋迦牟尼長年居留說法處。亦譯室羅伐、羅伐悉底；意譯為聞者、聞物、豐德、好道等。古印度拘薩羅國都城，在今印度北方邦北部，拉普底河南岸，佛教史上著名的祇園精舍所在地。據說拘薩羅國富商給孤獨（又名須達多，意為善授）長者用金錢鋪地的代價購得波斯匿太子祇陀在舍衛城南的花園，作為釋迦牟尼在舍衛國說法、駐留的場所。祇陀太子為這一舉動所感動，亦將園中的林木捐獻給釋迦牟尼，故亦稱「祇樹給孤獨園」。

【語　譯】尋求幽勝經常喜好遠行，在幽靜之地更覺心境幽清。佛寺老樹記錄了老僧出家歲月，石壁上的題詩有客人的署名。望中的樓臺如同色彩鮮明的圖畫，夢中風雨忽至那是西山秋聲。人世間自有佛家涅槃之理，不必慕名尋求到遠方的舍衛城。

【研　析】中國寺院中常懸有「便是西天」的匾額，所追求者無非是一種脫離塵世喧囂的內心寧靜。這首七律就是遊西山某座寺院中寫下的，首聯所謂「更於幽處覺心清」，正是作者暫離官場從而獲得內心自由的體驗。頷聯與頸聯書寫遊覽隨喜中的所見、所聞、所想與所感，平淡中透露出內心的喜悅之情。尾聯引入議論，總結全詩意旨。南朝宋劉義慶《世說新語・言語》：「會心處不必在遠，翳然林水，便自有濠濮間想也。」正可詮釋本詩意旨。

李東陽另有〈遊西山記〉一文，記述「成化庚寅四月之望，刑部郎中陸君孟昭與客十人遊之」

一事，〈遊西山記〉有云：「西山自太行聯亙起伏數百里，東入於海，而都城中受其朝。靈秀之所會，屹為層峰，匯為西湖。湖方十餘里，有山趾其涯曰甕山。」文中所謂「西湖」，即今天北京市頤和園中的昆明湖，甕山即此後清人所建之頤和園中的萬壽山。文中又云：「進士奚元啟預號於眾曰：『至一所，須一詩成，不者且有罰，罰依桃李園故事。』」從文中可知，作者這次西山之遊從功德寺開始，一天之內先後遊覽了玉泉山、香山、甕山，以當時的交通條件而論，行程頗顯緊張，但作者一行似乎遊興頗高，觀賞吟詩，沒有一人被「罰依桃李園故事」。成化庚寅為成化六年（西元一四七〇年），可知〈遊西山記〉所記者為這一年的四月十五日，而〈西山十首〉其一尾聯有云：「秋風忽散城頭雨，先為遊人一解顏。」其二首聯有云：「日照西山紫翠生，雨餘秋色更分明。」聯繫本詩頸聯對句「夢驚風雨是秋聲」，顯然這一組詩是秋天紀遊，時間當在撰寫〈遊西山記〉一文之後，但兩者是有聯繫的，將其詩與其文對照閱讀，可以更深刻地體會作者遊西山時的心態。

京都十景・薊門煙樹

李東陽

【題　解】這一組七律十首作於李東陽在京師任職翰林院編修時，時值春日。作者另有〈京都十景詩序〉一文，內云：「京都舊有八景。景有題曰瓊島春雲，曰太液晴波，曰西山霽雪，曰玉泉垂虹，曰盧溝曉月，曰薊門煙樹，曰金臺夕照，曰居庸疊翠，蓋即元所謂金臺八景者，頗更定之。永樂間，翰林諸臣皆有詩。英宗睿皇帝贈其二題，曰南囿秋風，曰東郊時雨。於是為景凡十，諸

翰林復皆有詩。詩凡若干首，為幾卷。」除後兩景外，前八景亦即清代乾隆以來京師著名的「燕京八景」。薊門煙樹，清人所傳故址在今北京市海淀區薊門橋以北學院路黃亭子元代土城遺址上，今存清代乾隆詩碑，碑陽有乾隆帝弘曆所書「薊門煙樹」四字。

薊門❶城外訪遺蹤，樹色煙光遠更重。飛雨過時青未了❷，落花殘處綠還濃。路迷南郭將三里❸，望斷西林有數峰❹。坐久不知遲日❺霽❻，隔溪❼僧寺午時鐘。

【注　釋】❶薊門　春秋戰國燕國的薊城當在今北京市廣安門一帶，元、明以來多將今北京市德勝門外西北隅之薊丘當作薊門舊址。明沈榜《宛署雜記》卷四〈古跡〉：「薊丘，在縣西德勝門外五里西北隅，即古薊門也。舊有樓臺並廢，止存二土阜，旁多林木，翳鬱蒼翠，為京師八景之一，名曰『薊門煙樹』。」明蔣一葵《長安客話》卷一〈古薊門〉：「今都城德勝門外有土城關，相傳是古薊門遺址，亦曰薊丘。」❷青未了　一望無盡的青色。語本唐杜甫〈望嶽〉：「岱宗夫如何，齊魯青未了。」❸路迷南郭將三里　明代薊門在北京城外以北三里許。南郭，這裡即指北京城，因其在薊門以南，故稱。❹數峰　謂北京西山一帶。❺遲日　謂春日，語本《詩經・豳風・七月》：「春日遲遲。」❻霽　雨止天晴。❼溪　當指元代大都城遺留的西北護城河，即今薊門橋外小月河。

【語　譯】城外尋訪到薊門煙樹的遺蹤，樹色蒼茫在煙光中漸遠漸重。霎時間飛雨澆濕一望無際的

青色，繁花殘落令綠色更濃。路徑迷失在京城以北三里的地方，向西望斷樹色外有連綿的山峰。久坐中不知春雨已停雲開日出，隔著溪水聽到寺院已敲響午時鐘。

【研　析】 唐初有一位名叫陳子昂的詩人，來到薊丘，寫下了一首傳誦千古的〈登幽州臺歌〉：「前不見古人，後不見來者。念天地之悠悠，獨愴然而涕下。」唐代的幽州臺在何處？是否就是戰國時期燕昭王招納賢士的黃金臺？如果是，故址當地處「燕京八景」之一的「金臺夕照」，而非這裡的「薊門煙樹」。此一問題儘管有爭議，論者至今莫衷一是，但大體的方位可確定不錯，都可算是今天北京市內曾經的歷史。

明蔣一葵《長安客話》卷一〈古薊門〉：「京師古薊地，以薊草多得名。武王封堯後於薊，至秦漢置薊縣，後魏於薊立燕郡，併此地。今人僉以薊州為薊，不知唐以前則漁陽郡也。」又引明金幼孜（西元一三六八—一四三一年）七律一首云：「野色蒼蒼接薊門，淡煙疏樹碧絪縕。過橋酒幔依稀見，附郭人家遠近分。翠雨落花隨處看，綠陰啼鳥坐來聞。玉京近日多佳氣，縹緲還看映五雲。」清代乾隆帝在「薊門煙樹」碑陰亦題七律一首：「十里輕楊煙靄浮，薊門指點認荒丘。青簾貰酒於何少，黃土埋人即漸稠。牽客未能留遠別，聽鸝誰解作清遊。梵鐘欲醒紅塵夢，斷續長飄雲外樓。」兩首七律，一首在李東陽生前所作，一首在李東陽身後撰寫，可見薊門景色數百年中並無多大變遷。近年由於城市建設的需要，昔日的郊外已成為四環路以內的城區，高樓林立，道路縱橫，當年西望一片樹色迷濛的景象早已一去不復返了，儘管「薊門煙樹」詩碑尚在，不過徒有其名而已。李東陽這首七律平白易懂，時間跨度為從早晨到午間，歷經一次春雨的洗禮，

至今讀來，舊日景象依稀，彷彿重現，這或許是此詩今天最重要的價值所在吧！

與錢太守諸公遊嶽麓寺四首席上作（選其三）

李東陽

【題解】這首七律與前選七古〈風雨歎〉作於同一年，即明憲宗成化八年（西元一四七二年），但具體時間則略早於〈風雨歎〉數月，乃其歸返故里掃墓時所作。錢太守，即錢澍（生卒年不詳），字民望，金壇（今屬江蘇）人。明英宗正統十三年（西元一四四八年）進士，歷官兵科、戶科給事中、長沙知府、遼東苑馬寺卿。嶽麓寺，即麓山寺，在今湖南長沙嶽麓山半腰，始建於晉泰始四年（西元二六八年），為長沙最早的佛寺，有「漢魏最初名勝，湖湘第一道場」之譽。作者此題詩共作四首，所選為第三首。清錢謙益《列朝詩集》丙集選此詩，題作〈遊嶽麓寺〉。

危峰高瞰楚江干❶，路在羊腸❷第幾盤。萬樹松杉雙徑合，四山風雨一僧寒。平沙淺草連天在❸，落日孤城❹隔水看。薊北湘南❺俱入眼，鷓鴣❻聲裡獨憑欄❼。

【注釋】❶楚江干　即湘江岸邊。湘、鄂在古代皆屬楚地，故稱湘江為楚江。❷羊腸　喻指狹窄曲折的小路。❸連天在　清沈德潛《明詩別裁集》卷三所選〈遊嶽麓寺〉詩作「連天遠」。❹落日孤城　語本唐杜甫〈秋興八

首〉其二：「夔府孤城落日斜，每依南斗望京華。」孤城，故長沙城，在湘江東岸。❺薊北湘南　謂京師與故鄉，屬詩人想像之辭。時作者任翰林院編修，這次請假還鄉，故兩地是作者所最牽掛者。❻鷓鴣　鳥名。形似雌雉，頭如鶉，胸前有白圓點，如珍珠。背毛有紫赤浪紋，足黃褐色，為中國南方留鳥。古人諧其鳴聲為「行不得也哥哥」，詩文中常用以表示思念故鄉。宋辛棄疾〈菩薩蠻・書江西造口壁〉：「青山遮不住，畢竟東流去。江晚正愁予，山深聞鷓鴣。」❼憑欄　身倚欄杆。唐崔塗〈上巳日永崇里言懷〉：「遊人過盡衡門掩，獨自憑欄到日斜。」

【語　譯】俯瞰湘江，嶽麓山峰高聳岸邊，崎嶇山路，向上不知幾個盤旋。夾路松杉繁密兩徑合而為一，四面山巒若風雨相逼，一僧獨立高寒。沙原淺草遼闊與天相連，落日中的長沙古城隔水可見。京師與故鄉念中彷彿就在眼底，鷓鴣聲裡獨自憑欄留連。

【研　析】作者與地方郡守一同遊覽嶽麓寺，時年二十六歲，以青年官居翰林編修，顯然氣盛於群僚，所以作詩也想出奇制勝，多造警句以求「語不驚人死不休」的效果。同題四詩，各有特色，其間造景或雕飾的痕跡宛然猶在。如其一頷聯：「岩間古剎依山轉，谷口晴雲滿樹來。」其二首聯：「路轉村回一掌平，水田沙樹繞溪行。」其四頸聯：「歸磴淺留芳草屐，離洲深繫木蘭橈。」本詩頷聯：「萬樹松杉雙徑合，四山風雨一僧寒。」頸聯：「平沙淺草連天在，落日孤城隔水看。」這些皆是詩人慘淡經營後的警句。從四詩中的有關描寫來看，當天並無風雨襲來的徵候，但「四山風雨一僧寒」又從何說起呢？這就屬於詩人因情而造景了。李東陽《懷麓堂詩話》有云：「風雨字最入詩，唐詩最妙者，曰『風雨時時龍一吟』，曰『江中風浪雨冥冥』，曰『筆落驚風雨』。它如『夜來風雨聲』，『洗天風雨幾時來』，『山雨欲來風滿樓』，『山頭日日風和雨』，『上界神仙隔風

雨』，未可縷數。宋詩惟『滿城風雨近重陽』為詩家所傳，餘不能記也。」又云：「詩中有僧，但取其幽寂雅澹，可以裝點景致；有仙，但取其瀟灑超脫，可以擺落塵滓。若言僧而泥於空幻，言仙而惑於怪誕，遂以為必不可無者，乃痴人前說夢耳。」《懷麓堂詩話》乃李東陽晚年所編訂者，應當說，以「風雨」入詩，以「僧」入詩，並非理論指導實踐的結果，恰恰相反，是詩人長期創作實踐中總結出來的經驗。這種經驗是因情而造景，並非寫實，但一經拈出，似乎又有無窮魅力，而作為所謂「詩眼」存在於詩中。文學是想像的產物，因情而造景屬於想像的範疇，只要合理，就無傷大雅。

虢國夫人早朝圖

李東陽

【題解】這首七絕是一首題畫詩。虢國夫人（西元？—七五六年），唐代楊貴妃的三姊，蒲州永樂（今山西芮城西南）人。戲謔放蕩，有美色，先隨父居於蜀地，後嫁裴氏。天寶七載（西元七四八年）唐玄宗封之為虢國夫人，與其姊韓國夫人、妹秦國夫人皆得玄宗寵遇，並賜第京師，出入宮禁。她恃寵專權，廣收賄賂，窮奢極欲，干預朝政，樹怨甚多。安史之亂中，隨玄宗逃蜀，馬嵬事變，楊貴妃被縊殺，她逃至陳倉（今陝西寶雞），為縣令所追捕，事蹙自殺。早朝，封建時代早上朝會或朝參。唐白居易〈長恨歌〉：「春宵苦短日高起，從此君王不早朝。」

掃罷蛾眉上馬遲❶，君王剛及退朝❷時。侍臣❸記得丁寧❹語，莫遣長生殿❺裡知。

【注釋】❶掃罷蛾眉上馬遲　宋樂史《楊太真外傳》卷上：「(唐玄宗)封大姨為韓國夫人，三姨為虢國夫人，八姨為秦國夫人。同日拜命，皆月給錢十萬，為脂粉之資。然虢國不施妝粉，自衒美豔，常素面朝天。」蛾眉，蠶蛾觸鬚細長而彎曲，常用以比喻女子美麗的眉毛。《詩經・衛風・碩人》：「螓首蛾眉，巧笑倩兮。」遲，徐行。《詩經・邶風・谷風》：「行道遲遲，中心有違。」❷退朝　古代君臣朝見，禮畢而退。❸侍臣　侍奉帝王的廷臣。宋曾鞏〈上歐陽舍人書〉：「朝夕出入左右，侍臣之任也。」❹丁寧　囑咐；告誡。❺長生殿　唐代宮殿名，故址在今陝西臨潼驪山上。《元和郡縣圖志》卷一：「開元十一年，初置溫泉宮。天寶六載，改為華清宮。又造長生殿，名為集靈臺，以祀神也。」這裡暗指楊貴妃的居所，唐白居易〈長恨歌〉：「七月七日長生殿，夜半無人私語時。在天願作比翼鳥，在地願為連理枝。」

【語譯】簡單梳妝後騎馬緩行赴約，皇帝剛好退朝禮畢。侍臣被君王再三叮囑，千萬不要令長生殿裡人得知。

【研析】《詩經・墉風・牆有茨》：「牆有茨，不可掃也。中冓之言，不可道也。所可道也，言之醜也。」自古以來，宮廷就是淫亂陰謀的場所，致使不可道人的宮闈秘史四處流傳。這首七絕承襲前人詩意，以唐玄宗朝豔事為背景，將媚主承恩的虢國夫人與偷情內虛的君王、妒忌成性的楊貴妃三者的微妙關係，淋漓盡致、惟妙惟肖地刻畫了出來，言簡意賅，傳神入妙。《舊唐書》卷

五一〈楊貴妃傳〉：「太真姿質豐豔，善歌舞，通音律，智算過人。每倩盼承迎，動移上意。宮中呼為『娘子』，禮數實同皇后。有姊三人，皆有才貌，玄宗並封國夫人之號：長曰大姨，封韓國；三姨，封虢國；八姨，封秦國。並承恩澤，出入宮掖，勢傾天下。」

虢國夫人姊妹三人在玄宗一朝真是聲威赫赫，唐杜甫〈麗人行〉有云：「就中雲幕椒房親，賜名大國虢與秦。紫駝之峰出翠釜，水精之盤行素鱗。犀箸厭飫久未下，鸞刀縷切空紛綸。黃門飛鞚不動塵，御廚絡繹送八珍。簫鼓哀吟感鬼神，賓從雜遝實要津。後來鞍馬何逡巡，當軒下馬入錦茵。楊花雪落覆白蘋，青鳥飛去銜紅巾。炙手可熱勢絕倫，慎莫近前丞相嗔。」所寫楊氏姊妹生活之豪奢，當是實錄。唐人張萱繪有「虢國夫人遊春圖」，用圖畫的形式描寫了這群貴夫人騎馬出遊的情景。圖卷今傳世，藏於遼寧省博物館。然而若言與李東陽此詩關係最為密切者，當屬唐張祜〈集靈臺二首〉其二：「虢國夫人承主恩，平明騎馬入宮門。卻嫌脂粉汙顏色，淡掃蛾眉朝至尊。」堪稱是李東陽這首七絕的前篇，兩首詩若連讀，更可見古人諷刺手法運用的高妙。

長平

劉忠

【題解】這首七絕是一首詠史詩，由歷史轉而對戰爭殘酷的反思，具有一定的批判鋒芒。長平，古城名，故址在今山西高平西北。戰國時，趙國與秦國相拒於長平，趙國誤中秦國反間計，撤換了有豐富作戰經驗的老將廉頗，換上一位只知紙上談兵的年輕人趙括為將，據《史記》卷八一〈廉頗藺相如列傳〉：「趙括既代廉頗，悉更約束，易置軍吏。秦將白起聞之，縱奇兵，詳敗走，而

絕其糧道，分斷其軍為二，士卒離心。四十餘日，軍餓，趙括出銳卒自搏戰，秦軍射殺趙括。括軍敗，數十萬之眾遂降秦，秦悉坑之。趙前後所亡凡四十五萬。」這就是歷史上空前慘烈的長平之戰。

【作　者】劉忠（西元一四五二—一五二三年），字司直，號野亭，陳留（今河南開封）人。成化十四年（西元一四七八年）進士，改庶吉士，授編修，仕至吏部尚書、文淵閣大學士，年方六十即請致仕歸。卒年七十二，贈太保，諡文肅。劉忠性寡合，一介不取，在內閣未久，無大建白，然重厚持正，為貴幸所嫉。著有《野亭遺稿》八卷。《明史》卷一八一有傳。清錢謙益《列朝詩集小傳》丙集〈劉少傅忠〉謂其「性峻少通」。陳田《明詩紀事》丙籤卷七選其詩五首，有按語云：「太保不以詩名，七言斷句有古人風調。」

秦坑冤鬼哭聲啾❶，括❷死聊紓❸戰士讎❹。今日沙場❺萬白骨，卻持露布❻請封侯。

【注　釋】❶啾　象聲詞，淒切尖細的聲音。唐杜甫〈兵車行〉：「新鬼煩冤舊鬼哭，天陰雨濕聲啾啾。」❷括　即趙括（西元前？—前二六〇年），趙國馬服君趙奢子，自幼學習兵法，與其言兵事，趙奢不能難，但並不認為兒子能用於實戰，曾說「破趙軍者，必括也」。結果長平一戰，先被秦軍射殺。❸紓　解除。❹讎　怨恨。❺沙場　謂戰場。唐祖詠〈望薊門〉：「沙場烽火連胡月，海畔雲山擁薊城。」❻露布　軍旅中的告捷文書。唐封演《封氏聞見記》卷四〈露布〉：「露布，捷書之別名也。諸軍破賊，則以帛書建諸竿上，兵部謂之露布。蓋

自漢以來有其名，所以名露布者，謂不封檢而宣布，欲四方速知，亦謂之露版。」

【語 譯】被秦坑殺的冤魂哭聲啾啾，趙括先死解除戰士的怨恨當屬勉強。今天戰場上白骨累累，將軍卻持告捷文書請求封侯的獎賞。

【研 析】唐曹松〈己亥歲二首〉其一：「澤國江山入戰圖，生民何計樂樵蘇。憑君莫話封侯事，一將功成萬骨枯。」劉忠這首七絕後兩句即化用曹松詩意，因前二句有長平之役空前慘烈的反襯，其批判鋒芒也就更顯銳利。唐胡曾〈詠史詩・長平〉：「長平瓦震武安初，趙卒俄成戲鼎魚。四十萬人俱下世，元戎何用讀兵書。」同是吟詠長平一事，角度不同，宗旨也自有異。宋歐陽修〈為君難論下〉有云：「戰國時，趙將有趙括者，善言兵，自謂天下莫能當。其父奢，趙之名將，老於用兵者也，每與括言，亦不能屈。然奢終不以括為能也，歎曰：『趙若以括為將，必敗趙事。』其後奢死，趙遂以括為將。其母自見趙王，亦言括不可用。趙王不聽，使括將而攻秦。括為秦軍射死，趙兵大敗，降秦者四十萬人，坑於長平。蓋當時未有如括善言兵，亦未有如括大敗者也。此聽其言可用，用之輒敗人事者，趙括是也。」總結識人、用人之難以及紙上談兵之弊，以趙括為例，備見苦心。明劉基〈長平戈頭歌〉末兩句：「嗚呼！當時豈無牧與頗，戈乎不遇可奈何！」是對人世普遍職能倒錯現象的哀歎。明陶凱〈長平戈頭歌〉有句云：「恨血千年猶未消，荒郊夜夜啼冤鬼。當年趙括輕秦人，降卒秦坑化為土。嗟哉趙亡秦亦亡，落日荒城自今古。」則從歷史無情的角度加以發揮，也有耐人尋味的地方。

抵公安縣

汪舜民

【題解】這首七絕是寫實之作。公安，在今湖北南部，長江南岸，鄰接湖南。由於地勢較低，歷史上常遭受長江水患。

【作者】汪舜民（西元一四五三—一五〇七年），字從仁，婺源（今屬江西上饒）人，汪奎從子。成化十四年（西元一四七八年）進士，授行人，擢御史，出按甘肅，貶蒙化衛經歷。弘治初，遷知東莞，未上，擢江西僉事，改雲南屯田副使，進福建按察使，歷河南左、右布政使。正德二年（西元一五〇七年）以右副都御史撫治鄖陽，改蒞南京都察院，道卒。著有《靜軒先生文集》十五卷。《明史》卷一八〇有傳，內云「舜民好學砥行，矯矯持風節，尤負時望。」

停棹❶公安對落暉，沿江敗柳尚依依❷。村夫賣子渾無淚，凶歲❸誰能惜別離。

【注釋】❶停棹　泊船。❷依依　輕柔披拂的樣子。《詩經‧小雅‧采薇》：「昔我往矣，楊柳依依；今我來思，雨雪霏霏。」❸凶歲　不吉利的災荒年份。

【語譯】夕陽下泊船在公安縣，長江沿岸的殘柳依然披拂搖動。賣子的村夫竟然全無淚水，災荒

年月誰能免除分離的苦痛。

【研析】作者關心民瘼，實由胸臆，所以純用白描，不事雕飾，自然感人肺腑，絕非面目可憎的官樣文章可比。歷代文人在詩文中反映民間疾苦自有傳統，《詩經・王風・君子于役》早開先河，漢樂府〈十五從軍征〉等也感人至深。至於文人作品，如漢末建安七子之一的王粲的〈七哀詩〉，其中即有：「出門無所見，白骨蔽平原。路有飢婦人，抱子棄草間。顧聞號泣聲，揮涕獨不還。未知身死處，何能兩相完。」荒年加兵燹中婦人無奈棄子，堪稱慘絕人寰。

唐杜甫的「三吏」（即〈新安吏〉、〈石壕吏〉、〈潼關吏〉）與「三別」（即〈新婚別〉、〈垂老別〉、〈無家別〉）皆有感人的魅力，早就膾炙人口。唐代的白居易也是寫實的大師，〈賣炭翁〉「可憐身上衣正單，心憂炭賤願天寒」的心理刻畫，細緻入微。白居易另有〈秦中吟十首〉，其中〈輕肥〉一首最搖人心旌：「意氣驕滿路，鞍馬光照塵。借問何為者，人稱是內臣。朱紱皆大夫，紫綬或將軍。誇赴軍中宴，走馬去如雲。尊罍溢九醞，水陸羅八珍。果擘洞庭橘，膾切天池鱗。食飽心自若，酒酣氣益振。是歲江南旱，衢州人食人。」末二句與詩前面的描寫適成對比，這又與杜甫〈自京赴奉先縣詠懷五百字〉所云「朱門酒肉臭，路有凍死骨」同一機杼。唐杜荀鶴〈再經胡城縣〉：「去歲曾經此縣城，縣民無口不冤聲。今來縣宰加朱紱，便是生靈血染成。」揭露官府魚肉百姓，一針見血！

宋、元、明的詩人在繼承前人傳統上毫無愧色，也寫有不少哀歎民生之多艱的詩篇。元代張羽的一首〈踏水車謠〉末四句也催人淚下：「君不見，東家妻，千年換米向湖西。至今破屋風兼

雨，夜夜孤兒床下啼。」一個時代的知識分子敢於並善於反映民間疾苦，是一個社會的良心所在，如果良心泯滅，只知對統治者競相阿諛拍馬、歌功頌德，漠視底層社會的存在，這個社會離徹底崩潰也就不遠了。

春懷

劉玉

【題解】這首五絕抒發對春天的感慨，題名〈春懷〉，言簡意賅。

【作者】劉玉（生卒年不詳），字咸栗，號執齋，萬安（今屬江西吉安）人。弘治九年（西元一四九六年）進士，知輝縣，升御史，忤劉瑾削籍。瑾誅，起河南按察司僉事，歷福建副使、大理少卿、右僉都御史、右副都御史，官至刑部左侍郎，坐李福達獄削籍，歸卒。隆慶初，贈刑部尚書，諡端毅。著有《執齋先生文集》二十卷。《明史》卷二〇三有傳。清錢謙益《列朝詩集小傳》丙集〈劉侍郎玉〉有云：「羅欽順志其墓，謂博通載籍，尤長於天文、地理，凡軍謀、師律、儀章、法制皆詳究其本末。楊慎選定其集，凡三卷。」清朱彝尊《靜志居詩話》卷九〈劉玉〉有云：「詩頗娟秀絕塵，比於莊簡（喬宇）似過之。」陳田《明詩紀事》丁籤卷七選劉玉詩七首，有按語云：「執齋立朝以風節著，詩特蘊藉。」

昨夜東風❶急，塵多曉起遲。呼童問桃李，吹折最高枝❷。

【注 釋】❶東風 謂春風。《禮記・月令》：「(孟春之月)東風解凍，蟄蟲始振，魚上冰。」宋朱熹〈春日〉：「等閒識得東風面，萬紫千紅總是春。」❷最高枝 唐張窈窕〈春思二首〉其二：「井上梧桐是妾移，夜來花發最高枝。若教不向深閨種，春過門前爭得知。」

【語 譯】昨夜春風急促，揚塵中貪睡起來遲。呼喚童子問桃李如何，回答吹斷最高枝。

【研 析】讀這首小巧玲瓏的五絕，首先就令人想起唐孟浩然那首膾炙人口的〈春曉〉：「春眠不覺曉，處處聞啼鳥。夜來風雨聲，花落知多少。」這只是詩人的曉來自問，並沒有出現作答者。宋代女詞人李清照〈如夢令〉詞則出現主僕的一問一答，饒有生趣：「昨夜雨疏風驟，濃睡不消殘酒。試問捲簾人，卻道海棠依舊。知否，知否，應是綠肥紅瘦。」春風一度，給世間萬物帶來了無限生機，但有時驟發狂態，也常常成為「摧花使者」。唐齊己〈春風曲〉：「春風有何情，旦暮來林園。不問桃李主，吹落紅無言。」

古人將「風」人格化，稱之為「封姨」或「封十八姨」，唐谷神子《博異志・崔玄微》就有一則故事，記述唐天寶中，處士崔玄微應花神囑，在苑東立一朱幡以抵抗封十八姨侵擾，終於救助苑內諸花免於摧殘。宋范成大〈嘲風〉：「紛紅駭綠驟飄零，痴騃封姨沒性靈。」然而劉玉這首小詩主旨似不在於對東風的抱怨，而在於點睛之筆的最後一句「吹折最高枝」。宋蘇軾〈水調歌頭〉：「我欲乘風歸去，又恐瓊樓玉宇，高處不勝寒。起舞弄清影，何似在人間。」這種帶有哲學意味的「恐高」心理，可以在儒家經典《尚書・虞書・大禹謨》「滿招損，謙受益，時乃天道」的訓誡中找到根據。《荀子・宥坐》記述了孔夫子論「欹器」的一則故事，也發人深省：「孔子觀於魯桓

公之廟，有欹器焉。孔子問於守廟者曰：『此為何器？』守廟者曰：『此蓋為宥坐之器。』孔子曰：『吾聞宥坐之器者，虛則欹，中則正，滿則覆。』孔子顧謂弟子曰：『注水焉！』弟子挹水而注之，中而正，滿而覆，虛而欹。孔子喟然而歎曰：『吁！惡有滿而不覆者哉！』子路曰：『敢問持滿有道乎？』孔子曰：『聰明聖知，守之以愚；功被天下，守之以讓；勇力撫世，守之以怯；富有四海，守之以謙。此所謂挹而損之之道也。』」《後漢書》卷六一〈黃瓊傳〉所記李固致黃瓊書中所言「嶢嶢者易缺，皦皦者易汙」，也是此意。

新春日

祝允明

【題　解】這首七絕以歌頌春天表達對於生活的熱愛。新春日，即二十四節氣中的立春之日。作者題下原注：「臘月廿一。」作者另有〈癸丑臘月二十一日立春日口號十五首〉，癸丑為明孝宗弘治六年（西元一四九三年），這一年的立春日在農曆十二月二十一日，已交西元一四九四年一月二十七日。〈新春日〉即作於這一天。

【作　者】祝允明（西元一四六〇—一五二六年），字希哲，號枝山，長洲（今江蘇蘇州）人。弘治五年（西元一四九二年）舉人，會試屢不遇，正德九年（西元一五一四年）選興寧（今屬廣東）知縣，遷應天府通判，辭歸。工詩善書，與唐寅、文徵明、徐禎卿有「吳中四才子」之譽。著有《懷星堂集》三十卷。《明史》卷二八六〈文苑二〉有傳，內云：「允明生而枝指，故自號枝山，又號枝指生。五歲作徑尺字，九歲能詩，稍長，博覽群集，文章有奇氣，當筵疾書，思若湧泉。

尤工書法，名動海內。」清錢謙益《列朝詩集小傳》丙集〈祝京兆允明〉引顧璘語謂祝允明：「學務師古，吐詞命意，迥絕俗界，效齊梁月露之體，高者凌徐、庾，下亦不失皮、陸。」清朱彝尊《靜志居詩話》卷九〈祝允明〉有云：「六如居士畫，枝指生書，允稱絕品。至於詩，遜昌穀三十籌。」《四庫全書總目提要》卷一七一著錄《懷星堂集》三十卷，有云：「允明詩取材頗富，造語頗妍，下擷晚唐，上薄六代，往往得其一體。其文亦蕭灑自如，不甚倚門傍戶。雖無江山萬里之巨觀，而一丘一壑，時復有致。」陳田《明詩紀事》丁籤卷一一選祝允明詩五首，有按語云：「枝指生言情之作頗有麗藻，不盡合轍。」

拂旦❶梅花發一枝❷，融融❸春氣到茅茨❹。有花有酒有吟詠，便是書生富貴時。

【注　釋】❶拂旦　拂曉。❷發一枝　語本唐齊己〈早梅〉：「前村深雪裡，昨夜一枝開。」❸融融　和暖。唐張籍〈春日行〉：「春日融融池上暖，竹牙出土蘭心短。」❹茅茨　謂簡陋的居室。晉袁宏《後漢紀・桓帝紀下》：「不慕榮宦，身安茅茨。」

【語　譯】梅花拂曉時先發一枝，令和暖的春天氣息來到陋室。有花有酒能夠吟詠詩文，就是書生富貴之時。

【研　析】與這首七絕寫於同時的〈癸丑臘月二十一日立春日口號十五首〉其一有云：「十年憔悴

若難禁，一寸書生不死心。紙上逐年添墨字，床頭何日有黃金。」祝允明已經於上一年鄉試中舉，即使隨後的一次會試未能如願中式，三十四歲的「書生」正當意氣風發之時，實在不至於如此潦倒，大約是生活發生了入不敷出的危機，才令作者有如此迫切的黃金之企盼。再看這首七絕，似乎又有些知足者常樂的滿足感，以為書生富貴無非是三樣齊全：有花有酒有吟詠，而且目前已經達到了這一標準，尚須何求？作者的這一心態其實源於古人的有關吟詠。唐白居易〈寄明州于駙馬使君三絕句〉其一：「有花有酒有笙歌，其奈難逢親故何。近海饒風春足雨，白鬚太守悶時多。」宋王洋〈寄朱德茂〉：「生涯非富亦非貧，恰好容君放曠身。種竹種松須傍水，有花有酒不求人。功名夢幻吾無與，豁達襟懷德有鄰。半醉捋鬚天地窄，玲瓏峰頂看紅塵。」這種生活態度有強烈要求擺脫俗務糾纏、追求精神充分自由的內涵，在寒窗苦讀、科舉入仕作富貴中人與逍遙自在、吟詠嘯歌作山林間人的兩難抉擇中，祝允明之人生價值觀尚未最終確立，依然是猶疑不定的，他只是在萬物更新的春天氣息感召下，方有如此瀟灑的人生憧憬。宋李彌遜〈春晚舟行三首〉其三：「融融春日覺身閑，急水浮舟下石灣。此去知心唯杜宇，與君結伴老家山。」古代文人於春風吹暖大地之時，每多告別魏闕、回歸自然之想，鑑賞祝允明這首〈新春日〉，亦當作如是觀。

戲詠金銀

祝允明

【題　解】這是一首詛咒金錢的七絕詩，詩題雖曰「戲」，實則有感於當時社會人心而發，對於今天仍有一定的認識價值。

頑石汙泥隱此身❶，無才無德信無倫❷。無端❸舉向人間用，從此人間無好人。

【注釋】❶頑石汙泥隱此身　謂金礦與銀礦被開採前的形態。❷無倫　無與匹比。❸無端　謂無因由，無緣無故。

【語譯】曾經隱身於頑石汙泥，無才無德真是無與倫比。無因由被人間使用上，從此人世沒了好人的蹤跡。

【研析】「有錢可使鬼，而況於人乎？」晉代的魯褒在其〈錢神論〉中就已發出這樣的浩歎。《晉書》卷五六〈江統傳〉謂江統曾經上書愍懷太子司馬遹說：「秦漢以來，風俗轉薄，公侯之尊，莫不殖園圃之田，而收市井之利，漸冉相放，莫以為恥。」南陽人魯褒正是有感於社會風氣的江河日下，才寫下這篇〈錢神論〉。他雖然承認金錢具有「行藏有節，市井便利」的特點，但對於金錢「為世神寶，親愛如兄，字曰孔方」也極盡挖苦諷刺之能事，認為金錢「無位而尊，無勢而熱」，「失之則貧弱，得之則富強」，最終以「錢可使鬼」揶揄不公正的社會，從而使這篇〈錢神論〉名揚後世。其實在東漢早有此說，趙壹〈刺世疾邪賦〉已有「文籍雖滿腹，不如一囊錢」的喟歎，三國魏杜恕《體論》中也有「可以使鬼者，錢也」的說法。至於民間所說「有錢可使鬼推磨」，無疑皆是杜恕、魯褒說的翻版。

明代中期以後，城鎮勃興，商品經濟迅猛發展，市民階層迅速壯大，處於急劇轉型中的封建

社會，固有的道德堤壩已經難以維持世道人心，金錢的力量開始發揮作用於社會的各個方面，幾乎無孔不入，金銀有了比以往社會更為深刻的內涵。正是在這一社會背景下，一些具有傳統意識的文人士大夫開始了對金錢的討伐。明朱載堉〈黃鶯兒・罵錢〉一曲欲「把錢刀剁、斧砍、油煎、籠蒸」，其〈山坡羊・錢是好漢〉一曲嘲諷金錢更為辛辣：「世間人睜眼觀見，論英雄錢是好漢。有了他諸般趁意，沒了他寸步難行。拐子有錢，走歪步合款。啞巴有錢，打手勢好看。如今人敬的是有錢，蒯文通無錢也說不過潼關。實言，人為銅錢，遊遍世間。實言，求人一文，跟後擦前。」所有這些無疑都是對封建社會中拜金主義橫行的否定。英國著名文豪莎士比亞在《雅典的泰門》中那一段詛咒金錢的道白，也很深刻。人們憎恨金錢，但又不能須臾離開它，甚至將它視同生命，古今中外，概莫能外！這一歷史的悖論仍將繼續在人間世作孽，祝允明所謂「從此人間無好人」的判斷，是否過於偏激，讀者可自行判斷！

把酒對月歌

唐　寅

【題解】這是一首七言古詩，有意承襲唐代大詩人李白的〈把酒問月〉、〈月下獨酌〉等詩詩意，用通俗淺易的語言將一己牢落不平之氣宣洩而出，活脫一位「大雅近俗」的「江南第一風流才子」的形象。

【作者】唐寅（西元一四七〇—一五二三年），字伯虎，一字子畏，號六如居士、桃花庵主，又自稱「江南第一風流才子」，吳縣（今江蘇蘇州）人。弘治十一年（西元一四九八年）舉鄉試第一，

翌年入京會試，受科場案牽連，謫為吏，恥不就，放浪詩酒。善書工畫，著有《六如居士全集》六卷。《明史》卷二八六〈文苑二〉有傳，內云：「寅詩文，初尚才情，晚年頹然自放，謂後人知我不在此，論者傷之。」清錢謙益《列朝詩集小傳》丙集〈唐解元寅〉有云：「伯虎詩少喜穠麗，學初唐，長好劉、白，多淒怨之詞，晚益自放，不計工拙，興寄爛漫，時復斐然。」清朱彝尊《靜志居詩話》卷九〈唐寅〉謂其：「於畫頗自矜貴，不苟作，而詩則縱筆疾書，都不經意，以此任達，幾於游戲。此袁永之輯其集，僅存少年之作，實未足以盡其長。」陳田《明詩紀事》丁籤卷一一上選唐寅詩九首，有按語云：「子畏詩才爛熳，好為俚句。選家淘汰太過，並其有才情者不錄，此君真面不見。」

李白❶前時原有月，惟有李白詩能說❷。李白如今已仙去❸，月在青天幾圓缺❹。今人猶歌李白詩，明月還如李白時。我學李白對明月❺，月與李白安能知。李白能詩❻復能酒❼，我今百杯復千首。我愧雖無李白才，料應月不嫌我醜。我也不登天子船❽，我也不上長安眠❾。姑蘇❿城外一茅屋⓫，萬樹桃花月滿天⓬。

【注釋】❶李白　唐代詩人，字太白（西元七〇一—七六二年），號青蓮居士，隴西成紀（今甘肅秦安西北）人。參見本書所選張以寧〈峨眉亭〉注❷。❷惟有李白詩能說　李白有關月的詩僅以詩題而言，較為著名者如

〈峨眉山月歌〉、〈玩月金陵城西〉、〈把酒問月〉、〈秋月板橋浦泛月獨酌〉、〈月下獨酌四首〉、〈望月有懷〉等，月在李白詩中是帶有作者主觀色彩的，有時月我合一，具有感人的獨特魅力。❸仙去　去世的婉詞。宋洪邁《容齋隨筆》卷三：「世俗多言李太白在當塗采石，因醉泛舟於江，見月影俯而取之，遂溺死，故其地有捉月臺。予按李陽冰作太白〈草堂集序〉云：『陽冰試弦歌於當塗，公疾亟，草稿萬卷，手集未修，枕上授簡，俾為序。』又李華作〈太白墓誌〉，亦云：『賦〈臨終歌〉而卒。』乃知俗傳良不足信，蓋與謂杜子美因食白酒牛炙而死者同也。」❹月在青天幾圓缺　唐李建樞〈詠月〉：「昨夜圓非今夜圓，卻疑圓處減嬋娟。一年十二度圓缺，能得幾多時少年。」❺李白對明月　唐李白〈月下獨酌四首〉其一：「花間一壺酒，獨酌無相親。舉杯邀明月，對影成三人。月既不解飲，影徒隨我身。暫伴月將影，行樂須及春。」❻能詩　唐杜甫〈不見〉詩稱賞李白：「敏捷詩千首，飄零酒一杯。」❼能酒　李白〈襄陽歌〉：「鸕鶿杓，鸚鵡杯，百年三萬六千日，一日須傾三百杯。」❽不登天子船　宋吳曾《能改齋漫錄》卷五：「唐范傳正作〈李白墓碑〉云：『明皇泛白蓮池，公不在宴。皇情既洽，召公作序。時公已被酒於翰苑中，乃命高將軍扶以登舟，優寵如是。』杜子美〈八仙歌〉云『天子呼來不上船，自稱臣是酒中仙』，蓋謂此也。」❾不上長安眠　語本杜甫〈飲中八仙歌〉：「李白一斗詩百篇，長安市上酒家眠。」❿姑蘇　吳縣（今江蘇蘇州）的別稱。因其地有姑蘇山而得名。⓫茅屋　謂唐寅在桃花塢所築屋。袁袠〈唐伯虎集序〉：「築室桃花塢中，讀書灌園，家無擔石，而客嘗滿座。風流文采，照映江左；外若奢汰，而中慕沉元；勤究內典，旁精繪事。」唐寅〈桃花庵歌〉：「桃花塢裡桃花庵，桃花庵裡桃花仙。桃花仙人種桃樹，又摘桃花換酒錢。酒醒只在花前坐，酒醉還來花下眠。半醒半醉日復日，花落花開年復年。」⓬萬樹桃花月滿天　唐寅〈桃花塢〉：「花開爛漫滿村塢，風煙酷似桃源古。」

【語　譯】李白之前天上原就有月，只有李白才能令月在詩中生輝。李白如今已然成仙而去，月在青天也圓缺了無數回。今天的人仍然吟詠著李白的詩，明月也仍如李白生時。我學李白舉杯對明

月的瀟灑，明月與李白自然不知。李白能寫詩又能飲酒，我也詩歌千首百杯不醉。雖然我慚愧沒有李白的天才，但預料明月也不會對我嫌棄。我不像李白能登上皇帝的船隻，我也不會在長安市上酒家酣睡。姑蘇城外的茅屋幾間，自有明月滿天桃花萬千枝。

【研　析】李白與唐寅都是中國百姓耳熟能詳的傳奇人物，詩歌或繪畫以外的「奇聞軼事」是使他們成為市井文化中活躍人物的基礎。兩個不同時代的天才，皆因在封建官本位社會中的落拓與潦倒，獲得了底層人民的同情與喜愛，影響所及，甚至一些學術著作或論文，也分別為兩人的遭際鳴不平，從而抨擊他們所處時代的無比黑暗，彷彿這些人不能當上官員是全社會乃至歷史的一大損失。實則「性格即命運」，他們的不得於時與各自的性格因素息息相關，如果兩人在那種爾虞我詐、狗苟蠅營的社會也能順利地分得統治集團的一杯羹，或許就不會有唐代文學史上的李白，也不會有明代藝術史上的唐寅了。

李白〈行路難三首〉其二：「大道如青天，我獨不得出。」唐寅〈題子胥廟〉：「眼前多少不平事，願與將軍借寶刀。」兩人異代同悲者，是社會對人才的摧殘與壓抑。然而他們這種性情中人果真能夠在封建官場上春風得意，可能的後果無非是中國歷史上就會缺少兩位文學藝術家，而多出無關緊要的兩個貪官或俗吏。歷史不能假設，我們也不必替古人鳴冤抱屈，正是他們的性格與社會的劇烈衝突玉成了兩人的成就。但作為社會中的一員，唐寅在物質生活與精神生活都極壓抑之下，向異代尋求知音，歌呼唱歎，以獲得某種感情的慰藉，也是順理成章的事情。這首作品所告訴我們的正是「詩窮而後工」或「憤怒出詩人」的規律。唐寅將李白作為自家身世沉浮的

一面鏡子，並用口語式的詩句淋漓酣暢地傳達出內心的憤懣，一氣呵成，不假雕飾，高自位置而外，通過對明月、對酒的反覆吟詠，藝術性地傳達出內心的真情實感，很見功力。今天我們鑑賞研析這首詩，如果抱有相對客觀的態度，或許能夠獲取更多的收穫。

感懷

唐寅

【題解】這是一首七律。感懷，即有所感觸，發為詩歌，自有不得不說、一吐為快的痛快感覺。

不煉金丹❶不坐禪❷，饑來吃飯倦來眠❸。生涯畫筆兼詩筆❹，蹤跡花邊與柳邊❺。鏡裡形骸春共老，燈前夫婦月同圓❻。萬場快樂千場醉❼，世上閒人地上仙❽。

【注釋】❶金丹　古代方士煉金石為丹藥，認為服之可以長生不老，多屬於道教的迷信說法。晉葛洪《抱朴子·金丹》：「夫金丹之為物，燒之愈久，變化愈妙；黃金入火，百鍊不消，埋之，畢天不朽。服此二物，鍊人身體，故能令人不老不死。」❷坐禪　佛教語，謂靜坐修禪。禪者，梵語禪那的簡稱，漢譯為靜慮，即止息妄念以便明心見性的一種修行方法。中國自菩提達摩東渡之後，禪宗漸興，專以修禪為悟道之要法，將禪與三昧，廣稱為禪法。僧睿、慧遠、智顗等禪師皆勸人坐禪。❸饑來吃飯倦來眠　禪宗提倡「平常心是道」的一種

說法，即自心是佛，人人具足，無須苦行修煉，無須執著言句知識。《大珠禪師語錄》卷下：「有源律師來問：『和尚修道，還用功否？』師曰：『用功。』曰：『如何用功？』師曰：『饑來吃飯，困來即眠。』」❹生涯畫筆兼詩筆　祝允明〈唐伯虎墓誌銘〉：「其學務窮研造化，於應世文字、詩歌不甚措意。奇趣時發，或寄於畫，下筆輒追唐宋名匠，四方慕之，無貴賤貧富，日詣門徵索。」❺蹤跡花邊與柳邊　謂自己有聲色之好。明馮夢龍《情史》卷五〈唐寅〉：「唐伯虎，名寅，字子畏，才高氣雄，藐視一世，而落拓不羈，弗修邊幅。每遇花酒會心處，輒忘形骸。其詩畫特為時珍重。」❻鏡裡形骸春共老二句　唐寅十九歲娶徐廷瑞次女，六年後徐氏卒；繼室於唐寅科場案後棄之而去；三十六歲續娶沈氏，伉儷情篤。宋韓琦〈崔象之中舍宰陽翟〉：「惠政即隨春共煦，道心常與月同圓。」又宋范成大〈暮春上塘道中〉：「飛絮著人春共老，片雲將夢晚俱還。」❼千場醉　唐劉長卿〈早春〉：「人好千場醉，花無百日開。」五代徐鉉〈抛球樂辭二首〉其一：「一笑千場醉，浮生任白頭。」❽地上仙　唐劉禹錫〈酬樂天醉後狂吟十韻〉：「散誕人間樂，逍遙地上仙。」唐白居易〈贈鄰里往還〉：「但能斗藪人間事，便是逍遙地上仙。」

【語　譯】不煉丹求仙也不坐禪成佛，餓了吃飯睏了就安眠。吟詩作畫是我生活，拈花惹柳更是風流一員。春天與鏡中我身一同老去，明月與燈前夫妻一樣團圓。萬般快樂千場酒醉，閒人一個有如地上活神仙。

【研　析】唐寅因受科場案牽涉，又不願受辱為吏，終於堵塞了他進入仕途的道路，對於此，他耿耿於懷，選擇一條放浪形骸之外的生活道路，毋寧說是他向社會的一種挑戰。他曾模仿漢代司馬遷〈報任少卿書〉的筆調給友人文徵明寫了一封〈與文徵明書〉，沉痛地宣告：「士也可殺，不能再辱。」全信飽含屈辱與悲憤的心情，道出內心的抑鬱不平之氣，情真意切，感人至深。但信中

又模仿司馬遷的口氣說：「竊窺古人，墨翟拘囚，乃有薄喪；孫子失足，爰著兵法；馬遷腐戮，《史記》百篇；賈生流放，文詞卓落。不自揆測，願麗其後，以合孔氏不以人廢言之志。亦將隳括舊聞，總疏百氏，敘述十經，翱翔蘊奧，以成一家之言。」雖然官宦無望，但仍然希望以著述成就「名山事業」，這與他在眾多詩篇中宣揚遊戲人生的態度涇渭分明，判若二人，彷彿他具有精神分裂的雙重人格。

其實若仔細推求唐寅的內心世界，也不難理解，失意者往往以其外在的頹唐掩蓋其內心揮之不去的熱望，這熱望是什麼？在官本位的等級社會中，就唐寅而言，無非是出人頭地，在學術中找到榮身之路，至少是享有身後令名。對知心友人透露心曲是一回事，寫詩宣洩情感又是一回事，兩者自有對立統一的辯證關係。唐寅另有一首七絕〈言志〉：「不煉金丹不坐禪，不為商賈不耕田。閑來寫就青山賣，不使人間造孽錢。」可以與這首七律對讀。所謂「造孽錢」，無非是指當官的俸祿乃至搜刮百姓的錢財，若再三品味，詩在鄙夷的口氣中也有些許「酸葡萄」心理作祟。如果我們能夠深刻體會「江南第一才子」唐寅的這種微妙而又複雜的心態，再讀這首〈感懷〉，也許就會別有會心了。唐寅即使玩世不恭，也自有其耐人尋味的地方。

題棧道圖

唐寅

【題解】這首七絕是一首題畫詩。「棧道圖」，《石渠寶笈》卷三八著錄〈五代關仝蜀山棧道圖〉云：「素箋本，著色，畫款脫。軸高四尺三寸九分，廣二尺八分。上方御題詩云：『關仝真跡天

下少，十人規橅九背馳。蜀山棧道之子作，橫雲劍閣高嶷嶷。五丁斧痕留絕壁，秋風落葉流水澌。裝池屢易姓氏去，細認手筆無然疑。試看氣韻生動處，猶使人饒蜀道思。」御題下有『稽古右文之璽』、『乾隆宸翰』二璽。御筆題籤，籤上有『乾隆宸翰』一璽。」棧道，即在山勢險絕處傍山架木而成的一種道路。

棧道連雲勢欲傾❶，征人❷其奈旅魂❸驚。莫言此地崎嶇甚，世上風波❹更不平。

【注　釋】❶棧道連雲勢欲傾　唐張文琮〈蜀道難〉：「飛梁架絕嶺，棧道接危巒。攬轡獨長息，方知斯路難。」唐方干〈廬卓山人畫水〉：「散吞高下應無岸，斜蹙東南勢欲傾。」❷征人　遠行的人。宋樓鑰〈荊坑道中〉：「古澗隨山轉，征人趁水行。」❸旅魂　謂旅情。唐杜甫〈夜〉：「露下天高秋水清，空山獨夜旅魂驚。」❹世上風波　喻人世動盪不定。唐白居易〈戊申歲暮詠懷三首〉其三：「人間禍福愚難料，世上風波老不禁。」

【語　譯】與雲相接的棧道彷彿要坍塌，無奈中令遠行人怵目驚心。不要說此間道路太難行走，人間風浪更險惡萬分。

【研　析】唐寅是畫家，又傳世不少題畫詩作，有些詩題逕直就寫為「題畫」。他或借畫意言志抒情，所謂「此中大有逍遙處，難說與君畫與君」；他或以文辭補畫意之不足，所謂「舊時記得詩家說，落日下山人影長」。詩畫相配，無非以求收到詩與畫相得益彰的效果。他在一首〈題畫〉詩

中有云：「蘆葦蕭蕭野渚秋，滿蓑風雨獨歸舟。莫嫌此地風波惡，處處風波處處愁。」可謂與所選此〈題棧道圖〉同一思致，都是從個別上升到普遍的一種認識上的概括，從而令文學作品染上某種哲學的色彩。唐雍陶〈峽中行〉：「兩崖開盡水回環，一葉才通石罅間。楚客莫言山勢險，世人心更險於山。」此詩由在峽中行路之難聯想到世道人心之險惡，固然是爾虞我詐的社會現實的反映，但將兩件本屬不相關聯的事物聯繫在一起，則是文學想像的結果，唐寅也是如此聯想的。宋蘇軾〈慈湖夾阻風五首〉其五：「臥看落月橫千丈，起喚清風得半帆。且並水村欹側過，人間何處不巉巖。」水路行舟，於岸側山勢之險，聯想到人間的萬般坎坷，也是一種哲學的思索。宋辛棄疾〈鷓鴣天・送人〉一詞下闋有云：「今古恨，幾千般。只應離合是悲歡。江頭未是風波惡，別有人間行路難。」可見這一文學表現手法在古人作品中並非罕見。

題自畫紅拂妓卷

唐 寅

【題解】這首七絕是一首題畫詩，「紅拂妓卷」是唐寅自己的繪畫作品。紅拂妓，即手執紅拂的妓女，五代杜光庭〈虯髯客傳〉傳奇中的文學形象。在傳奇中，紅拂本姓張，為隋煬帝時司空楊素的家妓，李靖以布衣身分拜見楊素獻奇策，楊素態度傲慢，踞床而見，李靖直言進諫，贏得楊素敬重，楊素身旁「一妓有殊色，執紅拂，立於前，獨目靖」。於是紅拂妓「紫衣戴帽」乘夜投奔李靖，自言：「妾侍楊司空久，閱天下之人多矣，無如公者。絲蘿非獨生，願託喬木，故來奔耳。」兩人一同投奔太原李世民，途中又得豪俠虯髯客資助，終於輔佐李世民得到天下。

楊家❶紅拂識英雄，著帽宵奔李衛公❷。莫道英雄今沒有，誰人看在眼睛中。

【注釋】❶楊家　謂楊素家。楊素（西元?—六〇六年），字處道，弘農華陰（今屬陝西）人。仕北周，累官司城大夫，入隋，以功拜尚書右僕射，與晉王楊廣合謀廢太子楊勇，楊廣即位是為隋煬帝，以功遷尚書令，拜司徒，改封楚國公，有名將之譽。惟貪財貨，又以功高為隋煬帝所忌，憂懼而死。《隋書》卷四八有傳。❷李衛公　即李靖（西元五七一—六四九年），本名藥師，三原（今陝西三原東北）人。才兼文武，為其舅韓擒虎與楊素等所推重。後入李世民幕，屢立戰功，入唐，累官尚書右僕射，封衛國公，圖形凌煙閣。世稱李衛公。兩《唐書》皆有傳。

【語譯】楊素家的紅拂慧眼識英雄，戴帽夜奔李靖的住所。不要說今天沒有英雄蹤影，缺少的是奇女子的眼波。

【研析】文徵明有〈題唐六如畫紅拂妓二首〉：「把拂臨軒一笑通，宵奔曾不異桑中。卻憐擾擾風塵際，能識英姿李衛公。」「六如居士春風筆，寫得娥眉妙有神。展卷不禁雙淚落，斷腸原不為佳人。」第一首就畫論畫，未見奇絕；第二首點出畫外之意，算是搔到唐寅癢處，可與所選此詩對讀。唐寅生涯坎坷，一生凡三娶，家庭生活跌宕起伏。人生遭遇痛苦，總想在異性身上得到情感的補償，至少也要獲取同病相憐的認同感。唐白居易〈琵琶行〉「同是天涯淪落人，相逢何必曾相識」就是落拓者尋求某種歸屬感的反映。唐代詩人羅隱久不得志，他曾與鍾陵妓雲英交好，相

別十年後，羅隱仍然未得一第，雲英也未嫁出，重遇雲英就有「我未成名君未嫁，可能俱是不如人」之歎。

異性間的認同感而外，男子普遍又有所謂「英雄救美」與「美識英雄」的白日夢幻想，屬於一個問題的兩個方面。落魄中的男子更易產生「美識英雄」的幻想，唐寅此詩的主旨即在於此，他為沒有這樣一位婚姻以外的「紅顏知己」而悵惘歎息，更為自己「英雄無用武之地」的處境而沮喪悲憤。縱觀中國文學史，三國魏曹植撰寫〈洛神賦〉，晉陶淵明撰寫〈閒情賦〉，皆是以異性為寄託通過文學的形式道出一腔的憤懣。元關漢卿〈南呂一枝花‧不伏老〉「蓋世界浪子班頭」的自喻，清朱彝尊〈解珮令〉「落拓江湖，且分付、歌筵紅粉，料封侯，白頭無分」的自白，宋琬〈賀新郎〉「一片雄心無處寄，向溫柔隊裡尋鄉土」的調侃，龔自珍《己亥雜詩》第二七六首「設想英雄垂暮日，溫柔不住住何鄉」的設問，都可以視為唐寅此作的注腳。這種想法在古代文人中有一定的普遍性，今人讀古人作品，正不必因其頹放而加以否定。

閶門夜泊

文徵明

【題　解】這是一首七律詩。閶門，故址在今江蘇蘇州城西，春秋吳國始建，漢趙曄《吳越春秋》卷四〈闔閭內傳〉：「立閶門者，以象天門通閶闔風也。立蛇門者，以象地戶也。闔閭欲西破楚，楚在西北，故立閶門以通天氣，因復名之破楚門。」原有水陸兩城門，故可「夜泊」，明代這裡屬於繁華地帶，今存者僅為陸門兩側城牆遺跡。

【作　者】文徵明（西元一四七〇—一五五九年），初名壁（《明史》謂「初名壁」，誤），字徵明，後以字行，更字徵仲，號衡山，長洲（今江蘇蘇州）人。正德末以歲貢生薦試吏部，授翰林院待詔，三年後乞歸。工詩文，善書畫。著有《莆田集》三十六卷，今人有整理本《文徵明集》。《明史》卷二八七〈文苑三〉有傳，內云：「徵明幼不慧，稍長，穎異挺發。學文於吳寬，學書於李應禎，學畫於沈周，皆父友也。又與祝允明、唐寅、徐禎卿輩相切劘，名日益著。」清錢謙益《列朝詩集小傳》丙集〈文待詔徵明〉有云：「二子曰彭、嘉，皆名士。嘉嘗撰行略曰：『公生平雅慕趙文敏公，每事多師之。』又曰：『公於詩，兼法唐宋，而以溫厚和平為主。或有以格律氣骨為論者，公不為動。』先生詩文書畫，約略似趙文敏，嘉之所擬，庶幾無愧辭。論詩而及於格律氣骨，有微詞焉。」清朱彝尊《靜志居詩話》卷一一〈文徵明〉有云：「先生人品第一，書、畫、詩次之。」《四庫全書總目提要》卷一七二著錄文徵明《莆田集》三十五卷附錄一卷，內云：「徵明與沈周皆以書畫名，亦並能詩。周詩揮灑淋漓，但自寫其天趣，如雲容水態，不可限以方圓；徵明詩則雅飭之中，時饒逸韻。」陳田《明詩紀事》丁籤卷一一上選文徵明詩三十四首，有按語云：「衡山詩，弇州動以吳歈少之。余謂和平蘊藉，於風雅為近，奚必以模宋範唐，自矜優孟衣冠耶！」

闔閭城❶西暮雨收，西虹橋❷下水爭流。蒼茫野色❸千山隱，突兀❹寒煙萬堞❺浮。燈火旗亭❻喧夜市❼，月明歌吹滿江樓❽。烏啼不復當時境，依舊鐘聲到客舟❾。

【注　釋】❶闔閭城　亦作「闔廬城」，蘇州的別稱。唐李嘉祐〈贈別嚴士元〉：「春風倚棹闔閭城，水國春寒陰復晴。」❷虹橋　拱曲如虹的長橋。舊題唐陸廣微《吳地記》：「蘇州名標十望，地號六雄，七縣八門，皆通水陸。郡郭三百餘巷，吳、長二縣，古坊六十，虹橋三百有餘。地廣人繁，民多殷富。」❸野色　原野或郊野的景色。唐白居易〈冀城北原作〉：「野色何莽蒼，秋聲亦蕭疏。」❹突兀　高聳。❺堞　城上呈齒形的矮牆，即女牆。❻旗亭　謂市樓，古代觀察、指揮集市的處所，上立有旗，故稱。唐王勃〈臨高臺〉：「旗亭百隊開新市，甲第千甍分戚里。」❼夜市　夜間的集市。唐王建〈夜看揚州市〉：「夜市千燈照碧雲，高樓紅袖客紛紛。」❽江樓　水邊酒樓。唐韋承慶〈江樓〉：「獨酌芳春酒，登樓已半曛。誰驚一行雁，衝斷過江雲。」❾烏啼不復當時境二句　語本唐張繼〈楓橋夜泊〉：「月落烏啼霜滿天，江楓漁火對愁眠。姑蘇城外寒山寺，夜半鐘聲到客船。」楓橋，在今蘇州市西郊，離閶門不遠。

【語　譯】姑蘇城西傍晚的雨停了，西邊虹橋下有爭流的河水。遠處千山消隱在蒼茫野色中，高聳的城垣女牆在寒煙中隱約依稀。燈火通明的市樓旁是喧鬧的夜市，明月下水邊酒樓傳來沸天的歌吹。不再是唐人張繼憂愁的詩境，而今夜半鐘聲依然迴盪耳際。

【研　析】唐人張繼的一首七絕〈楓橋夜泊〉痴迷了古今多少人！文徵明這首七律的尾聯也是化用張繼的詩境，將同一處景觀交融於不同的時代，在溝通古今中凸顯出在明代蘇州夜市的繁華景象。

在詩歌中疊映古今是一種高妙的藝術手法，可以極大地擴充詩歌的意境與內涵，獲得感人的魅力。唐王昌齡〈出塞二首〉其一：「秦時明月漢時關，萬里長征人未還。但使龍城飛將在，不教胡馬度陰山。」該詩首句也運用這一藝術手法，將歷史的縱深感融入詩中，言簡意賅。唐李白〈金陵城西樓月下吟〉：「月下沉吟久不歸，古來相接眼中稀。解道澄江淨如練，令人長憶謝玄

暉。」末兩句通過南齊謝朓〈晚登三山還望京邑〉中的名句「餘霞散成綺，澄江靜如練」完成古今相接的唱歎，事半功倍。張繼作為羈旅客子，夜臥孤舟，霜天難寐，忽聞鐘聲悠揚，打破寒夜的孤寂，成為客子無形中的伴侶，那一份特定情境下的特殊感受，被詩人敏感地捕捉於詩中，就有了深遠的意境，從而膾炙人口。文徵明就是長洲（今江蘇蘇州）人，〈閶門夜泊〉當屬家鄉的遊樂，在喧鬧繁華的夜市間的舟船上聽到寒山寺的夜半鐘聲，其感受自不同於七百多年前的羈旅客，熔鑄古今中的對比因素也有擴充詩境的效用。作者好友唐寅有一首七律〈閶門即事〉，自可印證此詩所言不虛：「世間樂土是吳中，中有閶門更擅雄。翠袖三千樓上下，黃金百萬水西東。五更市買何曾絕，四遠方言總不同。若使畫師描作畫，畫師應道畫難工。」

中秋

文徵明

【題解】這是一首吟詠中秋的七絕。中秋，民間傳統節日，又名仲秋節、團圓節、八月節，時在農曆八月十五日，與春節、端午節共同構成我國民間的三大傳統節日。中秋節源於周代秋分祭月的習俗，北宋時始定為八月十五日。宋吳自牧《夢粱錄》卷四：「八月十五日中秋節，此日三秋恰半，故謂之中秋。此夜月色倍明於常時，又謂之月夕。」

橫笛何人夜倚樓❶，小庭月色正中秋。涼風吹墮雙桐❷影，滿地碧

陰❸如水流。

【注釋】❶橫笛何人夜倚樓　語本唐趙嘏〈長安晚秋〉：「殘星幾點雁橫塞，長笛一聲人倚樓。」❷雙桐　文徵明玉磬山房庭前所植。清錢謙益《列朝詩集小傳》丙集〈文待詔徵明〉：「築室於舍東，曰『玉磬山房』，樹兩桐於庭，日徘徊嘯詠其中。」❸碧陰　即月光下的桐樹影。唐殷堯藩〈竹〉：「窗戶盡蕭森，空階凝碧陰。」

【語譯】何人夜中倚樓將笛吹起，月色下小庭正值中秋夜。涼風吹動一雙桐樹枝葉，滿地灑下樹影如同蕩漾的流水。

【研析】與友人唐寅相比，文徵明心境較為恬淡，反映於他的一些詩歌之中，溫厚和平之音緩緩流出，自有一種淡雅舒緩的趣味。中秋節是闔家團圓之日，又是呼朋喚友賞月玩月的時刻。唐白居易〈華陽觀中八月十五日夜招友玩月〉：「人道秋中明月好，欲邀同賞意如何。華陽洞裡秋壇上，今夜清光此處多。」然而文徵明在中秋朗月之下，卻以一種靜寂的心態消磨如此良夜，獨得所謂淡中之趣，尋求自己內心世界的寧靜。

唐代的王維詩中有畫，其審美追求就體現在一個「淡」字上，如其〈鳥鳴澗〉：「人閒桂花落，夜靜春山空。月出驚山鳥，時鳴春澗中。」詩作為言志抒情的文學形式，不經意中常常流露出創作主體的審美追求，刻意修飾或虛情假意都難免露出馬腳，只有真正發於內心的聲音，才有感人的魅力。讀文徵明這首七絕，淡中真趣盎然，耐人尋味。明代中後期是清言流行的時代，洪應明《菜根譚》就是一部清言集，如謂：「林間松韻，石上泉聲，靜裡聽來，識天地自然鳴佩；

草際煙光，水心雲影，閒中觀去，見乾坤最上文章。」「風花之瀟灑，雪月之空清，惟靜者為之主；水木之枯榮，竹石之消長，獨閒者操其權。」追求淡雅的人生，就不會贊同熱鬧的光景，即使處境無法選擇，只要保持一份內心的平和，也會怡然自得。晉陶淵明就是一例，其〈飲酒詩二十首〉其六云：「結廬在人境，而無車馬喧。問君何能爾，心遠地自偏。」讀文徵明此詩，亦當作如是觀，所謂「此中有真意，欲辨已忘言」是也。

227 子弟

文徵明

【題解】這是一首詠劇的七絕。子弟，舊時謂戲曲藝人。《金瓶梅詞話》第三十六回：「安進士問：『你們是那裡子弟？』苟子孝道：『小的都是蘇州人。』安進士道：『你等先妝扮了，來唱個我們聽。』四個戲子下邊妝扮去了。」

末郎❶旦女❷假為真，便說忠君與孝親。
脫卻戲衣❸還本相，裏頭不是外頭人。

【注釋】❶末郎　即飾演「末」行當的演員。末，戲曲行當名，扮演男子的角色。宋雜劇中已有末泥、副末，元雜劇中則有正末、副末、沖末、外末、小末等，其中以正末為主要角色，與正旦並重。在明清傳奇中，末已

成為次要的男性角色。❷旦女　即飾演「旦」行當的演員。旦，戲曲行當名，扮演女子的角色。宋雜劇中已有裝旦，元雜劇中有正旦、小旦、搽旦等，其中正旦是主要角色。❸戲衣　戲曲演員演戲時穿的服裝。

【語　譯】飾演男子、女子的都是以假為真，戲場上說盡忠君與孝親。脫下戲衣露出本來面目，原來不是戲中忠孝人。

【研　析】唐玄宗李隆基有〈傀儡吟〉一詩（或作梁鍠〈詠木老人〉）：「刻木牽絲作老翁，雞皮鶴髮與真同。須臾弄罷寂無事，還似人生一夢中。」也是將戲場與人生對比，找出其間的不同之處，從而以警語收束，引人深思。「天地大戲場，戲場小天地」，在封建專制社會中，官場中人皆如同演戲一般，方能左右逢源，與世俯仰，否則，以純真之態一路行去，沒有不跌大跟頭的。文徵明這首〈子弟〉詩意在言外，所嘲諷者當然不是戲場中人，而是當時世風日下的官場中人。一個物欲橫流的社會，非說假話不得安身立命，致令人人皆須戴上人格面具與人周旋，以假為真，是非顛倒，空話套話，連篇累牘，黃鐘毀棄，瓦釜雷鳴，如此社會，自然令正直之士無所措手足。

明嘉靖間高應玘《醉鄉小稿》有〈寄生草・醉中一笑〉一曲云：「時世多顛倒，和誰辯假真？胡言亂語為公論，聖經賢傳難憑信，達人志士無投奔。孟嘗君緊閉納賢門，龐居士牢守盛錢囤。」清蒲松齡《聊齋志異》有〈張貢士〉一則云：「安丘張貢士，寢疾，仰臥床頭。忽見心頭有小人出，長僅半尺；儒冠儒服，作俳優狀。唱崑山曲，音調清徹，說白、自道名貫，一與己同；所唱節末，皆其生平所遭。四折既畢，吟詩而沒。張猶記其梗概，為人述之。」清但明倫就此則有評云：「人之一生，不過一場戲耳。只要問心自己是何腳色，生平是何節末。要作鬚眉畢現，毋為

巾幗貽羞；要認本來面目，毋作粉臉逢迎；要百世流芳，毋致當場出醜。能令人共看有好下場。」讀文徵明這首七絕詩，亦當如是引申理會，方能得其真義。

泛海

王守仁

【題解】這是一首七絕，寫於明武宗正德二年（西元一五〇七年）夏。泛海，即渡海，所渡之海，為今東海，是作者夏夜從錢塘（今浙江杭州）遇颶風直下福建一帶後所作。

【作者】王守仁（西元一四七二—一五二九年），字伯安，號陽明，餘姚（今屬浙江）人。弘治十二年（西元一四九九年）進士，歷官刑部主事、貴州龍場驛丞、廬陵知縣、右僉都御史，總督兩廣，平寧王宸濠之叛，官至南京兵部尚書，封新建伯。卒謚文成。其學承宋陸九淵，講求「致良知」之說，與官方色彩較濃的程朱理學相異，有「陸王心學」之稱，對於明中葉以後的思想啟蒙影響極大。著有《王文成全書》三十八卷，今人有整理本《王陽明全集》。《明史》卷一九五有傳，內云：「其為教，專以致良知為主。謂宋周、程二子後，惟象山陸氏簡易直捷，有以接孟氏之傳。而朱子《集注》、《或問》之類，乃中年未定之說。學者翕然從之，世遂有『陽明學』云。」清錢謙益《列朝詩集小傳》丙集〈王新建守仁〉有云：「先生在郎署，與李空同諸人遊，刻意為詞章。居夷以後，講道有得，遂不復措意工拙，然其俊爽之氣，往往湧出於行墨之間。荊川之門人，專取其晚年詩，以為極則，則可哂也。」《四庫全書總目提要》卷一七一著錄《王文成全書》三十八卷，內云：「守仁勳業氣節，卓然見諸施行。而為文博大昌達，詩亦秀逸有致。不獨事功可稱，其文章自足傳世也。」陳田《明詩紀事》丁籤卷一三選王守仁詩十七首。

險夷❶原不滯胸中，何異浮雲過太空。夜靜海濤三萬里，月明飛錫❷下天風❸。

【注　釋】❶險夷　崎嶇與平坦，引申為艱難與順利。❷飛錫　佛教語，謂僧人等執錫杖飛空。《釋氏要覽》卷下：「今僧遊行，嘉稱飛錫。此因高僧隱峰遊五臺，出淮西，擲錫飛空而往也。若西天得道僧，往來多是飛錫。」錫杖，僧人所持的禪杖，其制：杖頭有一鐵卷，中段用木，下安鐵纂，振時作聲。梵名隙棄羅，取錫錫作聲為義。❸天風　即風，風行天空，故稱。漢蔡邕〈飲馬長城窟行〉：「枯桑知天風，海水知天寒。」

【語　譯】路途崎嶇或平坦原不在意，大風吹舟如同浮雲飄過天空。靜夜中駛過三萬里的海浪，明月下如同僧人飛錫乘風而行。

【研　析】據《明史》卷一九五〈王守仁傳〉：「正德元年冬，劉瑾逮南京給事中御史戴銑等二十餘人。守仁抗章救，瑾怒，廷杖四十，謫貴州龍場驛丞。龍場萬山叢薄，苗、僚雜居。守仁因俗化導，夷人喜，相率伐木為屋，以棲守仁。」另據錢德洪、王汝中《王陽明年譜》「(正德)二年丁卯，先生三十六歲在越」下記：「夏，赴謫至錢塘。先生至錢塘，(劉)瑾遣人隨偵，先生度不免，乃託言投江以脫之，因附商船遊舟山，偶遇颶風大作，一日夜至閩界。比登岸……夜叩一寺求宿……寺有異人……其人曰：『汝有親在，萬一瑾怒逮爾父，誣以北走胡、南走粵，何以應之？』因為著得明夷，遂決策返。先生題詩壁間曰：『險夷……』云云。因取間道由武夷而歸，赴龍場驛。」可見此詩作於生死未卜之際，從容中不乏瀟脫豪勇之氣。

宋王安石〈登飛來峰〉：「飛來山上千尋塔，聞說雞鳴見日升。不畏浮雲遮望眼，自緣身在最高層。」豪情激蕩，高峰抒懷，源於他已經身居相位，可以毫無顧忌地實現自家平生的政治抱負了。王守仁這首七絕則是在極端艱難困苦中吟出的，朝廷奸佞當道，翻雲覆雨，言路堵塞，黑白顛倒，正直之士，前路渺茫。然而作者並未向惡勢力低頭，而是以百倍的勇氣迎接挑戰，那才情胸懷，皆在詩中二十八字中淋漓酣暢地表達了出來，其氣勢、風度皆不減其前輩詩人王安石的〈登飛來峰〉。一首是「登峰」，一首是「泛海」，異代同構，同耀山河，堪稱文學史中之「雙璧」！

文殊臺夜觀佛燈

王守仁

【題解】這是一首七絕，當作於正德十四年（西元一五一九年），據錢德洪、王汝中《王陽明年譜》，時作者在江西。文殊臺在今江西廬山天池山，天池山有大天池，池水終年不涸，東晉僧人慧持在池旁建有天池寺，明代改名護國寺，寺西有平臺即文殊臺，為古今觀賞雲海之地。佛燈，原意是供於佛前的燈火，明鍾惺有五律〈佛燈〉一首云：「寒照星星內，能通靜者機。幽明歸一點，情理在餘輝。欲續何曾盡，將殘似有依。此中如悟得，膏火已皆非。」以「佛燈」抒發幽情單緒，別有懷抱。王守仁所云「佛燈」則是一種罕見的自然現象，詳本詩「研析」。

老夫❶高臥文殊臺❷，拄杖夜撞青天開。散落星辰滿平野❸，山僧盡

道佛燈來。

【注釋】❶老夫　古代年老男子的自稱。寫此詩時作者不到五十歲，自稱老夫，似有傳統可依，宋蘇軾寫〈江城子・密州出獵〉時不到四十歲，首句「老夫聊發少年狂」，亦自稱「老夫」，當有一定的戲謔成分。❷文殊臺　明袁宏道〈文殊臺〉：「芙蓉萬尺花如鐵，秋窗晝灑紅霞屑。螺頂仙人騎杖來，天衣曉帶雪山雪。帝遣神丁量海洗，繡鍔斑稜生平砥。一萍吹作潯陽城，半匕疏為九江水。高青直上一萬重，綠瞳笑啟金泥封。煙重雲滑不可去，怒鞭白雀惱張公。」可見氣象不凡。❸平野　原意為平坦廣闊的原野，這裡當指廬山雲海。

【語譯】老夫悠閒地在文殊臺休息，夜間拄杖將青天撞開。天上星辰散落在雲海上，山中僧人傳呼佛燈到來。

【研析】這首七絕真實地記錄了一次「佛燈」的出現，詩風雄渾，第二句富於想像力，趣味橫生。佛燈，又稱聖燈、神燈。《全唐詩》卷九錄蜀太妃徐氏〈三學山夜看聖燈〉有云：「聖燈千萬炬，旋向碧空生。細雨濕不暗，好風吹更明。磬敲金地響，僧唱梵天聲。若說無心法，此光如有情。」明徐應秋《玉芝堂談薈》卷二四〈華山神燈〉：「吉安中華山有玉貞觀，時見神燈點點，浮空而下。又四川蓬州有山燈，初見不過三四點，漸至數十，土人呼為聖燈。眉州彭山縣岷峽山上有天柱峰，夜見五色神燈，莫知其數……又峨眉山有聖燈，每月明之夕，數十百如亂螢，撲之皆木葉也。廣德金牛嶺洞外常現神燈。南嶽衡山金簡峰，即神禹得書處，峰下有聖燈巖，晦夜靈光炯炯，動搖如秉燈狀，俗稱天燈，僧稱佛燈。相傳山有珊瑚枝，又云金銀氣也。」宋黃庭堅〈和寧子興

白鹿寺〈寺在潭州〉：「谷郎岩開見佛燈，雲遮霧掩碧層層。青山得意看流水，白鹿歸來失舊僧。」如此看來，佛燈在我國出現，不止一處。

天池山文殊臺下所顯現之佛燈，據《廬山志》記載，早在一千多年前就發現了這種神異的靈光，傳說是文殊菩薩的化現之光，南宋周必大即將這一難得遇見的景象記敘下來，據說那燈火「閃爍合離，或在江南，或在近嶺，高者天半，低者掠地」。南宋陳文蔚〈廬山雜詠〉：「朝登天池峰，暮酌天池水……初夜現佛燈，數星林末起。如螢復如炬，或明亦或止。昔聞頗甚怪，今見乃如此。寄語登山人，仍須細窮理。」佛燈出現的機理，牽涉到氣象學、地質學、生物學等多重領域，現代科學尚無法作出圓滿解釋。南宋理學家朱熹認為乃「地氣之盛」所致，現代有人認為佛燈的出現乃雲層對星光的反射所致，也有人認為這種火光為夜間山谷中的磷火，所以飄忽不定。然而佛燈的出現非常罕見，有人在廬山生活居住了一輩子，竟未有此眼福。據說西元一九二〇年天池寺主持高慧，在大雷雨過後也曾見到佛燈，據他形容，似乎有數百支巨大的電光，由岩底直往上升，通明的電光照在室內，可以撿到地上的針和芥菜籽。高僧不打誑語，如此明亮的佛燈，絕非地氣說、雲層反射星光說或磷火說所能自圓其說，這無疑又平添了佛燈的神秘色彩。如何科學地破解這千古之謎，有志者仍須努力！

林良畫兩角鷹歌

李夢陽

【題解】這是一首題畫的七言古詩。林良（西元一四一六—一四八〇年，一說西元一四三六—一

四八七年），字以善，明南海（廣東廣州）人，明英宗天順間供奉內廷，直仁智殿，官工部營繕所丞，改錦衣衛指揮。以工花鳥著名，為明代院體畫代表作家。角鷹，鷹的別名。其頭頂有毛角，故稱。唐王昌齡〈觀獵〉：「角鷹初下秋草稀，鐵驄拋鞚去如飛。」林良有〈雙鷹圖〉，今存廣東博物館。

【作　者】李夢陽（西元一四七三—一五二九年），字獻吉，原名孟陽，字天賜，號空同子。慶陽（今屬甘肅）人，以父親官周王府教授，徙居開封。弘治七年（西元一四九四年）進士，歷官戶部主事，遷郎中。曾因榷關，抵制權貴，被誣入獄，獲釋後又因弘治十八年（西元一五〇五年）上書論得失，語涉孝宗后之弟壽寧侯張鶴齡，被囚，尋宥出。宦官劉瑾當政，以代戶部尚書韓文起草彈章被貶，尋入獄，得康海說情，得釋。劉瑾敗，李夢陽起復原官，遷江西提學副使，被免官，又以曾為寧王宸濠撰〈陽春書院記〉，削籍。著有《空同集》六十六卷。《明史》卷二八六〈文苑二〉有傳，有云：「夢陽才思雄鷙，卓然以復古自命。弘治時，宰相李東陽主文柄，天下翕然宗之，夢陽獨譏其萎弱。倡言文必秦、漢，詩必盛唐，非是者弗道。與何景明、徐禎卿、邊貢、朱應登、顧璘、陳沂、鄭善夫、康海、王九思等號十才子，又與景明、禎卿、貢、海、九思、王廷相號七才子，皆卑視一世，而夢陽尤甚。」清錢謙益《列朝詩集小傳》丙集〈李副使夢陽〉有云：「獻吉以復古自命，曰古詩必漢魏，必三謝；今體必初盛唐，必杜；捨是無詩焉。牽率模擬剽賊於聲句字之間，如嬰兒之學語，如桐子之洛誦，字則字、句則句、篇則篇，毫不能吐其心之所有，古之人固如是乎？」清朱彝尊《靜志居詩話》卷一〇〈李夢陽〉有云：「七古及近體，專仿少陵，七絕則學供奉，蓋多師以為師者。」《四庫全書總目提要》卷一七一著錄李夢陽《空同集》六十六卷，有云：「其詩才力富健，實足以籠罩一時。而古體必漢魏，近體必盛唐，句擬字摹，

食古不化，亦往往有之。」陳田《明詩紀事》丁籤卷一選李夢陽詩十首，有按語云：「茶陵詩文固自可傳，而空同復古之功，亦不可沒。」

百餘年❶來畫禽鳥，後有呂紀❷前邊昭❸。二子工似不工意❹，吮筆決眥分毫毛❺。林良寫鳥只用墨❻，開縑❼半掃風雲黑。水禽陸禽各臻妙，掛出滿堂皆動色❽。空山古林江怒濤，兩鷹突出霜崖❾高。整骨刷羽意勢動，四壁六月生秋⿺風壽❿。一鷹下視睛不轉，已知兩眼無秋毫⓫。一鷹掉頸復欲下，漸覺振翮⓬風蕭蕭。匹綃⓭雖慘淡⓮，殺氣⓯不可滅。戴角森森⓰爪拳鐵⓱，迥⓲如愁胡⓳眥欲裂⓴。朔風吹沙秋草黃㉑，安得臂爾㉒騎駟驖㉓！草間妖鳥盡擊死，萬里晴空灑毛血㉔。我聞宋徽宗㉕，亦善貌㉖此鷹，後來失天子，餓死五國城㉗。乃知圖畫小人藝，工意工似皆虛名。校獵㉘馳騁亦末事，外作禽荒古有經㉙。今王恭默罷游宴㉚，講經㉛日御文華殿㉜。南海㉝西湖㉞馳道㉟荒，獵師㊱虞長㊲皆貧賤。呂紀白首金爐㊳

邊，日暮還家無酒錢。從來上智㊴不貴物，淫巧㊵豈敢陳王前。良乎，良乎，寧使爾畫不直錢，無令後世好畫兼好畋㊶。

【注　釋】❶百餘年　謂明開國至作者寫此詩時的時間跨度。❷呂紀　字廷振（西元一四七七—？年），號樂愚，一作樂漁，鄞（今浙江寧波）人。明孝宗弘治間供奉內廷，直仁智殿，官錦衣衛指揮使。工花鳥，初學邊文進，後師法唐宋諸名家，能臻其妙。❸邊昭　即邊文進（生卒年不詳），字景昭，沙縣（今屬福建三明）人。明成祖永樂間召至京師，授武英殿待詔，至明宣宗宣德間仍供奉內廷。博學能詩，工花鳥。傳世有〈三友百禽圖〉。❹二子工似不工意　謂呂紀與邊文進畫禽鳥求形似重於神似。唐杜甫〈楊監又出畫鷹十二扇〉：「粉墨形似間，識者一惆悵。」❺吮筆決眥分毫毛　謂繪畫構思全神貫注，筆法工細，毫毛畢見。吮筆，猶含毫，借指構思為文或繪畫。決眥，裂開眼眶，這裡表示瞪大眼睛，是全神貫注意。❻林良寫鳥只用墨　謂林良畫鷹追求神似，以墨渲染，畫風豪壯。❼開縑　謂鋪開繪畫用的細絹。❽掛出滿堂皆動色　語本唐杜甫〈戲為雙松圖歌〉：「絕筆長風起纖末，滿堂動色嗟神妙。」❾霜崖　峻峭的山崖，南朝宋鮑照〈從登香爐峰〉：「霜崖滅土膏，金澗側泉脈。」❿飀　大風。⓫無秋毫　謂鷹眼洞察一切，秋毫無可逃匿。秋毫，鳥獸在秋天新長出來的細毛，喻細微之物。⓬振翮　擺動翅膀。⓭匹綃　謂畫卷。綃，薄的生絲織品，古人常以之作畫。⓮慘淡　謂盡心思慮。語本唐杜甫〈丹青引贈曹將軍霸〉：「詔謂將軍拂絹素，意匠慘澹經營中。」⓯殺氣　謂鷹雄勁的神氣。語本宋黃庭堅〈觀劉永年團練畫角鷹〉：「弄筆掃成蒼角鷹，殺氣稜稜動秋色。」⓰戴角森森　語本唐杜甫〈姜楚公畫角鷹歌〉：「楚公畫鷹鷹戴角，殺氣森森到幽朔。」⓱爪拳鐵　謂鷹爪回縮如拳似鐵一般堅硬。語本宋黃庭堅〈觀劉永年團練畫角鷹〉：「爪拳金鉤觜屈鐵，萬里風雲藏勁翮。」⓲迴　表示程度深的副詞。⓳愁胡　謂胡人深目，狀似悲愁。多用以形容鷹眼。語本漢王延壽〈魯靈光殿賦〉：「胡人遙集於上楹……狀若悲愁於

危處。」晉孫楚〈鷹賦〉：「深目蛾眉，狀如愁胡。」唐杜甫〈王兵馬使二角鷹〉：「二鷹猛腦絛徐墜，目如愁胡視天地。」又杜甫〈畫鷹〉：「攫身思狡兔，側目似愁胡。」⑳眥欲裂　目眶瞪裂，形容盛怒。語本《史記・項羽本紀》：「（樊噲）瞋目視項王，頭髮上指，目眥盡裂。」㉑秋草黃　語本唐李白〈古風〉其一四：「木落秋草黃，登高望戎虜。」㉒臂爾　古人出獵時，將獵鷹置於革製的臂衣上，隨時聽從主人命令搏擊禽獸。㉓駟驖　駕一車之四匹赤黑色馬。《詩經・秦風・駟驖》：「駟驖孔阜，六轡在手。」這裡即指駿馬。㉔草間妖鳥盡擊死二句　語本唐杜甫〈畫鷹〉：「何當擊凡鳥，毛血灑平蕪。」㉕宋徽宗　即趙佶（西元一〇八二—一一三五年），工於花鳥寫生，據說他用生漆點鳥睛，生動傳神。參見本書所選瞿佑〈師師檀板〉注❸。㉖貌　描繪。唐杜甫〈丹青引贈曹將軍霸〉：「即今飄泊干戈際，屢貌尋常行路人。」㉗五國城　宋徽宗被金兵所俘，囚死於此。所在地說法不一：一說在今黑龍江依蘭一帶，見清曹廷傑《東三省輿地圖說・五國城考》、清魏源《聖武記》；一說在今黑龍江寧安東北，見清《嘉慶一統志》卷六八；一說在今吉林扶餘縣境，見清昭槤《嘯亭雜錄・五國城》。㉘校獵　遮攔禽獸以獵取之。這裡泛指打獵。㉙外作禽荒古有經　謂古代經書對於禽荒亡國早有明示。《尚書・夏書・五子之歌》有云：「訓有之，內作色荒，外作禽荒。甘酒嗜音，峻宇雕牆。有　於此，未或不亡。」意即：大禹訓誡有這樣的話：在內貪戀女色，在外沉迷遊獵；酗酒嗜歌舞，住高大屋宇，牆上彩飾；有一項存在，足以亡國。禽荒，沉迷於田獵。㉚今王恭默罷游宴　頌揚當朝天子性格沉穩，不喜遊樂宴飲。恭默，莊敬而沉靜寡言。《尚書・說命上》：「恭默思道。」夏僎解：「恭敬淵默，沉思治道。」游宴，遊樂宴飲。㉛講經　即經筵，漢唐以來帝王為講論經史而特設的御前講席。宋代始稱經筵，置講官以翰林學士或其他官員充任或兼任。宋代以每年二月至端午節、八月至冬至節為講期，逢單日入侍，輪流講讀。元、明、清三代沿襲此制，而明代尤為重視。除皇帝外，太子出閣後，亦有講筵之設。明焦竑《焦氏筆乘・經筵面奏》：「我朝經筵日講，非徒辯析經史，為觀美也；謂當旁及時務，以匡不逮。」㉜文華殿　明代宮殿名，舊址在今北京市紫禁城東華門內。規模比其他宮殿稍小而極精工。明代為皇帝講授經史之所。㉝南海　南海子，即南苑，故址在今北京永

定門外。㉞西湖　謂今北京市的北海、中海、南海，曾為明代御苑，在紫禁城以西，故稱。㉟馳道　古代供君王行駛車馬的道路。㊱獵師　獵手；獵人。㊲虞長　古代掌山澤苑囿之官。㊳金爐　金香爐，為宮廷中用品，這裡即代指宮廷。㊴上智　與「下愚」相對，謂大智之人。㊵淫巧　謂過於精巧而無益的技藝與製品。《尚書・泰誓下》：「(商王) 作奇技淫巧，以悅婦人。」㊶畋　打獵。

【語　譯】百多年擅繪禽鳥的人，前有邊文進，後起是呂紀。繪畫不求神似求形似，運筆全神貫注專細膩。林良畫鳥潑墨求豪放，鋪絹揮毫風雲也變色。水陸禽鳥各得其妙處，掛出贏得滿堂彩。空山古林滿江怒濤吼，兩鷹峻峭山崖立。自整毛羽氣勢非尋常，六月間室內彷彿秋日大風起。一鷹俯視不轉睛，銳利雙眼察秋毫。一鷹掉頭彷彿欲下衝，雙翅張揚漸覺風蕭蕭。慘淡經營的畫面，殺氣更喧囂。頭角森森雙爪拳似鐵，鷹眼神光畢露氣沖霄。想那塞北風吹草黃時節，安得騎馬架鷹逞英豪。萬里晴空飄灑毛血，正是你在搏擊害人的妖鳥。我聽說昔日的宋徽宗，也善於畫鷹展奇妙。後來成了金人的俘虜，五國城中死難逃。本知繪畫就是小技藝，神似形似都是虛名不足傲。馳騁打獵也屬末等事，《尚書》的訓誡有根苗。今天子沉穩不游宴，文華殿裡講經談聖道。通往南苑西湖的御道已荒蕪，獵師虞人因此皆貧賤。宮廷畫師呂紀空白頭，日暮還家甚至缺酒錢。從來上智不玩物喪志，奇技淫巧怎敢陳列帝王前。林良啊林良，寧可使你的繪畫不值錢，也不要令後人在繪事與獵物中沉湎。

【研　析】作為李夢陽七言古詩的代表作，這首〈林良畫兩角鷹歌〉骨力雄峻，淋漓揮灑，轉折自如，層次井然。清沈德潛《明詩別裁集》卷四選李夢陽詩四十七首，評此詩有云：「從畫說到獵，

從獵開出議論，後畫獵雙收，何等章法！筆力亦如神龍蜿蜒，捕捉不住。」堪稱的評。一百多年以後魏耕〈題宋徽宗皇帝黑白二角鷹圖歌行〉有云：「我朝墨妙誰可比，邊昭與呂紀。兩人徒能得其貌，對茲面赭生慚恥。」又云：「於戲道君工此失乾坤，始知小藝不足言。徒令子規啼血瀟湘竹，竹上至今淚痕綠。」顯然有效法李夢陽此詩的痕跡，可見其影響。詩中所謂「今王」，所言是哪一位皇帝？金性堯先生選注《明詩三百首》於此詩之「說明」考證云：「呂紀生於憲宗成化十三年（一四七七），弘治中曾供奉內廷，但當時只有二十餘歲，此詩則云『呂紀白首金爐邊』，似為武宗末期作。作者性鯁直敢言，武宗好遊樂聲色，或有感而發。」此論似可商榷，若果然如此，則「今王恭默罷遊宴」云云不是頌聖，反而是有意諷刺挖苦明武宗的荒唐淫佚了。

本書所選李夢陽〈經行塞上〉七絕，就是直接嘲諷明武宗的荒唐行為的，似無寓貶於褒的必要。若說此詩作於明世宗嘉靖初年，較合常理。明史中的嘉靖皇帝也不是什麼有道之君，特別是因「議大禮」一事，致使輿論沸騰，冤獄迭興；後又迷信道教，營建繁興，致令國庫空虛。但他從外藩入主大內，初登極時卻頗思有一番作為，《明史》卷一八〈世宗本紀二〉有贊云：「世宗御極之初，力除一切弊政，天下翕然稱治。」當是實情。李夢陽此詩之所以「曲終奏雅」式地講一番「從來上智不貴物」的議論，無非是期望這位新人主接受上一任皇帝的前車之鑑，奮發圖治，有所作為。然而這終究是詩人的一種理想而已，歷史並沒有就此生輝，反而愈趨黑暗，封建社會君主代代相傳之人治誤國害民，可見一斑！

俠客行

李夢陽

【題解】俠客行，為樂府歌辭，包括〈游俠篇〉、〈游俠行〉、〈俠客篇〉、〈俠客行〉等名目。宋郭茂倩《樂府詩集》卷六七〈雜曲歌辭七〉著錄晉張華〈游俠篇〉引《漢書・游俠傳》曰：「戰國時，列國公子，魏有信陵，趙有平原，齊有孟嘗，楚有春申，皆藉王公之勢，競為游俠，以取重諸侯，顯名天下。故後世稱游俠者，以四豪為首焉。漢興，有魯人朱家及劇孟、郭解之徒，馳騖於閭里，皆以俠聞。其後長安熾盛，街閭各有豪俠。時萬章在城西柳市，號曰城西萬章。酒市有趙君都、賈子光，皆長安名豪，報仇怨、養刺客者也。」古代稱輕生重義、勇於救人急難的人為游俠。唐代李白、元稹、溫庭筠皆寫過以〈俠客行〉為題的樂府，李夢陽所歌吟者是為家國輕生死的俠客，帶有其空幻虛無的理想色彩。

幽并游俠地❶，燕趙稱悲歌❷。千金市駿馬❸，萬里向交河❹。公卿
贈寶劍❺，君王賜玉戈❻。捐軀赴國難❼，長令海不波❽。

【注釋】❶幽并游俠地　語本三國魏曹植〈白馬篇〉：「借問誰家子，幽并游俠兒。」幽并，幽州和并州的並稱，約相當於今河北、山西北部和內蒙古、遼寧一部分地區，這一帶民俗尚氣任俠。南朝宋鮑照〈擬古〉之

三：「幽并重騎射，少年好馳逐。」❷燕趙稱悲歌　語本《漢書》卷二八〈地理下〉：「趙、中山地薄人眾，猶有沙丘紂淫亂餘民。丈夫相聚游戲，悲歌忼慨，起則椎剽掘冢。」唐韓愈〈送董邵南序〉：「燕趙古稱多感慨悲歌之士。」燕趙，戰國時燕、趙二國所在地區，約相當於今河北北部及山西西部一帶。❸千金市駿馬　語本唐李白〈宣城送劉副使入秦〉：「千金市駿馬，萬里逐王師。」❹萬里向交河　語本唐杜甫〈送長孫九侍御赴武威判官〉：「繡衣黃白郎，騎向交河道。」交河，古城名，故址在今新疆吐魯番西北雅爾和屯，為西漢車師前國首府。《漢書》卷九六〈西域下〉：「車師前國，王治交河城。河水分流繞城下，故號交河。去長安八千一百五十里。」這裡泛指西北方邊塞地區。❺公卿贈寶劍　語本南朝梁江淹〈從軍行二首〉其二：「故人贈寶劍，鏤以瑤華文。」公卿，這裡泛指高官。❻君王賜玉戈　語本唐李白〈東武吟〉：「君王賜顏色，聲價凌煙虹。」玉戈，對戈戟一類古代兵器的美稱。❼捐軀赴國難　語本三國魏曹植〈白馬篇〉：「捐軀赴國難，視死忽如歸。」❽長令海不波　謂使勇士精誠令國家祥瑞平安。語本舊題戰國辛妍《文子》：「故精誠內形，氣動于天，景星見，黃龍下，鳳皇至，醴泉出，嘉穀生，河不滿溢，海不波湧。」又《韓詩外傳》卷五：「久矣！天之不迅風疾雨也，海不波溢也，三年於茲矣。意者中國殆有聖人，盍往朝之。」

【語　譯】幽并是滋長游俠的地域，燕趙多慷慨悲歌之士。用千金購買駿馬，欲向交河馳騁萬里。公卿以寶劍相贈，君王以玉戈為賜，懷抱為國獻身的精誠，為天下安寧視死如歸。

【研　析】李夢陽作為「前七子」的中堅，被今天多數文學史著作稱為「擬古主義」或「復古派」的代表人物，他們所主張的「文必秦漢，詩必盛唐」，也被視為以模擬抄襲古人為能事的口號。然而對於李夢陽等人詩學倡導與詩歌創作不能一概而論，僅就其詩歌創作手法而言，也有逐一分析的必要。這首〈俠客行〉本屬於仿樂府古題的作品，因而模擬的痕跡最為明顯。所謂「俠客」云

云，在明代中葉早已失去生長的土壤，喪失了存在的價值，當「俠客」僅作為一種理想人物存在於文人的頭腦中時，就只有依靠尋繹典籍的「紙上功夫」去彌補實踐的欠缺了。

在李夢陽的詩歌作品中，最能體現其「擬古主義」傾向的莫過於此詩，從注釋中可以看出，此詩句句都有出處或依據，俠客形象的塑造完全靠摭拾古人詩句或詩意而來，並無多少現實的依據。若說此詩的正面積極意義，無非從一個側面反映了創作主體久蘊於心中建功立業的抱負幻想，以及在如何仿效學習古人創作經驗上某種有益的探索。我們今天研究明代詩歌，對某一流派或某一作家作品的優點與欠缺，絕不可簡單地拾古人或今人牙慧，籠統言之，否則就會一葉障目，不見泰山了。這也是本書選錄李夢陽這首仿樂府古題的初衷。

獄夜雷雹暴雨

李夢陽

【題解】這首五律寫於明武宗正德三年（西元一五〇八年），是年夏，作者因得罪權閹劉瑾，被矯詔下錦衣衛獄，值暴雨傾盆，雷雹大作，作者於生死未卜中即寫下此詩。

一雨暮何急，孤眠宵未央❶。疾雷❷翻暗壁，落雹❸轉空梁。勢急千山動，光還萬里長。天威終不測❹，魑魅❺可潛藏？

【注　釋】❶宵未央　謂尚未過午夜。《詩經・小雅・庭燎》：「夜如何其？夜未央。」唐張祜〈夜雨〉：「愁陽方九迴，寂寂夜未央。」❷疾雷　急遽發出的雷聲。❸落雷　謂落地雷的閃電。❹天威終不測　謂雷電的威怒終究難以預料，雙關帝王明武宗的威顏意旨難測。❺魑魅　古人謂能害人的山澤之神怪，這裡泛指鬼怪，雙關宦官劉瑾等邪惡勢力。唐盧綸〈割飛二刀子歌〉：「刀乎刀乎何熚熚，魑魅須藏怪須懾。」唐杜甫〈天末懷李白〉：「文章憎命達，魑魅喜人過。」

【語　譯】晚間的大雨何等急驟，未過午夜孤獨中難以安眠。迅雷震動陰暗的牆壁，閃電光轉獄所屋梁間。天搖地動的響雷氣勢，萬里寥遠的閃電光線。老天的威怒終難預料，妖魔鬼怪何處身藏形潛？

【研　析】李夢陽是明代一位直言敢諫、有擔當的文人士大夫，與此詩寫於同時的五律〈下吏〉一詩有「十年三下吏」之語，「下吏」即交付法官審訊，意即下獄。〈下吏〉詩題下有序云：「弘治辛酉年坐榆河驛倉糧，乙丑年坐劾壽寧侯，正德戊辰年坐劾劉瑾等封事。」正德戊辰即正德三年，所言正是這次下獄。據《明史》卷二八六〈李夢陽傳〉：「孝宗崩，武宗立，劉瑾等八虎用事，尚書韓文與其僚語及而泣。夢陽進曰：『公大臣，何泣也？』文曰：『奈何？』曰：『比言官劾群奄，閣臣持其章甚力，公誠率諸大臣伏闕爭，閣臣必應之，去若輩易耳。』文曰：『善。』屬夢陽屬草。會語洩，文等皆逐去。瑾深憾之，矯旨謫山西布政司經歷，勒致仕。既而瑾復摭他事下夢陽獄，將殺之。」獄中境況險惡，正所謂凶多吉少，加之當時酷夏炎熱，夢陽〈毒熱在獄呈陳運使斅暨潘給事中希曾〉有云：「有風翻助暑，揮汗欲成泉。鳥避棲深葉，蠅喧集滿筵。」可見夏日獄中艱難之一斑。暑夜暴雨，當一洗酷熱，但作者似乎並未顧及，詩中所極力描述的是雷

電撼天動地的磅礴氣勢，寄希望於難測的「天威」，即帝王的權力，一掃陰霾，除奸懲惡。全詩節奏鮮明，頷聯、頸聯措語鏗鏘、一氣呵成。這次大獄，李夢陽因友人康海是劉瑾同鄉，為之緩頰，才得以脫身（詳見本書《聞箏》作者小傳），並非依賴不測的「天威」，此亦可見專制社會的黑暗，簡直無法無天！

秋望

李夢陽

【題解】這首七律詩題一作〈出使雲中作〉，當作於明孝宗弘治十六年（西元一五〇三年）左右，時作者餉軍西夏。詩寫作者於秋風中在北方邊塞大同一帶眺望中的所見、所聞、所思、所想，屬於李夢陽近體詩中的佳構，流傳極廣。

黃河❶水繞漢邊牆❷，河上秋風雁幾行❸。客子❹過壕❺追野馬❻，將軍韜箭❼射天狼❽。黃塵古渡迷飛挽❾，白月橫空冷戰場。聞道朔方❿多勇略⓫，只今誰是郭汾陽⓬？

【注釋】❶黃河　中國第二大河，源出青海巴顏喀拉山脈各姿各雅山麓，流經今四川、甘肅、寧夏、內蒙古、陝西、山西、河南等省，在山東北部入渤海，全長五千四百多公里，支流眾多。❷漢邊牆　謂秦漢間所築長城，

這裡即指明大同府西北鄰近黃河一帶，當時屬於明廷與蒙古韃靼部落的邊界。漢邊牆，一本作「漢宮牆」，難通。❸雁幾行　語本唐柳宗元〈得盧衡州書因以詩寄〉：「臨蒸且莫歎炎方，為報秋來雁幾行。」❹客子　離家在外者，此是作者自指。❺壕　護城河。❻野馬　謂塵埃，《莊子・逍遙遊》：「野馬也，塵埃也。生物之以息相吹也。」❼韜箭　謂弓箭。韜，弓袋，代指弓。❽天狼　星名，天空中非常明亮的恆星，屬於大犬座，古人以為主侵掠。《楚辭・九歌・東君》：「青雲衣兮白霓裳，舉長矢兮射天狼。」唐李白〈幽州胡馬客歌〉：「何時天狼滅，父子得安閒。」這裡即比喻侵略者。❾飛挽　即「飛芻挽粟」，謂迅速運送糧草。《漢書》卷六四〈主父偃傳〉：「又使天下飛芻挽粟。」顏師古注：「運載芻槀，令其疾至，故曰飛芻也。挽謂引車船也。」唐劉禹錫〈為杜相公賀復吳少誠官爵表〉：「念饋餉飛挽之勤，閔戰爭暴露之苦。」❿朔方　北方。《尚書・堯典》：「申命和叔，宅朔方，曰幽都。」蔡沈集傳：「朔方，北荒之地。」李夢陽〈靈武臺〉：「衣白山人經國計，朔方孤將出群才。」⓫勇略　勇敢和謀略。唐杜甫〈上白帝城〉其二：「勇略今何在？當年亦壯哉。」⓬郭汾陽　即郭子儀（西元六九七―七八一年），唐華州鄭縣（今陝西華縣）人。以武舉高第累遷天德軍使、朔方節度使、兵部尚書、同平章事，進封汾陽郡王，在平息安史之亂以及抗擊吐蕃入侵中屢立戰功，唐德宗尊為尚父，進太尉、中書令，卒謚忠武。兩《唐書》有傳。

【語　譯】黃河之水繞過漢家的邊牆，秋風裡黃河上空飛過大雁幾行。我跨越護城河在風沙中前行，將軍搭弓舉箭固守在邊防。古渡口黃塵彌漫是運糧草的車船，皎月橫空淒涼映照著戰場。聽說朔方多勇敢有謀略的人才，只是而今誰比得上郭汾陽？

【研　析】李夢陽此詩以首聯出句甚有氣勢，尾聯末句之問，也大有宋朱敦儒〈水龍吟〉詞中「回首妖氛未掃，問人間、英雄何處」的雄勁，因而一時盛傳天下。這也說明當時蒙古韃靼部對明廷

的威脅巨大，「天子守邊」的困窘一直難以化解。奇怪的是，李夢陽自選《空同集》卻未錄此首。明王世貞《藝苑卮言》卷六有云：「惟《空同集》是獻吉自選，然亦多駁雜可刪者。余見李嵩憲長稱其『黃河水繞漢宮牆……』一首。李開先少卿誦其逸詩凡十餘首，極有雄渾流麗，勝其集中存者，爾時不見選，何也？」清周亮工《因書屋書影》卷一就此解釋說：「空峒『黃河水繞漢宮牆』之什，集中不載。或以為結有『只今誰是郭汾陽』句，唐人事；空峒自以為不讀唐以後書，恐開後人口實，故自逸之耳。先輩矜名太過，論多拘泥如此。然今日隨手掇拾，無事不可入詩者，睹此亦當少知所戒矣。」這一郢書燕說的說法甚至被《四庫全書總目提要》卷一三六著錄《欽定淵鑑類函》、卷一七一著錄《空同集》之提要中所採用，以訛傳訛，幾成定論。然而此說並不確切，李夢陽在其詩中用郭子儀事並不罕見，如〈秋懷〉其二尾聯「回首可憐鼙鼓急，幾時重起郭將軍。」又如〈石將軍戰場歌〉：「休誇漢室嫖姚將，豈說唐朝郭子儀。」這些詩皆赫然入選其自編之《空同集》，可見此詩落選自編詩集，當另有原因，不過今天尚難於考見罷了。

鶯曉

李夢陽

【題解】這首五絕為詠清晨鶯啼之作。鶯，即黃鶯，又稱黃鸝、倉庚等。南朝梁丘遲〈與陳伯之書〉：「暮春三月，江南草長，雜花生樹，群鶯亂飛。」

睍睆❶夢中迷，流鶯碧樹西❷。起來紅日照，已度別枝啼❸。

【注釋】❶睍睆　形容鳥色美好或鳥聲清和圓轉的樣子。《詩經．邶風．凱風》：「睍睆黃鳥，載好其音。」❷流鶯碧樹西　語本唐李白〈對酒〉：「流鶯啼碧樹，明月窺金罍。」流鶯，即鶯。流，謂其鳴聲婉轉。❸別枝啼　元楊維禎〈焦仲卿妻〉：「生為仲卿婦，死與仲卿齊。盧江同樹鳥，不過別枝啼。」

【語譯】夢中被圓轉的啼鳥聲痴迷，原來是黃鶯在西邊的綠樹棲息。起來時紅日照進屋中，那黃鶯想已啼在別枝。

【研析】李夢陽這首〈鶯曉〉短小精悍，一般認為屬於閨情詩。古人認為婦女思所愛之情，即為閨情，寫入文學作品，則多屬男性作者設身處地為女性代言。唐金昌緒〈春怨〉：「打起黃鶯兒，莫教枝上啼。啼時驚妾夢，不得到遼西。」與此詩對讀，皆富於情趣，堪稱有異曲同工之妙，故明清之際李雯有評云：「此老亦解作閨中語。」（明陳子龍《皇明詩選》）類似描寫閨怨的詩，唐人每喜表現，如白居易〈閨怨詞三首〉其一：「朝憎鶯百囀，夜妒燕雙棲。不慣經春別，誰知到曉啼。」許景先〈陽春怨〉：「紅樹曉鶯啼，春風暖翠閨。雕籠熏繡被，珠履踏金堤。芍藥花初吐，菖蒲葉正齊。藁砧當此日，行役向遼西。」劉方平〈代春怨〉：「朝日殘鶯伴妾啼，開簾只見草萋萋。庭前時有東風入，楊柳千條盡向西。」殷堯藩〈春怨〉：「柳花撲簾春欲盡，綠陰障林鶯亂啼。只愁明日送春去，落日滿園啼竹雞。」這些詩中無一例外都出現了鶯啼，而且皆以春日為背景，看來黃鶯作為春日的象徵物，已與閨情有了意象的聯繫。李夢陽五絕詩寫得不多，瀏

覽一下其他作品，可見詩人對此一文體的把握。如〈花鴨〉：「花鴨靜雲衣，娟娟春草依。臨池捩頸臥，夢拂楚雲飛。」又如〈名花〉：「名花似美人，娉婷代應絕。夕陽時獨立，風起滿林雪。」再如〈花源〉：「落英泛流水，點點如飄霞。為有問津者，不敢種桃花。」

汴中元夕五首（選其三其五）

李夢陽

【題解】李夢陽此題七絕組詩共五首，這裡選第三首與第五首。詩題中汴中，一作「汴京」，謂北宋都城汴京（今河南開封），明代屬開封府。元夕，即農曆正月十五元宵節之夜。

中山孺子❶倚新妝❷，鄭女燕姬❸總擅場❹。齊唱憲王❺春樂府❻，金梁橋❼外月如霜。

【注釋】❶中山孺子　謂周憲王府的姬妾。《漢書》卷三〇〈藝文志〉著錄「〈詔賜中山靖王子噲及孺子妾冰未央材人歌詩〉四篇」，唐顏師古注云：「孺子，王妾之有品號者；妾，王之眾妾也；冰，其名；材人，天子內官。」唐李白〈中山孺子妾歌〉：「中山孺子妾，特以色見珍。」中山，即中山靖王劉勝，漢景帝子，《漢書》卷五三本傳稱其「勝為人樂酒好內，有子百二十餘人。」❷倚新妝　謂女子憑藉新穎別致的打扮修飾取悅於人，語本唐李白〈清平調三首〉其二：「借問漢宮誰得似，可憐飛燕倚新妝。」❸鄭女燕姬　泛指北方女子。鄭，

古國名，轄境相當於今河南一帶。燕，古國名，轄境相當於今河北北部、遼寧以西一帶。❹擅場　這裡謂搬演雜劇技藝超群。唐杜甫〈冬日洛城北謁玄元皇帝廟〉：「畫手看前輩，吳生遠擅場。」❺憲王　即周憲王朱有燉（西元一三七九－一四三九年），號誠齋，又號錦窠老人、全陽翁、梁園客等，朱元璋第五子周定王朱橚長子，洪熙元年（西元一四二五年）襲封周王，就藩開封。博學善書，為世子時，有《東書堂法帖》，尤工詞曲，著《誠齋樂府》雜劇凡三十一種，有金元風範，又有《誠齋錄》、《誠齋新錄》、《誠齋牡丹百詠》諸集。卒謚憲。《明史》卷一一六有傳。❻春樂府　有選本作「新樂府」。樂府，這裡謂雜劇。❼金梁橋　故址在開封大梁門外。宋孟元老〈東京夢華錄自序〉：「僕從先人宦遊南北，崇寧癸未到京師，卜居於州西金梁橋西夾道之南。」明彭大翼《山堂肆考》卷二七：「金梁橋，在開封府汴蔡故道上。」

【語　譯】周憲王府姬妾修飾打扮取悅主人，鄭燕女子扮演雜劇技藝超群。一同演唱憲王所製雜劇，明月皎潔輝映在金梁橋附近。

【研　析】本組絕句書寫當時開封元宵歡快景象，屬紀實之作。這是組詩中的第三首，記周憲王朱有燉所作雜劇的流行情況，是有關戲劇發展史的寶貴史料。李夢陽的父親李正曾出任周王府教授，這是他寫作此組詩的內在因素；而朱有燉作為藩王善於製曲，也為開封的風月繁華創造了客觀條件。清錢謙益《列朝詩集小傳》乾集〈周憲王〉略謂：「王遭世隆平，奉藩多暇，勤學好古，留心翰墨，集古名跡十卷，手自臨摹，勒石名《東書堂集古法帖》，歷代重之。製《誠齋樂府傳奇》若干種，音律諧美，流傳內府，至今中原弦索多用之……王詩有《誠齋錄》、《新錄》諸集傳於世。如〈春日〉云：『深巷日斜巢燕急，小樓風靜落花閒。』〈春夜〉云：『彩檻露濃垂柳濕，珠簾風靜落花香。』……皆風華和婉，渢渢乎盛世之音也。」清朱彝尊《靜志居詩話》卷一〈周憲王有

燉〉：「憲園留心翰墨，譜曲尤工。中原弦索，往往藉以為師。李景文夢陽詩云『齊唱憲王新樂府，金梁橋外月如霜』，牛左史恆詩云『唱徹憲王新樂府，不知明月下樊樓』是也。其詩不事嘔心，頗能合格。梅花、牡丹、玉堂春。一題動成百詠。才思不窮，誠宗藩之雋矣。」一百多年以後，明末陳子龍《皇明詩選》有評云：「汴城風月，遂不可問，讀此作轉覺淒然。」在不勝今昔的語調中，也可以體會到有明歷史的巨大變遷。

細雨春燈❶夜色新，酒樓花市❷不勝❸春。和風❹欲動千門月❺，醉殺東西南北人❻。

【注釋】❶春燈　謂元宵花燈。唐王維〈同楊員外十五夜遊有懷靜者季〉：「由來月明如白日，共道春燈勝百花。」❷花市　賣花的集市。❸不勝　非常；十分。唐宋之問〈和趙員外桂陽橋遇佳人〉：「江雨朝飛浥細塵，陽橋花柳不勝春。」❹和風　溫和的風，多指春風。唐杜甫〈過津口〉：「和風引桂楫，春日漲雲岑。」❺千門月　唐白居易〈和思黯居守獨飲偶醉見示六韻時夢得和篇先成頗為麗絕因添兩韻繼而美之〉：「此時若不醉，爭奈千門月。」千門，猶千家。❻東西南北人　謂四方之人。唐高適〈人日寄杜二拾遺〉：「龍鍾還忝二千石，愧爾東西南北人。」

【語譯】一陣細雨令有花燈的夜色清新，酒樓花市妝點春色十分。和風彷彿要飄動映照千家的明月，沉醉其中是四面八方的遊人。

【研　析】這是組詩中的第五首，最後兩句詩將明中葉開封元夕的醉人景象概括渲染出來，有總結全組絕句的效用。如果我們熟悉一下組詩未入選的三首絕句，這一總結效用就更為明顯了。〈汴中元夕〉其一：「花燭沉沉動玉樓，月明春女大堤游。空中騎吹名王過，散落天聲滿汴州。」其二：「玉館朱城柳陌斜，宋京燈月散煙花。門外香車若流水，不知青鳥向誰家。」其四：「四海煙花逢上元，中州行樂競千門。大江不辨魚龍戲，珊瑚寶玦是王孫。」南宋孟元老的《東京夢華錄》以筆記的形式記錄了北宋汴京的繁華盛景，李夢陽的這一組絕句則用詩的形式為後人書寫了明中葉開封元夕的繁榮景象，也為今天的戲曲民俗研究提供了不可多得的珍貴史料。

送人之南郡三首（選其二）

李夢陽

【題　解】這一組七絕共三首，此為第二首。南郡，戰國秦昭王二十九年（西元前二七八年）置，治所在郢（今湖北江陵西北紀南城），後遷治於江陵（今屬湖北），三國吳遷治公安（今湖北公安西北），西晉時回遷江陵。

鼓刀朱亥本微寒❶，白首侯嬴是抱關❷。不為千金增意氣，只緣一諾重丘山❸。

【注 釋】❶鼓刀朱亥本微寒 謂戰國時魏國大梁(今河南開封)出身卑微的屠夫朱亥,勇力過人,被信陵君尊為上客。此後關鍵時刻終於發揮作用,在魏、趙聯合抗秦中,朱亥殺死不願發兵的魏將晉鄙,使信陵君奪得兵權,解救了趙國的危難。事見《史記》卷七七〈魏公子列傳〉。鼓刀,宰殺牲畜時敲擊其刀,使之發聲,稱鼓刀。《楚辭・離騷》:「呂望之鼓刀兮,遭周文而得舉。」❷白首侯嬴是抱關 侯嬴是魏國的隱士,年已七十歲,家貧,為大梁夷門的監門小吏,信陵君禮賢下士,為其親自執轡御車,以隆重的禮節聘侯嬴為上客,侯嬴深為信陵君的真誠相待所感動,又向信陵君推薦了自己的朋友朱亥。西元前二五八年,秦國圍攻趙國都城邯鄲(今屬河北),趙國平原君向魏國求救,魏王猶疑不定,侯嬴為信陵君獻策,竊得兵符,奪取兵權,解救了趙國,侯嬴則北向自盡以謝魏國。事見《史記》卷七七〈魏公子列傳〉。抱關,監門小吏。《史記》卷七七〈魏公子列傳〉:「嬴乃夷門抱關者也,而公子親枉車騎,自迎嬴於眾人廣坐之中。」❸不為千金增意氣二句 意謂侯嬴、朱亥為信陵君獻策或出力,並非圖謀榮華富貴,只是緣於他們對信陵君真誠待士必須報答的一個鄭重承諾。意氣,這裡謂情誼、恩義。丘山,山嶽。

【語 譯】操刀殺牲畜的朱亥出身卑微,年老的侯嬴原是監門的小吏。並非是金錢買來的恩義,只因為重於山嶽的承諾要兌現。

【研 析】這一組七絕的第一首云:「梁園千古見風流,醉上任樓復謝樓。相遇片言心便倒,腰間含笑解吳鉤。」第三首云:「南陽帝里近親多,岡勢盤龍繞白河。便欲臨分留寶劍,方城漢水待鳴珂。」從中可見作者所送友人可能是開封府人士,也有可能出發地是開封,因而皆用本地之掌故送別,所凸顯者就是知己相交,情義為重。友人的身分可能並非文人雅士,而是具有某種豪俠氣質且出身寒素的赳赳武夫,所以第一首有寶劍贈壯士之舉,第二首又有一諾千金式的豪俠渲染,

第三首則對友人日後發達充滿了期待。僅就這第二首而言，也充滿了俠客之風範，堪與唐李白樂府詩〈俠客行〉對讀：「趙客縵胡纓，吳鉤霜雪明。銀鞍照白馬，颯沓如流星。十步殺一人，千里不留行。事了拂衣去，深藏身與名。閑過信陵飲，脫劍膝前橫。將炙啖朱亥，持觴勸侯嬴。三杯吐然諾，五嶽倒為輕。眼花耳熱後，意氣素霓生。救趙揮金槌，邯鄲先震驚。千秋二壯士，烜赫大梁城。縱死俠骨香，不慚世上英。誰能書閣下，白首太玄經。」可見詩人學習唐人詩風的努力。

經行塞上二首（選其二）

李夢陽

【題解】這組七絕詩共兩首，這是第二首。經行，為佛教術語，意即在一定的地方兜圈子，目的在於避免坐禪時發生昏沉或睡眠的現象，為佛教徒一種調劑身心之安靜散步。塞上，這裡泛指明代北方長城內外的邊境地區，唐杜甫〈秋興八首〉其一：「江間波浪兼天湧，塞上風雲接地陰。」所謂「經行塞上」意有諷刺，即不滿於明武宗不顧群臣勸諫，經常巡遊於宣府、大同一帶的輕舉妄動。詩當作於明武宗正德十二年（西元一五一七年）十月以後。

天設居庸❶百二❷關，祁連❸更隔萬重山。不知誰放呼延❹入，昨日
楊河❺大戰還。

【注　釋】❶居庸　即居庸關，在今北京市以北的昌平區，距離市中心百餘里，是長城的重要關口之一，今存關城及長城皆為明代所建，關城位於名曰關溝的深谷中，兩側崇山峻嶺，形勢險要，屬於京師北面的屏障。明廷在此設衛，常駐重兵防守。❷百二　以二敵百，一說百的一倍，多用以喻山河險固之地。《史記》卷八〈高祖本紀〉：「秦，形勝之國，帶河山之險，縣隔千里，持戟百萬，秦得百二焉。」裴駰集解引蘇林曰：「得百中之二焉。秦地險固，二萬人足當諸侯百萬人也。」❸祁連　即祁連山，在今甘肅西部、青海東北，西北—東南走向。這裡泛指明代西北邊境地區。❹呼延　複姓，《漢書・匈奴傳上》：「其大臣皆世官，呼衍氏、蘭氏、其後有須卜氏，此三姓，其貴種也。」顏師古注：「呼衍，即今鮮卑姓呼延者也。」這裡借代蒙古韃靼部落。❺楊河　當即陽和衛，明太祖洪武二十六年（西元一三九三年）置，治今山西大同陽高。

【語　譯】居庸是天造地設的百二雄關，祁連相隔山萬重構成一道防線。不知何人放進蒙古的殘部，險些失手昨天楊河的鏖戰。

【研　析】李夢陽另有〈送毛監察還朝是時皇帝狩於楊河〉一詩，末聯有云：「此去有書應力上，太平天子本垂衣。」毛監察即毛澄（西元一四六一—一五二三年），曾屢疏諫止武宗微行巡邊。李夢陽又有〈聖節聞駕出塞〉云：「千官北首望龍旗，萬國車書集鳳闈。八駿穆王秋色遠，幾時親擁白狼歸。」兩詩與所選此詩所諷詠者皆為明武宗朱厚照。此組〈經行塞上〉其一：「山作垣籬海作池，彎弓百萬羽林兒。桑乾化作銀河水，北極光芒夜夜垂。」末兩句亦言：代表天子的北極本當照耀朝廷，如今卻屢照塞上，致令桑乾河化為銀河，諷喻之意雖較隱晦，但批判意緒似更強烈。

據《明史》卷一六〈武宗本紀〉：「（正德十二年）秋八月甲辰，微服如昌平……己酉，至居

庸關，巡關御史張欽閉關拒命，乃還……丙寅，夜微服出德勝門，如居庸關。辛未，出關，幸宣府，命谷大用守關，毋出京朝官。九月辛卯，河決城武。壬辰，如陽和，自稱總督軍務威武大將軍總兵官。庚子，輸帑銀一百萬兩於宣府。冬十月癸卯，駐蹕順聖川。甲辰，小王子犯陽和，掠應州。丁未，親督諸軍禦之，戰五日。辛亥，寇引去，駐蹕大同。」所記雖寥寥數語，但當時情況萬分緊急可知，其間明武宗與韃靼小王子激戰五日，險為所俘獲。《明史》卷一九〇〈楊廷和傳〉記述這位「性聰穎，好騎射」的帝王：「當廷和柄政，帝恆不視朝，恣游大同、宣府、延綏間，多失政。廷和未嘗不諫，俱不聽。」對於這位正德皇帝的巡遊擾民，民間也傳說紛紜，三百多年後仍被編入京劇《遊龍戲鳳》流傳，至今不衰，就是一例。所選此詩於氣勢雄壯中暗含諷喻，含蓄之中耐人尋味，堪稱是作者七絕中的精品之作。可與本書所選楊慎〈宮詞〉、王世貞〈憶昔〉等詩相參看。

蕪城歌

王廷相

【題　解】這首七絕是諷刺隋煬帝之作，饒有唐人氣象。蕪城，即廣陵城，故址在今江蘇揚州江都境。西漢吳王劉濞建都於此，築廣陵城，南朝宋竟陵王劉誕據廣陵反，兵敗身死，城遂荒蕪，鮑照嘗作〈蕪城賦〉以諷，「蕪城」因而名傳後世。唐李商隱〈隋宮〉：「紫泉宮殿鎖煙霞，欲取蕪城作帝家。」嘲諷對象也是隋煬帝。

【作　者】王廷相（西元一四七四—一五四四年），字子衡，號浚川，儀封（今河南蘭考）人。弘治十五年（西元一五〇二年）進士，改庶吉士，授兵科給事中，累官至左都御史，加兵部尚書，後以郭勳事被斥「朋比阿黨」，革職為民，越三年卒。隆慶初復官，贈少保，諡肅敏。明代「前七子」之一，著有《王氏家藏集》六十八卷、《內臺集》七卷。今人有整理本《王廷相集》。《明史》卷一九四有傳，內云：「廷相博學好議論，以經術稱。於星曆、輿圖、樂律、河圖、洛書及周、邵、程、張之書，皆有所論駁，然其說頗乖僻。」清錢謙益《列朝詩集小傳》丙集〈王宮保廷相〉有云：「子衡五七言古詩，才情可觀，而摹擬失真，與其論詩頗相反，今體詩殊無解會，七言尤為笨濁，於以驂乘何、李，為之後勁，斯無愧矣。」清朱彝尊《靜志居詩話》卷一〇〈王廷相〉有云：「浚川詩格，諸體稍犅，惟五言絕句，頗有摩詰風致，下亦不失為裴十秀才、崔五員外。」《四庫全書總目提要》卷一七六著錄王廷相《王氏家藏集》六十八卷，內云：「其詩文列名七子之中，然軌轍相循，亦不出北地、信陽門戶。」陳田《明詩紀事》丁籤卷三選王廷相詩二十四首，有按語云：「子衡刻意學詩，粗漫之篇誠如昔人所譏。遇有合作，如遊五都市中，動獲奇寶。」

莫向隋宮❶問六朝❷，瓊姬玉蕊❸已煙銷。只今唯有湖邊柳，猶對春風學舞腰❹。

【注　釋】❶隋宮　謂隋煬帝楊廣在江都（今江蘇揚州）所建的行宮。《資治通鑑》卷一八〇〈隋紀四〉「煬帝大業元年」下記：「又自大梁之東引汴水入泗，達于淮；又發淮民十餘萬開邗溝，自山陽至揚子入江。渠廣四

十步，渠旁皆築御道，樹以柳；自長安至江都，置離宮四十餘所。」❷六朝　三國吳、東晉與南朝的宋、齊、梁、陳，相繼建都建康（吳稱建業，即今南京），史稱六朝。《隋書》卷二四〈食貨志〉：「煬帝即位……又自板渚引河，達于淮海，謂之御河，河畔築御道，樹以柳。」❸瓊姬玉蕊　謂江都后土祠之瓊花。宋宋敏求《春明退朝錄》卷下：「揚州后土廟有瓊花一株，或云自唐所植，即李衛公所謂玉蕊花也。」明彭大翼《山堂肆考》卷一九七〈瓊花〉：「揚州后土廟瓊花，或云自唐人所植，樹大花繁，潔白可愛，天下獨此一株，故宋歐陽修為揚州作無雙亭以賞之。」宋周密《齊東野語》卷一七〈瓊花〉：「揚州后土祠瓊花，天下無二本，絕類聚八仙，色微黃而有香。仁宗慶曆中，嘗分植禁苑，明年輒枯，遂復載還祠中，敷榮如故。淳熙中，壽皇亦嘗移植南內，逾年，憔悴無花，仍送還之。其後，宦者陳源命園丁取孫枝移接聚八仙根上，遂活，然氣香色則大減矣，杭之褚家唐瓊華園是也。今后土花已薪，而人間所有者，特當時接本，彷彿似之耳。」❹猶對春風學舞腰　語本唐孫魴〈柳詩十二首〉其三：「數樹新栽在畫橋，春來猶自長長條。東風多事剛牽引，已解纖纖學舞腰。」又唐白居易〈楊柳枝詞八首〉其七：「葉含濃露如啼眼，枝嫋輕風似舞腰。」又唐李益〈上洛橋〉：「金谷園中柳，春來似舞腰。」

【語　譯】不要因隋覆亡再去追尋六朝的舊事，江都的瓊花早已雲銷煙滅。如今只有那湖邊的楊柳，沐浴在春風中學習美女舞腰的柔姿。

【研　析】隋煬帝巡遊江都，在行宮中為叛將宇文化及等所殺，歷史似乎又重複著南朝宋鮑照寫作〈蕪城賦〉以前的亂象，本詩首句以祈使句開端，當是化用唐李商隱〈隋宮〉：「地下若逢陳後主，豈宜重問後庭花」句意，即唐顏師古《隋遺錄》卷上記述隋煬帝在江都夢遇陳後主及其寵妃張麗華事，可參見本書所選曾棨〈維揚懷古〉「研析」。一句詩即串聯起令人感傷的歷史事件，是

悼「蕪城」，也是悼歷史。第二句，當今注本或注「瓊姬」為春秋吳王夫差女名，僅注「玉蕊」為花名，均與「蕪城」無涉。實則「瓊姬玉蕊」當指揚州具有標誌性的「瓊花」，即一種「聚八仙」的特異變種。宋王禹偁〈后土廟瓊花詩〉二首：「誰移琪樹下仙鄉，二月輕冰八月霜。若使壽陽公主在，自當羞見落梅妝。」「春冰薄薄壓枝柯，分與清香是月娥。忽似暑天深澗底，老松擎雪白婆娑。」題下有序云：「揚州后土廟有花一株，潔白可愛，其樹大而花繁，不知實何木也，俗謂之瓊花云。因賦詩以狀其態。」此後宋祁又在其《筆記》中說：「維揚后土廟有花曰玉蕊，王禹偁愛賞之，更稱曰瓊花。」這是王廷相稱瓊花為「瓊姬玉蕊」的依據。

另據李廷先〈揚州瓊花考辨〉一文，宋人宋祁與宋敏求混瓊花與玉蕊為一種花，實是一種誤解，後世遂以訛傳訛。李文認為，王禹偁的有關記錄是「瓊花最早而可信的記載」，金主完顏亮攻宋至揚州，險些令瓊花枯亡，蒙元滅宋，終於令瓊花絕種。宋代以後許多文人都對這一近世絕種的植物詳加考證，著文立說，歧見紛紜，莫衷一是。民間傳說甚至將瓊花與隋煬帝扯上了關係，以為煬帝下揚州即為觀賞瓊花，終於招致殺身之禍，明代《隋唐演義》一類的白話小說更肆意渲染，致令真偽難辨。李廷先就此認為：「瓊花興於北宋初，絕於南宋末，她的興衰與宋朝的興衰相始終，她和廣大人民一起，經歷了金、元兩番南下的大災難……人們一再把瓊花神化，似屬荒誕，實際上寄寓著深厚的民族情感。」此說甚確。王廷相此詩第二句以瓊花入詩，也是借這種揚州標誌性植物的一種歷史滄桑感的宣洩，不可尋常看過。

聞箏

康海

【題解】這首五律當作於康海被削籍為民以後，即明武宗正德五年（西元一五一〇年）以後，康海時年三十六歲。箏，形似瑟的撥絃樂器，傳為秦時蒙恬所作。其絃數歷代由五絃增至十二絃、十三絃、十六絃；現經改革，已增至十八絃、二十一絃、二十五絃等。

【作者】康海（西元一四七五—一五四一年），字德涵，號對山、沜東漁父，武功（今陝西興平）人。弘治十五年（西元一五〇二年）一甲第一名進士，授修撰，為營救得罪權閹劉瑾的友人李夢陽，始與劉瑾交往，劉瑾敗，受牽連削籍為民，回歸鄉里。明代「前七子」之一，工製曲，有《沜東樂府》，詩文集有《對山集》十九卷。《明史》卷二八六〈文苑二〉有傳，內云：「海、（王）九思同里、同官，同以瑾黨廢。每相聚沜東鄠、杜間，挾聲伎酣飲，製樂造歌曲，自比俳優，以寄其怫鬱。」清錢謙益《列朝詩集小傳》丙集〈康修撰海〉有云：「今所傳《對山集》者，率直冗長，殊不足觀。或言德涵工於樂府，歌詩非其所長。又或言德涵有經世之才，詩文皆出漫筆，非其所經意者。」清朱彝尊《靜志居詩話》卷一〇〈康海〉云：「沒時家無長物，腰鼓多至三百副，留心風雅之日少，宜其所就止此爾。」《四庫全書總目提要》卷一七一著錄康海《對山集》十卷，內云：「海以救李夢陽故，失身劉瑾。瑾敗，坐廢。遂放浪自恣，徵歌選妓，於文章不復精思，詩尤頹縱……明人論海集者是非不一，要以俞汝成『文過於詩』語為不易之評。」陳田《明詩紀事》丁籤卷三選康海詩九首，有按語云：「對山救空同，豪氣蓋世，固是一時俊人，惜詩文不負盛名耳。」

寶靨❶西鄰女，鳴箏傍玉臺❷。秋風孤鶴唳❸，落日百泉洄❹。坐客皆驚引❺，行雲欲下來❻。不知弦上曲，清切為誰哀❼。

【注釋】❶寶靨　古代婦女首飾，即花鈿。唐杜甫〈琴臺〉：「野花留寶靨，蔓草見羅裙。」仇兆鰲注：「趙曰：寶靨，花鈿也……朱注：唐時婦女多貼花鈿於面，謂之靨飾。」❷玉臺　鏡臺（上面裝著鏡子的梳妝臺）的美稱。唐王昌齡〈朝來曲〉：「盤龍玉臺鏡，唯待畫眉人。」❸孤鶴唳　比喻箏演奏的淒涼之音。唐杜牧〈洛陽長句二首〉其二：「月鎖名園孤鶴唳，川酣秋夢鑿龍聲。」❹洄　水流迴旋。❺引　伸著頸項。唐李深〈遊爛柯山〉其一：「坐引群峰小，平看萬木低。」❻行雲欲下來　即「響遏行雲」，形容箏演奏動聽，能使雲停止不前。語本《列子・湯問》：「薛譚學謳於秦青，未窮青之技，自謂盡之，遂辭歸。秦青弗止。餞於郊衢，撫節悲歌，聲振林木，響遏行雲。薛譚乃謝求反，終身不敢言歸。」唐李白〈南都行〉：「清歌遏流雲，豔舞有餘閑。」❼為誰哀　唐杜甫〈雨〉：「楚宮久已滅，幽佩為誰哀。」

【語譯】西鄰女子面飾花鈿，彈箏依傍鏡臺邊。如孤獨之鶴在秋風中長唳，似百道泉水在夕陽下迴旋。坐聽者驚歎中伸長脖頸，行雲也為之停止不前。不知這絃上流淌出的樂曲，清亮急切為何事哀傷無限。

【研析】在極講求為臣忠耿氣節的明廷氛圍中，寧願受廷杖而死也要上疏勸諫帝王者，一向不乏其人；若依附奸佞權閹而平步青雲，就要受到輿論的譴責，為正直士大夫所不齒，留下千載罵名。康海落職削籍是與權閹劉瑾的不法事發伏誅，存在一定的因果關係，與康海同列於劉瑾「奸黨」

者二十八人，其屈辱心態可想而知。在〈答沈崇實書〉中，康海曾悲憤地說：「士之所哀，莫甚於名喪節靡而身死不與也。今不肖已喪名靡節矣，即使長生百年，有顏回、曾子之行，程伯、朱季之作，亦不可自明於千世之下，此固志士之深悲也。」這種深悲縈繞於懷，伴他走過了後半生近三十年的路程，只能在縱情詩酒風月、製樂造曲之中討生活，這對於一位極有用世之心的不世才子而言，無疑會痛苦萬分。

這首詩借聞聽鄰女之彈箏而抒悲憤之情，集中表現於尾聯兩句，「清切為誰哀」者，一錘定音，決定了全詩的基調。頷聯、頸聯四句寫音樂之動聽，備見神采。在這方面，作者無疑是斲輪高手，其七古〈聽韓景文彈琵琶〉有云：「倉庚微吟柔桑低，凍竹乍裂淇園隈。遊蜂逐萼遠不歇，曲嶺回巒繁更催。千山葉落九天雨，空谷朝驚三月雷。悠揚拂掉轉相勝，開喝遞互清且哀。」形容悅耳之音樂，堪與唐白居易〈琵琶行〉媲美，更可見其對音樂的感悟力，功力甚深，與這首〈聞箏〉一樣，皆不愧為才子之筆。

送都玄敬

邊貢

【題解】 這首五律是一首送別之作。都玄敬，即都穆（西元一四五九—一五二五年），字玄敬，吳縣（今江蘇蘇州）人。弘治十二年（西元一四九九年）進士，歷官工部主事、禮部郎中，以太僕少卿致仕。清修博學，為時所重，著有《寓意編》、《南濠詩略》等。

【作　者】邊貢（西元一四七六—一五三二年），字廷實，號華泉，歷城（今山東濟南）人。弘治九年（西元一四九六年）進士，歷官太常博士、兵科給事中、陝西、河南提學副使、南京戶部尚書，後以縱酒廢職罷官歸。明代「前七子」之一，著有《邊華泉集》十四卷。《明史》卷二八六〈文苑二〉有傳，內云：「貢早負才名，美風姿，所交悉海內名士。久官留都，優閒無事，游覽江山，揮毫浮白，夜以繼日。都御史劾其縱酒廢職，遂罷歸。」清錢謙益《列朝詩集小傳》丙集〈邊尚書貢〉引袁袠語云：「李、何、徐、邊，世稱四傑。邊稍不逮，只堪鼓吹三家耳。」清朱彝尊《靜志居詩話》卷一〇〈邊貢〉有云：「華泉諸體不及三家，獨五言絕句擅場。」《四庫全書總目提要》卷一七一著錄邊貢《華泉集》十四卷，引陳子龍語云：「尚書才情甚富，能於沉穩處見其流麗。聲價在昌穀之下、君采之上。今考其詩，才力雄健，不及李夢陽、何景明善於用長；意境清遠，不及徐禎卿、薛蕙善於用短。而夷猶於諸人之間，以不戰為勝。無憑陵一世之名，而時過事移，日久論定，亦不甚受後人之排擊。」陳田《明詩紀事》丁籤卷二選邊貢詩三十七首，有按語云：「華泉古詩佳作不及何、李之多，律體翩翩，自是風流一代人豪。竹垞專取五絕，未為知音。」

驅馬別君處，秋陰❶當暮生。林柯❷無靜葉，江雁有歸聲。綠水閶門❸道，青山建業❹城。未能同理楫❺，延佇❻獨含情。

【注　釋】❶秋陰　唐羅隱〈漢江上作〉：「雲生岸谷秋陰合，樹接帆檣晚思來。」❷林柯　林木的枝條。唐韓愈〈南山詩〉：「林柯有脫葉，欲墮鳥驚救。」❸閶門　故址在今江蘇蘇州城西，春秋吳國始建。原有水陸

兩城門，明代這裡屬於繁華地帶，今存者僅為陸門兩側城牆遺跡。唐劉禹錫〈泰娘歌〉：「泰娘家本閶門西，門前綠水環金堤。」❹建業 即今江蘇南京。❺理楫 謂舉槳行舟。❻延佇 久立而望。

【語譯】驅馬與君相別的地方，暮色中秋陰又多幾重。風吹林木樹葉搖曳，耳中傳來江上歸雁的叫聲。君將乘舟在駛向故鄉的水路，我們分別在青山環繞的建業城。不能與君一同行舟而去，久立江邊瞻望無限含情。

【研析】邊貢寫這首五律時正在南京為官，在一個陰沉秋天的日暮時分，他驅馬至江邊為友人送行，在秋風颯颯、木葉搖曳的氛圍中，又不時傳來江上歸雁的叫聲。此詩首聯與頷聯渲染友人離別之景象，聲情並茂。頸聯出句寫友人都穆的去處，對句寫二人分別的地方，不用謂語動詞而情景雙繪。「綠水」與「青山」的對偶，或許化用唐王灣〈次北固山下〉「客路青山外，行舟綠水前」詩意；此外，唐李白〈別中都明府兄〉：「城隅淥水明秋日，海上青山隔暮雲。」唐任華〈寄李白〉：「綠水青山知有君，白雲明月偏相識。」皆有可能是詩人構思中的參考意象，體現了「前七子」詩宗盛唐的價值取向。尾聯對句顯然受李白〈黃鶴樓送孟浩然之廣陵〉一詩的影響，所謂「孤帆遠影碧空盡，惟見長江天際流」，含情延佇、依依惜別盡在不言之中。

明末陳子龍《明詩選》對邊貢有評語云：「廷實粗率未除，然時見精詣，五言尤稱長城。」明顧起綸《國雅品》有云：「(邊貢) 其集中篇章頗富，如『綠水閶門道，青山建業城』，『地入河源渺，天連塞日曛』，又『魯連箭滅遺書在，微子城荒故堞留』，『千盤鳥道懸雲上，五色龍江抱日流』，應是豪華語。《卮言》云『廷實如五陵裘馬，千金少年』，信然。」可見推崇。

謁文山祠

邊　貢

【題　解】這首七律寫於邊貢在京師為官時。文山祠，即南宋民族英雄文天祥的祠堂，今存，在今北京市東城區府學胡同。文天祥（西元一二三六—一二八三年），字宋瑞，一字履善，號文山，吉州廬陵（今江西吉安）人。寶祐四年（西元一二五六年）進士第一，歷官湖南提刑、平江知府、右丞相兼樞密使，力主抗擊元人入侵。祥興元年（西元一二七八年）十二月在五坡嶺（今廣東海豐北）被俘，送囚大都（今北京市）三年，威武不屈，元至元十九年十二月初九日（西元一二八三年一月九日）在柴市從容就義。明太祖洪武九年（西元一三七六年），按察司副使劉嵩在文天祥就義處附近建文丞相祠，立塑像，這一帶即稱教忠坊。明成祖永樂六年（西元一四〇八年），祠堂由朝廷重建，並正式列入祀典。後人輯有《文山先生全集》，《宋史》卷四一八有傳。

丞相❶英靈迥未消❷，絳帷❸燈火颯寒飆❹。乾坤❺浩蕩❻身難寄，道路間關❼夢且遙。花外子規❽燕市❾月，水邊精衛❿浙江潮⓫。祠堂亦有西湖樹⓬，不遣南枝向北朝⓭。

【注　釋】❶丞相　文天祥於宋恭帝德祐二年（西元一二七六年）正月被任命右丞相，赴元營談判被扣留，後

逃脫；宋端宗立，復拜右丞相兼樞密使，封信國公。❷迴未消　全未消。迴，副詞，表示程度深。❸絳帷　謂文天祥塑像前的紅色帷幕。❹颯寒飆　謂寒風拂拭而過。❺乾坤　謂天地。❻浩蕩　廣大曠遠。❼間關　崎嶇展轉。❽子規　即杜鵑鳥，又名杜宇，舊傳古蜀王杜宇的魂魄化為杜鵑鳥，春末夏初，常晝夜啼鳴，其聲哀切，至口角血出乃止。事見《華陽國志・蜀志》、《成都記》。❾燕市　謂燕京，即今北京市。❿精衛　古代神話中鳥名，《山海經・北山經》：「發鳩之山，其上多柘木。有鳥焉，其狀如烏，文首、白喙、赤足，名曰精衛，其鳴自詨。是炎帝之少女名曰女娃，女娃游于東海，溺而不返，故為精衛，常銜西山之木石，以堙于東海。」後世常比喻有仇恨而志在必報或不畏艱難、奮鬥不懈的人。⓫浙江潮　即錢塘潮，因浙江入海口呈喇叭形，農曆每月十六至十八日造成極其壯觀的湧潮，古人傳說春秋時被吳王夫差冤殺的伍子胥的魂魄所化。參見本書所選瞿佑〈伍胥廟〉注❽。⓬西湖樹　據說杭州西湖側岳飛墓上之樹皆向南生長，人們認為是其忠義所感。參見本書所選高啟〈岳王墓〉注❶。文丞相祠正殿前原有槐、棗樹各一棵，相傳為文天祥親手所栽，今槐樹已無。⓭不遣南枝向北朝　謂文天祥寧死不屈的人格如同岳飛。參見本書所選高啟〈岳王墓〉注❶。文天祥自編其詩集即名《指南錄》，亦可見其報國赤膽忠心。

【語　譯】文丞相的英靈全未消散，有寒風拂拭過紅色帷幕前的燈焰。天地廣大竟無忠臣的寄身之所，押往燕京的道路崎嶇入夢亦難。花枝外杜鵑啼向燕市的寒月，精衛填海的決心，就是伍子胥發怒的錢塘狂瀾。祠堂也有如同西湖岳飛墓上的樹木，報國之心令枝枝向南。

【研　析】清黃宗羲〈有明兵部左侍郎蒼水張公墓誌銘〉有云：「慷慨赴死易，從容就義難。」文天祥之被殺就是一個從容就義的過程，因而更令後人敬仰。據《宋史》本傳記述：「時世祖皇帝多求才南官，王積翁言：『南人無如天祥者。』遂遣積翁諭旨，天祥曰：『國亡，吾分一死矣。』

倘緣寬假，得以黃冠歸故鄉，他日以方外備顧問，可也。若遽官之，非直亡國之大夫不可與圖存，舉其平生而盡棄之，將焉用我？』積翁欲合宋官謝昌元等十人請釋天祥為道士，留夢炎不可，曰『天祥出，復號召江南，置吾十人於何地！』事遂已。」留夢炎仕履與文天祥略同，他淳祐五年（西元一二四五年）進士第一，德祐元年（西元一二七五年）拜右丞相兼樞密使，進左丞相，元軍逼近臨安（今浙江杭州），他棄官逃歸，隨後投降元軍。如此貪生怕死的膽小鬼，與文天祥相比已經判若雲泥，關鍵時刻又落井下石，杜絕文天祥求為道士的生路，小人嘴臉暴露無遺。

清沈德潛《明詩別裁集》卷五選邊貢詩十三首，於此詩下有評云：「後半神到，弔信國詩，此為第一。」但他選此詩則用明陳子龍《明詩選》卷八所錄李雯的改本，即將頷聯「乾坤」兩句妄改為「黃冠日月胡雲斷，碧血山河龍馭遙」，實為點金成鐵。儘管文天祥求為黃冠（道士）事固屬人情之常，無可諱言，但如此一改，實在是佛頭著糞。將近三百年後，清代史學家趙翼（西元一七二七—一八一四年）寫有〈過文信國祠同舫菴作〉三首，其一尾聯有云：「何事黃冠樽俎語，平添野史汙名流。」乾脆否定「黃冠」一事，也屬迂腐之論！讀古書或論今事，動輒責人以死，是隔岸觀火、不負責任之談。一線求生之企盼，膽小鬼如是，仍是膽小鬼；英雄如是，更能體現英雄的真誠性情。英雄絕非不食人間煙火的怪物！

嫦娥

邊貢

【題解】這是一首七絕，作者題下自注云：「時外舅胡觀察謝政家居，寄此通慰。」胡觀察，生

平不詳，對於鑑賞此詩並無大礙。觀察，承襲宋代觀察使（虛銜）之稱呼，當謂明代州一級的官員。謝政，即辭官退休。嫦娥，神話傳說中的月中女神。原作「恒娥」，俗作「姮娥」，《淮南子・覽冥》：「羿請不死之藥於西王母，姮娥竊以奔月。」漢高誘注：「姮娥，羿妻，羿請不死之藥於西王母，未及服之，姮娥盜食之，得仙，奔入月中，為月精也。」漢代因避漢文帝劉恆諱，改稱「常娥」，通作「嫦娥」。詩題〈嫦娥〉，清錢謙益《列朝詩集》丙集選此詩題作〈題美人〉，意義反而隱晦不明。

月宮❶秋冷桂團團❷，歲歲花開只自攀。共在人間說天上，不知天上憶人間。

【注　釋】❶月宮　古代神話傳說中的宮殿，為嫦娥所居。又稱廣寒宮。❷桂團團　語本唐李白〈古朗月行〉：「仙人垂兩足，桂樹作團團。」又南朝梁江淹〈劉文學楨感懷〉：「蒼蒼山中桂，團團霜露色。」桂花開放簇聚呈球形，故稱。神話傳說月中有桂樹，高五百丈，下有一人，名吳剛，學仙有過，謫令常斫桂樹，樹創隨合。事見《初學記》卷一引晉虞喜《安天論》、唐段成式《酉陽雜俎・天咫》。

【語　譯】冷秋中廣寒宮桂花簇聚團團，每年花開只有嫦娥一人將枝攀。人間世都說天上好景象，卻不知天上嫦娥正思念人間。

【研　析】這首七絕以天上與人間為喻，顯然取意於唐李商隱〈嫦娥〉：「雲母屏風燭影深，長河

漸落曉星沉。嫦娥應悔偷靈藥，碧海青天夜夜心。」李商隱寫嫦娥就是為自己寫心，透露出自家處於兩難抉擇中的幾許無奈。古代受儒家傳統思想影響較深的文人，都有極力保持自己獨立人格的心理取向，往往一肚皮不合時宜，他們清高孤傲，不願意和光同塵，與世俗同趨；但有時卻又感到十分孤寂落寞，嚮往與他人的心靈溝通。而這一現實中的矛盾實在難以解決，映現於詩，就有了這一矛盾嫦娥的形象。

邊貢此詩取喻恰與李商隱相反，他以人間比喻謝政家居，以天上比喻居官為政，所體現的則是士人行藏出處的矛盾。在封建專制官本位的社會中，大小官員一旦卸任，那種失落感是平常人所難體會的。這位胡觀察謝政原因不明，若非主動退居林下，自然也須他人勸慰方能達到某種心理上的平衡。詩人以嫦娥天上、人間所處不同位置的比較，證明為官高高在上的孤寂無奈，就是反襯為民更具人情味生活的有趣，如此巧妙設喻，的確是一把可以解開心鎖的萬能鑰匙。七絕詩四句二十八字，若能融入詩人巧思，也自能擴充容量，風光無限。

市隱

唐錦

【題　解】這是一首七絕。市隱，即指隱居於城市，《晉書》卷八二〈鄧粲傳〉：「夫隱之為道，朝亦可隱，市亦可隱。隱初在我，不在於物。」

【作　者】唐錦（西元一四七六—一五五四年），字士絅，或作士綱，號龍江，上海人。弘治九年（西元一四九六年）進士，歷東明知縣、兵科給事中，清理廣東鹽法，忤劉瑾，謫判深州。瑾誅，

升南膳部主事，累官江西提學副使。曾助王守仁攻取宸濠，建首功。尋落職致仕。卒年近八十歲。著有《龍江集》十四卷。明焦竑《國朝獻徵錄》卷八六有傳。陳田《明詩紀事》丁籤卷七選唐錦詩一首。

滿城車馬任追攀❶，靜臥心閒❷夢亦閒。門外紅塵❸三十丈，垂簾如隔萬重山❹。

【注釋】❶追攀　追隨攀援，比喻世俗爭名奪利。南朝宋何承天〈上陵者篇〉：「上陵者，相追攀，被服纖麗振綺紈；攜童幼，升崇巒，南望城闕鬱盤桓。」❷心閒　謂靜心節欲，免除一切功名爭競之心。唐白居易〈北窗閒坐〉：「自有延年術，心閒歲月長。」❸紅塵　謂車馬揚起的飛塵。唐陳子昂〈于長史山池三日曲水宴〉：「日落紅塵合，車馬亂縱橫。」❹垂簾如隔萬重山　唐張蠙〈和崔監丞春遊鄭僕射東園〉：「春興隨花盡，東園自養閒。不離三畝地，似入萬重山。」

【語譯】任滿城車馬客為名利追攀，我靜臥家中心閒作夢也心寬。任憑門外車馬揚塵亂烘烘，我放下簾櫳就與鬧市相隔萬重山。

【研析】晉陶淵明〈飲酒詩二十首〉其五：「結廬在人境，而無車馬喧。問君何能爾，心遠地自偏。採菊東籬下，悠然見南山。山氣日夕佳，飛鳥相與還。此中有真意，欲辨已忘言。」陶詩所謂「心遠地自偏」，正是唐錦這首七絕的主旨所在。晉王康琚〈反招隱詩〉：「小隱隱陵藪，大隱

隱朝市。」所謂「大隱」是古人處世的最高境界，實在是不易達到，於是唐代白居易提出了一個「中隱」概念。其〈中隱〉有云：「大隱住朝市，小隱入丘樊。丘樊太冷落，朝市太囂喧。不如作中隱，隱在留司官。似出復似處，非忙亦非閒。不勞心與力，又免飢與寒。終歲無公事，隨月有俸錢。」唐人稱分司東都洛陽者為留司，留司官屬於閒職，在「出」與「處」之間。以當閒官為中隱，這種機會可遇而不可求，屬於詩人的調侃之語，自然不能認真。在有一定的物質保障之下，精神生活即內心的充實最為重要，孔夫子之所以有「發憤忘食，樂以忘憂，不知老之將至」（《論語・述而》）的悠然自得之態，《孟子・盡心下》「充實之謂美」或可下一注腳。讀唐錦這首〈市隱〉，亦當作如是觀。

在武昌作

徐禎卿

【題　解】這是一首五律。武昌，即明代湖廣布政使司武昌府，明初以元湖廣行省武昌路改置，治所江夏（今湖北武漢武昌）。

【作　者】徐禎卿（西元一四七九—一五一一年），字昌穀，一字昌國，吳縣（今江蘇蘇州）人。弘治十八年（西元一五〇五年）進士，授大理左寺副，坐失囚，貶國子博士。後信仰道教，三十三歲即卒於京師。明代「前七子」之一，少與祝允明、唐寅、文徵明齊名，號「吳中四才子」。著有《徐迪功集》六卷。《明史》卷二八六〈文苑二〉有傳，內云：「禎卿體癯神清，詩鎔鍊警，為吳中詩人之冠，年雖不永，名滿士林。」清錢謙益《列朝詩集小傳》丙集〈徐博士禎卿〉有云：

「其持論於唐名家獨喜劉賓客、白太傅，沉酣六朝散華流豔文章煙月之句，至今令人口吻尤香。登第之後，與北地李獻吉游，悔其少作，改而趨漢、魏、盛唐，吳中名士頗有『邯鄲學步』之誚。然而標格清妍，摛詞婉約，絕不染中原傖父槎牙奡兀之習，江左風流，故自在也。」清朱彝尊《靜志居詩話》卷一〇〈徐禎卿〉有云：「其詩不專學太白，而彷彿近之。七言勝於五言，絕句尤勝諸體。」《四庫全書總目提要》卷一七一著錄徐禎卿《迪功集》六卷附《談藝錄》一卷，引毛先舒《詩辨坻》曰：「昌穀《迪功集》外，復有《徐迪功外集》，皇甫子安為序而刻之者。又有《徐氏別稿》五集，曰《鸚鵡編》、《焦桐集》、《花間集》、《野興集》、《自慚集》。」「《迪功集》是所自選，風骨最高。《外集》殊復奕奕。《焦桐》多近體，最疵。《鸚鵡》多學六朝，間雜晚唐，有〈竹枝〉、〈楊柳〉之韻。《花間》『文章江左家家玉，煙月揚州樹樹花』，於詩為小乘，入詞亦苦於不稱。他如『花間打散雙蝴蝶，飛過牆兒又作團』。〈詠柳花詩〉云『轉眼東風有遺恨，井泥流水是前程』，便是詞家情語之最。」陳田《明詩紀事》丁籤卷二選徐禎卿詩十首，有按語云：「昌穀才力不及李、何富健，而清詞逸格，矯矯出群，不授後人指摘，良由存詩不多耳。」

洞庭葉未下❶，瀟湘❷秋欲生。高齋❸今夜雨，獨臥武昌城。重以桑梓❹念，淒其❺江漢❻情。不知天外雁，何事樂長征❼？

【注釋】❶洞庭葉未下　謂時令尚未進入秋天。語本《楚辭・九歌・湘夫人》：「嫋嫋兮秋風，洞庭波兮木葉下。」洞庭，即洞庭湖，在今湖南北部，長江南岸，為我國第二大淡水湖，南及西納湘、資、沅、澧四水。

❷瀟湘　謂湘江，因湘江水清深，故名。北魏酈道元《水經注》卷三八〈湘水〉：「二妃從征，溺于湘江。神遊洞庭之淵，出入瀟湘之浦。瀟者，水清深也。」南齊謝朓〈新亭渚別范零陵雲〉：「洞庭張樂地，瀟湘帝子遊。」徐禎卿〈古意〉：「帝子葬何處，瀟湘雲正深。」明代湖廣布政使司轄境當今湖北、湖南兩省，故詩中言武昌而地域波及洞庭、瀟湘。❸高齋　高雅的館舍，常用作對他人屋舍的敬稱。❹桑梓　東漢以來一直以「桑梓」借指故鄉或鄉親父老。《詩經．小雅．小弁》：「維桑與梓，必恭敬止。」朱熹集傳：「桑、梓二木。古者五畝之宅，樹之牆下，以遺子孫給蠶食、具器用者也……桑梓父母所植。」❺淒其　淒涼的樣子。唐高適〈東平別前衛縣李寀少府〉：「此地從來可乘興，留君不住益淒其。」❻江漢　謂長江與漢水，漢水在武昌匯流長江。❼長征　長途遠行。

【語　譯】洞庭湖的木葉尚未飄落，瀟湘一帶秋色已漸生成。高齋落下今夜的雨，我獨自安臥在武昌城。對故鄉父老的懷念永無休止，淒涼是在這江漢匯流處的心情。不知那天上的大雁，為什麼樂於年年的遠征？

【研　析】清王士禛《池北偶談》卷一八〈徐曹詩〉一則云：「徐禎卿『洞庭葉未下，瀟湘秋欲生』一篇，非太白不能作，千古絕調也。曹學佺亦有〈秦淮送別〉一篇云：『疏籬豆花雨，遠水荻蘆煙。忽弄月中笛，欲開江上船。』情致殆不減徐。」所稱賞者無非是徐、曹兩人淒清淡遠又略帶惆悵的詩風，這與其一貫倡導的神韻說若合符契。此後王士禛在其《香祖筆記》卷五中又云：「謝玄暉『洞庭張樂地』，李太白『黃鶴西樓月』二詩，同是絕唱。唐人劉綺莊詩：『桂楫木蘭舟，楓江竹箭流。故人從此去，望遠不勝愁。落日低帆影，歸風引櫂謳。思君折楊柳，淚盡武昌樓。』妙處不減謝、李。徐昌穀『洞庭葉未下』一篇，尤為清警。右四詩皆奇作也。」寓人生感慨於富

有情韻意義的地名連綴中，也是王士禛「神韻」產生的重要因子。

嚴格而論，徐禎卿這首五律頷聯當用對偶句而未用，首聯不當對偶卻用了偶句，或許是為追求表達的流暢而不得不爾。清沈德潛《明詩別裁集》卷六選徐禎卿詩二十三首，於此詩下引李雯評語云：「八句竟不可斷。」所稱賞者就是這種詩意一氣呵成的流暢。沈德潛另有評云：「五言律皆孟襄陽遺法，純以氣格勝人。」唐孟浩然擅長五律，如〈望洞庭湖贈張丞相〉早已膾炙人口：「八月湖水平，涵虛混太清。氣蒸雲夢澤，波撼岳陽城。欲濟無舟楫，端居恥聖明。坐觀垂釣者，空有羨魚情。」此詩頷聯對偶極有氣勢，頸聯則不求對仗工穩，而意味良深，所謂「氣格」者，或體現於此。錢鍾書《談藝錄》第六〇五頁認為：「禎卿此篇亦假借韋蘇州〈新秋夜寄諸弟〉『高梧一葉下，空齋秋思多』及〈聞雁〉：『故園渺何處，歸思方悠哉。淮南秋雨夜，高齋聞雁來。』」這為我們鑑賞徐禎卿此詩，無疑又增加了一條路徑。

偶見

徐禎卿

【題解】這是一首七絕。偶然見到，忽生靈感，吟成小詩，以寄託瞬間情感，即成「偶見」。唐詩中題名「偶見」者，杜牧、韓偓各一首，杜牧另有〈江上偶見絕句〉一首，也可算為一類。唐杜牧〈偶見〉：「朔風高緊掠河樓，白鼻騧郎白罽裘。有箇當壚明似月，馬鞭斜揖笑回頭。」徐禎卿此詩情景類似於杜牧，皆為馬上所偶見，或有效法處。

深山曲路見桃花，馬上匆匆日欲斜。可奈玉鞭❶留不住，又銜春恨❷到天涯❸。

【注　釋】❶玉鞭　謂鞭柄鑲有玉飾物的馬鞭。唐王建〈田侍郎歸鎮八首〉其四：「萬里雙旌汾水上，玉鞭遙指白雲莊。」前蜀韋莊〈古別離〉：「更把玉鞭雲外指，斷腸春色在江南。」❷春恨　謂春愁、春怨。前蜀韋莊〈庭前桃〉：「五陵公子饒春恨，莫引香風上酒樓。」❸到天涯　元馬致遠〈天淨沙〉：「古道西風瘦馬，夕陽西下，斷腸人在天涯。」

【語　譯】深山曲折的山路上見到一樹桃花，匆匆騎馬而過斜陽欲下。無奈玉鞭輕搖留不住馬蹄聲碎，牠口銜春愁又要遠行天涯。

【研　析】清代徐蘭〈出居庸關〉：「憑山俯海古邊州，旆影風翻見戍樓。馬後桃花馬前雪，出關爭得不回頭。」桃花一樹，見於邊遠或深山，鮮明耀眼，對於行旅中人自有強烈的視覺衝激效果。桃花，或作「桃華」，禪宗有所謂「桃華悟道」之公案，闡釋「頓悟」。宋普濟《五燈會元》卷四〈靈雲志勤禪師〉：「福州靈雲志勤禪師，本州長溪人也。初在溈山，因見桃華悟道，有偈曰：『三十年來尋劍客，幾回落葉又抽枝。自從一見桃華後，直至如今更不疑。』溈覽偈，詰其所悟，與之符契。溈曰：『從緣悟達，永無退失，善自護持。』」此公案所反映的是處處有禪，頭頭是道（佛教謂處處都存在著道）的思想，後世參禪者常有拈提。

王陽明心學倡「心外無理」、「心外無物」，並所謂「龍場悟道」，也與花有關。他因得罪劉瑾，

被貶貴州龍場驛，在〈訓龍場諸生〉中說：「爾未看此花時，此花與爾心同歸於寂。爾來看此花時，則此花顏色，一時明白起來。便知此花，不在爾的心外。」徐禎卿這首七絕以「偶見」為題，是否懷有禪宗「頓悟」或陽明心學「心外無物」的哲理因素，則作者未必然，讀者何必不然？本詩之後兩句輕巧倩麗，又滿懷幽怨之情，堪稱詩眼所在。「留不住」的對象以及「又銜」的主語何在？是詩人所騎行之馬呢，還是銜山的夕陽？的確耐人尋味。本詩「語譯」以所騎行之馬為釋，一家之言而已，讀者可自行體悟。

送白參議

胡纘宗

【題　解】這首五絕是一首送別詩，當作於胡纘宗任職翰林院檢討之際。白參議，即白圻（西元一四六六——一五一七年），字輔之，號敬齋，武進（今江蘇常州）人。明憲宗成化二十年（西元一四八四年）進士，授南京戶部主事，歷浙江參議、福建參政，有政聲。正德中官至右副都御史。參議，明代各布政使司置，有左、右之分，無定員，因事而設，各省不等，秩從四品。掌分守各道，及派管糧儲、屯田、清軍、驛傳、水利、撫民等事務。

【作　者】胡纘宗（西元一四八〇——一五六〇年），字孝思，更字世甫，號可泉，又號鳥鼠山人，秦安（今屬甘肅）人。正德三年（西元一五〇八年）進士，授檢討，出為嘉定判官，遷知潼川，歷官吏部郎中、安慶知府、右副都御史巡撫山東，改河南，俱有政聲。後因仇家告訐，遭廷杖，革職歸，以著述終。著有《鳥鼠山人集》二十九卷。《明史》卷二〇二有傳。清錢謙益《列朝詩集

小傳》丙集〈胡副都纘宗〉謂其：「出知安慶府，移守蘇州，在郡才敏風流，前後罕儷，觴詠留題，遍滿湖山泉石間。」清朱彝尊《靜志居詩話》卷一〇〈胡纘宗〉有云：「孝思詩未入格，顧沾沾自喜，到處留題。」《四庫全書總目提要》卷一七六著錄胡纘宗《鳥鼠山人集》二十九卷，內云：「其詩激昂悲壯，頗近秦聲，無嫵媚之態，是其所長，多粗厲之音，是其所短。」陳田《明詩紀事》戊籤卷一〇選胡纘宗詩二首。

繫客千雲樹❶，隨人月半帆❷。秋風辭冀北❸，春雨夢江南❹。

【注釋】❶雲樹　雲與樹木，唐杜甫〈春日憶李白〉：「渭北春天樹，江東日暮雲。」後用「雲樹之思」比喻朋友闊別的相思之情。唐白居易〈早春西湖閒遊悵然興懷寄微之〉：「雲樹分三驛，煙波限一津。翻嗟寸步隔，卻厭尺書頻。」明高啟〈讀周記室《荊南集》〉：「生別猶疑不再逢，楚天雲樹隔重重。」❷半帆　謂行船掛帆一半，比喻順風且風勢較大。唐許渾〈送杜秀才歸桂林〉：「兩岸曉霞千里草，半帆斜日一江風。」❸冀北　這裡代指京師（今北京市）。❹江南　通常謂今江蘇、安徽兩省的南部和浙江省一帶，這裡當謂浙江，蓋白圻時任浙江布政使司參議。

【語譯】雲樹千萬皆有留客之心，月下順風行舟只需半帆。秋風中君辭別京師赴任，我夢中將懷念你在春雨江南。

【研析】胡纘宗小白圻十四歲，中進士晚白圻二十四年，無論年齡、科舉，皆屬後輩晚生，所以此送行詩就不能如同友朋一般不拘形跡，而需要把握一定的分寸，方能於敬長中不失熱情，官場

應酬的尺度皆在其中。首二句含蓄中暗寓懷念與一路順風的言外意，措語得體，不失晚輩景仰之情。第三句「冀北」一詞除表示送別地點外，另有一定的情韻義。《左傳・昭公四年》：「冀之北土，馬之所生。」後世遂將「冀北」視為名馬產地，並指人才薈萃之所。唐韓愈〈送溫處士赴河陽軍序〉：「伯樂一過冀北之野，而馬群遂空……東都固士大夫之冀北也。」這裡顯然有將白圻視為伯樂的言外意。第四句指出白圻赴官的目的地，旖旎明麗，道盡江南風物。元虞集〈風入松〉：「報道先生歸也，杏花春雨江南。」寫江南雨中春景，一向被視為名句，甚至被當時機坊織於羅帕之上，深受世人歡迎。這裡「夢」是作者之夢，但江南則是被送者的來年居所，用「春雨」二字聯繫，令江南生機情韻盡顯，可以視為作者的祝福，也隱含有思念的內涵。

登凌歊臺次韻

胡纘宗

【題　解】這首七律，胡纘宗作於安慶知府任上。凌歊臺，故址在今安徽當塗城北五里處黃山山巔，始建於南朝劉宋時代，傳說為宋武帝劉裕的避暑行宮，一說為南朝宋孝武帝劉駿的行宮。《江南通志》卷三五：「凌歊臺在當塗縣西北黃山，宋孝武帝築以避暑，即宋行宮也。面勢虛廠，高出塵壒之表。」宋樂史《太平寰宇記》卷一〇五：「黃山在縣西北五里，上有宋凌歊臺，周回五里一百步，高四十丈，石碑見存。」次韻，依次用所和詩中的韻作詩。也稱步韻。世傳次韻始於唐白居易、元稹，稱「元和體」，一說起於南北朝。

歌舞三千何日回❶，空留江水抱荒臺❷。寺頭雲遠石猶在❸，浦口❹日高潮自來❺。路入煙霄❻松蓋❼長，山圍城郭畫屏❽開。放歌欲借晚霞坐，不惜仙翁❾醉掃苔。

【注釋】❶歌舞三千何日回　語本唐許渾〈凌歊臺〉：「宋祖凌高樂未回，三千歌舞宿層臺。」❷空留江水抱荒臺　宋吳芾〈凌歊臺六首〉其六：「宋武當年跡已陳，荒臺寂寞幾經春。」❸石猶在　謂凌歊臺殘存之石碑。唐李白〈姑孰十詠・凌歊臺〉：「欲覽碑上文，苔侵豈堪讀。」南宋末汪元量〈凌歊臺〉：「百尺凌歊事已非，古碑岩畔上苔衣。」❹浦口　小河入江之處。❺潮自來　唐劉滄〈長洲懷古〉：「千年事往人何在，半夜月明潮自來。」❻煙霄　雲霄。唐陳子昂〈春日登金華觀〉：「山川亂雲日，樓榭入煙霄。」❼松蓋　謂喬松枝葉茂密，狀如傘蓋。唐錢起〈登秦嶺半崖遇雨〉：「依岩假松蓋，臨水羨荷衣。」❽畫屏　有畫飾的屏風。❾仙翁　作者自稱，略帶調侃意。

【語譯】宋武帝的三千歌舞不見蹤影，只留下江水懷抱著荒臺。遠雲彌漫山寺舊碑仍在，午時浦口的江潮不請自來。登臺山路上接雲霄一片松林茂密，當塗縣城被群山環繞如同畫屏展開。欲坐晚霞中放聲高歌，不惜醉中自掃石上的蒼苔。

【研析】作者作此詩時正值盛年，仕途堪稱平順，雖有江山依舊、人事盡非的感慨，但卻達觀自處，瀟灑放歌，對未來無限憧憬。明楊慎《丹鉛餘錄》卷一八〈三千歌舞〉：「許渾〈凌歊臺〉詩曰：『宋祖凌歊樂未回，三千歌舞宿層臺。』此宋祖乃劉裕也。《南史》稱宋祖清簡寡欲，儉於

布素，嬪御至少。嘗得姚興從女，有盛寵，頗廢事，謝晦微諫，實時遣出，安得有三千歌舞之事也？審如此，則是石勒之鄴宮，煬帝之江都矣。渾非有意於誣前代，但胸中無學，目不觀書，徒算聲律以僥倖一第，機關用之既熟，不覺於懷古之作亦發之。而後之淺學如楊仲弘、高棅、郝天挺之徒，選以為警策，而村學究又誦以教蒙童，是以流傳至此不廢耳。」唐許渾〈凌歊臺〉：「宋祖凌高樂未回，三千歌舞宿層臺。湘潭雲盡暮山出，巴蜀雪消春水來。行殿有基荒薺合，寢園無主野棠開。百年便作萬年計，巖畔古碑空綠苔。」所謂「三千歌舞」云云，的確不知所本，難怪博學的楊慎提出質疑。

歷代歌詠凌歊臺的文人甚多，李白而外，如宋楊傑〈凌歊臺〉：「大明七年暮冬月，宋武南巡立雙闕。鑾輿先幸凌歊臺，雲中簫鼓轟春雷。六龍一去杳無跡，山花野鳥空相憶。翠羽鳴鞭來不來，景陵芳草年年碧。」大明七年（西元四六三年）為宋孝武帝劉駿統治時期，顯然詩人將凌歊臺的建立與宋武帝劉裕剝離開了。據《宋書》卷六〈孝武本紀〉有「史臣曰」：「役己以利天下，堯、舜之心也；利己以及萬物，中主之志也；盡民命以自養，桀、紂之行也。觀大明之世，其將盡民命乎！雖有周公之才之美，猶終之以亂，何益哉！」宋孝武帝與其祖宋武帝不能混為一談，孝武有「三千歌舞」是可能的。

鄴城

夏言

【題解】這首七絕屬於懷古一類。鄴城，故址在今河北臨漳西南四十里處漳河北岸的鄴鎮，是一

處重要的古都遺址，相傳為春秋時期齊桓公所築。西元前四三九年，魏文侯封鄴，把鄴城當作魏國的陪都。戰國時，西門豹為鄴令，曾投巫治河，歷代流芳。曹魏時建北鄴城，東西長七里，南北長五里，外城七門，內城四門。曹操還以城牆為基礎，建築了著名的三臺，即金鳳臺、銅雀臺、冰井臺。曹丕稱帝後，鄴城為曹魏五都之一，鄴城在北周末年毀於戰火，遺址大部分已被漳河淹沒，地表僅存部分殘缺不全的城垣遺址及高出地面的金鳳殘臺和銅雀臺的東南角。

【作　者】夏言（西元一四八二—一五四八年），字公瑾，號桂洲，貴溪（今屬江西）人，夏鼎子。正德十二年（西元一五一七年）進士，授行人，擢兵科給事中，嘉靖時為兵科都給事中，擢少詹事，兼翰林學士，掌院事，拜六卿，兼武英殿大學士，入參機務，居首輔，加少師特進光祿大夫、上柱國。位極人臣，終為嚴嵩所陷，論斬西市，卒年六十七歲。嚴嵩敗，隆慶初，追復原官，謚文愍。著有《桂洲詩集》二十四卷。《明史》卷一九六有傳，內云：「言豪邁有俊才，縱橫辨博，人莫能屈……然卒為嚴嵩所擠。言死，嵩禍及天下，久乃多惜言者。而言所推轂徐階，後卒能去嵩為名相。」清錢謙益《列朝詩集小傳》丁集〈夏少師言〉有云：「少師賦才敏捷，奏對應制，倚待立辦，以此為人主所知。喜為長短句，在南宮與屬吏虞山楊儀夢羽唱和，今所傳《元相桂翁詞》，及《鷗園新曲》，皆夢羽序而行之。」清朱彝尊《靜志居詩話》卷一〇〈夏言〉有云：「貴溪游覽贈酬之作，不及分宜。而應制詩篇，投〈頌〉和〈雅〉，不若袁文榮之近於褻也。」《四庫全書總目提要》卷一七六著錄夏言《桂洲集》十八卷，有云：「此集凡賦、詩、詞八卷，文十卷，首有〈年譜〉，言未相時以詞曲擅名，然集內詞亦未甚工，詩文宏整而平易，猶明中葉之舊格。」陳田《明詩紀事》戊籤卷一三選夏言詩十八首，有按語云：「五言特具高韻，才本揮霍。長禮部時，與翰苑諸公賦〈觀蓮歌〉，連篇次韻，層出不窮，雖未盡合節，要亦豪宕之作也。絕句尤有風

致。」

不見西陵❶舊築臺❷，城南疑冢❸故壘壘❹。奸雄❺老❻去豪華盡，落日寒原❼生野哀。

【注　釋】❶西陵　東漢末曹操墓地名稱，又稱高陵。曹操〈遺令〉有云：「斂以時服，葬於鄴之西岡，上與西門豹祠相近，無藏金玉珍寶。吾婢妾與伎人皆勤苦，使著銅雀臺，善待之。於臺堂上安六尺床，施繐帳，朝晡上脯糒之屬，月旦，十五日，自朝至午，輒向帳中作伎樂。汝等時時登銅雀臺，望吾西陵墓田。餘香可分與諸夫人，不命祭。諸舍中無所為，可學作組履賣也。」又曹操〈終令〉有云：「古之葬者，必居瘠薄之地。其規西門豹祠西原上為壽陵，因高為基，不封不樹。」❷舊築臺　謂曹操在鄴城城牆上所築之金鳳臺、銅雀臺、冰井臺。❸疑冢　為迷惑人而虛設的墳墓。明陶宗儀《南村輟耕錄》卷二六〈疑冢〉：「曹操疑冢七十二，在漳河上。」❹壘壘　重重堆疊。❺奸雄　謂弄權欺世、竊取高位的人，這裡即指曹操。《荀子‧非相》：「聽其言則辭辯而無統，用其身則多詐而無功；上不足以順明王，下不足以和齊百姓；然而口舌之均，噡唯則節，足以為奇偉偃卻之屬；夫是之謂姦人之雄。」❻老　死的婉辭。❼寒原　謂冷落寂靜的原野。

【語　譯】曹操的西陵與銅雀臺等已不見，唯有城南的疑冢高低重疊隱現。奸雄死去昔日的豪華皆成泡影，夕陽下在冷落的原野頓生哀歎。

【研　析】以今人的眼光看曹操，他無疑是一位政治家、軍事家，屬於有作為的歷史人物。然而在

古人心目中，特別是在宋代以後，曹操與「亂世之奸雄」常常聯繫在一起。小說《三國演義》問世以後，其擁劉反曹的作者傾向，更令曹操成為一位萬人唾罵的亂臣賊子，戲劇舞臺上的他則被塗上了白臉。因其生性狡詐，人們對曹操死後墓地選擇也猜測萬端，七十二疑冢說於是不脛而走。

明陶宗儀《南村輟耕錄》卷二六〈疑冢〉所記，宋俞應符有詩云「生前欺天絕漢統，死後欺人設疑冢。人生用智死即休，何有餘機到丘壟。」「人言疑冢我不疑，我有一法君未知。直須盡發疑冢七十二，必有一冢藏君屍。」明李賢等《明一統志》卷二八〈曹操疑冢〉：「在講武城外，凡七十二處，森然彌望，高者如小山，布列直至磁州而止。宋王安石詩：『青山如浪入漳州，銅雀臺西八九丘。螻蟻往還空隴畝，麒麟埋沒幾春秋。』京鏜詩：『疑冢多留七十餘，謀身自謂永無虞，不知三馬同槽夢。曾為兒孫遠慮無。』」清王士禛《居易錄》卷二九：「曹縣王中丞叔武（崇文）《雜說》云：『正德十一年河北旱，飢民發曹操疑冢凡十三處，皆有屍及銀花燭臺之屬。內一冢磨甓為室，屍臥土床，無棺槨，青巾黃衣，黃鬚黑髮，宛如生者，蓋用水銀以殮，故不腐也。』然其為操疑冢與否，亦不可考。」清代蒲松齡《聊齋志異》也有〈曹操塚〉一篇，所記曹墓在許城外洶湧的河水之下，且暗藏機關。小說家言，不必認真，但反映了後世人對曹操的負面評價。

西元二〇〇九年年末，一則考古消息轟動華夏大地，在今河南安陽安豐鄉西高穴村二號墓（此地與古鄴城遺址隔漳河相望，在其以西偏南近三十里處）中出土許多石牌，或以漢八分體書寫「魏武王常所用挌虎大戟」等內容，另有一「魏武王常所用慰項石」，收繳於盜墓者；墓中男性骨架一，骨齡六十多歲，與曹操終年六十六歲近似，另有兩女性骨架。當地考古人士認為此二號墓即為曹操墓無疑，「千古謎團終破解」；質疑者也大有人在，認為有人蓄意造假。看來曹操高陵何在這一

問題，離最終解決尚有相當距離。

秋江詞

何景明

【題　解】這是一首擬古樂府的詩作，當作於詩人中進士以後在京任職期間。詩寫秋日江上景色與人事，玲瓏剔透，極有特色。

【作　者】何景明（西元一四八三—一五二一年），字仲默，號白坡，又號大復山人，信陽（今屬河南）人。弘治十五年（西元一五〇二年）進士，授中書舍人。以忤權閹劉瑾，謝病歸。瑾誅，復職，官至陝西提學副使，病歸卒，年三十九歲。著有《大復集》三十八卷。《明史》卷二八六〈文苑二〉有傳，內云：「景明志操耿介，尚節義，鄙榮利，與夢陽並有國士風。兩人為詩文，初相得甚歡，名成之後，互相詆諆。夢陽主摹仿，景明則主創造，各樹堅壘不相下，兩人交遊亦遂分左右袒。說者謂景明之才本遜夢陽，而其詩秀逸穩稱，視夢陽反為過之。然天下語詩文必並稱何、李，又與邊貢、徐禎卿並稱四傑。」清錢謙益《列朝詩集小傳》丙集〈何副使景明〉批駁何景明論陶淵明、韓愈有云：「昔賢論仲默之刺韓，以為大言無當，矯誣輕毀，箴彼膏肓，允為篤論矣。獻吉兩書駁何，矛盾互陷，獨於斯言，了無諍論。」清朱彝尊《靜志居詩話》卷一〇〈何景明〉有云：「兩君（謂李夢陽、何景明）皆負才傲物，何稍和易，以是人多附之。」《四庫全書總目提要》卷一七一著錄《大復集》三十八卷，有云：「然二人天分各殊，取徑稍異。故集中與夢陽論詩諸書，反覆詰難，斷斷然兩不相下。平心而論，摹擬蹊徑，二人之所短略同。至夢陽雄邁之氣與景明諧雅之音亦各有所長。正不妨離之雙美，不必更分左右袒也。景明於七言古體深崇四傑轉

韻之格，見所作〈明月篇序〉中。」陳田《明詩紀事》丁籤卷一選何景明詩五首，有按語云：「大復骨清神秀，龍鳳之姿。如虬髯公見太原公子，令人氣奪，與空同固是勁敵。」

煙渺渺❶，碧波遠。白露晞❷，翠莎❸晚。泛綠漪❹，蒹葭❺淺。浦風吹帽寒髮短❻。美人立，江中流❼。暮雨帆檣❽江上舟，夕陽簾櫳❾江上樓。舟中採蓮紅藕香，樓前踏翠❿芳草愁。芳草愁，西風起。芙蓉花⓫，落秋水。魚初肥，酒正美。江白如練⓬月如洗，醉下煙波千萬里。

【注釋】❶煙渺渺　形容煙水浩渺，語本唐白居易〈江南喜逢蕭九徹因話長安舊遊戲贈五十韻〉：「浦深煙渺渺，沙冷月蒼蒼。」又唐劉長卿〈七里灘重送〉：「秋江渺渺水空波，越客孤舟欲榜歌。」❷白露晞　露水被曬乾。語本《詩經・秦風・蒹葭》：「蒹葭萋萋，白露未晞。」❸莎　即莎草，生於潮濕地區或河邊沙地的多年生草本植物，葉細長，深綠色。❹綠漪　綠色水波紋。❺蒹葭　泛指蘆葦一類的水草。❻浦風吹帽寒髮短　語本唐杜甫〈九日藍田崔氏莊〉：「羞將短髮還吹帽，笑倩旁人為正冠。」浦風，水邊的風。吹帽，用秋日孟嘉龍山會落帽事，《晉書》卷九八〈桓溫傳〉：「九月九日，（桓）溫燕龍山，僚佐畢集。時佐吏並著戎服，有風至，吹（孟）嘉帽墮落，嘉不之覺。」❼美人立二句　語本《詩經・秦風・蒹葭》：「所謂伊人，在水一方，溯洄從之，道阻且長。溯游從之，宛在水中央。」❽帆檣　掛帆的桅杆。❾簾櫳　窗簾和窗牖，也泛指門窗的簾子。❿踏翠　意謂踏青遊賞。唐白居易〈從龍潭寺至少林寺題贈同遊者〉：「山屐田衣六七賢，搴芳踏翠弄

潺湲。」⓫芙蓉花　荷花的別名。⓬江白如練　語本南齊謝朓〈晚登三山還望京邑〉：「餘霞散成綺，澄江靜如練。」

【語譯】煙水浩渺，碧波蕩漾去遠。日照露水乾，翠綠莎草臨秋晚。江水泛起綠色波紋，蘆葦稀疏呈現，水邊風起吹帽覺鬢短。美人獨立在江中流，暮雨吹打江上舟的帆檣，夕陽仍斜照江邊樓上窗簾。採蓮的舟中藕香四溢，樓前踏青人令芳草愁怨。芳草愁怨，在西風吹起的瞬間。落入秋水中，是荷花的碎瓣。江魚初肥，酒正芳香醇甘。秋江如白練月色如洗，一醉在這千萬里的煙波間。

【研析】全詩以錯落參差的句式描寫秋江風月，時間跨度是從清早的露水消失到月色籠罩在秋江上，一整天的景色奔競於詩人筆底。詩中有眼前景，也有意中情。白露、翠莎、綠波、蒹葭是眼前景，美人立於江中，則是意中情，不必實際存在。所謂「美人」，不妨視為詩人的一種理想追求，完全化用《詩經・秦風》中的名篇〈蒹葭〉詩意：「蒹葭蒼蒼，白露為霜。所謂伊人，在水一方，溯洄從之，道阻且長。溯游從之，宛在水中央。蒹葭萋萋，白露未晞。所謂伊人，在水之湄。溯洄從之，道阻且躋。溯游從之，宛在水中坻。蒹葭采采，白露未已。所謂伊人，在水之涘。溯洄從之，道阻且右。溯游從之，宛在水中沚。」「暮雨」、「夕陽」看似矛盾的氣象，實則寫出了江天的寥闊深遠，此處有暮雨襲來，不妨彼處夕陽銜山，故有「道是無晴卻有晴」的現象出現。江中採蓮舟，江邊樓前草，屬於中景；最後兩句則是遠景的描繪，也有相當的想像成分在內。清沈德潛《明詩別裁集》卷五選何景明詩四十九首，於此詩下有評云：「『美人娟娟隔秋水』，風度

似之。溫飛卿樂府過於綺旎，詩格轉不逮也。一本節去末二語，更有餘韻。」「美人娟娟隔秋水」是唐杜甫七古〈寄韓諫議〉詩中的一句。「魚初肥，酒正美」兩句，沈德潛選本無，節去末二語，全詩則於「落秋水」處戛然而止。如此處理，可令全詩意象集中，凸顯「美人立」的效果，可備一說。

俠客行

何景明

【題　解】俠客行，為樂府歌辭，這是一首擬樂府詩。參見本書所選李夢陽〈俠客行〉「題解」。詩人在這裡塑造了一位恩怨分明、重義輕利的俠客形象，也屬於作者一種理念的形象化闡釋，並非歌頌現實中存在的人物。

朝入主人門，暮入主人門，思殺主讎謝主恩。主人張燈夜開宴，千金為壽❶百金餞❷。秋堂❸露下月出高，起視廄❹中有駿馬，匣中有寶刀。拔刀躍馬門前路，投主黃金去不顧。

【注　釋】❶為壽　謂以頌壽名義贈人金帛。《戰國策》卷二〇〈趙策三〉：「平原君乃置酒，酒酣，起，前以千金為魯連壽。」❷餞　設酒食送行。❸秋堂　秋日的廳堂，常指書生攻讀課業之所。❹廄　馬房。

【語　譯】早晨出入主人家門，傍晚出入主人家門，意欲殺死主人的仇人報答主人恩。主人家燈火通明大擺夜宴，設酒送行以千金為壽錢。秋堂凝露月已升高，起身看馬房中有駿馬，匣中有寶刀。揮刀跨馬出門上了路，千金擲還主人一去不回顧。

【研　析】封建專制時代的文人階層缺乏社會獨立意識，必須依附某種勢力才能一展懷抱，所謂「士為知己者死，女為悅己者容」，司馬遷在《史記・刺客列傳》與〈報任安書〉中屢有引用。知己之求本是士人尋求自我價值實現的一條路徑，有時卻能模糊了方向，而成為純粹目的性的追求。三國時虞翻被放逐，甚至說：「死以青蠅為弔客，使天下一人知己者，足以不恨。」（見《三國志・吳書・虞翻傳》）作為士人崇尚的做人準則，重義輕利是必須遵守的，因而戰國或西漢時期的俠客形象就成為文人士大夫心目中的榜樣。戰國時「義不帝秦」的魯仲連，是一位頗具俠風的士階層人物，他對平原君趙勝的一席話很有名：「所貴於天下之士者，為人排患、釋難、解紛亂而無所取也。即有所取者，是商賈之人也，仲連不忍為也。」（《戰國策》卷二〇〈趙策三〉）唐李白〈俠客行〉：「十步殺一人，千里不留行。事了拂衣去，深藏身與名。」也是魯仲連一類人物的寫照。何景明此詩所塑造的俠客形象就帶有戰國時期類似魯仲連的士階層形象，可謂是當時文人士大夫在依附統治者的同時又要保持人格獨立的一種幻想，不過寫得有聲有色而已。沈德潛《明詩別裁集》卷五選此詩，有評云：「生氣坌湧，音節亦健勁。」也是僅就全詩聲氣而言。

易水行

何景明

【題解】這是一首懷古的七言古詩。易水，在今河北省西部，大清河上源支流，有北、中、南三支，皆源出易縣，匯合入南拒馬河。戰國時荊軻刺秦的出發地。

寒風夕吹易水波，漸離擊筑荊卿歌❶。白衣灑淚當祖路❷，日落登車去不顧❸。秦王殿上開地圖，舞陽色沮哪敢呼❹。手持匕首擿銅柱，事已不成空罵倨❺。吁嗟乎！燕丹❻寡謀當滅身，光❼也自刎何足云，惜哉枉殺樊將軍❽！

【注釋】❶寒風夕吹易水波二句　謂燕太子丹等易水送別荊軻。據《史記》卷八六〈刺客列傳〉，荊軻離燕入秦，「高漸離擊筑，荊軻和而歌，為變徵之聲，士皆垂淚涕泣。又前而為歌曰：『風蕭蕭兮易水寒，壯士一去兮不復還！』復為羽聲忼慨，士皆瞋目，髮盡上指冠。」漸離，即高漸離，燕國善於擊筑者，荊軻的朋友。筑，古絃樂器名，有五絃、十三絃、二十一絃三種說法。其形似箏，頸細而肩圓，絃下設柱。演奏時，左手按絃的一端，右手執竹尺擊絃發音。荊卿，即荊軻，〈刺客列傳〉：「荊軻者，衛人也。其先乃齊人，徙於衛，衛人謂之慶卿。而之燕，燕人謂之荊卿。荊卿好讀書擊劍。」❷白衣灑淚當祖路　謂易水送別者為荊軻餞行。據〈刺

客列傳〉，荊軻去秦，「太子及賓客知其事者，皆白衣冠以送之。至易水之上，既祖，取道。」祖，古人出行時祭祀路神，引申為餞行。❸日落登車去不顧　謂荊軻義無反顧地踏上刺秦之路。據〈刺客列傳〉：「於是荊軻就車而去，終已不顧。」❹秦王殿上開地圖二句　謂荊軻與助手秦舞陽攜樊於期頭顱與燕國地圖上殿見秦王，秦舞陽色變恐慌。據〈刺客列傳〉：「（秦王）見燕使者咸陽宮。荊軻奉樊於期頭函，而秦舞陽奉地圖柙，以次進。至陛，秦舞陽色變振恐，群臣怪之。荊軻顧笑舞陽，前謝曰：『北蕃蠻夷之鄙人，未嘗見天子，故振慴。願大王少假借之，使得畢使於前。』秦王謂軻曰：『取舞陽所持地圖。』軻既取圖奏之，秦王發圖，圖窮而匕首見。因左手把秦王之袖，而右手持匕首揕之。」秦王，即以後的秦始皇（西元前二五九－前二一〇年），嬴姓，名政，先後滅六國，統一全國，自為始皇帝，廢除封建制，設三十六郡。卒於沙丘，在位二十六年。舞陽，即秦舞陽，燕國的勇士，十三歲曾殺人。色沮，神情頹喪，這裡是恐懼變色的意思。❺手持匕首擿銅柱二句　謂荊軻刺秦王失敗，箕踞而罵秦王。據〈刺客列傳〉：「（秦王）負劍，遂拔以擊荊軻，斷其左股。荊軻廢，乃引其匕首以擿秦王，不中，中桐柱。秦王復擊軻，軻被八創。軻自知事不就，倚柱而笑，箕踞以罵曰：『事所以不成者，以欲生劫之，必得約契以報太子也。』於是左右既前殺軻。」匕首，謂趙人徐夫人匕首，並焠毒藥。擿，投擲。倨，傲慢不遜。❻燕丹　即燕太子丹（西元前？－前二二六年），戰國時燕王喜太子，曾為質於秦，逃歸，燕王喜二十八年（西元前二二七年）燕丹使荊軻刺秦，未成，秦發兵攻燕，燕王喜斬丹以獻。五年後秦又攻燕，擄燕王喜，燕國滅。❼光　謂田光，燕國的處士，他向燕太子丹推薦荊軻，又在荊軻面前自刎，以消除燕太子丹惟恐洩密的焦慮，成就了自己「節俠」的追求。❽樊將軍　即樊於期，原為秦將，因得罪秦王逃燕避難，荊軻刺秦需要有信物，於是找到樊於期，據〈刺客列傳〉：「荊軻曰：『願得將軍之首以獻秦王，秦王必喜而見臣，臣左手把其袖，右手揕其胸，然則將軍之仇報而燕見陵之愧除矣。將軍豈有意乎？』樊於期偏袒搤捥而進曰：『此臣之日夜切齒腐心也，乃今得聞教！』遂自剄。」

【語　譯】午後寒風吹動易水之波，高漸離擊筑荊軻悲歌。餞行者白衣冠送當路，日落壯士一去不反顧。秦王宮殿上打開燕國的地圖，秦舞陽恐懼色變實在是個懦夫。荊軻匕首擲向秦王中銅柱，箕踞笑罵傲氣十足。可歎啊！燕丹缺少謀略當身死，田光自刎也不值一提，樊將軍冤死真可惜！

【研　析】何景明變《史記・刺客列傳》中荊軻刺秦故事的散文形式為詩歌，濃縮概括，言簡意賅，且氣勢磅礴，一氣呵成，讀後動人心魄，搖人心旌，兩千多年以前的一段歷史彷彿在眼前重演。作者的文字功力、概括能力以及讀史眼光皆屬上乘。對於燕太子丹、田光以及樊於期的評價，皆一語中的，令人回味無窮。清沈德潛《明詩別裁集》卷五選此詩，評「吁嗟乎」之後三句云：「三語，千古斷案。」誠屬知言。同題材中，唐代駱賓王〈於易水送人〉一詩也有雄豪之氣：「此地別燕丹，壯士髮衝冠。昔時人已沒，今日水猶寒。」唐柳宗元〈詠荊軻〉五古有云：「秦皇本詐力，事與桓公殊。奈何效曹子，實謂勇且愚。」指出荊軻欲效法春秋時刺客曹沫在會盟中用匕首要挾齊桓公的作法，實在是看錯了對象，因為秦王嬴政全憑詐力，與講求信用的齊桓公不可同日而語。唐賈島〈壯士吟〉另有看法：「壯士不曾悲，悲即無回期。如何易水上，未歌先淚垂。」無論詠史或懷古，巧在翻出新意，發前人所未發，方為作手。

懷李獻吉二首（選其二）

何景明

【題　解】這是一首懷念友人的五律。李獻吉，即李夢陽（西元一四七三—一五二九年），字獻吉，

詳見本書所選〈林良畫兩角鷹歌〉作者小傳。武宗正德三年（西元一五〇八年），作者因得罪權閹劉瑾，被矯詔下錦衣衛獄，此詩當寫於同時，時何景明家居。

冠蓋京華地，斯人獨可哀❶。神龍❷在泥淖❸，朱鳳日催頹❹。世路❺無知己，乾坤❻孰愛才。梁園別業❼在，何日見歸來。

【注　釋】❶冠蓋京華地二句　語本唐杜甫〈夢李白二首〉其二：「冠蓋滿京華，斯人獨憔悴。」冠蓋，謂達官顯貴，漢班固〈西都賦〉：「冠蓋如雲，七相五公。」京華，京城之美稱，因京城是文物、人才彙集之地，故稱。這裡即指京師（今北京市）。❷神龍　謂龍，據說龍變化莫測，故有此稱。❸泥淖　爛泥，比喻不能自拔的窘困境地。❹朱鳳日催頹　唐杜甫〈北風〉：「北風破南極，朱鳳日威垂。」朱鳳，或謂即「朱雀」，古代傳說中的祥瑞動物，「四靈」之一。催頹，困頓、頹唐。❺世路　謂一生處世行事的歷程。❻乾坤　謂天地間。❼梁園別業　謂李夢陽在開封的住所。李夢陽入仕前隨父客居開封。梁園，即梁苑，西漢梁孝王所建的東苑，故址在今河南開封東南，這裡即指代開封。別業，別墅。

【語　譯】京師是達官顯貴雲集的地方，獨有你卻憔悴可哀。如同神龍墜於汙泥中，朱鳳般資質卻日益衰頹。一生處世行事缺少知己，天地間哪個真愛才。你的梁園別業還在，何時能夠見你歸來。

【研　析】〈懷李獻吉二首〉其一：「聞君在羅網，古道正難行。無使傳消息，憑誰問死生。東方兀太歲，李白是長庚。才大翻流落，安知造物情。」李夢陽因忤權宦劉瑾而下獄，正所謂生死未

卜，命延一線，可參見本書所選李夢陽〈獄夜雷雹暴雨〉一詩，此不贅述。何景明這兩首詩有意摹仿唐杜甫〈夢李白二首〉的沉鬱頓挫風格，杜詩是五古，如其一有云：「死別已吞聲，生別常惻惻。江南瘴癘地，逐客無消息。」〈懷李獻吉二首〉其一的首聯、頷聯取意與之略同；杜詩其二有云：「出門搔白首，若負平生志。冠蓋滿京華，斯人獨憔悴。」〈懷李獻吉二首〉其二的首聯、頷聯取意也與之略同。又如杜甫〈不見〉有云：「不見李生久，佯狂真可哀。世人皆欲殺，吾意獨憐才。」何詩其二的頸聯也顯然有效法的痕跡在。從中可見何景明詩學杜甫的傾向。古人認為朋友屬於五倫之一，歷代有關友情題材的詩歌有感人至深者，僅以五律而論，如唐賈島〈憶江上吳處士〉：「閩國揚帆去，蟾蜍虧復團。秋風生渭水，落葉滿長安。此地聚會夕，當時雷雨寒。蘭橈殊未返，消息海雲端。」其中頷聯早已成為名句，傳誦後世。

答望之二首（選其一）

何景明

【題　解】這是一首應答同鄉兼姐夫的五律，當作於正德二年（西元一五〇七年）何景明家居以後一段時間。望之，即孟洋（西元一四八三－一五三四年），字望之，一字有涯，信陽（今屬河南）人。弘治十八年（西元一五〇五年）進士，歷官行人、監察御史、都察院僉都御史、大理寺卿，有政聲。工詩，著有《有涯集》。孟洋是何景明的姐夫。

念汝書難達❶，登樓望欲迷❷。天寒一雁至❸，日暮萬行啼❹。饑饉❺饒群盜，徵求及寡妻❻。江湖更搖落❼，何處可安棲❽。

【注釋】❶書難達　唐許渾〈送從兄別駕歸蜀〉：「遠道書難達，長亭酒莫持。」❷登樓望欲迷　語本唐杜甫〈春日梓州登樓二首〉其一：「行路難如此，登樓望欲迷。」❸天寒一雁至　語本唐劉長卿〈同諸公登樓〉：「秋草行將暮，登樓客思驚。千家同霽色，一雁報寒聲。」❹萬行啼　謂淚下滂沱，比喻痛苦之極。語本唐杜甫〈送舍弟頻赴齊州三首〉其一：「此行何日到，送汝萬行啼。」又南朝梁元帝〈燕歌行〉：「橫波滿臉萬行啼，翠眉漸斂千重結。」❺饑饉　災荒，莊稼收成很差或顆粒無收。《詩經・大雅・雲漢》：「天降喪亂，饑饉薦臻。」❻徵求及寡妻　語本唐杜荀鶴〈山中寡婦〉：「任是深山更深處，也應無計避徵徭。」又唐杜甫〈又呈吳郎〉：「已訴徵求貧到骨，正思戎馬淚盈巾。」徵求，謂徵斂賦稅。寡妻，謂寡婦。唐杜甫〈無家別〉：「四鄰何所有，一二老寡妻。」❼江湖更搖落　語本唐杜甫〈蒹葭〉：「江湖後搖落，亦恐歲蹉跎。」搖落，凋殘；零落。❽安棲　謂安定的生活。

【語譯】思念你的書信難於寄達，登樓遠望視線也被遮迷。天氣轉寒一雁先至，暮色降臨滂沱萬行淚水。災荒年景群盜橫行，寡婦失業也被徵稅。江湖上一片凋零殘破，哪裡可尋覓安棲之地。

【研析】〈答望之二首〉其二：「日落荒山畔，孤城更可傷。生涯仍寂寞，世事轉倉皇。百口同饑饉，千村盡虎狼。知君憐父老，南望白雲長。」兩首詩作為一組，意義相近，聯繫起來閱讀，更有情趣。作為「前七子」的領袖人物之一，何景明詩學唐人，特別是歌行與近體，其〈海叟集序〉有云：「自陳子昂後，莫若李、杜二家……故景明學歌行、近體，有取于二家，旁及唐初、

盛唐諸人。」從寄奉孟洋的這兩首詩來看，效法杜甫的痕跡明顯，甚至有「生吞活剝」之處，如首聯對句，直接取用杜甫詩句；尾聯出句，變化杜甫詩句僅中間一字，即為己用。至於詞句間化用借鑑之處更多，頷聯出句化用唐劉長卿詩意，對句又化用杜甫詩意；頸聯對句則兼用唐杜荀鶴、杜甫詩意，加以融會貫通。其可圈可點之處在於，如果讀者閱讀中不明其詩句原有所本，也可以讀通，不妨礙對整首詩的理解；但如果明其出處，則詩中蘊涵盡出，令人回味無窮。至於詩中用典，如鹽著水中，令讀者尋味，也有其奧妙之處，不可尋常看過。即如其二尾聯對句「南望白雲長」，字面似乎沒有什麼難於理解之處，實則有其情韻意味。《新唐書》卷一一五〈狄仁傑傳〉：「親在河陽，仁傑登太行山，反顧，見白雲孤飛，謂左右曰：『吾親舍其下。』瞻悵久之，雲移乃得去。」若明曉狄仁傑的思親故事，再看這句詩，就有發人深省的韻味了。

鰣魚

何景明

【題解】這首詩，明胡應麟《詩藪》續編卷二視為「詠物七言律」，並稱：「獻吉〈題竹〉、仲默〈鰣魚〉、于鱗〈雙塔〉，始為絕倒。」鰣魚，體側扁，背部黑綠色，腹部銀白色，肉鮮嫩，是一種名貴的食用魚。生活在太平洋，按季節於農曆四、五月間到珠江、長江、錢塘江等河流中產卵。宋吳自牧《夢粱錄・物產》：「鰣，六和塔江邊生，極鮮腴而肥，江北者味差減。」

五月鰣魚已至燕❶，荔枝盧橘❷未能先。賜鮮偏及中璫❸第，薦熟❹應開寢廟❺筵❻。白日風塵馳驛騎❼，炎天冰雪護江船。銀鱗細骨❽堪憐汝，玉箸金盤❾敢望傳。

【注釋】❶燕　這裡謂明京師（即今北京市）。❷盧橘　金橘的別稱，或謂即枇杷，皆為產於中國南方的水果名。❸中璫　謂宦官（即太監），宦官以璫為冠飾，故稱。❹薦熟　即薦新，以時鮮的食品祭獻。《儀禮・既夕禮》：「朔月，若薦新，則不饋於下室。」❺寢廟　古代宗廟（古代帝王、諸侯祭祀祖宗的廟宇）的正殿稱廟，後殿稱寢，合稱寢廟。❻筵　這裡謂祭祀行禮時的陳設。❼驛騎　即驛馬，古代驛站供應的馬，供傳遞公文及其他物品者及來往官員使用。❽銀鱗細骨　形容鰣魚的外貌與肉質。❾玉箸金盤　謂玉製筷子與金盤子，本為皇家用品。語本唐杜甫〈野人送朱櫻〉：「金盤玉箸無消息，此日嘗新任轉蓬。」

【語譯】五月間鰣魚已然到了京師，荔枝與盧橘也未能領先鰣魚。賞賜時鮮偏及宦官的府第，本應先祭獻宗廟陳設行禮。陸路有烈日下風塵僕僕驛馬奔馳，水運有炎熱中冰塊冷藏的船隻。銀色魚鱗包裹嫩肉真可羨，豈敢盼望皇帝以玉箸金盤來賞賜。

【研析】這首七律的諷刺意味甚濃，清沈德潛《明詩別裁集》卷五選此詩有評云：「賜及中璫而寢廟未薦，則波及臣家益無望矣，中含諷諭，不同尋常賦物。」又謂此詩「少陵『西蜀櫻桃』一種作法」。「西蜀櫻桃」即唐杜甫〈野人送朱櫻〉一詩：「西蜀櫻桃也自紅，野人相贈滿筠籠。數回細寫愁仍破，萬顆勻圓訝許同。憶昨賜霑門下省，退朝擎出大明宮。金盤玉箸無消息，此日嘗

新任轉蓬。」杜甫是因村民饋送櫻桃而憶及昔日皇帝賞賜櫻桃的舊事，感歎今日的飄零，並無諷諭意味，兩詩似難以相提並論。歷史上的宦官之禍，以東漢及唐代最為酷烈。明代閹黨之禍也是層出不窮，明英宗時代的王振、明憲宗時代的汪直、明武宗時代的劉瑾，宦官之禍接踵，終於至明熹宗時代的魏忠賢大亂朝綱，幾於不可收拾。這與明太祖朱元璋取消宰相，令大權獨攬的中央集權制度日益加強密切相關，屬於制度性的弊病。

清代史學家趙翼《廿二史箚記》卷三五有云：「有明一代宦官之禍，視唐雖稍輕，然至劉瑾、魏忠賢，亦不減東漢末造矣。」何景明乃崇尚節義之人，因忤宦官劉瑾而罷官，對於皇帝優待太監的政策，自多不滿，卻又不能明言，所以借「鰣魚」以諷，寫入詩中，就有了批判的鋒芒。徐珂《清稗類鈔．朝貢類．特旨免貢長江鰣魚》一則云：「長江漁船，每歲四月，向有貢獻鰣魚之例，沿明制也，康熙朝，奉諭停止。而地方有司改為折價，向網戶徵收，解充公用，胥吏因緣苛索，沿江居民捕魚為業者，苦之。乾隆初年，復奉特旨豁免，永著為例。」看來向宮廷進貢鰣魚，在明代並非個別帝王的嗜好。

送韓汝慶還關中

何景明

【題　解】這首七絕詩是一首送行之作。韓汝慶，即韓邦靖（西元一四八八—一五二三年），字汝慶（《明史》作「汝度」，似誤），號五泉，韓邦奇弟，朝邑（今陝西大荔）人。幼聰穎，年十四舉於鄉，明武宗正德三年（西元一五〇八年）與兄邦奇同成進士，有「關中二韓」之譽。拜工部主

事，乾清宮災，上疏指斥時政，下獄，尋得釋，斥為民。嘉靖初起為山西左參議，乞歸，病卒。著有《五泉詩集》，《明史》卷二〇一有傳。關中，古代地域名，泛指函谷關以西戰國末秦之故地（有時包括秦嶺以南的漢中、巴蜀，有時兼有陝北、隴西）。這裡即指韓邦靖的家鄉。據《明史》卷一六〈武宗本紀〉：「（正德）九年春正月……庚辰，乾清宮災。」此詩當作於明武宗正德九年（西元一五一四年）秋，時作者在京直內閣制敕房。

華岳雲臺❶萬里情❷，高秋❸落日眺秦城❹。黃河一線❺通滄海❻，身在仙人掌❼上行。

【注釋】❶華岳雲臺　謂華山北峰。華岳，即西嶽華山，中國著名的五嶽之一，在今陝西華陰南，北瞰黃河，南連秦嶺，海拔約二千多公尺，主峰為落雁（南峰）、朝陽（東峰）、蓮花（西峰），還有玉女（中峰）諸峰。雲臺為華山北峰。朝邑南接華陰，故華山屬於韓邦靖家鄉的名山。❷萬里情　語本唐李白〈送儲邕之武昌〉：「黃鶴西樓月，長江萬里情。」❸高秋　謂深秋。❹秦城　謂韓邦靖家鄉朝邑，古屬秦國，故稱。❺黃河一線　唐冷朝陽〈登靈善寺塔〉：「華岳三峰小，黃河一帶長。」❻滄海　中國古代對東海的別稱，三國魏曹操〈步出夏門行〉：「東臨碣石，以觀滄海。」❼仙人掌　在華山朝陽峰東北，峰側有石髓凝結之痕，黃白相間，歧出如指掌，故稱。唐崔顥〈行經華陰〉：「武帝祠前雲欲散，仙人掌上雨初晴。」唐項斯〈華頂長者〉：「仙人掌中住，生有上天期。」

【語譯】與華山雲臺萬里情深，深秋夕陽下遠眺故鄉關中。黃河如一線東流滄海，你即將在仙人掌上走走停停。

【研析】據《明史》卷二八六〈何景明傳〉：「九年，乾清宮災，疏言義子不當畜，邊軍不當留，番僧不當寵，宦官不當任。留中。」對於乾清宮被災一事，何景明與韓邦靖皆上疏借題發揮，進諫朝廷弊政，唯後者較前者更為激烈，所以被削籍為民，而前者則勉強保住了烏紗。詩人送罷官削籍的韓邦靖歸還關中，並沒有表現出悲苦無奈的愁緒，反而有些羨慕之情，似乎作為一介平民徜徉於故鄉的山水之中，比在朝為官更加舒心適意。

詩中措語輕快，不乏爽朗雄壯之音，尤其是第三、四兩句，本是想像中語，卻豪情滿懷，彷彿有羽化而登仙的樂趣。這絕非作者矯情，也非故作曠達，而是其真情實感的自然流露。何以如此？原來明代的一些正直文人士大夫自有一種「文死諫」的傳統，儘管專制者淫威一發，動輒祭起「廷杖」的法寶，被刑者極有可能死於杖下或終身殘廢，但仍有不怕死的朝臣前仆後繼，以觸皇帝逆鱗為忠義之舉，並受到同儕的敬仰。所謂千古士氣，一本於儒家捨生取義的信條，而堅持不懈，並無投機取巧的用心，這在專制時代尤其難能可貴。發生於此後不久的「大禮議」，本是帝王家事，而朝臣非要搞個水落石出，甚至不惜搭上性命，就是明證。如何深入理解明代這一令今人匪夷所思的現象，並非本書主旨所在；但欲解讀此詩，卻非得對明廷的這一怪現狀有所瞭解方可，否則就會丈二金剛摸不著頭腦了。

竹枝詞

何景明

【題　解】竹枝詞，屬樂府〈近代曲〉之一，本為巴渝（今四川東部）一帶的民歌，唐代詩人劉禹錫據以改作新詞，歌詠三峽風光與男女間戀情。後人即多以此種形式歌詠當地風土人情或男女戀情、兒女柔情。其語言形式為七言絕句，用語通俗，音調輕快。文人士大夫多喜用此體裁以表現某一區域的風土人情。

十二峰❶頭秋草荒，冷煙寒月過瞿塘❷。青楓江❸上孤舟客，不聽猿聲亦斷腸❹。

【注　釋】❶十二峰　即巫山十二峰，在今重慶巫山縣東巫峽兩岸，分別名為登龍、聖泉、朝雲、望霞、松巒、集仙、飛鳳、翠屏、聚鶴、淨壇、起雲、上升，其中以北岸望霞峰（即神女峰）最為俏麗秀美。唐劉禹錫〈巫山神女廟〉：「巫山十二鬱蒼蒼，片石亭亭號女郎。曉霧乍開疑卷幔，山花欲謝似殘妝。星河好夜聞清佩，雲雨歸時帶異香。何事神仙九天上，人間來就楚襄王。」❷瞿塘　即瞿塘峽，長江三峽之一，原西起今重慶市奉節白帝城，東至巫山大寧河口，兩岸懸崖壁立，江流湍急。由於現代三峽大壩的修建，江面抬高，面目已非復舊觀。❸青楓江　謂長江。《楚辭・招魂》：「湛湛江水兮上有楓。」又三國魏阮籍〈詠懷八十二首〉其一一：「湛湛長江水，上有楓樹林。」又唐高適〈送李少府貶峽中，王少府貶長沙〉：「巫峽啼猿數行淚，衡陽歸雁

幾封書。青楓江上秋天遠，白帝城邊古木疏。」❹不聽猿聲亦斷腸　北魏酈道元《水經注》卷三四〈江水二〉：「故漁者歌曰：『巴東三峽巫峽長，猿鳴三聲淚沾裳。』」又晉干寶《搜神記》卷二〇：「(有人入山得猿子)竟擊殺之，猿母悲喚，自擲而死，此人破腸視之，寸寸斷裂。」

【語　譯】巫山十二峰頂秋草荒涼，冷煙籠罩寒月駛過瞿塘。青楓江上的孤舟行旅客，即使不聽那猿鳴也愁苦斷腸。

【研　析】這就是一首七言絕句，將羈旅行役寫入〈竹枝詞〉，無非宣洩孤舟客的天涯感傷之情。「冷煙」、「寒月」以及「青楓江」等冷色調的運用，令全詩充滿了淒苦欲絕的情懷，孤舟夜過瞿塘又增加了幾分無可奈何的情愫。何景明另有五律〈峽中〉一詩，是過巫峽之作，與此詩有異曲同工之妙：「自昔偏安地，於今息戰侵。江穿巫峽隘，山鑿鬼門深。濁浪魚龍黑，寒天日月陰。夜猿啼不盡，淒斷故鄉心。」兩詩皆以夜猿哀啼收束，可見作者對於這種帶有長江三峽顯著特點的猿聲意象運用得爐火純青。

送余學官歸羅江

楊　慎

【題　解】這首雜言詩作於楊慎遣戍雲南期間，為在滇送人還蜀之作。余學官，即明代掌地方教職的余姓學官，生平不詳。學官，即教官，謂儒學官或教職。明代泛指府、州、縣學中主管教育與教學的官吏，即府學、衛學教授，州學學正、縣學教諭以及府、州、縣學的訓導。羅江，縣名，

明代屬成都府，今屬四川德陽，在成都以北偏東。境內有羅江流過。

【作者】楊慎（西元一四八八—一五五九年），字用修，號升庵，新都（今屬四川）人。正德六年（西元一五一一年）一甲第一名進士，授修撰。嘉靖三年（西元一五二四年）因「議大禮」，忤嘉靖帝，遭廷杖，遣戍永昌衛（今雲南保山），投荒三十餘年，卒於戍所。著有《升庵全集》八十一卷。《明史》卷一九二有傳，內云：「慎幼警敏，十一歲能詩。十二擬作〈古戰場文〉、〈過秦論〉，長老驚異。入京，賦〈黃葉詩〉，李東陽見而嗟賞，令受業門下……明世記誦之博，著作之富，推慎為第一。詩文外，雜著至一百餘種，並行於世。隆慶初，贈光祿少卿。天啟中，追諡文憲。」清錢謙益《列朝詩集小傳》丙集〈楊修撰慎〉有云：「北地哆言復古，力排茶陵，海內為之風靡。用修乃沉酣六朝，攬采晚唐，創為淵博靡麗之詞，其意欲壓倒李、何，為茶陵別張壁壘，不與角勝口舌間也。」《四庫全書總目提要》卷一七二著錄楊慎《升庵集》八十一卷，有云：「慎以博洽冠一時，其詩含吐六朝，於明代獨立門戶。文雖不及其詩，然猶存古法，賢於何、李諸家窒塞艱澀、不可句讀者。蓋多見古書，薰蒸沉浸，吐屬自無鄙語，譬諸世祿之家，天然無寒儉之氣矣。」陳田《明詩紀事》戊籤卷一選楊慎詩五十九首，有按語云：「升庵詩，早歲醉心六朝，豔情麗曲，可謂絕世才華。晚乃漸入老蒼，有少陵、謫仙格調，亦間入東坡、涪翁一派。」

豆子山❶，打瓦鼓❷。陽坪關❸，撒白雨❹。白雨下，娶龍女❺。織得絹，二丈五❻。一半屬羅江，一半屬玄武❼。我誦〈綿州歌〉❽，思鄉

心獨苦。送君歸，羅江浦❾。

【注　釋】❶豆子山　清嘉慶《重修羅江縣志》卷五〈山川志〉：「豆子山，縣東北，交中江界。晉歌『豆子山，打瓦鼓』，即其處也。」❷瓦鼓　一種陶製樂器。《周禮・秋官・壺涿氏》：「以炮土之鼓驅之。」漢鄭玄注：「炮土之鼓，瓦鼓也。」宋孔武仲〈堤下〉：「堤下人家喧笑語，高揭青簾椎瓦鼓。」❸陽坪關　或作「陽平山」、「楊平山」，為蜀中道教化跡的勝地。清嘉慶《中江縣志》卷二引宋馮祖軻〈陽平鎮泰山府君三郎廟記〉謂即「中江之陽平鎮」。按中江，在羅江東南。❹白雨　即「白撞雨」。謂暴雨，急驟的雨。清屈大均《廣東新語》卷一《天語・雨》：「凡天晴暴雨忽作，雨不避日，日不避雨，點大而疏，是曰白撞雨，亦曰過雲，亦曰白雨。諺曰：『下白雨，娶龍女。』白雨者，炎熱之氣所蒸，夏間為多，其勢苦暴……升庵云：『俗以暑雨乍落乍晴，日光穿漏，謂之天笑，即白雨也。』」❺娶龍女　據嘉慶《重修羅江縣志》卷五〈山川志〉，羅江縣南十五里有羅璝山，其大霍峰下有白龍洞。〈綿州巴歌〉即以本地山川風物切合農諺，極有意味。❻織得絹二句　謂羅江縣八景之一。清嘉慶《重修羅江縣志》卷五〈山川志〉：「羅江，縣東半里，其派有二：一自東北由龍安之石泉縣三面山發源，東流入安縣境，經彰明境至羅江，約五百餘里；一自西北由安縣河壩場混江鎮分派至羅江境，約二百餘里。至北寺前兩水合流，蹙成羅紋，故名列縣八景之一。」清楊周冕〈東橋〉：「雲合陽平關，千峰撒白雨。雨中龍女來，織絹臨江浦。紋江自此名，波紋常若組。回抱羅江城，來往人為阻。」❼玄武　即中江縣。據《蜀中名勝記》卷三〇，此地北周時為玄武郡，隋改縣，唐仍之，宋真宗大中祥符間改名中江。❽綿州歌　即〈綿州巴歌〉，從「豆子山」至「一半屬玄武」十句。《五燈會元》卷一九為記錄〈綿州巴歌〉的最早文獻。❾浦　即河岸。

【語　譯】豆子山麓，敲打瓦鼓。陽坪關側，飄灑白雨。一陣白雨，龍王嫁女。水流如絹，寬二丈

五。一半在羅江，一半屬玄武。我吟這首〈綿州歌〉，思念家鄉心悲苦。送君還鄉去，獨至羅江浦。

【研 析】清沈德潛《明詩別裁集》卷六選楊慎詩十五首，於此詩後有評云：「全用〈綿州歌〉，後只綴四語送行，另是一格。」以民謠入詩，三國魏陳琳〈飲馬長城窟行〉早開先河，其詩中有云：「生男慎莫舉，生女哺用脯。君獨不見長城下，死人骸骨相撐拄。」此四句即逕用秦末民謠。〈綿州巴歌〉，宋郭茂倩《樂府詩集》未收，清人李調元《羅江縣志》誤其為「晉綿川歌」，《古詩源》、《古謠諺》乃至今人亦以之屬晉代民謠或隋朝民歌，有誤。

今人王文才《楊慎詩選》據歷代行政設置已有考證，認為此歌始見於宋普濟《五燈會元》卷一九，甚是。按是書《無為宗泰禪師》：「祖一日升堂，顧眾曰：『八十翁翁輥繡球。』便下座。師欣然出眾曰：『和尚試輥一輥看。』祖以手作杖鼓勢，操蜀音唱〈綿州巴歌〉曰：『豆子山，打瓦鼓。楊平山，撒白雨。白雨下，取龍女。織得絹，二丈五。一半屬羅江，一半屬玄武。』師聞大悟，掩祖口曰：『只消唱到這裡。』祖大笑而歸。」此本為禪宗宣揚禪機頓悟的一樁公案，楊慎將之用於送行詩中，是否於懷念四川家鄉的情感中，也帶有一種人生的解悟呢？讀者可自行體味。另外從上引「掩祖口」三字，可知這首〈綿州巴歌〉並未唱完，全部歌辭如何，已成疑案，給後人留下無窮的遺憾。楊慎將民謠用於詩中，僅最後用自己的四句話結束全詩，如鹽著水中，渾然無跡，更可見詩人萬般無奈的困窘與難以還鄉的異常痛苦心緒，所謂「言為心聲」，誠哉斯言！

三岔驛

楊　慎

【題　解】這首雜言詩作於楊慎遣戍雲南期間。三岔驛，據《滇程記》，即白水驛，在南寧驛東，地當今雲南曲靖西城街道辦事處駐地，是古代來往四川、雲南的交通要道。作者雖遭貶謫，但也可得機由戍所永昌衛往返故鄉新都，屢經此驛，閱盡人間悲歡離合與朝榮暮辱的變遷，故有此詩之作。驛，即驛站，古時供傳遞文書、官員來往及運輸等中途暫息、住宿的地方。

三岔驛，十字路，北去南來幾朝暮。朝見揚揚擁蓋❶來，暮看寂寂回車去。今古消沉名利中❷，短亭流水長亭樹❸。

【注　釋】❶揚揚擁蓋　謂乘車得意的樣子。語本《史記》卷六二〈管晏列傳〉：「其夫為相御，擁大蓋，策駟馬，意氣揚揚，甚自得也。」揚揚，得意的樣子。擁蓋，謂乘車。❷今古消沉名利中　語本唐杜牧〈登樂遊原〉：「長空澹澹孤鳥沒，萬古銷沉向此中。」❸短亭流水長亭樹　宋吳文英〈青玉案〉：「短亭芳草長亭柳。」流水，比喻人生，語本唐李白〈把酒問月〉：「古人今人若流水，共看明月皆如此。」又唐拾得〈詩〉：「三界如轉輪，浮生若流水。」長亭樹，宋辛棄疾〈霜天曉角〉（旅興）：「休說舊愁新恨，長亭樹、今如此。」又宋姜夔〈長亭怨慢〉：「閱人多矣，誰得似、長亭樹。」又宋劉克莊〈賀新郎〉：「太息攀翻長亭樹，是先生、手種今如此。君不樂，欲何俟。」短亭、長亭，謂古代設在大路旁供行旅停息或送別的處所，北周庾信〈哀江

南賦〉：「十里五里，長亭短亭。」

【語　譯】三岔驛，處於十字路，行人南來北往朝朝暮暮。清晨有人揚揚得意乘車來，傍晚又見他寂寞失意回車去。歷史就在這名與利中消磨沉浮，見證只有短亭前流水長亭邊樹。

【研　析】生活中跌過大跟頭者，最易看破紅塵，醒悟人生的真諦。楊慎一舉成名，大魁天下，狀元郎的榮耀尚未消褪，十三年以後即因「議大禮」跌向痛苦的深淵。霎時間榮辱形成人生的巨大反差，痛定思痛之餘，感慨人生的無常與命運的捉弄，一定會時常縈繞於作者頭腦中，揮之不去，這就是此詩的寫作基礎。宋蘇軾〈縱筆〉有云：「溪邊古路三叉口，獨立斜陽數過人。」大約也是經歷宦海浮沉後的一種悵惘與寂寞心情的流露。「天下熙熙皆為利來，天下攘攘皆為利往」，司馬遷在《史記・貨殖列傳》中如是說。

利欲薰心一向為古代占有正統地位的儒家思想所鄙夷。孔子以「克己復禮為仁」（《論語・顏淵》）作為人生價值取向，宣揚「不義而富且貴，於我如浮雲。」（《論語・述而》）然而自由商人在春秋時期的活躍，致使逐利的商人精神逐漸影響了整個中國文化，於是在春秋社會變革之際，孔子也不得不對「利」作出判斷：「富而可求，雖執鞭之士，吾亦為之。」（《論語・述而》）沒有經商致富的學生子貢的資助，孔子也難名揚天下，更可見「利」的無所不在。相對而言，儒家對於好「名」則較為寬容，孔子曾說：「君子疾沒世而名不稱焉。」（《論語・衛靈公》）然而名與利如影隨形，密不可分，在正常發展的社會中，追名逐利一向為正直之士所不齒，如果社會普遍彌漫「人不為己，天誅地滅」的思想，離崩潰也就指日可待了。詩中楊慎所感喟者，也許僅是一種

冷眼人生的無奈，而非真正大徹大悟後的覺醒。

江陵別內

楊　慎

【題　解】這首五言古詩作於嘉靖三年（西元一五二四年）秋冬之際，這一年七月間楊慎因「大禮議」觸怒嘉靖皇帝，被遣戍雲南。當時他與妻子黃峨離京，由潞河挽舟南下，又溯長江西上，因妻子須返川料理家務，行至江陵，兩人灑淚而別，寫下此詩。江陵，今屬湖北荊州。內，古人稱其妻。

同泛洞庭❶波，獨上西陵渡❷。孤棹❸泝寒流，天涯歲將暮。此際話離情，羈心❹忽自驚。佳期在何許❺，別恨轉難平❻。蕭條❼滇海曲❽，相思隔寒燠❾。蕙風悲搖心❿，菵露愁沾足⓫。山高瘴癘⓬多，鴻雁少經過⓭。故園千萬里，夜夜夢煙蘿⓮。

【注　釋】❶洞庭　即洞庭湖，在今湖南省北部，長江南岸。❷西陵渡　即西陵峽，長江三峽之一，西起今湖北巴東官渡口，東止今湖北宜昌南津關，為由鄂至川必經之水路。風光雄偉壯觀。近年由於三峽大壩的修建，

江面提高，西陵峽已非復舊觀。❸孤棹　獨槳，借指孤舟。唐長孫佐輔〈杭州秋日別故友〉：「獨隨孤棹去，何處更同衾。」❹羈心　猶旅思，即寄居他鄉的心情。❺佳期在何許　語本南齊謝朓〈晚登三山還望京邑〉：「佳期悵何許，淚下如流霰。」何許，何時。❻別恨轉難平　語本唐駱賓王〈別李嶠得勝字〉：「芳尊徒自滿，別恨轉難勝。」❼蕭條　寂寞冷落。❽滇海曲　謂雲南一帶。滇海，即滇池，又稱昆明湖、昆明池、滇南澤，在今雲南昆明西南。曲，謂偏僻之地。❾隔寒燠　謂雲南與四川節候不同。寒燠，冷熱。❿蕙風悲搖心　語本《楚辭・九章・悲回風》：「悲回風之搖蕙兮，心冤結而內傷。」蕙風，本指和暖的春風，這裡暗喻動搖芳草的惡風。⓫菌露愁沾足　語本南朝宋鮑照〈代苦熱行〉：「瘴氣晝熏體，菌露夜沾衣。」《文選》注引宋永初《山川記》曰：「寧州鄣氣菌露，四時不絕。」菌，草名，有毒，其上露觸之，肉即潰爛。」寧州，西晉泰始七年（西元二七一年）置，治所在滇池縣（今雲南晉寧東北），南朝宋移治味縣（今雲南曲靖西）。⓬瘴癘　感受南方瘴氣而生的疾病。⓭鴻雁少經過　謂雲南地方炎熱，鴻雁難至，古人認為鴻雁可傳書信。語本唐杜甫〈潭州送韋員外牧韶州〉：「洞庭無過雁，書疏莫相忘。」⓮煙蘿　謂草樹茂密、煙聚蘿纏的深山蠻荒之地。

【語　譯】我們同舟行過洞庭湖，你將獨自經西陵渡口。乘泝寒流而上的孤舟，在天涯一年將盡的時候。此刻離情別緒皆由言語傳達，寄居他鄉的況味令人心驚。何時才能重圓舊夢，離別之恨畢竟難平。寂寞冷落的滇池邊遠之地，與蜀中節候不同卻隔不住兩地相思。邪惡之風動搖芳草如搖我心，毒草彌漫也令我愁心頓起。那裡山高又多瘴癘之氣，鴻雁年年也少飛至。遠離故鄉千里萬里，書信難達只有蠻荒夜夜進入夢裡。

【研　析】這首五言古詩情真意切，化用前人詩句，不露斧鑿之跡而天然渾成，的確是才子之筆！

楊慎的妻子黃峨（西元一四九八—一五六九年），字秀眉，遂寧（今屬四川）人，工部尚書黃珂之

次女。正德十四年（西元一五一九年）來歸，為楊慎繼室，封安人。能詩善曲。清錢謙益《列朝詩集小傳》閨集〈楊安人黃氏〉有云：「安人博通經史，工筆札。閨門肅穆，用修亦嚴憚之。詩不多作，亦不存稿，雖子弟不得見也。寄用修長句及小詞，為藝林傳誦。」有《楊夫人樂府詞餘》五卷、《楊狀元妻詩集》等傳世。黃峨有七律〈寄外〉一首，寫於楊慎遣戍雲南之後：「雁飛曾不度衡湘，錦字何由寄永昌。三春花柳妾薄命，六詔風煙君斷腸。曰歸曰歸愁歲暮，其雨其雨怨朝陽。相憐空有刀環約，何日金雞下夜郎？」憂離傷別，催人淚下，可見才情。楊慎入滇以後，也有詩寄妻，兩人年齡雖相差十歲，但伉儷情深。如七絕〈青蛉行〉二首：「青蛉絕塞怨離居，金雁橋頭幾歲除。易求海上瓊枝樹，難得閨中錦字書。」「燕子伯勞相對眠，牽牛織女別經年。珊瑚寶樹生海底，明星白石在天邊。」又如〈寄遠曲〉：「濯井江頭煙水綠，相思萬里人如玉。瑤琴別後不曾彈，今朝才理將歸曲。」才子佳人，可惜命途多舛，可為浩歎！

塞垣鷓鴣詞

楊 慎

【題 解】鷓鴣詞，屬於唐樂府曲調，宋郭茂倩《樂府詩集》卷八〇〈近代曲辭二〉引《歷代歌辭》曰：「〈山鷓鴣〉，羽調曲也。」《全唐詩》卷七四錄蘇頲〈山鷓鴣詞二首〉：「玉關征戍久，空閨人獨愁。寒露濕青苔，別來蓬鬢秋。」「人坐青樓晚，鶯語百花時。愁多人易老，斷腸君不知。」李白、白居易、徐凝也有〈山鷓鴣〉樂府，李益、李涉則有〈鷓鴣詞〉。多寫征人思婦題材。塞垣，漢代為抵禦鮮卑所設之邊塞，後亦泛指長城。漢蔡邕〈難夏育上言鮮卑仍犯諸郡〉：「秦築長城，

漢起塞垣，所以別外內異殊俗也。」以「塞垣」置於「鷓鴣詞」前，突出其擬唐樂府之邊塞詩性質，與明代北方邊境長期不太平有關。

秦時明月❶玉弓❷懸，漢塞❸黃河錦帶❹連。都護羽書飛瀚海，單于獵火照甘泉❺。鶯閨燕閣年三五，馬邑龍堆路十千❻。誰起東山安石臥，為君談笑靖烽煙❼。

【注釋】❶秦時明月　語本唐王昌齡〈出塞二首〉其一：「秦時明月漢時關，萬里長征人未還。」❷玉弓　形容彎月。唐李賀〈南園十三首〉其六：「曉月當簾掛玉弓。」❸漢塞　語本《史記》卷六〈秦始皇本紀〉：「北據河為塞，並陰山至遼東。」❹黃河錦帶　語本《漢書》卷一六〈高惠高后文功臣表第四〉：「封爵之誓曰：『使黃河如帶，泰山若厲，國以永存，爰及苗裔。』」❺都護羽書飛瀚海二句　語本唐高適〈燕歌行〉：「校尉羽書飛瀚海，單于獵火照狼山。」都護，漢代官名，掌統領西域諸屬國及歸附少數民族的長官，唐代於沿邊地區置六大都護府，掌轄境內邊防，這裡指代駐守塞垣的軍事長官。羽書，即羽檄，古代軍事文書，插鳥羽以示緊急，必須迅速傳遞。瀚海，謂沙漠。唐陶翰〈出蕭關懷古〉：「孤城當瀚海，落日照祁連。」單于，漢代匈奴君長的稱號。這裡泛指明代北方韃靼部落的首領。獵火，謂古代遊牧民族出兵打仗的戰火。甘泉，秦漢宮名，故址在今陝西淳化西北甘泉山，這裡指代京師周邊。❻鶯閨燕閣年三五二句　語本唐皇甫冉〈春思〉：「鶯啼燕語報新年，馬邑龍堆路幾千。」鶯閨燕閣，謂春日少婦的居所，鶯燕為春天之鳴禽。三五，謂十五歲。馬邑，秦縣名，治所在今山西朔縣。《史記》卷一一〇〈匈奴列傳〉：「是時漢初定中國，徙韓王信於代，都馬邑。

匈奴大攻圍馬邑，韓王信降匈奴。」龍堆，又名白龍堆，在今新疆羅布泊與甘肅敦煌之間，地當古代通往西域之要道。❼誰起東山安石臥二句　語本唐李白〈永王東巡歌十一首〉其二：「但用東山謝安石，為君談笑靜胡沙。」安石，即東晉名將謝安（西元三二〇—三八五年），字安石，晉陽夏（今河南太康）人，曾隱居於會稽東山，後為征討大都督，遣姪謝玄大破前秦苻堅於淝水。卒贈太尉，《晉書》卷七九有傳。烽煙，古代烽火臺報警之煙，借指戰爭。唐姚合〈送李廓侍御赴西川行營〉：「從今巂州路，無復有烽煙。」

【語譯】依然是秦時的明月如玉弓高懸，漢代的黃河要塞依舊如錦帶相連。都護的緊急軍書從沙漠飛至，單于的戰火已經燃燒到京師的周邊。春日閨閣中的少婦，馳想遙遙邊塞的征戰。有誰能促令謝安那樣的名將出山，談笑間為國家平息邊境的烽煙。

【研析】這是一首唐人邊塞詩篇的擬作，巧將前人有關名句略加改訂寫入詩中，在楊慎的詩歌創作中別具一格。明代有相當長的一段時間遭受北方蒙古殘餘軍事勢力的侵擾，早作者出生約四十年發生的土木之變，明英宗甚至成了瓦剌部落的俘虜。京師長期暴露於北方蒙元殘餘勢力的虎視眈眈之下，造成「天子守邊」的危險局面。楊慎的這首唐人樂府擬作，清王夫之《明詩評選》卷六選錄，將其歸入「七言律」一類，有評云：「古今〈塞上曲〉盡此一詞，看他八句四層，密成一片。每於行處止，止處行，低徊俯仰，神動而不以頓挫，天藻天靈，古今不多遘也。」但清代女詩人汪端《明三十家詩選》初集卷二則就此詩謂楊慎「好事剽竊」，清末雲南學者朱庭珍《筱園詩話》卷二亦謂楊慎「七律頗多佳作，然好襲用成句，終不可訓」。所謂見仁見智，各執一端。平心而論，若純粹從創作角度而言，摭拾古人不為能事，偶一為之，自可商量。楊慎此詩就當時北方邊塞軍事形勢較為險惡而發，從閨怨題材生發出治國平天下的企盼，類似「集句」的手法，猶

如借他人之酒杯澆自己心中之塊壘，詩人心目中的謝安石不是他人，應當是詩人手，遂自薦式的宣言。就此而論，此詩的積極意義也正在於此。

六月十四日病中感懷

楊　慎

【題　解】這首七律作於嘉靖三十八年（西元一五五九年）六月十四日，去其病故之日七月六日僅半月有餘。人之將死，其言也善，至今讀之，猶覺動容。

七十餘生已白頭，明明律例❶許歸休❷。歸休已作巴江叟❸，重到翻為滇海❹囚。遷謫本非明主❺意，網羅巧中細人❻謀。故園先隴❼痴兒女❽，泉下傷心也淚流❾。

【注　釋】❶律例　法律條文及其成例。律指法律的正文。例是補充律文之不足而設的條例或例案。❷許歸休　《明史》卷九三〈刑法一〉：「凡年七十以上、十五以下及廢疾犯流以下，收贖。」收贖，舊時法律凡老幼、廢疾、篤疾、婦人犯徒流等刑者，准其以銀贖罪，謂之收贖。❸巴江叟　嘉靖三十一年（西元一五五二年）九月楊慎領戎役於蜀，僑寓瀘州，至嘉靖三十七年冬被械押返滇，居廬州六年有餘，故稱。巴江，這裡借代瀘州一帶，瀘州古屬巴地。❹滇海　即滇池，參見本書所選楊慎〈江陵別內〉注❼。❺明主　謂明世宗嘉靖皇帝。

唐劉長卿〈將赴嶺外留題蕭寺遠公院〉：「此去播遷明主意，白雲何事欲相留。」宋蘇軾〈獄中寄子由二首〉其一：「聖主如天萬物春，小臣愚暗自忘身。」❻細人　見識短淺之人；小人。楊慎〈廣心樓夜宿病中作〉一詩，寫於嘉靖三十七年冬被械返滇暫居高嶢海莊之時，有云：「落阱重逢下石人，七旬衰病命逡巡。」❼先隴　祖先的墳墓。楊慎的父親楊廷和卒於嘉靖八年，葬於新都城西。❽痴兒女　楊慎長子楊同仁卒於嘉靖三十六年六月，此指次子楊寧仁，時年十六歲，寓居瀘州。❾泉下傷心也淚流　謂自己死難瞑目。唐李商隱〈與同年李定言曲水閒話戲作〉：「莫驚五勝埋香骨，地下傷春亦白頭。」泉下，謂黃泉之下，指人死後埋葬之處。

【語譯】七十歲老人餘生已無多，我朝律例早允許罪人收贖。我領役瀘州多年已然離開戍所，去歲械押返滇又重作囚徒。永遭貶謫本非當今聖上之意，被網羅罪名誤中小人的計謀。馳念故鄉祖墳與年幼的兒子，就是到黃泉之下也淚流不住。

【研析】楊慎作此詩後不久又有〈病中永訣李張唐三公〉詩，或為絕筆：「魑魅禦客八千里，羲皇上人四十年。怨誹不學離騷侶，正葩仍為風雅仙。知我罪我《春秋》筆，今吾故吾〈逍遙〉篇。中溪半谷池南叟，此意非君誰與傳。」自注云：「然余之遭姤中害而卒不得還者竟以此，不欲言其人姓名，如柳子厚傳河間云。」所謂「不欲言」者即所選詩頸聯之「細人」，究竟指何人？明王世貞《藝苑卮言》卷六有云：「楊用修自滇中戍暫歸瀘，已七十餘，而滇士有讒之撫臣昺者。昺俗戾人也，使四指揮以鋃鐺鎖來。用修不得已至滇，則昺已墨敗。然用修遂不能歸，病寓禪寺以沒。」為難楊慎者被指為雲南巡撫王昺。

楊慎在雲南戍所三十餘年，相對而言還是有一定的自由空間的，《明史》卷一九二本傳稱：「（嘉靖）八年聞廷和訃，奔告巡撫歐陽重請於朝，獲歸葬，葬訖復還。自是，或歸蜀，或居雲南會城，

或留戍所，大吏咸善視之。及年七十，還蜀，巡撫遣四指揮逮之還。嘉靖三十八年七月卒，年七十有二。」清王士禛《隴蜀餘聞》謂楊慎：「其後七十二歲歸蜀，嚴檄催赴戍所，遂以是年己未卒於滇，則巡撫游居敬也。」其實迫害楊慎者是王昺還是游居敬，無關緊要，最高封建統治者嘉靖皇帝朱厚熜才是罪魁禍首，以言治罪是專制統治藉以維持其合法性的殺手鐗，而歷史上被封建帝王或獨裁者藉端迫害，冤獄橫生者，又何止楊慎一人！詩中頸聯不敢直斥帝王之非，反而歸罪於統治者的鷹犬，更顯出專制社會的荒唐。嘉靖三十九年（西元一五六〇年），楊慎的骸骨才由其妻黃峨與次子楊寧仁迎歸新都，算是狐死首丘了。

宮詞

楊慎

【題解】這首七絕諷刺明武宗正德皇帝朱厚照荒淫無恥，竟納孕婦馬氏出入其淫窟豹房，含蓄中帶有強烈的批判力度。宮詞，古代多以宮廷生活瑣事為題材的一種詩體，體裁則以七言絕句為多，唐代詩歌中多見之，如王建〈宮詞〉。後世效法者頗多。

天上佳人出北方❶，能騎白馬射黃羊❷。玉顏❸長在金輿❹側，笑指
青山是妾鄉❺。

【注　釋】❶天上佳人出北方　語本《漢書》卷九七上〈外戚傳・李夫人〉：「孝武李夫人，本以倡進。初，夫人兄延年性知音，善歌舞，武帝愛之。每為新聲變曲，聞者莫不感動。延年侍上起舞，歌曰：『北方有佳人，絕世而獨立，一顧傾人城，再顧傾人國。寧不知傾城與傾國，佳人難再得！』上歎息曰：『善！世豈有此人乎？』平陽主因言延年有女弟，上乃召見之，實妙麗善舞，由是得幸。」北方，這裡謂綏德（今屬陝西）。❷能騎白馬射黃羊　謂被明武宗所寵幸的馬昂妹。明沈德符《萬曆野獲編》卷二一〈武宗諸嬖〉：「《武宗實錄》：宣府都督馬昂妹，已嫁畢指揮有孕矣，以其善騎射，獻之上，能胡語胡樂，大愛之。後上幸昂第，召昂妾侍寢，昂不可，上怒而起，並昂及女弟俱疏之。至《世宗實錄》又云：陝西總兵馬昂，先因革任，結太監張忠靖，獻妹於上，昂同其弟炅昶，並分守陽和。太監許金，至指揮畢春家，奪其妻，昂大被寵，傳升昂右都督。昂又進其美妾杜氏，兄弟俱賜蟒。又炅亦傳升都指揮，守備儀真，復買美人四人進之豹房，名曰謝恩。後世宗即位，盡出諸女還其家。是馬昂當時之妾，未嘗不承恩，而昂及妹並未嘗疏也。二錄不同如此。」北魏〈廣平百姓為李波小妹語〉：「李波小妹字雍容，褰裙逐馬如卷蓬，左射右射必疊雙。婦女尚如此，男子那可逢。」又唐令狐楚〈少年行四首〉其一：「少小邊州慣放狂，驏騎蕃馬射黃羊。」黃羊，生活在草原和沙漠地帶的野生羊，毛黃白色，腹下帶黃色，故名。❸玉顏　形容美麗的容貌，這裡借代馬昂妹。❹金輿　帝王乘坐的車轎，這裡借代明武宗。唐王昌齡〈青樓曲二首〉其一：「白馬金鞍從武皇，旌旗十萬宿長楊。」❺笑指青山是妾鄉　唐李白〈陌上贈美人〉：「美人一笑褰珠箔，遙指紅樓是妾家。」這裡隱含馬昂妹慫恿明武宗外出遊幸其家鄉之意。

【語　譯】如天人的絕色女子出在北方，又能騎上白馬射殺黃羊。美麗的容貌長侍候君王側，笑指遠處青山本是妾的家鄉。

【研　析】明武宗是一位荒淫無道又到處生事的帝王，可參見本書所選李夢陽〈經行塞上〉一詩。在民間，有關這位風流成性的正德皇帝的傳聞更是不脛而走，至今京劇有《遊龍戲鳳》、《梅龍鎮》

等劇目，就是搬演這位帝王的韻事。明沈德符《萬曆野獲編》卷二一〈主上外嬖〉：「武宗幸榆林，取總兵戴欽女為妃；幸太原，取晉府樂工楊騰妻劉良女，大愛幸，攜以遊幸，江彬及八黨輩，皆以母事之。及上南征，劉氏以一簪贈上為信，後馳馬失去，比至臨清召劉氏，劉以無信不肯行，上輕舸疾歸至潞河，挾以俱南。又幸宣府時，納宣府總兵都督僉事馬昂妹，時已適畢指揮有娠矣。善騎射能胡語，上嬖之，進昂右都督，群小皆呼馬舅。其他徵高麗女、色目人女、西域舞女，至揚州刷處女寡婦，儀真選妓女，又不可勝數也。蓋上以宣府為家，有呼口外者罪之，故遊幸留最久云。」以臣子寫君主之荒淫，如何下筆自有難處。文學貴含蓄，而「溫柔敦厚」又是自《詩經》以後之儒家傳統詩教，因而不妨若即若離，似是而非，「王顧左右而言他」，處處影射嘲諷，又處處不可捉摸，楊慎這首七絕之魅力也正在於此。

巴人竹枝歌十二首（選其七）

楊本仁

【題解】巴地在今四川巴中至重慶一線以及湖北西部一帶，唐劉禹錫〈竹枝詞〉：「楚水巴山江雨多，巴人能唱本鄉歌。」又唐顧況〈竹枝詞〉：「巴人夜唱竹枝後，腸斷曉猿聲漸稀。」〈竹枝詞〉原為巴人祭祀竹王的歌謠，自為唐代文人所借鑑，創為歌詠當地風俗與男女戀情類似七絕的詩歌後，這一形式也每為後世文人所喜採用。參見本書所選貝瓊〈西湖竹枝〉與何景明〈竹枝詞〉兩詩「題解」。

【作　者】楊本仁（西元一四九五—？年），字次山，杞縣（今屬河南開封）人。嘉靖八年（西元一五二九年）進士，授工部主事。改刑部，歷官江西按察副使、湖廣參政，遷廣西按察使。著有《少室山人集》二十五卷。謝少南〈少室山人集序〉有云：「公詩大似少陵，五七言長篇又酷似韓昌黎。」陳田《明詩紀事》戊籤卷一七選楊本仁詩八首，有按語云：「少室山人詩不盡入格，時有佳篇，如披榛採蘭，香韻獨絕。」

問著夷陵❶江上航❷，聞郎前月下潯陽❸。轉身裙絓❹鼠耳草❺，為
郎懊惱卻思郎❻。

【注　釋】❶夷陵　治所在今湖北宜昌，地處長江沿岸、西陵峽口，向有「川、鄂咽喉」之稱。❷江上航　謂船。❸潯陽　潯陽江，謂今江西九江一帶的長江。❹絓　牽絆。❺鼠耳草　二年生草本，全株密被白綿毛，莖直立，通常基部分枝。❻為郎懊惱卻思郎　語本唐元稹《鶯鶯傳》中崔鶯鶯寄張生詩云：「不為旁人羞不起，為郎憔悴卻羞郎。」

【語　譯】在夷陵詢問江邊停靠的航船，傳聞前月郎已東下去潯陽。轉身間裙子被鼠耳草牽絆住，對郎真是又懊惱又是思量。

【研　析】這一組具有民歌風味的文人作品總共十二首，皆摹仿巴人小兒女口吻，設身處地描寫他們所思所想，細緻傳神，餘韻悠長，耐人尋味。本組詩其一：「郎一出門思萬重，巴江江水波淘

洶。不知昨夜泊何處，雨驟風狂愁殺儂。」其三：「院裡迎春郎手栽，花時郎繞百千迴。從郎去後春無力，縱有風吹花不開。」其五：「西陵少婦日相從，等閒不放懊惱容，渠家郎婿前宿到，荼蘼滿頭笑見儂。」其十：「江上帆檣麻似齊，煙波望望妾心迷。何如化作江中水，郎若東時儂不西。」其十二：「曾將嬌豔比花枝，花過百朝失故姿。黃金難買春長在，郎若來時共酺糜。」

將六首詩結合起來鑑賞，可見作者為追求當地民風的神似，的確下了一番功夫，絕非信筆而成。據明李時珍《本草綱目》卷一六〈草部〉：「〈鼠耳草〉原野間甚多，二月生苗，莖葉柔軟，葉長寸許，白茸如鼠耳之毛，開小黃花成穗，結細子，楚人呼為米麴，北人呼為茸母。」入藥可「治寒熱止咳」。鼠耳草雖可入藥，卻為楚地尋常之物，江邊原野彌望皆是，對於思念戀人者而言，未免惹人心煩，更何況裙子無端為其所牽絆，於是慌亂中又想起江上奔波的心上人。懊惱與思念的矛盾心理，一經細緻入微地外在形態描寫，即和盤托出，傳神入化。

梅花五絕（選其四）

楊本仁

【題解】這組七絕共五首，當寫於嘉靖間某年的冬至日，細味其一首句「至日晴看岩畔梅」可知。此為組詩之第四首，明寫梅花，實則暗抒思鄉之情。

春入江南副使衙❶，不教玉笛惱梅花❷。一朝吹出〈關山月〉❸，眼

底并州不是家❹。

【注釋】❶江南副使衙　謂江西按察副使的官署，時作者在南昌為官。❷不教玉笛惱梅花　語本唐李白〈與史郎中欽聽黃鶴樓上吹笛〉：「黃鶴樓中吹玉笛，江城五月落梅花。」玉笛，笛子的美稱。梅花，這裡雙關笛曲〈梅花落〉，漢樂府橫吹曲名。宋郭茂倩《樂府詩集》卷二四〈橫吹曲辭四・梅花落〉題解：「〈梅花落〉，本笛中曲也。按唐大角曲亦有〈大單于〉、〈小單于〉、〈大梅花〉、〈小梅花〉等曲，今其聲猶有存者。」❸關山月　漢樂府橫吹曲名。宋郭茂倩《樂府詩集》卷二三〈橫吹曲辭三・關山月〉引《樂府解題》曰：「〈關山月〉，傷離別也。古〈木蘭詩〉曰：『萬里赴戎機，關山度若飛。朔氣傳金柝，寒光照鐵衣。』」又有按語云：「相和曲有〈度關山〉，亦類此也。」❹眼底并州不是家　語本唐劉皂〈旅次朔方〉：「客舍并州數十霜，歸心日夜憶咸陽。無端又渡桑乾水，卻望并州是故鄉。」（一作賈島題為〈渡桑乾〉）并州，治今山西太原，這裡代指南昌。

【語譯】春的氣息已進入江南副使的官衙，不讓玉笛吹〈梅花落〉曲困擾梅花。有朝一日吹起傷離的〈關山月〉，才曉得這裡原不是我的家。

【研析】這一組吟詠梅花的詩，並不純詠梅花，而是浮想聯翩，借梅花而抒情。有迎春之意，如其一：「至日晴看岩畔梅，一枝兩枝深處開。春光欲透蜂偏覺，飛抱葳蕤不放迴。」有詠梅之語，如其二：「凝情姿立暮江邊，影影月明絕可憐。怪底煙雲吹不散，不知渠是上清仙。」有慕道之言，如其三：「道入先天有一門，玉妃真氣鍾靈根。山人豈少煙霞骨，問著真詮總不言。」有思索人生之念，如其五：「一遇仙娃更不疑，輕身輒擬跨青螭。玉書靈藥無消息，不度山人待度誰。」本詩為第四首，主旨為思念家鄉。詩中巧用雙關藝術手法，由梅花雙關笛曲〈梅花落〉，又由〈梅

花落〉笛曲想到「傷離別」的〈關山月〉笛曲，從而為末句「眼底并州不是家」做足鋪墊，引出對故鄉的馳念默想。全詩過渡自然，承接無跡，含蓄有味，富於韻致。

望太山

陸　采

【題　解】這首詩摹仿唐代杜甫〈望嶽〉一詩。太山，即泰山，又稱岱嶽、岱宗、東嶽，為中國五嶽之一，在今山東中部。主峰在今泰安市北，海拔一千五百多公尺，五嶽中次於華山、恆山，位居第三。

【作　者】陸采（西元一四九七—一五三七年），初名灼，字子玄，號天池山人，長洲（今江蘇蘇州）人，陸粲弟。少為校官弟子，不屑守章句，年十九歲，作《王仙客無雙傳奇》（一名《明珠記》），選梨園子弟，登場教演，名重一時。卒年四十一歲。著有《天池山人小稿》五種。陸粲〈天池山人陸子玄墓誌銘〉謂其：「於文善稱六代，詩初規摹盛唐，晚宗謝康樂，造語往往似之。居間弄筆，游戲為近體樂府，若啁笑率然之作，亦蘊藉可喜。」馮夢禎〈陸子玄詩集序〉：「余得其詩集於先生之子純孫，稍卒業，僅三之一，見其合者，五言古典則雄渾，有建安、黃初氣骨，七言古清豔高爽，長於敘事，直入少陵之室，近體亦俊逸可喜。」清錢謙益《列朝詩集小傳》丁集〈陸秀才采〉謂其：「性豪蕩不羈，困於場屋，日夜與所善客劇飲歌呼。東登泰岱，賦遊仙三章，南逾嶺嶠，遊武夷諸山。」

煙暝❶依稀見，天高突兀❷開。青連齊魯合❸，雄抱海雲來❹。一豁❺狂夫❻目，如湔❼野褐❽埃。明朝禮玄境❾，不惜路崔嵬❿。

【注釋】❶煙暝　即「暝煙」，傍晚的煙靄。唐孟浩然〈宴包二融宅〉：「煙暝棲鳥迷，余將歸白社。」❷突兀　高聳的樣子。❸青連齊魯合　語本唐杜甫〈望嶽〉：「岱宗夫如何，齊魯青未了。」齊魯，原為春秋時兩個國名，皆在今山東境內，後世即以齊魯代指山東一帶。❹雄抱海雲來　語本唐李白〈送殷淑三首〉其二：「青龍山後日，早出海雲來。」❺豁　開闊，用如動詞。❻狂夫　無知妄為的人，這裡為用作謙詞的作者自稱。❼湔　洗滌。❽野褐　粗布衣服，指平民。❾玄境　幽深之地，喻指泰山勝境。❿崔嵬　這裡比喻山路難行。

【語譯】在傍晚的煙靄中依稀可見，煙霧散開才見泰山高聳入天。一片青色融入齊魯大地，海雲環抱更顯雄奇萬般。開闊我這狂夫的眼界，如同洗淨我這平民的衣衫。明天將參拜泰山的勝境，哪怕山路崎嶇艱難。

【研析】唐代杜甫〈望嶽〉：「岱宗夫如何，齊魯青未了。造化鍾神秀，陰陽割昏曉。盪胸生曾雲，決眥入歸鳥。會當凌絕頂，一覽眾山小。」大氣磅礡，不禁令人神往，特別是末兩句富於哲理，更加凸顯詩人心胸開闊。陸采此詩有意摹仿杜詩，全從「望」字下筆，儘管氣魄遜於杜詩，但中間四句亦有萬千氣象，極耐回味。作者屢困於場屋，平生不得志，以梨園為寄託而外，遊山玩水即成其癖好。讀此詩，可以發見其中自有奇氣一股，似欲噴發而出，但又受制於現實，不得一展鴻圖。詩如其人，古人之語不虛！

對月答子浚兄見懷諸弟之作

皇甫汸

【題　解】這首七絕為對月懷念兄弟之作。子浚，即皇甫沖（西元一四九〇—一五五八年），字子浚，為本詩作者皇甫汸之兄，嘉靖七年（西元一五二八年）舉人，善騎射。清錢謙益《列朝詩集小傳》丁集〈皇甫舉人沖〉有云：「幼好談兵，憤北虜薄城下，撰《兵統》及《滅胡經》。海寇突起，當事無策，撰《枕戈雜言》，凡數十萬言。今與其全集，皆不傳于世。金陵張文寺曰：『四甫之才，子浚為冠。』亦闡幽之論也。」

【作　者】皇甫汸（西元一四九八—一五八二年），字子循，號百泉，長洲（今江蘇蘇州）人。嘉靖八年（西元一五二九年）進士，歷官南京吏部郎中、開州同知、雲南按察司僉事，免官歸。工書善詩，與兄沖、涍、弟濂，時號「皇甫四傑」。著有《皇甫司勳集》六十卷。《明史》卷二八七〈文苑三〉有傳，內云：「汸和易，近聲色，好狎游。於兄弟中最老壽，年八十乃卒。」清錢謙益《列朝詩集小傳》丁集〈皇甫僉事汸〉有云：「子循自評其詩，以謂吾與我周旋，久自成一家，尚不肯學步少陵，而不能不假靈于王、李。」清朱彝尊《靜志居詩話》卷一三〈皇甫汸〉有云：「百泉清音藻思，五言整於小謝，五律雋於中唐，惟七言葸弱。」《四庫全書總目提要》卷一七二著錄皇甫汸《皇甫司勳集》六十卷，內云：「今統觀所作，古體源出三謝，近體源出中唐。雖乏深湛之思，而雅飭雍容，風標自異，在明中葉不失為第二流人。馮時可《雨航雜錄》云：『皇甫百泉與王弇州名相埒，時人謂百泉如齊、魯，變可至道。弇州如秦、楚，強遂稱王。』王士禎《香

祖筆記》以時可所評為確論云。」陳田《明詩紀事》戊籤卷五選皇甫汸詩三十五首，有按語云：「子循五律清裁雅調，自是一時之俊，五古亦是當家，至模範魏晉，熔鑄齊梁，於子安稍遜一籌。」

南北何如漢二京❶，迢迢吳越兩鄉情❷。謝家樓❸上清秋月❹，分作關山幾處明❺。

【注釋】❶南北何如漢二京　明代自永樂以後，南京與北京同設六部，是為兩京；西漢以長安為西京，以洛陽為東京，合稱「二京」，東漢張衡有〈二京賦〉。寫此詩時，皇甫汸在南京吏部郎中任上，弟皇甫濂在北京工部主事任上。❷迢迢吳越兩鄉情　寫此詩時，其兄皇甫沖在故鄉長洲，皇甫涍在浙江僉事任上；長洲古屬吳地，浙江古屬越地。❸謝家樓　南朝宋謝靈運與族弟謝惠連相友愛，據說謝靈運〈登池上樓〉「池塘生春草」一句，即得之於夢見謝惠連之後。後世遂常以「謝家樓」為吟詠兄弟手足情深之典。❹清秋月　明淨爽朗的秋天之月。唐李白〈贈從孫義興宰銘〉：「朗然清秋月，獨出映吳臺。」❺分作關山幾處明　語本南朝宋謝莊〈月賦〉：「美人邁兮音塵闕，隔千里兮共明月。」

【語　譯】北京南京就如同西漢的長安洛陽，迢迢吳越也有兄弟間的情深誼長。好似謝家樓上明淨的皎月，照亮關山所分隔的不同地方。

【研　析】唐白居易〈自河南經亂，關內阻飢，兄弟離散各在一處，因望月有感，聊書所懷〉有云：「弔影分為千里雁，辭根散作九秋蓬。共看明月應垂淚，一夜鄉心五處同。」皇甫汸這首七絕立

意即完全摹仿白居易詩，巧用明月作為貫串各在一方的兄弟四人相互思念的見證，但剝除了白詩淒涼哀苦與憂時念亂的灰暗色彩，純寫手足情誼，生動感人。在物質條件較為簡陋的古代，自然與人的關係遠較現代社會親切，千里月明，舉頭共見，無疑可以打破人世空間的阻隔，甚至溝通古今，令思緒徜徉於歷史的長河。

唐張若虛〈春江花月夜〉一詩傳誦千古，就因為有其富於哲理的名句，如：「春江潮水連海平，海上明月共潮生。灩灩隨波千萬里，何處春江無月明。」又如：「江畔何人初見月，江月何年初照人。人生代代無窮已，江月年年只相似。不知江月待何人，但見長江送流水。」唐張九齡〈望月懷遠〉：「海上生明月，天涯共此時。」唐孟郊〈古怨別〉：「別後唯所思，天涯共明月。」明月在古人心目中地位甚高，今人自應仔細領悟古人的這種情感，才能理解古人作詩取意使事的奧妙。這首七絕以有限的字句包容了無限情感，感人至深。全詩除一二兩句言簡意賅地點出兄弟四人分居不同的地域外，三四兩句以「清秋月」為兄弟之間的感情紐帶，就是此詩之所以搖人心旌的絕妙之處。此外詩用「謝家樓」的典故，也增添了全詩的典雅氣氛，兄弟四人以文學相砥礪的情誼，也就不言而喻了。

漁樵嘆

謝 榛

【題 解】這首七言古詩以漁夫與樵父的生計艱難立意，諷刺了「太平盛世」下廣大勞動者的悲酸苦痛。嘆，吟誦的意思。

【作　者】謝榛（西元一四九九—一五七九年），字茂秦，號四溟，又號脫屣老人，臨清（今屬山東）人，常年客居安陽（今屬河南）。自幼右目失明，早絕科舉仕宦之想，布衣終身，優遊王府、友朋間，說詩談藝，明代「後七子」之一。其詩名遠播，著有《四溟山人全集》二十四卷，其中《四溟詩話》（即《詩家直說》）更是著名的詩歌理論著作。今人李慶立有《謝榛全集箋注》。《明史》卷二八七〈文苑三〉有傳，內云：「當七子結社之始，尚論有唐諸家，各有所重。榛曰：『取李、杜十四家最勝者，熟讀之以會神氣，歌詠之以求聲調，玩味之以裒精華。得經三要，則浩乎渾淪，不必塑謫仙而畫少陵也。』諸人心師其言，厥後雖合力擯榛，其稱詩指要，實自榛發也。」清錢謙益《列朝詩集小傳》丁集有云：「茂秦今體，工力深厚，句響而字穩，七子、五子之流，皆不及也。茂秦詩有兩種：其聲律圓穩持擇矜慎者，弘、正之遺響也；其應酬牽率排比支綴者，嘉、隆之前茅也。」清朱彝尊《靜志居詩話》卷一三〈謝榛〉有云：「七子結社之初，李、王得名未盛，稱詩選格，多取定於四溟。」《四庫全書總目提要》卷一七二著錄謝榛《四溟集》十卷，有云：「榛早工詞曲。年十六，作樂府商調，少年爭歌之。已而折節讀書，刻意為詩。李攀龍、王世貞輩結詩社，推榛為長。及攀龍名盛，榛與論生平，頗相刻責。攀龍輩遂怒相排擠，削其名於七子、五子之列。」陳田《明詩紀事》己籤卷二選謝榛詩二十三首。

　　東嶺上頭多樹木，猛虎藏威白晝伏。西潭水深魚鱉多，下有長蛟❶絕❷網羅。漁郎樵夫各生計，相逢共嗟太平世❸。兩毒所恃期永年❹，山根❺地軸❻暗相連。背罾❼腰斧偶聚散，回首茅茨❽炊煙斷。妻子菜色❾

飢尚可，戶口辦錢⑩愁殺我。問天不言空蒼茫，四鄰落葉正風霜。

【注　釋】❶蛟　古代傳說中的一種龍，常居深淵，能引發洪水。❷絕　斷開，即摧毀。❸太平世　謂暫無戰亂的社會。唐皮日休〈正樂府十篇・路臣恨〉：「如何太平世，動步卻途窮。」❹永年　謂長久。❺山根　山腳。唐杜甫〈又觀打魚〉：「日暮蛟龍改窟穴，山根鱣鮪隨雲雷。」❻地軸　古代傳說中大地的軸。晉張華《博物志》卷一：「地有三千六百軸，犬牙相舉。」❼罾　打魚工具，用木棍或竹竿做支架的方形魚網，形似仰傘。❽茅茨　茅草蓋的屋頂，這裡即指茅屋。❾菜色　謂人營養不良的臉色。❿戶口辦錢　謂官府按照住戶與人口徵收賦稅。

【語　譯】東嶺上長滿樹木，猛虎晝伏藏威伺機出。西潭水深魚鱉眾多，下有長長蛟龍網羅不住。漁郎與樵夫各自為生計，相逢共同歎息這太平世。虎與蛟有恃無恐盼永年，那山根與地軸自來相連在一起。漁郎背罾樵夫腰間有斧頭，偶然會面又分散，回望自家茅屋炊煙早斷。妻與子面有菜色忍飢尚可過，官府按戶徵稅愁壞了我。問天不語只有一片蒼茫，四下裡無情風霜吹落葉紛紛。

【研　析】漁夫與樵夫在古代文人心目中總有些遺世獨立的飄然色彩，唐牟融〈題李昭訓山水〉云：「風月謾勞酬逸興，漁樵隨處度流年。」彷彿他們的勞作比農夫清閒得多，所以盡可逍遙風月，這當然是士大夫的想像之語。同是唐人的殷堯藩〈過雍陶博士邸中飲〉云：「此身何所似，天地一漁樵。」漁樵生涯又彷彿無拘無束，隨遇而安。宋張昇〈離亭燕〉（或作孫浩然詞）：「多少六朝興廢事，盡入漁樵閒話。」隨著歷史的前行，漁樵又多了一份冷眼閱世的閒情逸致。

　宋代的文人畫中，往往也有漁夫或樵夫點綴其中，意在平添幾分雅趣。明楊慎那首著名的〈臨

江仙〉，因被寫入小說《三國演義》中而膾炙人口：「滾滾長江東逝水，浪花淘盡英雄。是非成敗轉頭空。青山依舊在，幾度夕陽紅。　白髮漁樵江渚上，慣看秋月春風。一壺濁酒喜相逢。古今多少事，都付笑談中。」詞中的「白髮漁樵」顯然也無憂無慮，帶有文人士大夫指點江山、評述古今的雅興。謝榛的這首〈漁樵嘆〉則把兩者切切實實拉回到了現實世界之中，他們不但憂衣憂食，繁重的賦稅更如同東嶺的猛虎與西潭的長蛟，無時無刻不在威脅著一家老小的生命！象徵的修辭手法，令這首詩含蓄中帶有憤懣不平的音聲，讀來發人深省。作為布衣詩人，謝榛比較接近下層社會，儘管他仍然難以擺脫文人雅士的生活態度，但絕非隔岸觀火般地書寫漁樵生活，因而此詩自有其認識價值。

榆河曉發

謝　榛

【題　解】這首五律作於嘉靖二十六年（西元一五四二年）秋日，時謝榛在京師，留連於長城內外，有感於邊事急迫而寫。榆河，在京師（今北京市）以北，今名溫榆河，源於軍都山，是一條自西北至東南流向的河流，河之北端即聳立著居庸關。

朝暉❶開眾山，遙見居庸關❷。雲出三邊❸外，風生萬馬間。征塵❹
何日靜，古戍❺幾人閑。忽憶棄繻者❻，空慚旅鬢斑。

【注　釋】❶朝暉　早晨陽光初現。唐杜甫〈秋興八首〉其三：「千家山郭靜朝暉，日日江樓坐翠微。」❷居庸關　在今北京市昌平，距市中心百里，為長城的一個重要關口，明代京師西北的屏障，兩旁高山屹立，中有長達近四十里的溪谷，俗稱關溝。清顧祖禹《讀史方輿紀要》卷一〇：「居庸關，在順天府昌平州西北二十四里，延慶州東南五十里，關門南北相距四十里，舊有南口、北口兩千戶所，兩山夾峙，下有巨澗，懸崖峭壁，稱為絕險。」歷來為兵家必爭之地。❸三邊　明代謂延綏、甘肅、寧夏三地區。這裡泛指明代北方邊境地區。唐顧況〈從軍行〉：「仗劍出門去，三邊正艱厄。」❹征塵　喻指戰爭。❺古戍　邊境古老的城堡、營壘。這裡即指居庸關。明劉基〈古戍〉：「古戍連山火，新城殷地笳。」❻棄繻者　謂西漢胸懷壯志、報效國家的濟南人終軍事。《漢書》卷六四下〈終軍傳〉：「終軍，字子雲，濟南人也。少好學，以辯博能屬文聞於郡中。年十八，選為博士弟子……初，軍從濟南當詣博士，步入關，關吏予軍繻。軍問：『以此何為？』吏曰：『為復傳，還當以合符。』軍曰：『大丈夫西游，終不復傳還。』棄繻而去。軍為謁者，使行郡國，建節東出關，關吏識之，曰：『此使者乃前棄繻生也。』軍行郡國，所見便宜以聞。還奏事，上甚說。」繻，漢代用帛製成的出入關隘的憑信。

【語　譯】早晨陽光初現灑滿眾山，遙遙望見那邊的居庸關。戰雲飄出三邊以外，疾風忽起萬馬之間。征戰何時能夠平息，古戍何曾有人安閒。忽然想起漢代棄繻生的往事，自慚奔波中一事無成兩鬢早斑。

【研　析】這首五律堪稱謝榛的代表作品。詩人於拂曉時分出發，溯榆河北上出關，沿途觸景生情，因情寫景，情景交融，為後世留下這首氣勢雄壯、筆飛墨舞的詩篇。全詩寫景抒懷水乳交融，句錘字煉，氣逸調高，較好地體現了謝榛自己「景乃詩之媒，情乃詩之胚」（《四溟詩話》卷三）的

論詩主張。從短短四十字的吟詠中，我們仍能聽到盛唐邊塞詩作的迴響。

首聯二句恰似一幅用筆凝練流暢的速寫，馳情於對時間進程的感受。頷聯想像之景與眼前之景交互為用，極大擴充了所見景物的縱深感，居庸關一帶山河的遼闊蒼茫被表現得淋漓盡致。詩人另有一首〈居庸關〉，內云：「控海幽燕地，彎弓豪俠兒。秋山牧馬處，朔野用兵時。」可作為本詩「風生萬馬間」一句的注腳，所謂「萬馬」即指明代駐紮於居庸關一帶軍隊放牧的戰馬，暗寓詩人對與蒙古殘餘勢力爭戰的憂慮之情。清沈德潛《明詩別裁集》卷八選謝榛詩二十六首，於〈榆河曉發〉有評云：「讀『風生萬馬間』，紙上有聲，若衍成二語，氣味便薄。」堪稱的評。頸聯轉入對無休止戰亂的詛咒，含蓄表達了對和平安定生活的憧憬與企盼。《呂氏春秋》與《淮南子》皆有「天下九塞，居庸其一也」之論，詩中將居庸關視為古戍，是結合現實，從歷史的角度提出了一個引人深思的問題，卻又是一個可能永遠找不到答案的問題。詩人歎老嗟卑之情油然而生，從而引向尾聯對於老大無成的自身思索。西漢終軍少有大志，十八歲即上書漢武帝，受到賞識，官居謁者給事中。以後又出使南越，曾有「願受長纓，必羈南越王而致之闕下」的豪言壯語。

寫此詩時，謝榛已然四十四歲，頭生二毛，依然布衣，報國無門，與終軍自難比肩，「空嘶旅鬢斑」道出漂泊者的無限辛酸。此詩起承轉合、謀篇布局與唐杜甫〈晚行口號〉一詩近似：「三川不可到，歸路晚山稠。落雁浮寒水，飢烏集戍樓。市朝今日異，喪亂幾時休。遠愧梁江總，還家尚黑頭。」兩相對照，可見作者效法杜甫的痕跡宛然。

盤山最高峰遲應瑞伯不至

謝榛

【題解】這首五律當作於嘉靖二十九年（西元一五五〇年）秋。盤山，又名徐無山、四正山、盤龍山，為燕山餘脈，在今天津市薊縣城西北二十餘里，山中名勝古跡甚多，有「京東第一山」之譽。主峰掛月峰，海拔兩千六百餘尺，如春筍破天而立，雄渾巍峨，峭拔壯麗。遲，等待。應瑞伯，即應雲鸑，字瑞伯，號東塘，象山（今屬浙江）人。嘉靖二十年（西元一五四一年）進士，歷官臨川令、武庫司郎中，著有《臨川集》、《象山雜稿》等。

仄徑❶高盤壁，孤峰半插天❷。人行飛鳥上❸，袖拂❹落霞邊。澗水
寒逾咽❺，山花晚自妍❻。一樽遲儔侶❼，松月❽向誰圓？

【注釋】❶仄徑　狹窄的小路。❷半插天　語本唐黃滔〈壺公山〉：「彷彿嘗聞樂，岧嶢半插天。」❸人行飛鳥上　語本唐暢當〈登鸛雀樓〉：「迥臨飛鳥上，高出世塵間。」❹袖拂　語本唐李白〈醉後贈王歷陽〉：「筆蹤起龍虎，舞袖拂雲霄。」❺澗水寒逾咽　唐寒山〈詩三百三首〉之一：「澗水緣誰咽，山雲忽自屯。」❻妍　美好。❼儔侶　朋友；伴侶。❽松月　松間明月，渲染幽然情景。

【語譯】狹路沿山壁盤旋，孤峰突起半插雲天。人行走在飛鳥之上，衣袖輕拂在落霞裡邊。澗水

寒冷聲更幽咽，山花在傍晚愈加美妍。樽酒等待友人的光臨，否則何謂松月可團圓？

【研　析】盤山五峰攢簇，怪石嶙峋。五峰即掛月峰、紫蓋峰、自來峰、九華峰、舞劍峰，峰陡路狹，遊人須沿山路曲折盤旋而上，有下盤、中盤、上盤之分，所謂「上盤之松，中盤之石，下盤之水」，可見盤山勝概。主峰掛月峰獨聳天際，下臨無地，上銳下削，氣象萬千。詩人在如此勝境備下酒肴，專俟貴客到來，無奈時近傍晚，友人未至，於是詩興大發，寫下這首五律。首聯寫掛月峰險怪獨特之形勢，意隨筆到，信口而出；頷聯寫登山之感覺，意態瀟灑，飄然欲仙；頸聯寫澗水，寫山花，有聲有色，並暗寓時間進程；尾聯對句於從容中透露出企盼友人光臨的心緒，「向誰圓」三字暗示這一天時當農曆月中，自是賞月的良機。夜晚同賞松間明月，何等愜意，何等賞心悅目！友人應雲鸞時在京任職，其社會地位高於作者，遲客不至，更是令人掃興的事情，但作者似乎沒有太受影響，他被這幽靜宜人的優美風景陶醉了，於是就有了這首優美動人的詩作問世。謝榛另有七古〈登盤山絕頂謁黃龍祖師祠〉一詩，內有云：「薊北來遊第一山，山連七十二禪關。人行巨壑泉聲裡，馬度層崖雲氣間。石徑蕭蕭松吹冷，萬折千回臨絕頂。鐘響時傳下界遙，鳥飛不到諸天迴。」可與此詩參看。

清明憶諸弟

謝　榛

【題　解】這首五律當作於嘉靖三十年（西元一五五一年），作者時在京師，憶念家鄉兄弟，可見

手足情深。清明，農曆二十四節氣之一，在西元每年的四月五日前後。明高啟〈清明呈館中諸公〉：「白下有山皆繞郭，清明無客不思家。」本書已選，可參見。

白髮感平生❶，幽懷阮步兵❷。抱痾❸頻藥餌❹，為客幾清明❺。春滿他鄉樹❻，河連故國❼城。鶺鴒限南北，空復在原情❽。

【注釋】❶平生　此生。❷幽懷阮步兵　謂歎老嗟卑的心情。三國魏阮籍〈詠懷詩八十二首〉其四：「朝為媚少年，夕暮成醜老。自非王子晉，誰能常美好。」幽懷，隱藏在內心的情感。阮步兵，即阮籍（西元二一〇－二六三年），字嗣宗，陳留尉氏（今屬河南開封）人。司馬昭當政，曾任步兵校尉，故世稱阮步兵。他迫於司馬氏專權，縱酒佯狂、寄情莊老、發言玄遠以避禍。其〈詠懷詩八十二首〉時而慨歎人生無常，時而憤世嫉俗，詩旨遙深，多用比興寄託，為阮籍重要作品。《晉書》卷四九有傳。❸痾　疾病。❹藥餌　藥物。❺幾清明　語本宋蘇軾〈東欄梨花〉：「惆悵東欄一株雪，人生看得幾清明。」❻他鄉樹　語本唐馬戴〈灞上秋居〉：「落葉他鄉樹，寒燈獨夜人。」❼故國　謂家鄉。❽鶺鴒限南北二句　謂兄弟不在一起，手足難以相濟。語本《詩經・小雅・常棣》：「脊令在原，兄弟急難。」大意為鶺鴒群集於原野，兄弟有難相互救援。脊令，同「鶺鴒」。鳥類的一種。〈常棣〉以鶺鴒起興，用此鳥原野相聚言兄弟生死與共。

【語譯】頭髮已白感歎此生，如同阮籍幽懷重重。抱病常與藥物為伴，作客他鄉不知度過多少清明。春風吹綠他鄉樹木，惟有河水可達故鄉之城。兄弟南北分離，辜負了一世手足深情。

【研析】古人重視親情，將兄弟視為五倫之一，即君臣、父子、兄弟、夫妻、朋友五種倫理關係之一。孟子認為君子有「三樂」，《孟子・盡心上》：「父母俱存，兄弟無故，一樂也；仰不愧於天，俯不怍於人，二樂也；得天下英才而教育之，三樂也。」「兄弟無故」占有其中「一樂」之半，可見「兄弟」在古人心目中的重要地位。寫兄弟情誼的詩作，千百年來，唐王維七絕〈九月九日憶山東兄弟〉一詩最為膾炙人口：「獨在異鄉為異客，每逢佳節倍思親。遙知兄弟登高處，遍插茱萸少一人。」唐韋應物也有一首〈清明日憶諸弟〉，與此詩詩題僅差一字，堪稱同題，詩云：「冷食方多病，開襟一忻然。終令思故郡，煙火滿晴川。杏粥猶堪食，榆羹已稍煎。唯恨乖親燕，坐度此芳年。」兩相比較，謝榛之作，言簡意賅，似乎超越了唐人。唐杜甫〈月夜憶舍弟〉一詩寫於戰亂中，情感真摯：「戍鼓斷人行，秋邊一雁聲。露從今夜白，月是故鄉明。有弟皆分散，無家問死生。寄書長不達，況乃未休兵。」杜詩頷聯非常精彩，謝詩頸聯也非同尋常，皆有感人至深的魅力。經過以上所舉諸詩比較，可以發現謝榛在學習繼承唐人詩歌傳統上，的確進行了一番艱苦努力。

登泰山

謝　榛

【題　解】這首五律約寫於嘉靖四十年(西元一五六一年)的秋天，謝榛於是年回歸故鄉臨清探親，路經泰山，登臨中寫下此詩。泰山，或稱太山，參見本書所選陸采〈望太山〉之「題解」。

登攀絕頂❶處，封禪❷斷碑文❸。古洞❹尋丹液❺，秋衣❻拂紫氛❼。

下飛關塞❽雁，東接海天雲。惆悵秦松❾在，寒濤❿空自聞。

【注　釋】❶絕頂　即泰山玉皇頂，為泰山極頂，因建有玉皇殿而得名，又稱天柱峰。❷封禪　古代帝王祭天地的大典。在泰山上築土為壇，報天之功，稱封；在泰山下的梁父山上闢場祭地，報地之德，稱禪。《史記》卷二八〈封禪書〉：「古者封泰山禪梁父者七十二家。」❸斷碑文　即無字碑，在玉皇殿古登封臺下，為一長方形石表，高十八尺，寬近四尺，厚近三尺，形制古樸。據傳為秦始皇封禪時所立，但清顧炎武在《日知錄》中認為是漢武帝封泰山時所立。❹古洞　泰山有名洞七十二處，如白雲洞、八仙洞、黃花洞、蓮花洞等。❺丹液　道教所稱長生不老之藥。唐李白〈遊泰山六首〉其四：「安得不死藥，高飛向蓬瀛。」❻秋衣　秋日所穿的衣服。❼紫氛　紫色雲氣，古人以為祥瑞之氣。❽關塞　邊關。❾秦松　即五大夫松，為秦始皇所封者，在泰山雲步橋北，原樹被山洪沖走，今存者為清雍正八年（西元一七三〇年）補植。《史記》卷六〈秦始皇本紀〉：「二十八年，始皇東行郡縣……乃遂上泰山，立石，封，祠祀。下，風雨暴至，休於樹下，因封其樹為五大夫。」❿寒濤　謂松濤，風吹松林，聲似波濤，故稱。

【語　譯】登攀到泰山極頂之地，帝王封禪遺存下無字碑。至古洞尋覓不老的丹液，秋衣籠罩著紫色雲氣。山下有從邊關飛來的大雁，東面是海雲相接的天際。失意感傷秦皇所封五大夫松，遠處松濤徒然傳來陣陣寒意。

【研　析】唐李白有古風〈遊泰山六首〉，其三云：「平明登日觀，舉手開雲關。精神四飛揚，如出天地間。黃河從西來，窈窕入遠山。憑崖攬八極，目盡長空間。偶然值青童，綠髮雙雲鬟。笑

我晚學仙，蹉跎凋朱顏。躊躇忽不見，浩蕩難追攀。」可與此詩對照吟誦，從中可見謝榛從詩歌意象汲取前人經驗的痕跡。《孟子・盡心上》：「孔子登東山而小魯，登太山而小天下。」南朝梁劉勰《文心雕龍・神思》有云：「登山則情滿於山，觀海則意溢於海，我才之多少，將與風雲而並驅矣。」登山可以澄清萬慮，提高人的精神境界，令人心胸開闊，忘懷自我。這首〈登泰山〉於「登山則情滿於山」之際，似乎還有一絲隱憂在，從頸聯、尾聯可以感到詩人對於國勢不振的擔憂。「關塞雁」飛來，無疑有對明朝北方邊境不安的心理因素在作祟；而「惆悵秦松」聯繫首聯對句「封禪斷碑文」，也似乎體現了詩人追慕秦漢強盛國勢的用心。「位卑未敢忘憂國」，從這首詩可以看出布衣詩人謝榛心懷天下的憂患意識，而這正是中國千百年來正直知識分子的傳統精神。

大梁懷古

謝榛

【題解】這首五絕當作於嘉靖二十三年（西元一五四四年）冬，時作者旅居開封（今屬河南）。大梁，戰國時魏國的都城，故址在今河南開封。

策馬夷門❶道，高城帶暮雲。至今豪俠士❷，猶說信陵君❸。

【注釋】❶夷門　魏國都城大梁的東門。《史記》卷七七〈魏公子列傳〉：「太史公曰：吾過大梁之墟，求

問其所謂夷門。夷門者，城之東門也。」❷豪俠士　謂豪邁好義之人。❸信陵君　戰國魏安釐王異母弟，名無忌，封信陵君，有食客三千，曾竊兵符救趙，功高名盛為魏王所忌，遂稱病，卒。《史記》卷七七有傳。

【語　譯】驅馬行走在大梁的夷門道，高高城頭與暮雲相近。至今的豪俠之士，仍然讚譽昔日的信陵君。

【研　析】明譚元春《明詩歸》卷三評此詩云：「詞意俱入盛唐。」《史記》卷七七〈魏公子列傳〉：「天下諸公子亦有喜士者矣，然信陵君之接巖穴隱者，不恥下交，有以也。名冠諸侯，不虛耳。高祖每過之而令民奉祠不絕也。」信陵君誠心接納天下士，是戰國有名的四公子之一，其救趙存魏的有關記述，可參見本書所選李夢陽〈送人之南郡三首〉注釋。唐李白〈博平鄭太守自廬山千里相尋入江夏北市門見訪卻之武陵立馬贈別〉一詩有云：「大梁貴公子，氣蓋蒼梧雲。若無三千客，誰道信陵君。救趙復存魏，英威天下聞。邯鄲能屈節，訪博從毛薛。夷門得隱淪，而與侯生親。」將信陵君之「貴公子」性格用文學語言道出，力透紙背。

與謝榛身處同一時代的唐順之，對於信陵君救趙一事則有不同看法，他撰有〈信陵君救趙論〉一文，因後入選《古文觀止》而為世人所熟知。其文認為信陵君竊符、殺魏將晉鄙救趙，是出於與趙國平原君的姻戚關係，屬於私而忘公之舉，從而總結說：「信陵君可以為人臣植黨之戒，魏王可以為人君失權之戒。」這是從封建專制主義的視角看問題所得出的結論，雖可備一說，但終非評價戰國時代信陵君的適宜角度。謝榛這首五絕寥寥二十字，對於信陵君雖未作肯定性的讚譽，但凸顯「豪俠士」，以「猶說」二字形容之，則褒揚之意自在言外。這與詩人卑微的社會地位也是

相符的。因為謝榛日常所思，就是要遇到如同信陵君一樣的禮賢下士者，而實際生活中，謝榛出入趙康王朱厚煜之門多年，也可證實他對信陵君一類高位者的讚揚是由衷的。

遠別曲

謝　榛

【題　解】這首七絕學習六朝樂府，饒有民歌風味，作者摹仿女子口吻，刻劃了思婦微妙細膩的心理，生動傳神，耐人尋味。

阿郎幾載客三秦❶，好憶儂家❷漢水❸濱。門外兩株烏柏樹❹，叮嚀❺
說向寄書人。

【注　釋】❶三秦　謂今陝西一帶。據《史記》卷六〈秦始皇本紀〉，秦亡以後，項羽三分關中，封秦降將章邯為雍王，司馬欣為塞王，董翳為翟王，合稱三秦。❷儂家　舊時女子自稱，猶言「奴家」。❸漢水　即今漢江，為長江最長支流，源於今陝西西南部寧強，東南流經陝西南部、湖北西北部與中部，在今武漢入長江，總長一千五百多公里。❹烏柏樹　又作烏臼樹，落葉喬木，實如胡麻子，多脂肪，可製肥皂及蠟燭等，以烏喜食其實而得名。《樂府詩集》卷七二〈雜曲歌辭十二・西洲曲〉：「日暮伯勞飛，風吹烏臼樹。樹下即門前，門中露翠鈿。」❺叮嚀　再三囑咐。

【語　譯】阿郎去三秦謀生已有幾年，想來一定掛念我苦等在漢水畔。家門外有兩株烏柏樹，再三叮囑寄書人要記清楚。

【研　析】漢水源於關中一帶，在下游漢水之濱居住的女子所囑託的捎信寄書人，很可能就是買舟北上的商賈。詩中女子思念客居他鄉的夫君，反而設想夫君在三秦思念居住漢水之濱的自家；急切盼望夫君有音信傳來，又不欲直言相告。反而叮囑潛在的捎信人記住自家門前的標誌性事物，以免誤事。全詩情真意切，一切全憑思婦構想，饒有趣味。這一類帶有民歌性質的文人作品，為女子代言，主人公若對男子有情，歷來都有「自報家門」的習慣。唐崔顥〈長干曲四首〉其一：「君家何處住，妾住在橫塘。停船暫借問，或恐是同鄉。」宋蘇軾〈次韻代留別〉：「絳蠟燒殘玉斝飛，離歌唱徹萬行啼。他年一舸鴟夷去，應記儂家舊住西。」元楊椿〈西湖竹枝詞〉：「儂家生長在西湖，暮管朝弦隨處呼。早聽當初阿姨語，免教今日悔狂夫。」元張雨〈湖州竹枝詞〉：「臨湖門外是儂家，郎若閒時來吃茶。黃土築牆茅蓋頂，門前一樹紫荊花。」張雨詩的最後一句也以樹為家門方位的標誌性事物，與謝榛此詩「門外兩株烏柏樹」異曲同工。可見這一類詩歌在傳達男女微妙情感時，也有一定的藝術規律可循，找出這一規律，更覺妙趣橫生！

搗衣曲

謝　榛

【題　解】這首〈搗衣曲〉屬於擬樂府之作，宋郭茂倩《樂府詩集》卷九四〈新樂府辭五・樂府雜

題〉著錄〈擣衣曲〉有云：「蓋言擣素裁衣，緘封寄遠也。」搗衣，洗衣時用木杵在砧上捶擊衣服，擠出汙垢，使之乾淨。明楊慎《丹鉛總錄・搗衣》：「古人搗衣，兩女子對立執一杵，如舂米然。嘗見六朝人畫搗衣圖，其制如此。」

秦關❶昨寄一書歸，百戰郎從劉武威❷。見說平安收涕淚，梧桐樹❸下搗征衣❹。

【注　釋】❶秦關　秦地關塞，這裡泛指邊關。❷劉武威　傳說人物武威太守劉子南，有在戰爭中可避免傷害的護身之寶螢火丸。宋李昉《太平廣記》卷一四引《神仙感遇傳・劉子南》：「劉子南者，乃漢冠軍將軍武威太守也。從道士尹公，受務成子螢火丸，辟疾病疫氣、百鬼虎狼、虺蛇蜂蠆諸毒及五兵白刃、賊盜凶害……永平十二年，於武威邑界遇虜，大戰敗績，餘眾奔潰，獨為寇所圍。矢下如雨，未至子南馬數尺，矢輒墮地，終不能中傷。虜以為神人也，乃解圍而去。子南以教其子及兄弟為軍者，皆未嘗被傷，喜得其驗，傳世寶之。」有注本謂劉武威乃《後漢書》卷八六〈南蠻西南夷列傳〉中為蠻軍所敗而沒的漢光武帝的武威將軍劉尚，則殊無意味，且引敗軍之將入詩，「百戰」亦無著落，疑誤。❸梧桐樹　與深秋時節相合，乃閨婦為征夫送寒衣之時。唐白居易〈長恨歌〉：「春風桃李花開夜，秋雨梧桐葉落時。」《詩經・豳風・七月》：「七月流火，九月授衣。」❹征衣　出征將士之衣。宋司馬光〈出塞〉：「霜重征衣薄，風高戰鼓鳴。」

【語　譯】昨日從邊關捎來書信一封，夫君身經百戰自有寶物護身。已報平安更不必涕淚交流，搗衣梧桐樹下以備寄送。

【研　析】明代中期，蒙古殘餘勢力經常騷擾明朝北方邊境，土木之變，甚至俘虜了明英宗，可見北方軍情一度異常緊張，並影響了廣大人民的日常生活，於是有關征夫思婦的詩作也就應運而生，閨怨題材即為其中一種。謝榛另有一首〈秋閨〉，可與此詩參看：「棠梨落葉滿園秋，門掩蛩聲入夜愁。未寄征衣霜露冷，夢魂先到古雲州。」征衣寄遠，反映了當時邊塞較為緊張的情況。

唐代有關閨怨的詩作也常與「征衣」相聯繫，如唐徐彥伯〈閨怨〉：「征客戍金微，愁閨獨掩扉。塵埃生半榻，花絮落殘機。褪暖蠶初臥，巢昏燕欲歸。春風日向盡，銜涕作征衣。」張仲素〈秋夜曲〉：「丁丁漏水夜何長，漫漫輕雲露月光。秋逼暗蟲通夕響，征衣未寄莫飛霜。」杜牧〈秋夢〉：「寒空動高吹，月色滿清砧。殘夢夜魂斷，美人邊思深。孤鴻秋出塞，一葉暗辭林。又寄征衣去，迢迢天外心。」許渾〈塞下〉：「夜戰桑乾北，秦兵半不歸。朝來有鄉信，猶自寄征衣。」謝榛此詩摹仿唐人的痕跡宛然，但非字襲句摹，其聲調鏗鏘，取意也較明快，於一憂一喜的情感變化中、一念一動的情態鏈接中，完成對思婦的複雜微妙的心理刻畫，耐人尋味。「百戰郎從劉武威」，並非等閒用事，它包含了思婦對於丈夫在戰爭中到底平安與否的焦慮與擔心，並有企盼丈夫永遠平安的用心，一廂情願中自有無限溫柔情愫在內。清沈德潛《明詩別裁集》卷八評此詩有云：「『可憐無定河邊骨，猶是春閨夢裡人』，幾於哀感頑豔矣。此詩可以嗣響。」點出了作者詩風有學習唐人的特徵。

登歌風臺

雷　禮

【題解】這首七絕當屬於詠古一類的詩歌。歌風臺，漢高祖劉邦吟歌其〈大風歌〉之地，後人建臺以紀念，並立碑刻其歌辭。臺故址今江蘇沛縣東泗水西岸，現臺址在沛縣文化館內，為西元一九五五年所重建。元薩都剌〈登歌風臺〉：「歌風臺下河水黃，歌風臺上春草碧。」

【作者】雷禮（西元一五〇五—一五八一年），字必進，豐城（今屬江西）人。嘉靖十一年（西元一五三二年）進士，授興化司理，官至工部尚書，明習朝典。致仕卒，年七十七歲。著有《鐔墟堂摘稿》二十卷。余寅〈雷公行狀〉有其生平。詩名不彰，諸家著錄無多。

舟經汴泗❶水交流，獨上歌臺壯勝遊❷。欲向沛中❸詢父老❹，〈大風〉❺不是漢家秋❻。

【注釋】❶汴泗　汴水與泗水。汴水，又稱汴渠，自今河南滎陽東北接黃河，經河南開封、商丘，復東南經今安徽碭山、蕭縣，至今江蘇徐州北入泗水；泗水，源自今山東泗水縣東蒙山南麓，經曲阜、濟寧、魚臺，轉東南經江蘇沛縣、徐州，入淮。❷勝遊　快意的遊覽。❸沛中　即今江蘇沛縣，為漢高祖劉邦的故鄉。❹父老　對老年人的尊稱。❺大風　謂漢高祖劉邦的〈大風歌〉。《史記》卷八〈高祖本紀〉：「高祖還歸，過沛，留。

置酒沛宮，悉召故人父老子弟縱酒，發沛中兒得百二十人，教之歌。酒酣，高祖擊筑，自為歌詩曰：『大風起兮雲飛揚，威加海內兮歸故鄉，安得猛士兮守四方！』令兒皆和習之。高祖乃起舞，慷慨傷懷，泣數行下。」

❻漢家秋　謂漢武帝劉徹的〈秋風辭〉。《文選》卷四五錄漢武帝〈秋風辭〉并序云：「上行幸河東，祠后土，顧視帝京欣然，中流與群臣飲燕。上歡甚，乃自作〈秋風辭〉曰：『秋風起兮白雲飛，草木黃落兮雁南歸。蘭有秀兮菊有芳，攜佳人兮不能忘。泛樓舡兮濟汾河，橫中流兮揚素波。簫鼓鳴兮發棹歌，歡樂極兮哀情多，少壯幾時兮奈老何。』」

【語譯】舟行經過汴泗交流的地方，獨自登上歌風臺快意豪壯。在沛中欲向父老請教，〈大風〉何以化為〈秋風〉的悲涼。

【研析】對於漢高祖歌風臺一事，後世文人評價甚多。唐鮑溶〈沛中懷古〉：「煙蕪歌風臺，此是赤帝鄉。赤帝今已矣，大風邈淒涼。惟昔仗孤劍，十年朝八荒。人言生處樂，萬乘巡東方。高臺何巍巍，行殿起中央。興言萬代事，四坐沾衣裳。我為異代臣，酌水祀先王。撫事復懷昔，臨風獨彷徨。」唐林寬〈歌風臺〉：「蒿棘空存百尺基，酒酣曾唱大風詞。莫言馬上得天下，自古英雄盡解詩。」宋張方平〈題徐州歌風臺〉云：「落魄劉郎作帝歸，尊前一曲大風辭。才如信越猶葅醢，安用思他猛士為？」早生於雷禮七十年的莊昶〈歌風臺〉云：「漢家猛將已成多，故里歸來奈樂何。安得賢臣思更切，大風千古一賡歌。」所站立場與觀察角度不同，評價也就各有千秋。

這首七絕含蓄地比較〈大風歌〉與〈秋風辭〉，似更傾向於對前者的肯定。〈秋風辭〉篇幅幾乎三倍於〈大風歌〉，但氣魄遠遜。宋葛立方《韻語陽秋》卷一九以「無足道」評價〈秋風辭〉，

宋陳巖肖《庚溪詩話》卷上則謂：「漢高帝〈大風歌〉不事華藻而氣概遠大，真英主也。至武帝〈秋風辭〉，言固雄偉，而終有感慨之語，故其末年幾至於變。」明王世貞《藝苑卮言》卷二從藝術角度評云：「漢武故是詞人，〈秋風〉一章，幾於〈九歌〉矣。」所謂「詞人」云云，與武帝之雄主本色已不相稱；而摹仿沿襲痕跡宛然，更非「當行」之作。謝榛《四溟詩話》卷一評云：「漢武讀書，故有沿襲；漢高不讀書，多出己意。」算是看到了問題的一個方面。其實若再深一步探究，就可以發現兩者之所以不同，萌孽於他們各自的人生經歷與性格特徵。〈秋風辭〉缺乏陽剛之美，與作者自幼生長宮中，遠離社會，唯我獨尊以及豐厚的物質條件享受分不開。如此而論，此詩結句「〈大風〉不是漢家秋」所蘊涵的言外之意，正是耐古今之人尋味之處。

二郎搜山圖歌

吳承恩

【題　解】這首七言古詩前有序云：「二郎搜山卷，吾鄉豸史吳公家物。失去五十年，今其裔孫醴泉子，復於參知李公家得之，青氈再還，寶劍重合，真奇事也，為之作歌。」二郎，即二郎神，又稱「灌口神」、「清源妙道真君」，民間傳說中的神名，舊時尤以四川與江南一帶供奉最盛，相傳農曆六月二十四日為其生日，宋以後各地多立其廟。朱熹以為指秦蜀郡太守李冰的次子（見《朱子語類》），或謂二郎即李冰本人。明小說《封神演義》稱其名為楊戩，明初楊訥《西遊記》雜劇稱之為楊二郎，小說《西遊記》謂二郎真君為玉帝之甥，其母思凡下界與楊君生二郎，住灌州灌江口之廟宇中。或謂二郎乃由印度神毗沙門天王的第二子獨健演化而成。

【作　者】吳承恩（西元一五〇六－一五八二年），字汝忠，號射陽山人，明代小說家，是中國四大名著之一《西遊記》的作者。淮安山陽（今江蘇淮安楚州區）人。嘉靖二十九年（西元一五五〇年）得補歲貢生，後一度為長興縣丞，旋辭歸，流寓南京，賣文為生。著有《射陽山人存稿》四卷、《續稿》一卷。今人劉修業、劉懷玉有《吳承恩詩文集箋校》。陳文燭《吳射陽先生存稿敘》有云：「今觀汝忠之作，緣情而綺麗，體物而瀏亮，其詞微而顯，其旨博而深……詩詞雖不擬古何人，李太白、辛幼安之遺也。」天啟《淮安府志》卷一六〈人物志・近代文苑〉有云：「吳承恩性敏而多慧，博極群書，為詩文下筆立成，清雅流麗，有秦少游之風。復善諧劇，所著雜記幾種，名震一時。」清朱彝尊《靜志居詩話》卷一四〈吳承恩〉有云：「汝忠論詩，謂近代學者『徒欲謝朝華之已披，而不知漱六藝之芳潤，縱詩溢縹囊，難矣』。故其所作，習氣悉除，一時殆鮮其匹。」陳田《明詩紀事》己籤卷一九選吳承恩詩一首。

李在❶唯聞畫山水，不謂❷兼能貌❸神鬼。筆端變幻真駭人，意態如
生狀奇詭。少年都美❹清源公❺，指揮部從揚靈風❻。星飛電掣❼各奉命，
搜羅要使山林空。名鷹搏拏犬騰齧❽，大劍長刀瑩霜雪。猴老難延欲斷
魂，狐娘空灑嬌啼血。江翻海攪走六丁❾，紛紛水怪無留蹤。青鋒❿一
下斷狂虺⓫，金鎖交纏擒毒龍⓬。神兵獵妖猶獵獸，探穴搗巢無逸寇。

平生氣焰安在哉，牙爪雖存敢馳驟。我聞古聖⑬開鴻濛⑭，命官絕地天之通⑮。軒轅鑄鏡⑯禹鑄鼎⑰，四方民物⑱俱昭融⑲。後來群魔出孔竅⑳，白晝搏人繁聚嘯㉑。終南進士老鍾馗，空向宮闈啗虛耗㉒。民災翻出衣冠㉓中，不為猿鶴為沙蟲㉔。坐觀宋室用五鬼㉕，不見虞廷㉖誅四凶㉗。野夫㉘有懷多感激㉙，撫事㉚臨風三嘆息。胸中磨損斬邪刀，欲起平之恨無力。救月有矢救日弓㉛，世間豈謂無英雄？誰能為我致麟鳳㉜，長令萬年保合㉝清寧功㉞。

【注釋】❶李在　字以政（西元？—一四三一年），號一齋，莆田（今屬福建）人，遷雲南。宣德間（西元一四二六—一四三五年）與戴進等畫家同直仁智殿，為金門畫史。工畫山水，亦善人物，有「夏禹開山治水圖」等。❷不謂　不料。❸貌　描畫。唐杜甫〈丹青引贈曹將軍霸〉：「即今飄泊干戈際，屢貌尋常行路人。」❹都美　風流美貌。唐薛用弱《集異記・王維》：「維妙年潔白，風姿都美，立於前行。」❺清源公　謂二郎神，宋真宗時加封「清源妙道真君」。❻靈風　喻教化，吳承恩〈贈學博鄭東窗先生東歸序〉：「自夫子之來淮，康我式我，震我以靈風，而濡我以甘澤。」❼星飛電掣　如流星飛馳，似電光急閃而過，形容疾速。❽名鷹搏挐犬騰齧　形容二郎神駕鷹牽犬的神姿。《西遊記》第六回：「(二郎真君)即點本部神兵，駕鷹牽犬，搭弩張弓，縱狂風，霎時過了東洋大海。」❾六丁　道教以六丁（丁卯、丁巳、丁未、丁酉、丁亥、丁丑）為陰神，可為

天帝所役使；道士則可用符籙召請，以供驅使。⑩青鋒　謂寶劍、利劍，劍身寒光閃爍，鋒芒畢露，故稱。⑪虺　古稱蝮蛇一類的毒蛇。《詩經．小雅．斯干》：「維虺維蛇。」⑫毒龍　兇惡的龍。北魏楊衒之《洛陽伽藍記．聞義里》：「（復西行）三日至不可依山，其處甚寒，冬夏積雪。山中有池，毒龍居之。」⑬古聖　謂盤古，中國神話中開天闢地首出創世的人。《太平御覽》卷二引三國吳徐整《三五曆記》：「天地混沌如雞子，盤古生其中。萬八千歲，天地開闢，陽清為天，陰濁為地。盤古在其中，一日九變，神於天，聖於地。天日高一丈，地日厚一丈，盤古日長一丈，如此萬八千歲，天數極高，地數極深，盤古極長，後乃有三皇。」⑭鴻濛　又作「鴻蒙」，宇宙形成前的混沌狀態。《西遊記》第一回：「混沌未分天地亂，茫茫渺渺無人見。自從盤古破鴻蒙，開闢從茲清濁辨。」⑮命官絕地天之通　謂使天地各得其所，人於其間建立固定的綱紀秩序。《尚書．呂刑》：「乃命重、黎，絕地天通，罔有降格。」孔傳：「重即羲，黎即和。堯命羲、和世掌天地四時之官，使人神不擾，各得其序，是謂絕地天通。言天神無有降地，地祇不至於天，明不相干。」⑯軒轅鑄鏡　傳說黃帝有鑄鏡之事。隋王度《古鏡記》：「隋汾陰侯生，天下奇士也。王度常以師禮事之。臨終，贈度以古鏡曰：『持此則百邪遠人。』……侯生常云：『昔者吾聞黃帝鑄十五鏡，其第一橫徑一尺五寸，法滿月之數也。以其相差各校一寸，此第八鏡也。』」軒轅鏡，古人謂用之可以辟邪。宋趙希鵠《洞天清祿集》：「軒轅鏡，其形如球，可作臥榻前懸掛，取以辟邪。」宋梅堯臣〈飲劉原甫家〉：「世無軒轅鏡，百怪爭後先。」軒轅，即傳說中的古代帝王黃帝的名字。傳說姓公孫，居於軒轅之丘，故名曰軒轅。曾戰勝炎帝於阪泉，戰勝蚩尤於涿鹿，諸侯尊為天子。後人以之為中華民族的始祖。⑰禹鑄鼎　傳說夏禹以九牧之金鑄鼎，上鑄萬物，使民知何物為善，何物為惡。《左傳．宣公三年》：「昔夏之方有德也，遠方圖物，貢金九牧，鑄鼎象物，百物而為之備，使民知神、姦。故民入川澤山林，不逢不若。螭魅罔兩，莫能逢之。」禹，又稱大禹、夏禹、戎禹，古代部落聯盟的領袖，鯀之子。原為夏后氏部落領袖，奉舜命治理洪水，舜死後即位，建立夏代。後世視為聖王。⑱民物　泛指人民、萬物。⑲昭融　謂光大發揚。語本《詩經．大雅．既醉》：「昭明有融，高朗令終。」《毛傳》：「融，長。朗，

明也。」⑳後來群魔出孔竅　謂邪惡出自人心。孔竅，常指眼、耳、口、鼻等器官，這裡謂心竅。㉑聚嘯　即「嘯聚」，謂互相招呼著聚集起來，結夥為盜。㉒終南進士老鍾馗二句　鍾馗為民間信仰神祇，善捉鬼，盛行於唐代。宋沈括《夢溪筆談・補筆談》卷三：「禁中舊有吳道子畫鍾馗，其卷首有唐人題記曰：『明皇開元講武驪山……因痁作，將逾月，巫醫殫伎不能致良。忽一夕夢二鬼，一大一小，其小者衣絳犢鼻，屨一足，跣一足，懸一屨，搢一大筠紙扇，竊太真紫香囊及上玉笛，繞殿而奔。其大者戴帽，衣藍裳，袒一臂，鞹雙足，乃捉其小者，刳其目，然後擘而啖之。上問大者曰：爾何人也？奏云：臣鍾馗氏，即武舉不捷之士也，誓與陛下除天下之妖孽。夢覺，痁若頓瘳，而體益壯。乃詔畫工吳道子，告之以夢，曰試為朕如夢圖之。道子奉旨，恍若有睹，立筆圖訖以進。』」終南進士，或謂鍾馗乃終南山之進士。宮闈，謂帝王之後宮。啗，同「啖」。嚼食。虛耗，白白地消耗，比喻無關緊要的小鬼。㉓衣冠　代稱縉紳、士大夫。㉔不為猿鶴為沙蟲　謂陣亡的將士或死於戰亂的人民。《藝文類聚》卷九〇引晉葛洪《抱朴子》：「周穆王南征，一軍盡化，君子為猿為鶴，小人為蟲為沙。」㉕五鬼　謂同時狼狽為奸的五個人。《宋史》卷二八三〈王欽若傳〉：「(宋)仁宗嘗謂輔臣曰：『欽若久在政府，觀其所為，真奸邪也。』王曾對曰：『欽若與丁謂、林特、陳彭年、劉承珪，時謂之五鬼。奸邪險偽，誠如聖諭。』」㉖虞廷　謂虞舜的朝廷。㉗四凶　相傳為堯舜時代四個惡名昭彰的部族首領。《左傳・文公十八年》：「舜臣堯，賓于四門，流四凶族渾敦、窮奇、檮杌、饕餮，投諸四裔，以禦魑魅。是以堯崩而天下如一，同心戴舜以為天子，以其舉十六相，去四凶也。」㉘野夫　草野之人，這裡用作自己的謙稱。㉙感激　感奮激發，有感慨。㉚撫事　感念時事。㉛救月有矢救日弓　謂力挽狂瀾，令政治清明。語本《周禮・秋官・司寇》：「庭氏掌射國中之夭鳥。若不見其鳥獸，則以救日之弓與救月之矢，射之。」㉜麟鳳　麒麟和鳳凰，比喻才智出眾的人。南唐陳陶〈閒居雜興〉其二：「中原莫道無麟鳳，自是皇家結網疏。」㉝保合　保持住。語本《周易・上經・乾》：「保合大和，乃利貞。」㉞清寧功　謂能令時世太平之功。

【語　譯】只聽說李在是山水畫行家，不料描神畫鬼也精通。光怪陸離奔競筆端令人驚，狀貌奇幻意態更如生。畫中二郎風流美貌正少年，令部下宣揚教化指揮若定。如星馳電掣各自奉命，搜羅山林要令妖魔絕種。駕鷹牽犬威風八面來，長刀利劍如霜似雪寒光映。老猴斷魂難苟活，妖狐嬌啼難逃命。翻江倒海是六丁的功，水怪紛紛絕蹤影。青鋒寶劍一揮斬毒蛇，幾條金鎖縛孽龍。神兵如同打獵擒妖怪，直搗邪惡巢穴無遺存。昔日囂張氣焰哪裡去了，即使牙爪仍存也不敢再逞兇。我聽說盤古開闢天地時，建立秩序顯神通。黃帝鑄鏡大禹鑄寶鼎，百姓萬物發揚光大樂融融。後來人心變化出邪惡，白晝結夥殘民任縱橫。終南進士有鍾馗，宮廷啖鬼於事無補費精神。士大夫禍害百姓成災難，屍骸撐拄變沙蟲。只看到宋廷重用五奸邪，看不到虞舜誅四凶。野夫心中激發多感慨，迎風憂懷時事，歎息連連。澄清宇內志氣早消磨，無力可施天下難安定。力挽狂瀾自有大力量，誰說世上沒有真英雄？誰能為我請來才智出眾者，長令家國萬年永久享太平。

【研　析】這首七言古詩是一首題畫詩。據詩前小序可知，明代著名畫家李在所繪「二郎搜山卷」，當是一軸可以展開的橫幅長卷，原藏吳承恩家鄉淮安山陽的吳御史（吳節或吳璸）家中，遺失半個世紀，又為吳御史之裔孫在山西右參政李元家中重獲，故家舊物得以原璧歸趙，誠屬奇事。此詩語調鏗鏘，汪洋恣肆，作者滿腹才華，盡於詩中顯現。詩從首句到「牙爪雖存敢馳驟」一句，專就「二郎搜山卷」中有關內容加以文字描摹形容，並帶有詩人自家瑰麗奇詭想像的痕跡。從「我聞古聖開鴻濛」到末句，作者借題發揮，將企盼政治清明、國泰民安、剷除奸邪、重用賢明的政治理想，和盤托出。吳承恩生當明嘉靖時期，明世宗朱厚熜執意求仙問道，寵信方術，偏聽偏信，

一意孤行，終令宮廷之中烏煙瘴氣，朝野上下怨聲載道。

作者科場蹭蹬，功名不遂，本非「食肉者」，然而卻偏偏具有深沉的憂患意識，「位卑未敢忘憂國」，此詩的可貴之處也正在於此。吳承恩還寫有志怪短篇小說集《禹鼎志》，可惜原書已佚，所幸其序留存，內有云：「蓋不專明鬼，時紀人間變異，亦微有鑑戒寓焉。」可見作者雖居於社會下層，而用世之心常在，這正是中國傳統文人精神的可貴之處。早年胡適考證小說《西遊記》為吳承恩所作，這首〈二郎搜山圖歌〉與〈禹鼎志序〉皆是作為證據提出的，此詩之中對於二郎降妖捉怪的淋漓酣暢的想像與〈禹鼎志序〉中「斯蓋怪求余，非余求怪也」的自述，與小說《西遊記》大膽潑辣、縱橫宇宙的想像如出一轍。近年來也有提出反對意見者，如認為天啟《淮安府志》卷一九於吳承恩名下所著錄《西遊記》，或為雜劇、傳奇，甚至只是遊記一類的輿地之書；此詩中有關二郎神「清源公」的稱謂，小說《西遊記》中並未體現等等，不一而足。小說《西遊記》的著作權問題，目前看來一時還難定於一尊，不過這首〈二郎搜山圖歌〉在有關爭論中的重要性是不容忽視的，值得我們進一步思考、探討。

禽言八首（選其二）

范　欽

【題　解】唐宋之問〈謁禹廟〉有云：「猿嘯有時答，禽言常自呼。」根據鳥名象聲取義，並藉以寓意抒情的詩體稱禽言詩。一般認為，宋代的梅堯臣用擬人手法作〈禽言四首〉以寓人事，分別詠杜鵑、提胡盧、婆餅焦、竹雞四種飛禽，以其鳴叫的諧音，或述歸思，或勸酒祝壽，或講民間

傳說，或訴雨中路難行，堪稱是禽言詩的濫觴。梅堯臣之後，蘇軾、陸游、范成大皆有仿作，增添了社會意義。元明清三代，這一類型的詩作更為流行，清代光緒間的楊浚輯有《小演雅》三卷，就是禽言詩的專集。

【作　者】范欽（西元一五〇六——一五八五年），字堯卿，一字安卿，號東明，鄞縣（今浙江寧波）人。嘉靖十一年（西元一五三二年）進士，除隨州知州，歷官工部員外郎、袁州知州、江西按察副使，以右副都御史巡撫南贛，升兵部右侍郎。喜書，建天一閣以藏之，馳名海內。著有《天一閣集》三十二卷。乾隆《寧波府志》卷二〇有傳。清朱彝尊《靜志居詩話》卷一二〈范欽〉云：「堯卿格律自矜，第取材太近。時倡和者，沈嘉則、呂中甫諸人，未免聲調似之。其藏書最富，今浙中舊族，若山陰鈕氏、祁氏，吳興潘氏、沈氏，檇李項氏、郁氏、高氏、胡氏，遺書盡散，惟范氏籤帙尚存。」陳田《明詩紀事》戊籤卷一八選范欽詩二首。

姑惡❶，姑惡。大姑❷猶可，小姑❸難殺我。小姑胡弗思，有嫁人時。

【注　釋】❶姑惡　一種鳥名，叫聲似「姑惡」，故名。也叫「苦惡鳥」、「白胸秧鳥」。宋蘇軾〈五禽言〉其五：「姑惡，姑惡。姑不惡，妾命薄。君不見，東海孝婦死作三年乾，不如廣漢龐姑去卻還。」自注云：「姑惡，水鳥也。俗云婦以姑虐死，故其聲云。」宋范成大〈姑惡〉：「姑惡婦所云，恐是婦偏辭。姑言婦惡定有之，婦言姑惡未可知。姑不惡，婦不死。與人作婦亦大難，已死人言尚如此。」清史震林《西清散記》卷二：「姑惡者，野鳥也，色純黑，似鴉而小，長頸短尾，足高，巢水邊密篠間。三月末，始鳴，鳴自呼，淒急。俗言此

鳥，不孝婦所化，天使乏食，哀鳴見血，乃得曲蟺水蟲食之。鳴常徹夜，煙雨中聲尤慘也。」傳說不同，反映了家庭倫理關係的複雜性。姑，丈夫的母親，即婆婆。❷大姑　稱丈夫之姐。❸小姑　稱丈夫之妹。

【語　譯】姑惡，姑惡聲聲喚，大姑待我尚可，最是小姑難纏。小姑為何不想想，你也有嫁人那一天。

【研　析】與作者大約同時的布衣詩人謝榛有一首〈小姑謠〉，堪稱此首禽言詩的注腳：「阿婆使妾舂稻粱，小姑又喚縫衣裳。一時不應小姑怒，可堪顏色來風霜。小姑打時只袖手，小姑罵時只閉口。眼看小姑也嫁人，姑嫂不得長相守。聞道比妾小姑多，小姑他日當如何？」在古今家庭倫理中，婆媳關係而外，就數小姑與嫂嫂關係最為難處，毫無血緣關係的年輕女子處於同一房檐下，妒心易生，自然「不是東風壓倒西風，就是西風壓倒東風」。在古代封建社會中，嫂嫂則常處於劣勢地位。唐王建〈新嫁娘詞三首〉其三：「三日入廚下，洗手作羹湯。未諳姑食性，先遣小姑嘗。」可見小姑的家庭地位。清代嶺南三家之一的梁佩蘭〈姑惡〉云：「姑惡，姑惡，新婦不得姑樂。姑惡尤可，小姑詠我。」寫過《聊齋志異》的蒲松齡也有一首〈姑惡〉：「姑惡，姑惡，笑容向，姑不樂。衣浣囑小姑，姑來莫學。」詩雖不長，卻將婆婆、兒媳、小姑三者的關係和盤托出，委婉含蓄，情感入微，不愧是小說家的手筆。

禽言詩擅長書寫家庭倫理關係，宋元之際潘武子有〈四禽言〉，其中〈鵓鴣〉一首云：「鵓鴣鴣，鵓鴣鴣，帳房遍野常前呼。阿姊含羞對阿妹，大嫂揮涕看小姑。一家不幸俱被擄，猶幸同處為妻孥。願言相憐莫相妒，這個不是親丈夫。」明謝榛《四溟詩話》卷一評此禽言詩云：「此作

可悲，讀者尚不堪，況遭其時乎！」古希臘的亞理士多德《詩學》一書將悲劇人物從不知到知的轉變稱為「發現」，親屬關係的認定即為一種。「這個不是親丈夫」所具有的情感震撼，由於幾位有親屬關係的婦女的倫理關係的重新認定與「發現」，強烈到撕心裂肺的程度。託跡禽言，反映難以出口的人情，正是禽言詩的魅力所在。

春意

王維楨

【題解】這首五絕是一首迎春的詩作。「春意」有兩重含義，第一含義即春天的氣象，另一含義為男女間的思戀情意。此詩以「春意」為題，用的是第一含義，抒發了懷鄉之情。

【作者】王維楨（西元一五〇七—一五五六年），字允寧，號槐野，華州（今陝西渭南華縣）人。嘉靖十四年（西元一五三五年）進士，改庶吉士，授檢討，歷修撰、諭德，遷南京國子監祭酒。以省母家居，適逢嘉靖三十四年十二月十二日（西元一五五六年一月二十四日）關中大地震，被壓蒙難，年四十九歲。自負經世才，不得少效於世，使酒謾罵，人多畏而去之。平生詩文服膺效法李夢陽。著有《槐野先生存笥稿》三十八卷附錄一卷。《明史》卷二八六〈文苑二〉有傳。清錢謙益《列朝詩集小傳》丁集〈王祭酒維楨〉謂其：「為文慕好太史公，盱衡抵掌，沾沾自喜。論詩服膺少陵，自謂獨得神解，尤深于七言近體，以為有照應、開闔、關鍵、頓挫，其意主興、主比，其法有正插、有倒插，而善用頓挫倒插之法者，宋元以來惟李空同一人。及其自運，則粗笨棘澀，滓穢滿紙，譬如潦倒措大，經書講義，填塞腹笥，拈題豎義，十指便如懸錐，累人捧腹，

良可一笑也。」清朱彝尊《靜志居詩話》卷一二〈王維楨〉有云：「王允寧、孫仲可皆學杜而不得其門。允寧自詡七律，然尤懦鈍。五言有句無篇，如『千里秋江水，孤舟月夜吟』……尚泠然可誦也。」陳田《明詩紀事》戊籤卷一九選王維楨詩六首，有按語云：「允寧五律亦有佳篇，竹垞有句無篇之說，亦為牧齋之論所懾耳。」

春意今朝動，鄉關❶萬里遙。客心❷共楊柳，日夜緒千條❸。

【注　釋】❶鄉關　猶言故鄉。隋孫萬壽〈早發揚州還望鄉邑〉：「鄉關不再見，悵望窮此晨。」❷客心　旅人之情，遊子之思。唐李商隱〈柳〉：「柳映江潭底有情，望中頻遣客心驚。」唐皎然〈奉陪顏使君真卿登峴山送張侍御嚴歸臺〉：「客心南浦柳，離思西樓月。」❸緒千條　語本唐李商隱〈離亭賦得折楊柳二首〉其二：「含煙惹霧每依依，萬緒千條拂落暉。為報行人休盡折，半留相送半迎歸。」

【語　譯】今早萬物傳來春天的消息，思念起遠在他方的故鄉。遊子之心與楊柳相同，日夜思鄉如千萬柳條。

【研　析】唐孟浩然〈春意〉：「春情多豔逸，春意倍相思。愁心極楊柳，一種亂如絲。」春天是欣欣向榮的季節，萬物更新，又是一年新綠，然而在生氣勃勃之際，何以引起作客他鄉者的故鄉愁思，何以「愁心」與「楊柳」發生關聯？恐怕這與古人折柳送別的習俗有一定關聯。據《三輔黃圖》：「霸橋在長安東，跨水作橋，漢人送客至此橋，折柳贈別。」楊與柳本是同科異屬的植物，然而在古代詩詞中，或混用，或聯用，本無多少區別。唐劉禹錫〈楊柳枝詞九首〉其八云：

「長安陌上無窮樹，惟有垂楊管別離。」唐張九齡〈折楊柳〉：「纖纖折楊柳，持此寄情人。一枝何足貴，憐是故園春。」宋秦觀〈江城子〉則說：「西城楊柳弄春柔。動離憂。淚難收。猶記多情，曾為繫歸舟。」探究其中深義，「柳」與「留」中古音中相差無多，是否有借諧音以「留」住遠行人的含義？

所選此詩的第三四句，顯然與楊柳的故鄉意象有關聯。楊柳而外，其他植物或事物也可與春意發生密切關係。唐杜甫〈江梅〉：「梅蕊臘前破，梅花年後多。絕知春意好，最奈客愁何。」唐白居易〈東城春意〉：「風軟雲不動，郡城東北隅。晚來春澹澹，天氣似京都。弦管隨宜有，杯觴不道無。其如親故遠，無可共歡娛。」唐王建〈春意二首〉其二：「誰是杏園主，一枝臨古岐。從傷早春意，乞取欲開枝。」鑑賞古人文學作品，了解古人的生活習俗或有關寫作習慣，才能事半功倍，不至於郢書燕說，產生誤讀。

趙州懷古

唐順之

【題解】這首七律是一首懷古之作，約作於唐順之官居南京兵部郎中巡視薊鎮之時。趙州，治所即今河北趙縣，在今河北中部偏南，戰國時期屬於趙國的土地，故詩中所感懷者皆與趙國事相關聯。

【作者】唐順之（西元一五〇七－一五六〇年），字應德，又字義修，學者稱荊川先生，武進（今江蘇常州）人。嘉靖八年（西元一五二九年）進士，改庶吉士，授兵部主事，改翰林院編修，以

忤權臣罷職，後復任吏部主事兼春坊右司諫，又以言事削籍歸，於陽羡山中讀書十餘年。倭寇侵擾大江南北，唐順之以兵部職方郎中視師浙江，協助總督胡宗憲討倭，屢敗倭寇，擢太僕少卿，遷右僉都御史。嘉靖三十九年（西元一五六〇年）力疾泛海，卒於通州（今江蘇南通），崇禎中追謚襄文。著有《荊川集》二十卷。《明史》卷二〇五有傳，內云：「順之於學無所不窺。自天文、樂律、地理、兵法、弧矢、勾股、壬奇、禽乙，莫不究極原委。盡取古今載籍，剖裂補綴，區分部居，為《左》、《右》、《文》、《武》、《儒》、《稗》六編傳於世，學者不能測其奧也。為古文，洸洋紆折有大家風。」清錢謙益《列朝詩集小傳》丁集〈唐僉都順之〉有云：「正、嘉之間，為詩者踵何、李之後塵，剽竊雲擾，應德與陳約之輩，一變為初唐，於時稱其莊嚴宏麗，咳唾金璧。歸田以後，意取辭達，王、李乘其後，互相評砭，吳人評其初務清華，後趨險怪，考其所撰，若出二轍，非通論也。」清朱彝尊《靜志居詩話》卷一二〈唐順之〉有云：「竊怪集中五言古詩特少，殆退舍以避遵巖也。至于律詩，質不傷文，麗而有體。」《四庫全書總目提要》卷一七二著錄唐順之《荊川集》十二卷，謂其詩文「在有明中葉，屹然為一大宗」。陳田《明詩紀事》戊籤卷九選唐順之詩八首，有按語云：「應德古文自是明代一大家，詩學初唐，律體自有佳篇。」

千秋霸業❶消沉盡，風俗猶傳趙武靈❷。市上美人揮錦瑟❸，場❹中俠客❺舞青萍❻。雁門❼北去通沙磧❽，鳥道❾西來入井陘❿。欲向平原⓫訪公子⓬，蕭蕭⓭賓館戶長扃⓮。

【注釋】❶千秋霸業　戰國時的趙國於趙武靈王二十四年（西元前三〇二年）進行軍事改革，改穿胡服，學習騎射，國勢大盛，陸續攻滅中山國，攻破林胡、樓煩。霸業，謂稱霸諸侯或維持霸權的事業。❷趙武靈　即趙武靈王（西元前？—前二九五年），戰國時趙國國君，名雍，西元前三二五—前二九九年在位，以胡服騎射提升了國力，於二十七年（西元前二九九年）傳位於王子何（即趙惠文王），自稱主父。後在內訌中被李兌等圍困於沙丘宮，餓死。事見《史記》卷四三〈趙世家〉。❸市上美人揮錦瑟　《漢書》卷二八下〈地理下〉：「趙、中山地薄人眾，猶有沙丘紂淫亂餘民。丈夫相聚游戲，悲歌忼慨，起則椎剽掘冢，作姦巧，多弄物，為倡優。女子彈弦跕躧，游媚富貴，徧諸侯之後宮。」漢〈古詩十九首·東城高且長〉：「燕趙多佳人，美者顏如玉；被服羅裳衣，當戶理清曲。」錦瑟，漆有織錦紋的瑟。唐杜甫〈曲江對雨〉：「何時詔此金錢會，暫醉佳人錦瑟傍。」清仇兆鰲注引〈周禮樂器圖〉：「飾以寶玉者曰寶瑟，繪文如錦者曰錦瑟。」❹場　謂市肆。漢班固〈西都賦〉：「九市開場，貨別隧分。」❺俠客　古人謂急人之難、出言必信、抑強扶弱的豪俠之士。《史記》卷一二四〈游俠列傳〉：「要以功見言信，俠客之義又曷可少哉！」唐元稹〈俠客行〉：「俠客不怕死，怕死事不成。」❻青萍　古寶劍名。《文選》卷四〇陳琳〈答東阿王箋〉：「君侯體高世之才，秉青萍、干將之器。」唐呂延濟注：「青萍、干將，皆劍名也。」❼雁門　即雁門關，在今山西代縣北，明代山西三關之一，長城要口，向為交通要衝。❽沙磧　沙漠。❾鳥道　險峻狹窄的山路。❿井陘　即井陘關，又名土門關，為太行八陘之一，關城在今河北井陘以北之井陘山上，為太行山區進入華北平原之隘口，歷代兵家必爭之地。《史記》卷九二〈淮陰侯列傳〉：「今井陘之道，車不得方軌，騎不得成列。」⓫平原　即平原君趙勝（西元前？—前二五一年），戰國趙武靈王子，趙惠文王弟，封於東武城，號平原君，三任趙相，相傳有食客三千人。趙惠文王九年，秦國圍趙都邯鄲，平原君用門客毛遂計與楚國訂立盟約，又求救於魏，終於破秦存趙。事見《史記》卷七六〈平原君虞卿列傳〉。⓬公子　戰國時期，齊有孟嘗君田文，魏有信陵君魏無忌，楚有春申君黃歇，與平原君趙勝號稱四公子。這裡謂平原君。⓭蕭蕭　淒涼、冷清。⓮扃　關閉。

【語　譯】趙國的千秋霸業早已消沉，武靈王時的習俗至今猶傳。市上有美女歌舞彈瑟，場肆有俠客揮舞利劍。雁門關北直通大漠，西方險峻小道連接井陘關。想尋訪當年平原君的遺蹤，昔日賓館今已大門緊閉，一片淒涼。

【研　析】明代嘉靖時期官場腐敗，政治沉悶，軍事形勢異常緊迫。北有蒙古殘餘勢力韃靼部的虎視眈眈，時刻伺機南下騷擾；東南有倭寇倏忽來去，常常深入內地掠奪資財。然而明廷從上至下並沒有改革政治的動力，一片死氣沉沉。唐順之以兵部公務來至趙州，聯想到昔日曾輝煌一時的趙武靈王大刀闊斧的軍事改革，感慨萬千，江山依舊，人事已非，只有舊日的風俗依稀可見二三。在歷史上，除了趙武靈王的胡服騎射驚天動地外，平原君食客三千，任用賢才不拘一格，重用自薦的毛遂，破秦存趙，解邯鄲之圍，令趙國轉危為安，也可在歷史上大書一筆。儘管趙武靈王與平原君的歷史作用有限，並沒有避免被虎狼之秦國最終吞併的結局，然而就是這曇花一現的功績，在當時的明朝也難以產生，這正是作者發思古之幽情的緣由。在所謂戰國七雄之中，趙國並不算強大，本詩頸聯所寫當時趙國的地理形勢，言簡意賅地道出了趙國雖弱卻不無天險可恃的國勢，加之趙武靈王銳意變革、平原君招納賢士，也曾使局面有所扭轉，但是最終沒能逃過強國的鯨吞。作者的隱憂所在就是，明朝當下的局勢緊張，若不思變革，後果不堪設想。本詩尾聯所暗示的就是目前人才問題的重要，並非僅對平原君這位歷史人物發生興趣，「蕭蕭賓館戶長扃」者，所歎息者正是賢路的堵塞不通。「安危須仗出群才」，用千年以前杜甫〈諸將〉中的詩句來概括本詩作者的用心，最恰當不過。

巴陵晚泊

張天復

【題　解】這首七絕為行旅中所寫。巴陵，謂巴陵縣，治今湖南岳陽。岳陽在湖南東北部，長江南岸，濱臨洞庭湖。

【作　者】張天復（西元一五一三—一五七三年），字復亨，號內山，又號初陽，晚更號鏡波釣叟，山陰（今浙江紹興）人。嘉靖二十六年（西元一五四七年）進士，歷官雲南按察副使，官至太僕寺卿，卒年六十一歲。著有《鳴玉堂稿》十二卷。《明史》卷二八三〈儒林二〉附其子張元忭傳中，生平詳見張元忭〈先考內山府君行狀〉、朱賡〈祭張內山太僕文〉。張天復雖不以詩名，但篇中可吟詠者亦復不少。

平湖❶淼淼❷接遙天，雲起君山❸夾暮煙。何處仙人吹玉笛❹，〈梅花〉❺飄落洞庭船。

【注　釋】❶平湖　謂洞庭湖，在今湖南北部，北連長江，南接湘、資、沅、澧四水，港汊縱橫，煙波浩渺，為中國第二大淡水湖，有「八百里洞庭」之號。❷淼淼　水勢浩大的樣子。❸君山　又名湘山、洞庭山，在今湖南岳陽西南洞庭湖中，四面環水，風景優美。❹玉笛　笛子的美稱。唐李白〈春夜洛城聞笛〉：「誰家玉笛暗飛聲，散入春風滿洛城。」❺梅花　笛曲有〈梅花落〉，漢樂府橫吹曲名。宋郭茂倩《樂府詩集》卷二四〈橫

吹曲辭四・梅花落〉題解：「〈梅花落〉，本笛中曲也。按唐大角曲亦有〈大單于〉、〈小單于〉、〈大梅花〉、〈小梅花〉等曲，今其聲猶有存者。」

【語　譯】水勢浩大的洞庭湖遠接天際，君山雲起融入暮煙飄蕩。吹玉笛者是何方仙客，〈梅花〉一曲飄落在洞庭舟上。

【研　析】這首七絕饒有唐人韻致，瀟灑飄逸，朦朧暮色雖已降臨，但依稀間仍可遙望到雲水相接之處，而一曲〈梅花落〉的笛曲從遠處飄來，更令一切皆沉浸在祥和幽靜的氤氳之中！有關洞庭湖的唐人詩篇，以孟浩然〈望洞庭湖贈張丞相〉一詩最為著名：「八月湖水平，涵虛混太清。氣蒸雲夢澤，波撼岳陽城。欲濟無舟楫，端居恥聖明。坐觀垂釣者，空有羨魚情。」七絕中唐人李涉〈中秋夜君山臺望月〉一詩也有奇趣：「大堤花裡錦江前，詩酒同遊四十年。不料中秋最明夜，洞庭湖上見當天。」〈巴陵晚泊〉一詩在繼承前人吟詠洞庭湖的基礎上，視覺之外，又從聽覺入手，令湖山景致蕩漾飄揚在優美的笛聲中，與暮色徐徐降臨，視覺漸漸模糊的感受，形成感覺的一個轉化，過渡自然，妙合無垠。

塞上曲十首（選其三）

俞允文

【題　解】這首〈塞上曲〉是擬樂府之作，屬於新樂府辭。宋郭茂倩《樂府詩集》卷九二〈樂府新辭三・樂府雜題三〉著錄唐李白、王昌齡等人同題樂府多首。

【作　者】俞允文（西元一五一三—一五七九年），字仲蔚，昆山（今屬江蘇）人。年十五，為〈馬鞍山賦〉，長老異之。年未四十，謝去諸生，專力於詩文書法，楷書學歐陽詢，行書出入米芾。與王世貞友善，而不喜李攀龍詩，為「嘉靖五子」之一。萬曆七年（西元一五七九年）卒，年六十七歲。著有《仲蔚先生集》二十四卷。《明史》卷二八八〈文苑四〉有傳，生平詳見顧章志〈明高士俞仲蔚先生行狀〉、王世貞〈明高士俞仲蔚先生墓誌〉。清錢謙益《列朝詩集小傳》丁集〈俞處士允文〉有云：「王元美與仲蔚交最善，列諸『廣五子』之首，稱其五言古詩，氣調殊不卑，所乏精思耳。歌行絕句，如披沙揀金，往往見寶。」清朱彝尊《靜志居詩話》卷一三〈俞允文〉謂其「論詩不心服于鱗，亦有識之士」。《四庫全書總目提要》卷一七八著錄《俞仲蔚集》二十四卷，內云：「允文與王世貞善，故與盧柟、李先芳、吳維嶽、區大任，世貞目為『廣五子』。然允文論詩，乃深不滿李攀龍，特才地差弱，終不能與之抗衡耳。大抵廣五子中，柟最挺出，大任次之，先芳、維嶽及允文又其次也。」陳田《明詩紀事》己籤卷四選其詩十一首，有按語云：「仲蔚早棄諸生，名品既高，吐屬雋雅。五字詩，吳中如皇甫昆季、王雅宜輩，皆以此擅長；仲蔚稍弱，亦堪把臂入林。」

風高❶塞虜❷入龍堆❸，大羽❹琱弓❺象月開。一片黃雲秋磧裡❻，遙
看精騎❼射雕❽來。

【注　釋】❶風高　風大。唐杜甫〈湖中送敬十使君適廣陵〉：「秋晚岳增翠，風高湖湧波。」❷塞虜　指塞

外之敵。唐李白〈塞下曲〉其五：「塞虜乘秋下，天兵出漢家。」❸龍堆　即白龍堆，沙漠名，在今新疆天山南路。簡稱龍堆。《漢書》卷九四下〈匈奴下〉：「豈為康居、烏孫能踰白龍堆而寇西邊哉，乃以制匈奴也。」顏師古注引孟康曰：「龍堆形如土龍身，無頭有尾，高大者二三丈，埤者丈餘，皆東北向，相似也。在西域中。」❹大羽　即大羽箭。宋蘇軾〈贈李道士〉：「腰間大羽何足道，頰上三毛自有神。」❺琱弓　有雕飾的弓，這裡作為弓的美稱。北周庾信〈周大將軍司馬裔神道碑〉：「藏松寶劍，射柳琱弓。」❻一片黃雲秋磧裡　語本唐賈島〈送友人如邊〉：「雲入漢天白，風高磧色黃。」磧，沙漠。❼精騎　精銳的騎兵。❽射雕　比喻善射者。

【語　譯】塞外強敵大風中馳入龍堆，琱弓搭羽箭如滿月拉開。秋日沙漠中天空被染得一片昏黃，遠望射雕手騎馬奔馳來。

【研　析】就詩律而言，這首擬樂府就是一首七絕。作者寫有十首〈塞上曲〉，皆為擬樂府之作，大多是根據《史記》或《漢書》有關歷史推測懸想而出，似乎並不涉及明代北方邊境的實際狀況。如其一云：「雲黃沙白是胡天，生不逢時恨在邊。老將從來多困絕，嫖姚高冢像祁連。」又如其九云：「張騫窮使到河源，廣利留屯望玉門。不惜連年誅大宛，當時汗血勝烏孫。」所選者為其三，寫龍堆，寫射雕手，顯然也是漢代北方匈奴精騎的身姿，而非明代北方的韃靼部落的形象。寫作中，詩人著意學習唐代邊塞詩的風格，視野開闊，氣象雄渾，語調鏗鏘，灑脫奔放。唐戎昱也寫有〈塞上曲〉二首：「漢將歸來虜塞空，旌旗初入玉關東。高蹄戰馬三千匹，落日平原秋草中。」「胡風略地燒連山，碎葉孤城未下關。山頭烽子聲聲叫，知是將軍夜獵還。」用戎昱二詩與俞允文此詩略作一比較，即可發現兩者有異曲同工之妙，明人學唐風氣作為一種時代價值取向，於此可見一斑。

雪後憶元美

李攀龍

【題　解】這首七絕當寫於嘉靖三十一年（西元一五五二年）冬，作者時在京師。元美，即王世貞（西元一五二六—一五九〇年），字元美，號鳳洲，又號弇州山人，太倉（今屬江蘇）人。參見本書所選〈折楊柳歌八首〉作者小傳。

【作　者】李攀龍（西元一五一四—一五七〇年），字于鱗，號滄溟，歷城（今山東濟南）人。嘉靖二十三年（西元一五四四年）進士，歷官刑部主事、刑部郎中，出守順德，擢陝西提學副使，以病歸，築白雪樓於華不注山、鮑山間，讀書近十年。隆慶初薦起浙江副使，擢河南按察使。著有《滄溟先生集》三十二卷，今人有整理本《滄溟先生集》、《李攀龍集》。《明史》卷二八七〈文苑三〉有傳，內云：「其持論謂文自西京，詩自天寶而下，俱無足觀，於本朝獨推李夢陽。諸子翕然和之，非是，則詆為宋學。攀龍才思勁鷙，名最高，獨心重世貞，天下亦並稱王、李。又與李夢陽、何景明並稱何、李、王、李。其為詩，務以聲調勝，所擬樂府，或更古數字為己作，文則聱牙戟口，讀者至不能終篇。好之者推為一代宗匠，亦多受世抉摘云。」清錢謙益《列朝詩集小傳》丁集〈李按察攀龍〉引王承甫語，云其：「絕句間入妙境，五言律亦平平，七言律最稱高華傑起。拔其選，即數篇可當千古；收其凡，則格調辭意，不勝重複矣。」清朱彝尊《靜志居詩話》卷一三〈李攀龍〉有云：「七古、五律、絕句，要非作家。惟七律人所共推，心摹手追者，王維、李頎也。合而觀之，句重字複，氣斷續而神仳離，亦非絕品。」《四庫全書總目提要》卷一七二著錄李攀龍《滄溟集》三十卷，有云：「今觀其集，古樂府割剝字句，誠不免剽竊之譏。諸

體詩亦亮節較多，微情差少。」陳田《明詩紀事》己籤卷一選李攀龍詩八首，有按語云：「于鱗七律、七絕，格韻、風調，不愧唐人，惟負氣量狹。」

雪後千門❶月色開，故人遙憶子猷❷回。饒他已盡山陰❸興，半夜還須載酒來❹。

【注釋】❶千門　猶千家。❷子猷　謂晉王徽之，字子猷，王羲之之子，官至黃門侍郎，性卓異不羈。南朝宋劉義慶《世說新語・任誕》：「王子猷居山陰，夜大雪，眠覺，開室命酌酒，四望皎然。因起彷徨，詠左思〈招隱詩〉。忽憶戴安道。時戴在剡，即便夜乘小舟就之。經宿方至，造門不前而返。人問其故，王曰：『吾本乘興而行，興盡而返，何必見戴？』」這裡以王徽之擬王世貞。❸山陰　今浙江紹興。❹載酒來　語本唐孟浩然〈秋登蘭山寄張五〉：「何當載酒來，共醉重陽節。」

【語譯】月色下千家萬戶雪後打開門，想元美也應像子猷一般乘雪夜來訪。即使他開頭的興致已然消失，半夜裡仍要載酒來一飲酣暢。

【研析】這首七絕帶有朋友間的戲謔調侃意味，寫得生動活潑，不受拘束，有一種放浪形骸之外的超然韻致。全詩以雪夜子猷訪戴、興盡而返的故事貫串四句之中，雪天、酌酒、夜間造訪、興盡而不返、載酒造門，這一連串的舉動，皆是作者設想友人王世貞從遠方忽然至京師來訪之詞。第三四兩句最為精彩，詼諧中道出了兩人情誼早已超出世俗的交往，更不會發生那種「乘興而行」

到「興盡而返」的荒唐舉動，既然載酒到了友人家門，就該相聚痛飲一番。詩意儘管全憑想像而來，卻也是作者對友人無限思念之下的產物，猶如白日夢一般天馬行空，無拘無束。山陰風景優美秀麗，南朝宋劉義慶《世說新語．言語》：「王子敬云：『從山陰道上行，山川自相映發，使人應接不暇。若秋冬之際，尤難為懷。』」所講是王徽之的弟弟王獻之的事情。在東晉，王氏一門多有趣聞軼事，作者選用王徽之訪戴一事作為「憶元美」的「佐料」，也是一種風趣幽默的體現。

登邢臺

李攀龍

【題解】這首七律當作於嘉靖三十三年（西元一五五四年）的春天，時作者除授直隸順德府知府。邢臺，即檀臺，故址在今邢臺市內順德路（原順德府署大堂西東倉巷旁邊），建於西元前三五五年，最早為邢侯祭天之臺。北宋末宋徽宗以邢州檀臺之故，將龍崗縣改名為邢臺縣，此是今邢臺市名之由來。歷史上，邢州檀臺與邯鄲叢臺齊名，「檀臺煙雨」隋唐時即成勝景，明清時是順德府十二景之一。後來由於順德路拓寬，「古邢臺」遺址被平。

郡齋❶西北有邢臺，落日登臨醉眼❷開。春樹❸萬家漳水❹上，白雲❺

千載太行❻來。孤城自老風塵❼色，傲吏❽終慚岳牧❾才。便覺舊遊❿非

浪跡⑪，至今鴻雁⑫薊門⑬回。

【注釋】❶郡齋　謂順德府官衙，後堂即為郡守起居之處。❷醉眼　醉後迷糊的眼睛。唐杜甫〈九日登梓州城〉：「弟妹悲歌裡，乾坤醉眼中。」❸春樹　語本唐杜甫〈春日憶李白〉：「渭北春天樹，江東日暮雲。」這裡暗寓懷念友人之意。❹漳水　即漳河，為衛河支流，在今河北、河南兩省邊界，有清漳、濁漳兩源，皆出今山西東南，在今河北南部邊境匯合後稱漳河，東南流入衛河。❺白雲　語本《新唐書》卷一一五〈狄仁傑傳〉：「親在河陽，(狄) 仁傑登太行山，反顧，見白雲孤飛，謂左右曰：『吾親舍其下。』瞻悵久之，雲移乃得去。」這裡暗寓思親之意。❻太行　在今山西高原與河北平原間，東北—西南走向。順德府在太行山東麓，與河北平原接壤。❼風塵　這裡謂宦途、官場。唐徐夤〈長安述懷〉：「風塵色裡凋雙鬢，鼙鼓聲中歷幾州。」❽傲吏　不為禮法所屈的官吏。《明史》卷二八七本傳謂李攀龍歸居白雪樓中，「賓客造門，率謝不見，大吏至，亦然，以是得簡傲聲」。唐孟浩然〈梅道士水亭〉：「傲吏非凡吏，名流即道流。」❾岳牧　傳說為堯、舜時四岳十二牧的省稱。語本《尚書・周官》：「曰唐虞稽古，建官惟百，內有百揆四岳，外有州牧侯伯。」後用「岳牧」泛稱封疆大吏，這裡謂州郡長官。❿舊遊　這裡謂昔日交遊的友人。唐李白〈謝公亭〉：「今古一相接，長歌懷舊遊。」⓫浪跡　到處漫遊，行蹤不定，這裡有率性隨意的含義。唐李商隱〈贈鄭讜處士〉：「浪跡江湖白髮新，浮雲一片是吾身。」⓬鴻雁　《漢書》卷五四〈李廣蘇建傳〉載有大雁傳書事，後因以指書信。唐獨孤及〈代書寄上李廣州〉：「鴻雁飛不到，音塵何由達。」⓭薊門　即薊丘，這裡代指京師（今北京）。明蔣一葵《長安客話・古薊門》：「京師古薊地，以薊草多得名……今都城德勝門外有土城關，相傳是古薊門遺址，亦曰薊丘。」唐王昌齡〈寄穆侍御出幽州〉：「一從恩譴度瀟湘，塞北江南萬里長。莫道薊門書信少，雁飛猶得到衡陽。」

【語譯】郡齋西北有座古邢臺，落日時分登臨醉眼朦朧開。望漳水上萬家春樹懷念舊友，見太行

山白雲去來思念親人。棲身地方官場易催人老，傲吏性格真不適合為官。只覺昔日遊蹤交友並非率性隨意，書信已經傳來京師友人的關懷。

【研　析】登高賦詩，是古代文人士大夫的雅致。南朝梁劉勰《文心雕龍．神思》有云：「登山則情滿於山，觀海則意溢於海，我才之多少，將與風雲而並驅矣。」在明代，物質條件尚較簡陋，順德府民居建築多為平房，視野開闊，可一望無際，並不高峻的邢臺突兀於郡城之中，遊人立於其上，也就有了「登臨」的感覺。細味李攀龍這首〈登邢臺〉，居官似乎有不甚得意之處，這從頸聯兩句自可體會出來。稱順德府治為孤城，是因為這裡地狹民貧，難以施展平生抱負；稱自己為「傲吏」，就是清高孤傲、不合時宜的簡括說法，看來他在順德府的官場中沒有建立起左右逢源的人際關係，更可能是時常居於左支右絀的困窘處境之中。

詩人寫於同時期的七律〈郡齋〉一詩，可與此詩參看，其頷、頸兩聯有云：「折腰差自強人意，白眼那堪無宦情。世路悠悠幾知己，風塵落落一狂生。」其憤懣失意心態，昭然若揭。全詩的最精彩之處就在於頷聯兩句，貌似純粹寫景，其實暗用典故，將懷念朋友與親人的情感含蓄委婉地傳達出來。如果讀者不明其用典，似乎也能讀懂這兩句，但就很難理解作者此時此刻難以言傳的複雜心態了。人在失意時，最為想念者是不在身邊的友人或親人，中外古今，概莫能外，作者自然也不能免俗。尾聯兩句對昔日交遊的肯定，也有沖淡今日之「失意」的企圖在，屬於自我心理調整下的一種安慰，京師友人的問候顯然給了詩人以莫大的溫暖與慰藉。失意情緒不貫串全詩，而是曲終奏雅，是作者駕馭七律體裁較為自如的證明。

歲杪放歌

李攀龍

【題　解】這首七言古詩作於嘉靖三十七年（西元一五五八年）歲末，作者在陝西按察司提學副使任上因與上官不和，遂拂衣東歸，回到家鄉濟南。杪，盡頭，謂年、月或季節的末尾。

終年著書一字無，中歲❶學道仍狂夫❷。勸君高枕❸且自愛❹，勸君濁醪❺且自沽❻。何人不說宦遊❼樂，如君棄官復不惡。何處不說有炎涼❽，如君杜門❾復不妨。縱然疏拙❿非時調⓫，便是悠悠⓬亦所長。

【注　釋】❶中歲　中年。唐王維〈終南別業〉：「中歲頗好道，晚家南山陲。」❷狂夫　謂放蕩不羈者，有自我調侃的意思。唐杜甫〈狂夫〉：「欲填溝壑唯疏放，自笑狂夫老更狂。」《明史》卷二八七本傳：「益厭訓詁學，日讀古書，里人共目為狂生。」❸高枕　枕著高枕頭，謂無憂無慮。《戰國策・齊策四》：「三窟已就，君姑高枕為樂矣。」唐孟浩然〈京還贈張維〉：「拂衣何處去，高枕南山南。」❹自愛　自重。唐齊己〈渚宮莫問詩十五首〉其一：「自為仍自愛，清淨裡尋思。」❺濁醪　即濁酒，用糯米、黃米等釀製的酒，較混濁。這裡泛指酒。三國魏嵇康〈與山巨源絕交書〉：「時與親舊敘闊，陳說平生，濁酒一杯，彈琴一曲，志願畢矣。」唐韋應物〈九日灃上作寄崔主簿倬二李端繫〉：「時菊乃盈泛，濁醪自為美。」❻沽　買酒。❼宦遊　謂外出

求官或做官。❽炎涼　比喻人情勢利，反覆無常。❾杜門　謂閉門不與人交往。明王世貞《藝苑卮言》卷七：「于鱗歸杜門，自兩臺監司以下請見不得，去亦無所報謝，以是得簡倨聲。」❿疏拙　懶散笨拙。唐張籍〈三原李氏園宴集〉：「疏拙不偶俗，常喜形體閒。」唐方干〈出山寄蘇從事〉：「倚松長嘯宜疏拙，拂石欹眠絕是非。」⓫時調　謂時俗。唐孟郊〈勸善吟〉：「顧余昧時調，居止多疏慵。」⓬悠悠　閒適的樣子。唐高適〈封丘作〉：「我本漁樵孟諸野，一生自是悠悠者。」

【語　譯】一年間著述無一字問世，中年學道至今仍放蕩不羈。自家高枕無憂足自重，自家買酒自斟逍遙無比。哪個人不說外出做官多快樂，我棄官而歸也有理。哪裡不說世態炎涼人情薄，我杜絕交往大門閉。縱然懶散不入時俗眼，便是散淡一生自有其中趣。

【研　析】據《明史》卷二八七本傳，李攀龍任陝西提學副使，「鄉人殷學為巡撫，檄令屬文，攀龍怫然曰：『文可檄致邪？』拒不應；會其地數震，攀龍心悸，念母思歸，遂謝病」。其去官很像晉陶淵明「不為五斗米折腰」的精神。這首詩故作曠達之語，實則憤世嫉俗，牢騷滿腹。錢鍾書《談藝錄》謂「〈歲杪放歌〉，余所愛諷」，並將之與唐張謂〈贈喬琳〉一詩相比較云：「兩詩章法、句樣以至風調，無不如月之印潭、印之印泥。李戴張冠，而寬窄適首；亦步亦趨，而自由自在。雖歸摹擬，了不撏撦。」張謂（一作劉眘虛）〈贈喬琳〉云：「去年上策不見收，今年寄食仍淹留。羨君有酒能共醉，羨君無錢能不憂。如今五侯不待客，羨君不問五侯宅。如今七貴方自尊，羨君不過七貴門。丈夫會應有知己，世上悠悠何足論。」

然而若仔細研讀李攀龍〈歲杪放歌〉，其詩旨似乎也有唐高適的〈封丘作〉一詩的影子：「我本漁樵孟諸野，一生自是悠悠者。乍可狂歌草澤中，寧堪作吏風塵下。只言小邑無所為，公門百

事皆有期。拜迎官長心欲碎，鞭撻黎庶令人悲。歸來向家問妻子，舉家盡笑今如此。生事應須南畝田，世情付與東流水。夢想舊山安在哉，為銜君命且遲回。乃知梅福徒為爾，轉憶陶潛歸去來。」只不過高詩意旨較為顯露直白，李詩意旨較為曲折隱晦而已。可見探討明人學唐，若僅以邯鄲學步或東施效顰論定，就過於簡單化了。李攀龍學唐，也自有其獨特之追求在，有值得進一步研究的餘地。

簡許殿卿

李攀龍

【題　解】這首七絕約寫於嘉靖三十八年（西元一五五九年）秋，時作者歸隱濟南白雪樓，以詩代簡，向友人訴說衷曲。許殿卿，即許邦才（生卒年不詳），字殿卿，歷城（今山東濟南）人，嘉靖二十二年（西元一五四三年）舉人，歷官永寧知縣，德、周王府長史，著有《瞻泰樓集》、《海右倡和集》、《梁園集》。

玉函❶山色倚嵯峨❷，北渚❸清秋已自波。我欲與君攜酒去，不知何處白雲❹多。

【注　釋】❶玉函　即玉函山，又名興隆山、小泰山，在今山東濟南舊城南約二十里，海拔五百二十三公尺。

❷嵯峨　謂高聳的山，這裡指泰山，在玉函山南。❸北渚　通常指濟南城內大明湖歷下亭以北之水中高地。唐杜甫〈陪李北海宴歷下亭〉：「東藩駐皂蓋，北渚淩青荷。」明代的濟南北渚當謂濟南城北、小清河南一帶。許邦才曾在城北水村（今北園水屯）仿效西漢梁孝王的梁園，修建別墅，亦名梁園，其寫水村詩有句「夜來北渚北風急，打頭雪花大如笠」。這裡當暗指許邦才之梁園別墅。❹白雲　這裡有歸隱的意思。晉左思〈招隱詩〉其一：「白雲停陰岡，丹葩曜陽林。」

【語　譯】青翠的玉函山南倚著高聳的泰山，清秋時節北渚水波漣漪。我想攜酒與君小酌，不知哪裡的白雲更綺麗。

【研　析】許邦才、殷士儋與李攀龍自幼相處，為同鄉好友，《明史》卷二八七〈李攀龍傳〉謂李攀龍歸鄉後「獨故交殷、許輩過從靡間」，可見三人交情至老未替。許邦才善詩文，與李攀龍、邊貢、殷士儋有「歷下四詩人」之譽，其〈丁香花〉一詩膾炙人口：「蘇小西陵踏月回，香車白馬引郎來。當年剩綰同心結，此日春風為剪開。」這首七絕將如何選擇攬勝之所的商量詢問之意，巧妙融於詩句中，瀟灑自然，趣味橫生。欲去遊覽之地，一處在濟南城南，山色青翠迷人；一處在濟南城北，風清水波蕩漾。這一兩難選擇又包含有孔夫子「知者樂水，仁者樂山」（《論語・雍也》）的內涵，讀來耐人尋味。第四句「白雲」的意義指向顯然與逍遙歸隱相關，南朝梁陶弘景〈詔問山中何所有賦詩以答〉：「山中何所有，嶺上多白雲。只可自怡悅，不堪持寄君。」唐錢起〈藍田溪與漁者宿〉：「一論白雲心，千里滄州趣。」唐賈島〈送羅少府歸牛渚〉：「白雲多處應頻到，寒澗泠泠漱古苔。」一首小詩的寫作，竟如此大費周章，可見前、後「七子」效法唐人，也自有其可圈可點的地方，絕不能隨隨便便以「假古董」一言蔽之。

◎新譯明散文選

周明初／注譯　黃志民／校閱

明代散文的特色，一是流派紛呈，名家輩出；二是小品文大放異彩。本書所選明代散文計五十家、一百多篇，選錄時力求兼顧各時期、各種文體、各種流派的散文，而尤以篇幅簡短、清新雋永的小品散文為主，反映了二百七十多年間明代散文發展的概貌。除注譯詳確外，篇篇皆有深入的題解與賞析。明代的小品散文，文字輕鬆雋永、情感真摯深刻，其形式多元而自由，具有鮮明的審美特性，是明代散文中的經典之作，值得讀者細細品味。